DAS MESSIAS-PROJEKT

ÜBER DEN AUTOR

Markus Ridder ist Schriftsteller und Kommunikationsberater in München. Zuvor arbeitete er als Journalist und schrieb unter anderem für die „Süddeutsche Zeitung", „Die Zeit", „Horizont" und „abenteuer & reisen". Schreiben ist seit frühen Kindheitstagen seine Leidenschaft, und mit „Die drei !!!" (in Anlehnung an „Die drei ???") verfasste er schon mit 12 Jahren seinen ersten „Krimi". Wenn Markus Ridder Zeit hat, ist er gerne mit dem Rucksack in Asien oder Lateinamerika unterwegs. Während einer Reise nach Buenos Aires verlor Ridder kurzzeitig das Gedächtnis. Er hat bis heute keine Ahnung, was in der Zeit geschah, als er „weg" war.

www.markusridder.com
www.facebook.de/ridderkrimis

© Markus Ridder, 2016

Korrektorat: Britta Johannsen
Umschlag: Momir Borocki
Herstellung und Verlag: BoD – Books on Demand, Norderstedt
ISBN: 9783739245072

MARKUS RIDDER

DAS MESSIAS-PROJEKT

Nach einem wahren Erlebnis

Du kannst nur hassen, was du liebst

Alter Spruch

1

Er japste. Wusste nicht, war er ein Mensch oder ein Käfer, der bewegungslos auf dem Rücken lag. Panisch sog er die Luft in die Kehle, so, als könne jeder Atemzug sein letzter sein. So, als sei er eine Treppe hinuntergestürzt und als bliebe ihm nach dem Aufprall die Luft weg. Und das war ja auch sein letztes Gefühl gewesen, bevor er aufwachte. Rückwärts eine lange Treppe hinunterzustürzen.

Dann spürte er den Schmerz. Es war die Seite, waren die Rippen. Und das linke Auge. Er legte zwei Finger daran, spürte Aufgeblähtes, Geschwollenes, Geschwulstartiges. Auch Kopfschmerzen hatte er, und sein Mund war trocken wie nach einem Besäufnis.

Trotz allem: Er lag weich. Weicher als weich. Auf einer großen Matratze, *King Size*, wenn er sich nicht täuschte. Er blickte auf eine weiße, hohe Decke, die von einem Stuckband eingerahmt wurde. Das Ornament erinnerte an eine pflanzliche Struktur, an Farne, Blätter, vielleicht einen Blumenstrauß, der sich nach außen öffnet. Durch sein geschwollenes Auge registrierte er, wie weißes Tageslicht durch einen goldenen Vorhang drang, an dessen Seite eine Schnur mit dicker, buschiger Quaste hing.

Alles in allem verströmte der Raum, in dem er sich befand, eine stille, zeitlose Behaglichkeit.

Die Atmosphäre stand in hartem Kontrast zu dem Gefühl in seiner Brust. Der Panik, die ihn erfasst hatte und ihn umschlossen hielt mit ihrem Kokon aus Angst.

Er wusste zunächst nicht, warum er Angst hatte, alles schien in Ordnung zu sein. Er war allein, er war in Sicherheit. Er hörte das beruhigende Ticken einer mechanischen Uhr. Er war *nicht* gestürzt, er lag in einem Bett, einem großen, sauberen Bett. Warum also die Angst? Warum die Panik?

Dann wurde es ihm schlagartig klar.

Er hatte keine Ahnung, wo er war.

Er schob den rechten Unterarm unter seinen Körper, wuchtete sich hoch. Die Rippen schmerzten, doch das interessierte ihn jetzt nicht. Das Bett, auf dem er lag, stand auf einem kleinen Podest. Weiter hinten im Raum erkannte er einen Sekretär aus Nussbaum mit geschwungenen Beinen, die in schnörkeligen Tatzen auf dem Parkett endeten.

Das Bernardino de Sahagún, ging es ihm durch den Kopf, *natürlich, ich bin im Bernardino, ich bin in Zürich.*

Aber warum …?

Er ließ sich wieder zurück auf das Kissen sinken, die Angst flaute ab. Er lag zwei, drei Atemzüge reglos da, dachte an nichts, dann raffte er sich wieder auf. Er schob sich an die Bettkante, blickte auf zwei weiße, flauschige Pantoffeln, die auf einer Fußmatte mit den Initialen des Hotels standen. Anschließend legte er eine Hand an die Stirn. Er fühlte sich etwas klarer, auch wenn er das Gefühl hatte, sein Hirn sei ein trockener, kalkiger Schwamm.

In Zürich, hallte es in seinem Kopf wider, wie in einem Raum ohne Bilder. *In Zürich.*

Er vertrieb den Gedanken. Wasser. Er brauchte Wasser. Oder irgendetwas anderes zu trinken.

Hinten, in der Ecke neben dem Sekretär, befand sich eine kleine Sitzgruppe. Sie bestand aus zwei grauen Sesseln und einem runden Tisch mit einer Platte aus geädertem Marmor. Darauf befand sich das, was sich dort immer befand: Eine Flasche Apollinaris, um deren Hals man eine Banderole gelegt hatte. „For your convenience" stand darauf, wie er wusste.

Er setzte sich, ließ seine Beine die Bettkante hinunter baumeln. Erst als seine besockten Füße die Pantoffeln berührten, bemerkte er, dass er komplett angezogen war. Sogar eine Jacke trug er.

Was zum Teufel …?

Plötzlich kehrte die Angst zurück. Er klammerte sich mit beiden Händen an die Matratze, blickte auf dem Bett sitzend von dieser hinab, als schaue er in eine Schlucht. Schwindel erfasste ihn. Er wusste nicht, ob er überhaupt aufstehen konnte. Er atmete ein, atmete aus. Ganz langsam, sagte er sich. Ein und aus. Versuchte, seinen Kreislauf in den Griff zu bekommen. Versuchte, sich an den gestrigen Abend zu erinnern.

Die Blonde. Die Blonde mit den großen Brüsten!

Er hatte nur einen Drink nehmen wollen gestern Abend. Im Ascot-Club. Immer wenn er in Zürich war, zog es ihn dorthin. Er mochte die Bar, die lange Theke. Die Flaschen dahinter, die Spiegel, das Licht. Wenn man am Eck saß, konnte man die ganze Szenerie überblicken, die Bar, aber auch die Tische und Stühle und den Mann am Piano. Obwohl er öfter kam, hatte er nie das Gefühl, dass ihn die Kellner in ihren weißen Hemden und den roten Krawatten erkannten. Immer begegneten sie ihm mit professioneller Gleichgültigkeit.

Anonymität, er liebte das.

Gestern hatte er einen Whiskey Sour geordert und über etwas nachgedacht. Er wusste im Augenblick nur noch nicht, über was. Er hatte sich gesetzt, den Drink geordert und sich ein paar Stichpunkte auf einer Serviette notiert. Er sah sie vor seinem inneren Auge. Erstens, zweitens, drittens. Linien, Sternchen. Er hatte Worte unterstrichen, andere umkringelt. Aber um was ging es? Um was genau?

Die Präsentation! Der Kongress!

Der Gedanke ließ seinen Kopf herumfahren. Als hätte ihn ein Blitz getroffen, so durchzuckte es ihn. Sofort merkte er, wie der Muskel zu machte. Er stieß einen kurzen, hellen Schrei aus, griff sich mit einer Hand an den Nacken.

„*Verdammt!*"

Der Wecker auf dem Beistelltischchen zeigte zehn Uhr dreiundzwanzig an. Wieder durchfuhr es ihn wie ein Schlag. Um elf Uhr begann der Kongress. Und er war der Keynote-Speaker!

Er musste los. Jetzt. Sofort!

Doch sein Kreislauf bremste ihn. Zwar hatte er den Kokon aus Angst und Panik mittlerweile durchstoßen, doch drehte sich das Zimmer nach wie vor wie im Kreis.

Ich muss etwas trinken!

Er stieß sich von der Matratze ab wie von einer Klippe. Als er mit den Füßen auf den Pantoffeln landete, empfand er ein Gefühl der Sicherheit. Mit der rechten Hand am Bett tastete er sich langsam in den Raum hinein. Als er am Fußteil angekommen war, wurde es ernst. Ohne Stütze balancierte er über den flauschigen Perserteppich. Es ging überraschend gut, das Karussell in seinem Kopf verlor an Geschwindigkeit. Als er am Beistelltischchen angekommen war, öffnete er die Apollinaris-Flasche und leerte sie auf einen Zug bis zur Neige.

Der Ascot-Club. Er hatte an der Bar gesessen und war noch einmal die Kernbotschaften durchgegangen. Die Kernbotschaften für seine heutige Rede. Hatte noch einmal die Vision skizziert, die er dem Auditorium zurufen wollte. Wollte die Vision einbetten in den kulturellen Aufbruch der westlichen Zivilisation als Ganzes. GENOVENTIS würde er dann als logische Folge dieser Entwicklung darstellen. Als unabdingbare Konsequenz.

Natürlich – und das nahm er sich auch jetzt vor – durfte der unterschwellige Hinweis darauf nicht fehlen, dass weitere Investoren willkommen waren. Investoren, die gemeinsam mit GENOVENTIS die Zukunft gestalten wollten. Minderheitsgesellschafter, die bei ihm einsteigen würden oder besser: Unternehmen, die ihm die Techniksparte abkaufen würden, in der Craig keine rechte Zukunft sah. Wie immer würde er nicht plump um den Einstieg anderer Unternehmensvertreter werben, die ohne Zweifel im Publikum sitzen würden. Es würde vollkommen reichen anzudeuten, dass man für Partnerschaften offen sei. Zum Schluss würde er seine E-Mail-Adresse einblenden, falls man ihn erreichen wollte. Das würde genügen.

Und dann hatte er aufgeblickt und die Blonde gesehen. Sie saß auf einmal an der Bar. Allein. Nippte an einem Drink, den er unschwer identifizieren konnte. Denn in Sachen Drinks machte man ihm ebenso wenig etwas vor wie in Sachen Genforschung. Keine schlechte Wahl hatte die Blonde da getroffen, das musste man sagen.

Als sie ihm auffordernd in die Augen sah, hob er das Glas. „Ein Red Turpentine, habe ich recht?"

Sie legte das Glas an die Lippen, trank einen winzigen Schluck. Dann fixierte sie ihn mit dunkelblau umrandeten Augen. „Knapp daneben. Ein Cinzano Spring Time, aber mit einem Schuss Grenadine, deshalb die Farbe."

„Hört sich süß an."

„Ist sehr süß", sagte sie und er konnte der Einladung ihres Blickes nichts entgegensetzen. Er nahm seinen Whiskey Sour vom Tresen, schritt auf sie zu und setzte sich auf den Barhocker neben sie.

„Craig."

„Melanie."

So einfach war es selten.

Dann verlor sich der Gedankenfaden. Er wusste, sie hatten dort noch eine Weile gesessen, er hatte weitere Drinks geordert. Red Turpentines, Cinzano Spring Times, Whiskey Sours. Vielleicht auch Basil Daiquiris und ein paar Tequassis mit weißem Tequila.

Alles in allem nichts, was ihn aus der Bahn werfen sollte. Was seine Hirnwindungen zu Korallenkalk versteinern sollte. Intuitiv legte er seine Hand an sein geschwollenes Auge.

Und was war damit? War er gestürzt? In eine Schlägerei geraten?

Er wusste es nicht. Was er wusste, war: Er musste sich beeilen, wenn er noch eine Chance haben wollte. Und dann dachte er einen Gedanken, den er lange nicht mehr gedacht hatte, noch nie vielleicht.

Es geht nicht nur um mich. Es geht auch um unsere Mitarbeiter.

Er streifte sich die Jacke ab und wurde auf dem Weg zum Bad auch die restlichen Kleidungsstücke los. Er drehte das Wasser in der Dusche auf, ging wieder in den Hauptraum zurück und dann zum Telefon. Er wählte die Nummer der Rezeption, kurz darauf meldete sich eine bekannte Stimme. Es war die Stimme des Arabers, dessen Namen er sich nicht merken konnte. Dabei kannte er ihn seit Jahren.

„Herr Dr. Hammerstein, was kann ich für Sie tun? Geht es Ihnen wieder ..."

„Ausgezeichnet, ja", unterbrach Craig. „Ich brauche ein Taxi. In fünfzehn Minuten. Wenn Sie so nett wären, mir eins zu bestellen?"

Obwohl der Araber noch irgendetwas erwiderte, wartete Craig nicht auf eine Antwort und legte den Hörer zurück auf die Gabel.

Er ging in schnellen Schritten zurück ins Badezimmer, stellte zufrieden fest, dass sein Kreislauf in Schwung kam und dass sein Magen offenbar den Belastungen standhielt. Als er ins Badezimmer trat, wolkte ihm bereits der Dampf warmen Wassers entgegen und hatte Fliesen und Spiegel mit einem weißen Film benetzt.

Die Dusche tat gut. Er hätte Stunden darunter bleiben können, doch wusste er, dass das unmöglich war. In aller Eile presste er die Hotel-Seife aus der Plastikverpackung und begann, sich damit einzureiben. Er entdeckte dabei einen violetten Fleck an den Rippen, jede Berührung an der Stelle tat höllisch weh. Entweder er war gestürzt, oder die Blonde hatte ihn richtig rangenommen. Er hoffte auf letzteres. Wenn er schon ein Sühneopfer bringen musste, sollte er davor doch zumindest seinen Spaß gehabt haben.

Sie hatte ihm gefallen, soviel war sicher. Glattes, blondes Haar, das ihr bis über die Schultern reichte, stahlblaue Augen, ein schmales Gesicht und ein großer Mund mit vollen, rotgeschminkten Lippen. Ein Muttermal hatte eigenartig unter dem linken Auge geglitzert, in einem grün-bläulichen Farbton. Sie hatte einen dunkelgrauen Blazer getragen und einen Rock gleicher Farbe. Unter dem Blazer hatte sich ein enges, weißes Top verborgen, aus dem sich ihr üppiges Dekolleté erhob. Ein Anhänger an einer Kette hatte darauf gelegen, in einer komischen Form, ein Fisch vielleicht, Craig konnte sich nicht genau erinnern.

Über was hatten sie geredet? Wann waren sie gegangen? Hatte er sie mit auf sein Zimmer genommen?

Craig stellte die Dusche ab und begann sich mit dem Handtuch trocken zu reiben. Anschließend versuchte er damit, ein Sichtloch im Spiegel frei zu wischen. Doch es war aussichtslos – der Dampf benetzte das Glas nur Sekundenbruchteile, nachdem er es gesäubert hatte. Aber egal, für eine längere Badsession hatte er ohnehin keine Zeit. Er blickte sich um, fand seinen Kulturbeutel nicht. In aller Eile riss er die Tüte mit der Hotelzahnbürste auf und schmierte sich die darin befindliche Zahnpasta darauf.

Als er wieder in den Hauptraum trat, fühlte er sich besser. Noch immer hing eine Art Schleier zwischen ihm und der Welt, aber der würde ihn nicht daran hindern, auf dem Kongress zu sprechen. Es musste der Nachhall der Drinks sein, die er mit Melanie getrunken hatte. Er verfluchte sich dafür, dass er sie gerade an diesem Abend hatte treffen müssen. Verfluchte sich, dass er den zwei Argumenten in ihrer Bluse nichts hatte entgegensetzen können. Gestern, am Tag vor dem Kongress.

Er schüttelte den Kopf und machte sich auf die Suche nach seinem Koffer. Doch er war nicht zu finden. Seine Kleidung hing auch nicht in dem großen Wandschrank, der fast die komplette Seite zwischen Badezimmer und Zimmertür einnahm. Sie war nicht im Badezimmer, nicht unter dem Bett oder bei der Sitzgruppe.

Habe ich den Koffer im Taxi liegen gelassen?

Ein Schock durchfuhr ihn.

Und der Computer mit der Präsentation?

Er musste ruhig bleiben. Für sich, für seine Leute. Er war kopflos gewesen, wusste er, nicht erst gestern. Die vergangenen Wochen bereits. Jetzt musste er das Beste aus der Situation machen.

Ihm blieb nichts anderes übrig, als die Sachen von gestern Abend erneut zu tragen. Achtlos nahm er sie vom Boden auf und schlüpfte in sie hinein. Lorenz Mai, ihr Pressereferent, musste jetzt schon bei der Messe sein, um die Technik aufzubauen. Er würde die Dateien von seinem USB-Stick auf den Kongress-PC spielen und die gesamte Präsentation noch einmal mit dem örtlichen Video-Beamer testen. Craig hatte Bewegtbild-Clips mit Sound integriert, und sie wollten nicht das Risiko eingehen, dass es später Kompatibilitätsprobleme gab. Und Lorenz hatte in etwa die gleiche Figur wie Craig. Er war einsachtzig groß, ein wenig trainiert und schlank. Er würde ihm sein Sakko leihen und wenn nötig seinen kompletten Anzug. Zwar war Craig es nicht gewohnt, billige Konfektionsware von der Stange zu tragen, aber das war in diesem Fall immer noch besser als die Straßenklamotten von gestern Abend.

Craig öffnete die Zimmertür und trat in den Flur. Wie immer war er im obersten Stock in der Executive Suite abgestiegen. Mit schnellen Schritten ging er über den olivfarbenen Teppich durch den leicht gekrümmten Gang. Er fühlte sich noch immer schummrig und merkte, dass sich kalter Schweiß auf seiner Stirn gebildet hatte. Vor ihm tauchten die silbernen Türen des Aufzugs auf. Er stieg ein, drückte die Taste neben der Aufschrift „Lobby", die Türen schlossen sich.

Als er unten war, hastete er am Frühstücksraum vorbei, dann an dem kleinen chinesischen Miniaturwasserfall und an der Rezeption. Die Geräusche wispernder Stimmen, aneckenden Bestecks und der Ledersohlen auf dem Granit-Boden hallten in seinem Inneren nach, stoben durcheinander. Der hämmernde Kopfschmerz von vorhin machte sich wieder breit.

Als er sich dem Ausgang näherte, sah er durch das spiegelnde Glas der Tür bereits das Taxi, das auf ihn wartete.

Der Araber an der Rezeption erblickte ihn, legte ein sorgenvolles Gesicht auf und hob die Hand. „Herr Dr. Hammerstein, ist alles in Ordnung? Könnten Sie kurz ..."

Craig winkte ab. „Später, hab's grad eilig!"

Ein livrierter Page öffnete die Tür, Craig stürmte hinaus. „Sind Sie mein Taxi?", fragte er einen älteren Herrn mit weißem Schnurrbart und Lesebrille. Der musterte ihn kritisch, nickte dann aber und öffnete ihm wortlos und widerwillig die Wagentür.

„Zur Messe, Halle Eins, Empfang. So schnell wie möglich bitte."

Der Taxifahrer sah ihn über die Lesebrille hinweg ernst an, brummte und fuhr los.

Craig wunderte sich über den Schneefall, der offenbar in der Nacht über Zürich hereingebrochen war. Zwar waren die Straßen mehr oder weniger frei, doch an den Seiten türmte sich der Schnee auf wie Berge weißgrauer Watte. Dabei war es ein herrlicher, sonnenbeschienener Tag, kaum eine Wolke verunstaltete den Himmel. Auch gestern hatte es keinesfalls nach Schnee ausgesehen.

Sie fuhren über die Löwenstraße in Richtung Bahnhofplatz, über die Walchebrücke und von dort aus Richtung Norden. Craig blickte aus dem Fenster und suchte nach Plakaten, auf denen er zu sehen sein würde. Seit es vor einem Jahr einen „Spiegel"-Artikel mit seinem Konterfei auf dem Titel gegeben hatte, war er nicht mehr nur dem Fachpublikum bekannt. Immer wieder war er seitdem in Interviews und Talk-Shows zu sehen gewesen. Natürlich hatte er eine Schar von Kritikern gegen sich aufgebracht, die ihn zum Teil heftig anfeindeten. Doch er pflegte sich auf Diskussionen dieser Art akribisch vorzubereiten. Außerdem kannte er mittlerweile die Thesen seiner Gegner und hatte Argumente parat, um diese auszuhebeln.

Meistens war es die Angst vor dem Neuen, die seine Kritiker beseelte. Dann wies er darauf hin, dass das Neue keine Bedrohung darstelle, dass es die Welt besser mache, berechenbarer. Wer Angst vor dem neuen, optimierten Menschen habe, der habe Angst vor den Naturgesetzen, die uns seit jeher bestimmten. Wer Angst vor der Entwicklung habe, habe Angst vor der Evolution, die ja nicht stillstand, nur weil der Homo Sapiens auf den Plan getreten war. Das wirkte auf die meisten, nur die Dogmatiker konnte er nicht überzeugen. Und die gab es leider zuhauf. Fast kein Tag verging, ohne dass er Drohbriefe erhielt. Am Anfang hatte er sich Sorgen um seine Sicherheit gemacht, doch nach und nach gewöhnte er sich daran. Eric Lasah, ein von ihnen engagierter Detektiv und Kriminalitätsexperte, hatte ein Sicherheitskonzept erarbeitet und ihm im letzten Jahr sogar einmal einen Leibwächter für mehrere Wochen an die Seite gestellt. Aber ansonsten hatte er sein Leben einfach weitergelebt wie bisher.

Den Mut zur Drohung hatten viele, doch wenn es um Taten ging, kniffen die meisten den Schwanz ein.

Craig war enttäuscht. Offenbar waren keine Plakate geklebt worden, dabei hatte er extra noch neue Bilder von sich machen lassen. „Du siehst darauf aus wie Pierce Brosnan", hatte seine Schwester Aline gejubelt.

„Nur dass ich einen besseren Anzug trage", hatte er augenzwinkernd zurückgegeben.

„Angeber!"

Offenbar hatte der Veranstalter sein Marketingbudget zusammenstreichen müssen. Dabei ging es um einen der wichtigsten Kongresse zum Thema evolutionäre Genetik weltweit, auf dem er sprechen sollte. Nur einmal, kurz bevor das Taxi in den dunklen Schlund des Milchbucktunnels eintauchte, sprang ihm das Wort „Gen" von einem Plakat in die Augen. Es war auf den nackten Beton der Tunneleinfahrt geklebt und schien nichts mit dem Kongress zu tun zu haben. Offenbar ging es um eine Art Gegenveranstaltung. „Nein zur

Genkartoffel" stand darauf, daneben war eine schwarze Faust aufgemalt.

Craig zuckte mit den Schultern. Normalerweise ließen ihn diese Fortschrittsverweigerer einfach nur kalt. Doch auf eine unerfindliche Weise spürte er auf einmal eine Form von Sympathie für den Idealismus, den seine Gegner an den Tag legten. Es musste an den Nachwirkungen des Alkohols liegen.

Während sie durch den knapp zwei Kilometer langen Tunnel fuhren, bemerkte Craig, dass der Taxifahrer ihn im Rückspiegel beobachtete, ihn kritisch, fast mit Widerwillen musterte. Als ihn Craigs Blick traf, schaute er wieder weg, konzentrierte sich auf die Straße.

Er hatte doch nicht laut vor sich hin gesprochen?, fragte sich Craig. Nein, das konnte er wohl ausschließen.

Craig spürte, dass ihn die letzte Nacht stärker in Mitleidenschaft zog, als es ihm lieb war. Er konnte von Glück sagen, dass er noch rechtzeitig wach geworden war. Aber was hieß rechtzeitig? Es war zehn nach elf, wenn sie mit der Eröffnung nicht auf ihn gewartet hatten, war alles umsonst. Doch er musste diese Rede halten. Er *musste*. Er wusste, dass die großen Schweizer Pharmazie-Unternehmen ihre Vertreter zu diesem Kongress schickten. Und sie brauchten frisches Geld.

Er hoffte inständig, dass sein Computer nicht gestohlen worden war. Zwar hatte Lasah das Gerät durch ein Zusatzprogramm schützen lassen, aber konnte es tatsächlich einem gewieften Hacker standhalten? Er hatte in den letzten Monaten vor allem an ihrem Neuro-Enhancer-Programm gearbeitet und eine Reihe von wirklich vielversprechenden Ergebnissen erzielt. Die Konkurrenz würde sich freuen, wenn sie diese ohne eigene Forschungsaufwendungen in die Hände gespielt bekäme.

Durch die Windschutzscheibe beobachtete Craig, wie das Taxi auf das Messegelände einbog. Er sah ein Stahldach, das von schmalen Säulen getragen wurde, darunter einen mit Metallstreben fixierten Glaskubus. An der Seite standen Flaggenmasten in Reih und Glied.

Der Wagen hielt, der Taxifahrer drückte mit langsamen Bewegungen auf seinem Meter herum. Es piepte einmal, dann wendete er sich Craig zu. „Siebenunddreißig Franken fünfzig."

Craig sah am Fahrer vorbei und auf die Digitaluhr im Cockpit. Sie zeigte vierzehn Minuten nach elf an. Er wusste, er hatte kein Geld, konnte sich aber nicht auf eine langwierige Diskussion einlassen. Normalerweise hätte er eine solche Situation mit Souveränität und einer guten Portion Arroganz gelöst. Doch er war immer noch nicht ganz bei sich, war irgendwie nicht der Alte. Die Situation war ihm peinlich, eigentlich ein Fremdwort für einen wie Craig. Also tat er so, als durchsuche er seine Taschen, legte anschließend eine entschuldigende Miene auf. „Das fehlte noch, jetzt habe ich mein Portemonnaie im Hotel vergessen. Bitte warten Sie einen Augenblick – ein … ein Mitarbeiter von mir wird Ihnen das Geld bringen …. gleich, sofort, ich muss nur …"

Der Fahrer schnaufte und blickte ihn mürrisch an. Er glaubte ihm nicht, Craig sah es deutlich. Dann verfinsterte sich sein Gesicht. „Warte Bürschchen, ein falscher Fuffziger bist du", sagte er und seine Hand verschwand im Handschuhfach. „Ein falscher Fuffziger!"

Craig riss die Tür auf, sprang aus dem Auto. „Nur einen Augenblick", rief er und warf die Tür ins Schloss. Er lief am Seitenfenster vorbei, sah den Taxifahrer mit etwas Länglichem umherfuchteln. Dann sprang er eine kleine, von blätterlosen Bäumen flankierte Treppe hinauf und lief in die Eingangshalle. Lediglich ein Infocounter war besetzt. Ein Mädchen, das nicht älter sein konnte als fünfzehn Jahre, sah ihn mit leicht panischem Blick an.

„Ich bin der Keynote-Speaker beim GenKon-Event. Wo ist das?"

„Wie heißt das, Gen…?"

„GenKon! GenKon-Event!"

„Warten Sie, ich schaue mal nach."

Sie blickte ihn unsicher an und tippte dann mit ihren spitzen, blaulackierten Fingernägeln etwas in die Tastatur. Anschließend verharrte sie regungslos vor dem Bildschirm, nur ihre Lippen kräuselten sich widerwillig, wirkten wie ein raupenartiges Insekt, das versucht, sich aus seinem Kokon zu befreien.

„Und?"

„Moment .... Moment noch, ich finde hier gerade nichts."

Das hatte ihm noch gefehlt, da war er ohnehin schon zu spät und jetzt schaffte es die Mitarbeiterin nicht, den Computer zu bedienen. Trotz des schmerzenden Nackens blickte er sich über die Schulter, doch der Taxifahrer war nirgends zu sehen.

„Es müssen doch schon andere danach gefragt haben. Die Veranstaltung hat bereits begonnen."

Sie kniff die Augen entschuldigend zusammen. „Hm, eigentlich hat bisher keiner gefragt."

„Aber ..." Er blickte sich um. Es war leer in der Vorhalle. Er erinnerte sich an das Event vor zwei Jahren. Alles war voll gewesen mit Anzugträgern, Promotion-Girls und Marketingständen. Ihm wurde wieder schwindlig, eine eigenartige Hitze stieg in ihm auf. „Frau Wissmann. Wo sitzt Frau Wissmann?"

„Die sitzt im Eingangsbereich der Presselounge, genau über uns, Raumnummer 2.33. Die Treppe rauf, links und Sie laufen direkt drauf zu."

Sie lächelte stolz über die Information, die sie ihm hatte geben können.

„Danke", sagte er und stürzte in Richtung Treppe.

Angelika Wissmann war die PR-Managerin des GenKon. Er hatte mehrfach mit ihr telefoniert, um das Speaker-Thema festzuzurren und mehr Zeit als die üblichen fünfzehn Minuten für die Eröffnungsrede herauszuschlagen. Zudem musste er sie überzeugen, dass erstmals auf dem GenKon eine, wenn auch kleine, Multimedia-Show gezeigt werden durfte. Erst vor zwei Monaten war er persönlich bei ihr vorbeigekommen, da er ohnehin einen Termin in Zürich gehabt hatte. Glücklicherweise hatte er alle ihre Bedenken ausräumen können.

Er war ziemlich außer Atem, als er im ersten Stock ankam und das, obwohl er regelmäßig Sport trieb. Die Nacht schien seine ganze Kraft gefordert zu haben.

Er lief den Gang hinunter, folgte den Presse-Schildern, eilte an Raum 2.31 vorbei, dann an Raum 2.32. Schließlich sah er eine weitere Theke, größer als der Infocounter im Erdgeschoss und eigentümlich gebogen, wie ein Ruderboot. Er rannte an einer verspiegelten Front vorbei und kam keuchend vor der Theke zum Stehen. Angelika Wissmann sah ihm besorgt in die Augen.

„Da bin ich! Ich hoffe, es ist noch nicht zu spät! Wo ist es?"
Wissmann stutzte. „Wo ist *was?*"
„Der Kongress. GenKon. Ach, Sie erinnern sich nicht mehr an mich. Kein Wunder bei dem Aufzug. Craig Hammerstein von GENOVENTIS. Ich halte die Keynote. Guten Tag erstmal."

Er wischte sich den Schweiß von der Stirn, der Schwindel hatte sich Gott sei Dank verflüchtigt. Der kleine Spurt hatte ihm ganz gut getan, auch wenn er ein wenig außer Puste war. Den Alkohol rausschwitzen, dachte er, das ist gut.

Angelika Wissmann stand auf. Sie trug ein rotes Oberteil, eine Perlenkette und längliche Ohrringe in der Form von Orgelpfeifen unter einem braunen Pagenschnitt. „Herr Hammerstein?" Sie kniff die Augen zusammen, blickte ihn ungläubig an.

Er nickte.

„Aber der … der Kongress ist doch gar nicht heute."

Es fühlte sich an wie ein Faustschlag. „*Was?* Aber heute ist doch der 16. Februar 2014."

„Das … das ist nicht ganz richtig." Sie blickte sich um, sah auf einen Kalender, der an der Innenseite eines Regals angebracht war. „Kongresse 2014-2015" stand darauf. Sie wandte sich wieder um, sah ihm fast ängstlich in die Augen. „Der GenKon findet alle zwei Jahre statt. Und der letzte war tatsächlich am 16. Februar. Am 16. Februar 2014. Heute ist der 3. März … 2015."

„*Wie bitte?* Das kann doch nicht …"

Craig hatte das Gefühl, die Theke vor ihm beginne zu schwanken. Er klammerte seine Hände an die Holzplatte.

„Wir haben tatsächlich auf Herrn Hammerstein gewartet letztes Jahr, ich kann mich deutlich erinnern. Er war das große Aushängeschild des GenKon mit einem neuen Besucherrekord. Die ganze Stadt war mit Hammersteins Konterfei plakatiert. Leider ist er gar nicht aufgetaucht an dem Tag. Aber ... sind Sie sicher, dass *Sie* Herr Hammerstein sind? Dr. Craig Hammerstein?"

Sie blickte an ihm vorbei in den großen Spiegel an der Seitenwand.

Er folgte ihrem Blick und erschrak. Er sah einen Typen in einem alten Parka, ausgebeulten Baumwollhosen und ausgelatschten Schuhen. Sein Gesicht war von einem langen, braunen Bart umgeben, sein Haar fiel ihm halblang und verfilzt hinter die Ohren. Eines seiner Augen war angeschwollen, und er hatte einen fingerlangen Riss an der Schläfe, der bis zur Wange reichte.

Wer um Himmels Willen ist dieser Mann?

2

Professor Bäumlers zerfurchte Hände lagen gefaltet in seinem Schoß. Er saß aufrecht in seinem Sessel und ein bisschen verkrampft, fast so, als habe er ein Rückenleiden. Nur seine Augen bewegten sich hektisch von der einen zur anderen Seite, als seien es die einzigen Körperteile, die er bewegen könne.

Craig versuchte ihnen zu folgen, wie sie geckohaft im Zickzackkurs durch den Raum stoben, vom Bücherregal auf der einen Seite bis zu dem Egon-Schiele-Druck auf der anderen und wieder zurück zu dem runden Tischchen, an dem sie saßen.

Bäumler beunruhigte ihn. Nach wie vor traute er der Realität nicht über den Weg. Das gestrige Erlebnis kam ihm so irreal vor, dass es ihm nicht unwahrscheinlich erschien, sich in einem Traum zu befinden. Was, wenn das, was er hier gerade erlebte, nichts war als pure Einbildung? Die ganze Situation erschien ihm absurd, er fühlte sich wie ein Komparse in einem albernen Film. Erst dieser wahnwitzige Tag gestern, und jetzt saß er einem Psychologen gegenüber, der sich einfach irgendwie komisch benahm.

Craig erinnerte sich, dass er schon früher einige Sitzungen bei Bäumler gehabt hatte, doch da war ihm sein eigenartiges Verhalten gar nicht aufgefallen. Es waren auch keine Sitzungen im herkömmlichen Sinne gewesen. Er hatte Bäumler kurz seine Situation geschildert und ihm direkt gesagt, welche Medikamente er benötigte. Er war ein wenig aus dem Gleichgewicht gewesen und wusste selbst am besten, welche Mittel ihm helfen würden.

Plötzlich riss der Professor die Hände hoch und schlug sie links oberhalb von Craigs Auge in der Luft zusammen. Ein lauter Schlag ertönte. Craig zuckte und spürte die verdrängte Luft, die an sein Gesicht wehte.

„Wieder nichts!", stieß der Professor aus. Dann belebte sich sein Gesicht, und er blickte zu Craig. „Ich habe eine Fliege hier drinnen, die macht mich wahnsinnig. Schon den ganzen Morgen über. Aber sei's drum. Konzentrieren wir uns wieder auf Ihren Fall!"

Craig hatte Bäumler bereits seine Erlebnisse in Zürich skizziert. Und dass er sich nicht mehr an das komplette zurückliegende Jahr erinnern konnte. „Da ist nichts, nur ein schwarzes Loch zwischen Februar 2014 und März 2015. Meine letzte Erinnerung ist die Frau, die ich in der Bar kennengelernt habe."

„Wie sieht es mit der Zeit vor Februar 2014 aus?"

Craig rutschte auf dem Sofa hin und her, auf dem er saß. „Ich kann mich an das Meiste erinnern. Ich weiß, dass ich gemeinsam mit meinem Schwager ein Unternehmen mit fünfzig Mitarbeitern führe, dass ich am Englischen Garten wohne, weiß, wo und wie ich aufgewachsen bin, was ich studiert habe und dergleichen. Aber wenn ich dann im Wohnzimmer meiner Schwester stehe wie gestern ... ich habe dann das Gefühl, all das sehr lange nicht mehr gesehen zu haben. Es ist ... ich weiß, ich kenne dies alles, verbinde aber keine Erlebnisse damit. Dann setzen wir uns in die Küche, und plötzlich fallen mir irgendwelche Einzelheiten ein. Oder ich sitze auf dem Sofa meiner Schwester, und plötzlich fällt mir das letzte ... das *vorletzte* Weihnachten wieder ein, als wir ... als wir dort zusammengesessen hatten. Das alles strömt dann in meinen Kopf wie im Zeitraffer."

„Sie erinnern sich daran, das scheint ja schon einmal das Wichtigste zu sein. Aber alles, was nach der Begegnung mit der Dame in der Bar geschah, lässt sich nicht mehr abrufen?"

„Ich kann mich an nichts erinnern."

„Und Sie haben tatsächlich das Gefühl, als hätten Sie diese Barbekanntschaft erst am Vorabend Ihres Erwachens gemacht?"

Craig strich sich wie mechanisch mit der Hand über den Bart. Er fühlte sich fremd an, und doch war es ihm vertraut, diese spröden Haare unter seiner Handfläche zu fühlen. Er wusste auf einmal, dass er diese Bewegung schon sehr oft gemacht hatte. „Es kommt mir so vor, ja. Und dennoch spüre ich, dass mir Zeit fehlt. Ich habe einerseits das Gefühl, als wäre ich erst vor drei Tagen von München nach Zürich gereist, andererseits erscheint mir meine Welt hier in München weit weg, als sei ich nach einem langen Urlaub wieder nach Hause gekommen."

Bäumler beugte sich vor und blickte ihn interessiert unter buschigen schwarz-grauen Augenbrauen an. Sein Gesicht war rot und dicklich und seine Wangen wurden von kleinen blassblauen Adern durchzogen. „Sie waren aus welchem Grund in Zürich?"

„Ich sollte die Begrüßungsrede auf einem Kongress für Genetiker halten. Es ist ein sehr bedeutender Kongress, und der Auftritt dort war sehr wichtig für uns. GENOVENTIS benötigt neue Investoren, und es gibt wohl kein besseres Forum, als sich dort zu präsentieren."

„Ach ja, Sie sagten es bereits ...", Bäumler ließ sich wieder in den Sessel zurücksinken. Er trug ein kariertes Baumwollhemd, und seine Brusttasche war mit allerlei Krimskrams gefüllt. Neben einem Kugelschreiber lugte ein Holzspachtel heraus und der Deckel einer Pappschachtel, zudem musste sich ein trapezartiger Gegenstand darin befinden – Craig dachte unweigerlich an einen Sheriffstern. „Sie kamen dann also fast auf den Tag genau ein Jahr zu spät bei dem Veranstaltungsort an. Und was in diesem Jahr geschah – davon haben Sie keine Ahnung ... Das ist ... Hm, was geschah, nachdem Sie den Irrtum bemerkten?"

Craig fühlte sich schummrig. Er wusste, dass es nicht an irgendwelchen Drinks liegen konnte. Er wusste ja nicht einmal, ob er vorgestern Abend etwas getrunken hatte. Aber die Erinnerung an diesen Tag, an *gestern*, brachte die Welt sofort wieder leicht ins Wanken. „Ich habe Frau Wissmann ... das ist die PR-Dame bei der Messe, ich habe sie gebeten, kurz telefonieren zu können. Ich hatte ja kein Handy, weil das am Abend vorher ... beziehungsweise vor einem Jahr" – Craig schluckte, ihm wurde klar, wie abstrus sich seine Geschichte anhören musste. Dennoch fuhr er fort: „weil es ... ehrlich gesagt, ich weiß nicht, wo es ist. Vielleicht ist es gestohlen worden oder ich habe es verloren ... ich ... Jedenfalls hatte Frau Wissmann Verständnis für meine Situation und hat mich dann in ein Büro gebracht, wo ein Telefon stand. Ich habe mich gesetzt und meine Schwester angerufen. Meine Schwester hat anschließend mit dem Deutschen Konsulat telefoniert, das mir Ausweisersatzpapiere ausgestellt hat. Außerdem hat meine Schwester mir für den gleichen Abend einen Flug gebucht und mich dann am Münchner Airport abgeholt."

„Ihre Schwester – wie hat sie reagiert, als Sie sich am Telefon meldeten?"

Craig blickte auf den Boden, überlegte einen Atemzug, versuchte sich in das Büro zurückzuversetzen, in die Situation gestern. Es war ein spartanischer Raum gewesen mit anthrazitfarbenen Möbeln und Kabelsträngen, die an den Schreibtischen hinunter hingen. Kein Bild hing in dem Raum, der zudem viel zu groß für eine Person wirkte. Er hatte sich komisch gefühlt, als er die Nummer seiner Schwester wählte, irgendwie schuldig, als habe er etwas angestellt. Dann das Tuten. Einmal, zweimal, dreimal.

„Schmidtgall", hatte sie sich gemeldet. Und er erinnerte sich, wie gut es tat, ihre Stimme zu hören.

„Aline, ich bin's, Craig."

Schweigen.

„Aline?"

Er sah zum Professor auf. „Sie war überrascht, meine Stimme zu hören. Konnte es gar nicht glauben, dass ich es bin. Zweimal hat sie gefragt, *Craig, bist du das wirklich? Bist du es, Craig?* Aber dann hat sie es geglaubt. Sie hat angefangen zu weinen und war glücklich, dass ich endlich wieder da bin, dass ich *am Leben* bin, wie sie sagte."

Der Professor nickte.

Craig dachte an das Telefonat. Dachte an die Fragen, die Aline ihm gestellt hatte.

„Wo um Himmels willen warst Du die ganze Zeit? Was hast Du gemacht?"

Er hatte an dem Telefonhörerkabel herumgedrückt, nach irgendetwas gesucht, auf dem er seinen Blick ruhen lassen konnte. „Nichts", sagte er schließlich. „Was soll ich gemacht haben? Ich war hier. Ich bin in Zürich. Ich wollte die Keynote halten, aber ich bin wohl zu spät."

„Die Keynote? Bei dem Kongress von vor einem Jahr? Jetzt? Heute? Warum ...?"

"Ich weiß es nicht, Aline. Bitte, ich kann Dir das im Augenblick nicht erklären. Ich will jetzt einfach nur nach Hause."

Der Professor meldete sich wieder von der anderen Seite des Tischchens: "Hatte Ihre Schwester eine Idee, was passiert sein könnte? Wo Sie sich aufgehalten haben?"

"Nein. Sie haben mich natürlich suchen lassen, auch die Polizei hat mich gesucht, aber ohne Ergebnis. Aus ihrer Sicht bin ich vor einem Jahr nicht bei dem Kongress erschienen und das war's. Keiner weiß, was passiert ist."

Der Professor spitzte die Lippen, schien sich zu konzentrieren. Plötzlich brummte die Fliege vor seiner Nase entlang und seine Augäpfel stoben zur Seite. Sein Kopf machte eine kreisende Bewegung, dann richtete sich sein Blick auf die silberne Lampe, die von der Decke hing wie ein umgedrehter Kochtopf. Doch er besann sich, wedelte mit einer Hand über den Tisch, wie um das Insekt und den Gedanken daran zu vertreiben. "Herr Dr. Hammerstein, ich werde Ihnen jetzt ein paar Fragen stellen, um Ihren mentalen Zustand zu testen. Es sind einfache Fragen, banale Fragen. Aber bitte beantworten Sie sie dennoch mit dem nötigen Ernst."

Craig setzte sich ein wenig aufrechter hin in seinem Sofaeck, schaute erwartungsvoll in Richtung des Professors. Dieser schlug eine braune Pappkladde auf und zog seinen Kugelschreiber aus der Hemdtasche. Dann fischte er auch noch eine Lesebrille hervor und setzte sie sich auf seine fleischige Nase. Er schielte durch die Gläser auf die Mappe, öffnete dabei den Mund wie ein Fisch und sagte: "Wie alt sind Sie?"

"Neununddreißig." Craig schluckte und hob die Hand. "Nein ... vierzig."

Bäumler sah ihn kurz an, presste die Lippen aufeinander und machte sich eine Notiz.

"Sind Sie verheiratet?"

"Nein."

"Kinder?"

Craig schüttelte den Kopf.

"In welchem Jahr leben wir, Herr Dr. Hammerstein?"

„Zweitausendfünfzehn."

Bäumler machte sich weiterhin nach jeder Antwort eine Notiz.

„Welche Jahreszeit ist jetzt?"

„Winter."

„Welchen Monat haben wir?"

„März."

„In welchem Bundesland sind wir? Und in welcher Stadt?"

„Bayern. München."

„Wo sind wir?"

„Im Klinikum rechts der Isar. Psychiatrie."

Er nickte. „Welches Stockwerk?"

„Erdgeschoss."

Er blickte ihn an. „Zitrone. Schlüssel. Ball – würden Sie diese drei Worte wiederholen?"

Er muss das Gefühl haben, ich sei total dement, durchfuhr es Craig. Er atmete deutlich hörbar aus, sagte dann: „Zitrone, Schlüssel, Ball."

„Bitte subtrahieren Sie mit der Hundert beginnend in Siebenerschritten rückwärts."

„Dreiundneunzig, sechsundachtzig, neunundsiebzig, zweiundsiebzig, fünfundsechzig..."

„Okay, das reicht. Buchstabieren Sie das Wort *Preis* rückwärts!"

„S-I-E-R-P."

„Wissen Sie noch die Wörter, die Sie eben auswendig gelernt haben?"

„Zitrone, Schlüssel ... Auto."

„Bitte sprechen Sie den Ausdruck *Kein Wenn und Aber* nach!"

„Kein Wenn und Aber."

Der Professor nickte und schrieb. Dann zeigte er auf ein Blatt, das vor ihm auf dem runden Beistelltischchen lag. „Würden Sie dieses Blatt nehmen, es in der Mitte falten und auf den Boden legen?"

Craig tat es.

Als er wieder saß, hielt ihm Bäumler ein anderes Blatt unter die Nase, auf dem stand: „Bitte schließen Sie die Augen!"

Craig schloss die Augen.

„Sie können die Augen wieder öffnen. Bitte kommen Sie ein Stück näher an den Tisch heran ... Danke. Und jetzt zeichnen Sie bitte diese Figur hier nach."

Er schob Craig ein Blatt mit zwei ineinander verschachtelten Fünfecken unter die Nase und legte ihm seinen Kugelschreiber auf den Tisch. Craig nahm den Stift und begann zu zeichnen, seine Hand zitterte dabei leicht. Nachdem er fertig war, schob er dem Professor das Blatt zu.

Bäumler verglich die Zeichnung mit dem Original und nickte erneut. Craig fielen dabei seine Haare auf, die sich aus seiner Nase kräuselten wie lange, dünne Schamhaare.

Bäumler legte die Zeichnung zu den Unterlagen. Er konzentrierte sich kurz auf irgendetwas hinter Craig, möglicherweise vermutete er die Fliege dort, dann sah er direkt in Craigs Augen. „Ihre kognitiven Fähigkeiten, Sprache und Intelligenz scheinen mir nicht eingeschränkt zu sein. Auch Ihr Kurzzeitgedächtnis ist vollkommen in Ordnung. Das Defizit betrifft also ausschließlich das Langzeitgedächtnis, so dass wir von einer retrograden Amnesie ausgehen können. Das ist nichts Ungewöhnliches, rund hunderttausend Menschen sind nach Schätzungen in Europa von Gedächtnisverlusten betroffen. Wir werden sicherheitshalber noch ein Kernspintomogramm von Ihrem Schädel anfertigen, um eventuelle Hirndefekte auszuschließen, aber ich denke nicht, dass wir hier fündig werden. Hatten Sie jemals einen epileptischen Anfall, oder gibt es in Ihrer Familie ein entsprechendes Krankheitsbild?"

Craig schüttelte den Kopf. „Nein, nichts dergleichen."

„Das ist gut. Machen Sie sich keine allzu großen Sorgen, Herr Dr. Hammerstein. Amnesie gilt als sogenanntes selbstlimitierendes Krankheitsbild. Das heißt, es ist wahrscheinlich, dass Sie sich nach und nach wieder an das Meiste erinnern können. Versuchen Sie, mit Leuten zu sprechen, die Sie während der Zeit Ihres Gedächtnisverlusts getroffen haben. Oder kehren Sie an Orte zurück, die Ihren Erinnerungen einen Anstoß geben können. Es kann auch nicht schaden, wenn Sie sich in einem Kurs zum Gedächtnistraining anmelden."

Bäumler gab ihm zwei zusammengeheftete Kopien, auf denen Adressen mit Selbsthilfegruppen und Anbietern von Gedächtnistrainings standen.

Craig nickte und steckte sie ein. Er hatte plötzlich das Gefühl, dass ihm das Gespräch mit dem Professor nichts brachte. Natürlich gab es keine Pille, die plötzlich Licht in das Dunkel seines Vergessens bringen würde, das wusste er genau so gut wie Bäumler, auch wenn er sich noch nie mit dem Thema Amnesie befasst hatte. Wenn er nur wüsste, warum ihm, gerade ihm das passiert sein musste?

„Herr Professor, haben Sie eine Erklärung für diese Form der Amnesie? Ich meine, was sind die Ursachen?"

Bäumler nahm die Brille wieder von der Nase und steckte sie zu dem Sheriffstern in seine Brusttasche. „Es gibt eine ganze Reihe von Ursachen, etwa, wenn eine Demenz eintritt, aber das können wir nach den Tests wohl ausschließen. Zudem gibt es andere organische Gründe, beispielsweise eine Gehirnerschütterung, Kopfverletzungen, epileptische Anfälle oder Vergiftungen. Es gibt aber auch psychisch bedingte Ursachen, etwa starke Stresssituationen oder ein traumatisches Erlebnis, das der Betroffene verdrängen will." Professor Bäumler zuckte mit den Schultern. „Am intensivsten sind die Auswirkungen, wenn organische und psychische Faktoren einander begegnen."

„Und Alkohol? Ich habe mich verkatert gefühlt."

„Als Auslöser eher selten, aber in Zusammenhang mit anderen Substanzen denkbar. Wir haben Ihnen Blut abgenommen und werden sehen, ob wir etwas finden, was dort nicht hingehört. Es … es können natürlich auch Wechselwirkungen mit anderen Medikamenten gewesen sein. Haben Sie …", er unterbrach sich, begann erneut in seiner Mappe herumzublättern. „Haben Sie außer den Medikamenten, die ich Ihnen verschrieben habe, noch andere genommen?"

„Ich bin mir nicht sicher. Aber welche Medikamente hatten Sie …? Ich kann mich gerade nicht erinnern."

„Verstehe", sagte der Arzt und legte den Finger auf eine Stelle seines Dokuments. Er kniff die Augen leicht zusammen, schob die Oberlippe über die Unterlippe und verharrte einen Moment. „Ach ja, hier. Wir hatten Ihnen einen Stent unter die Haut implantiert.

Mit einem Antidepressivum. Sie hatten eine leichte Krise, hatten sich dann aber wieder gefangen, wenn ich das richtig sehe. Durch den Stent mussten Sie keine Tabletten nehmen. Er sondert den Wirkstoff automatisch ab, hält etwa drei Monate. In Ihrem Fall … wir haben ihn Mitte November 2013 gelegt, dann dürfte die Wirkung bis Mitte Februar 2014 angehalten haben, also etwa bis …"

„Bis ich mich an nichts mehr erinnern kann."

„Ja, genau", sagte Bäumler gedankenverloren und erstarrte dann plötzlich. „Nicht bewegen", flüsterte er und fixierte Craigs Schulter. Bäumler hob langsam die Hände, als habe er vor, Craig zu erwürgen. Dann ließ er sie unmittelbar über seiner Schulter zusammenklatschen.

Craig zuckte kurz zusammen und blickte in das fragende, in diesem Moment leicht dümmlich wirkende Gesicht des Psychiaters. Dieser zog seine Hände von der Schulter Craigs zurück und brachte sie gefaltet wie ein Betender zwischen ihnen in Stellung. Er senkte den Kopf und klappte seine Handflächen langsam auseinander. Die Miene des Professors bekam einen Anflug von Milde und Güte, als er auf den matschigen, schwarz-violetten Fleck auf seiner Handfläche blickte.

„Bingo!"

3

„Und? Was hat er gesagt?"

Das war Aline. Fast hätte er vergessen, dass sie draußen im Flur auf ihn gewartet hatte. Sie war etwas in die Breite gegangen, um diese stillschweigende Feststellung kam er nicht herum. Ihr Gesicht sah leicht angeschwollen aus, und ihre Haut wirkte eigenartig wächsern, fast ein wenig kränklich. Aber vielleicht lag es auch nur an ihren Augenlidern, die rot waren, der Tränen wegen. „Geht es Dir auch wirklich gut?", hatte sie immer wieder gefragt, ihm dabei die Hand auf die Brust gelegt und tief in die Augen geblickt. Er hatte gesagt, was er dachte, was er fühlte. „Es geht mir gut." Und es stimmte ja: Ihm fehlte ja nichts – außer dem einen Jahr.

Wahrscheinlich war es die Erleichterung gewesen, die Aline immer wieder in Tränen ausbrechen ließ. Darüber, dass er wohlauf war. Nach all der Zeit.

Obwohl sie drei Jahre jünger war als er, wirkte sie älter, reifer. Sie legte ihm gegenüber eine eigenartig mütterliche Art an den Tag, so wie es ältere Schwestern manchmal taten. Doch gab es keinen Grund dafür. Sie war nicht seine Ersatzmutter gewesen, mitnichten. Vielleicht fühlte sich Craig deshalb oft von dieser Art provoziert. Er hatte nie darüber nachgedacht, doch intuitiv spürte er, dass ihr gluckenhaftes Verhalten oft der Auslöser für Streitereien gewesen war. Warum dieser Stachel immer wieder stach, war ihm nicht klar. War es denn nichts Gutes, sich zu sorgen? Sich Gedanken um den besten Weg für den Anderen zu machen? Harmonie herstellen zu wollen?

Vielleicht lag es an dem schwierigen Verhältnis zu ihrer leiblichen Mutter, aber nachgedacht hatte er darüber nicht. Auch jetzt kam er nicht umhin, einen leichten Stich zu spüren. Wie sie da stand, ihm die Hand an den Oberarm hielt, die Stirn in Sorgenfalten, den Kopf leicht in die Schräge gelegt.

Dennoch, etwas war anders. Er wurde nicht wütend, spürte nicht den üblichen Groll. So wäre es früher gewesen, vorgestern, vor einem Jahr. Doch was er jetzt sah, war ein Mensch, der sich aufrichtig für ihn interessierte, warum sollte ihn das aufbringen?

Warum hatte es das in der Vergangenheit getan?

Er nahm sie in den Arm. „Mach dir keine Sorgen, Aline, es wird alles wieder gut."

„Dann ist es … ist es nichts Ernstes?"

„Nein, offenbar nicht. Er kann nicht genau sagen, was los ist. Eine Amnesie, das ist klar. Aber er meint, die Erinnerung kehrt von alleine wieder zurück."

„Es ist ja auch nur ein Jahr."

Er strich ihr über den Rücken. „Ja, nur ein Jahr."

Sie gingen zurück zum Auto. Aline hatte ihn hergefahren. Sie hatte darauf bestanden, dass er gleich heute eine Untersuchung machen lassen sollte. „Wer weiß, was da mit dir passiert ist, es ist besser, wir verschwenden keine Zeit."

Er hatte die erste Nacht bei ihr und bei Veit, seinem Schwager, verbracht, hatte im Gästezimmer der beiden geschlafen. Aline war den ganzen Abend aufgewühlt gewesen, konnte gar nicht von ihm lassen. Sie hatte ihm immer wieder in den Bart gegriffen und war der Meinung, dass er gar nicht schlecht damit aussehe. Veit hatte ihm alle möglichen Fragen gestellt, die er nicht beantworten konnte. Deshalb musste er versprechen, gleich heute ins Klinikum zu fahren und sich untersuchen zu lassen.

Jetzt fuhren sie über die Prinzregentenstraße, am Friedensengel vorbei und dann über die Isar. Aline hatte darauf bestanden, ihn zu chauffieren. Als ob er nicht mehr fahren könnte. Noch immer im dichten Nebel plötzlichen Erwachens steckte. Mit wirrem Kopf. Eine Strähne war ihr aus dem Zopf geglitten, immer wieder blickte sie unter ihr hindurch in seine Richtung. Mitleidig. Seine Gefühle erforschend.

Er lächelte sie an, blickte dann aus dem Fenster. Es war eigenartig, zurück in der Stadt zu sein, in *seiner* Stadt. Gefühlsmäßig war ja kaum Zeit vergangen, und doch hatte er den Eindruck, München plötzlich mit anderen Augen zu sehen. Es war kurz nach zwei Uhr und nur wenig Verkehr. Obwohl es nur knapp über null Grad sein konnte, protzte die Sonne. Ein Hauch von Frühling lag in der Luft, und als sie über die Isar fuhren, hatte er das Gefühl, die Stadt noch nie klar gesehen zu haben. Auch die Ludwigstraße mit ihren Prachtbauten, mit Feldherrenhalle auf der einen und Siegestor auf der anderen Seite, kam ihm verändert vor, wirkte heller, irgendwie farbiger als sie es zuvor gewesen war. Er wusste natürlich, dass das nicht sein konnte. Nichts hatte sich in diesem einen Jahr in München verändert, nichts Gravierendes zumindest.

Das Einzige, was sich verändert hatte, war sein Blick auf die Dinge, war er selbst.

Sie fuhren an der Universität vorbei, und er dachte an den Vortrag, den er kürzlich vor Biologiestudenten gehalten hatte. Über Neuro-Enhancement. Natürlich hatte er nicht in die Tiefe seiner aktuellen Forschungsergebnisse gehen können, nicht, so lange nicht alles patentiert war. Bis dahin waren sie Top Secret. Dennoch war das Auditorium Maximum bis auf den letzten Platz besetzt gewesen. Sicher waren nicht alle dort, weil sie sich für den Wissenschaftsbereich interessierten. Manche waren einfach nur da, weil sie den Typen aus dem Fernsehen einmal live sehen wollten. Und manche, weil sie stören wollten. Weil sie nicht wahrhaben wollten, was unvermeidlich war.

„Methylphenidat", rief Craig den Studierenden durch das Mikrofon zu und hielt eine kleine Pille zwischen Daumen und Zeigefinger. „Besser bekannt als Ritalin. Wären wir in den USA, könnte ich abzählen. Jeder Vierte würde wissen, um was es hierbei geht. Jeder Vierte würde es wissen, weil er das Präparat selbst zu sich nähme. In Deutschland hat Ritalin einen schlechten Ruf. Nur jeder fünfzigste Student greift hin und wieder dazu. Dabei hilft es, die Konzentration zu steigern, Störgeräusche auszublenden. Wenn man zu viel Zeit auf Partys verbracht hat, kann man in die Lage geraten, dass man plötzlich in sehr kurzer Zeit sehr viel lernen muss. Ich kenne Situationen wie diese jedenfalls aus meiner eigenen Studienzeit. Ritalin kann möglicherweise das Schlimmste gerade noch abwenden.

Dennoch ist es verpönt.

Warum? Gravierende Nebenwirkungen gibt es keine. Kinder bekommen es, wenn sie unter ADHS leiden. Das ist eine Aufmerksamkeitsstörung. Plötzlich werden Kinder weniger hibbelig, können dem Unterricht folgen, bleiben nicht zurück. Doch warum ist das, was für Kinder gut ist, für Erwachsene plötzlich schlecht?"

Er machte eine Kunstpause, blickte ins Publikum. Wartete auf eine Antwort. Er wusste, wenn man lang genug wartete, dann löste sich plötzlich eine Reaktion aus der Menge. Wie ein Tropfen, der langsam anschwillt, Gewicht bekommt und schließlich zu Boden stürzt.

Einer traute sich schließlich, einer aus der hinteren Reihe: „Warum ist es schlecht, wenn sich ein Radprofi Steroide spritzt?"

Ein Raunen wogte durch das Publikum. Köpfe drehten sich. Ein Typ im gelben T-Shirt und mit Kinnbärtchen sah ihn mit unbeugsamem Blick an.

Craig lächelte zurück, schob die Hand mit der Pille in die Hosentasche, ließ den Schoß des Sakkos lässig darüber gleiten. „Ja, warum ist das schlecht? Berechtigte Frage. Eine Antwort könnte sein: Weil man davon Hodenkrebs bekommen kann. Aber wie gesagt: Ritalin ist bei entsprechender Dosierung ungefährlich. Aber ich stimme Ihnen zu, es bleibt ein ungutes Gefühl zurück. Man fragt sich doch: Verzerre ich den Wettbewerb, wenn ich etwas einnehme, was die grauen Zellen stimuliert? Etwa zu meinen Gunsten?

Doch was ist mit Traubenzucker? Was ist mit Kaffee? Warum ist eine Droge wie Koffein erlaubt und eine andere wie Methylphenidat verboten? Oder denken Sie an Alkohol. Wie viele Manager bekämpfen allabendlich den Stress damit, um am nächsten Tag wieder fit im Büro zu sein?

Und warum sprechen sich eigentlich immer die Erfolgreichen gegen ein Enhancement durch Wirkstoffe wie Ritalin aus? Diejenigen nämlich, die ihre Talente schon in die Wiege gelegt bekommen haben. Kann es nicht auch ein durch und durch menschlicher, sozialer Gedanke sein, denen mit Ritalin zu helfen, die es durch die Gnade der Geburt nicht auf Anhieb alleine schaffen? Und wäre es nicht unsere moralische Pflicht, sogar noch viel bessere Wirkstoffe zu schaffen, auch durch Gentechnik, die eine noch bessere Optimierung möglich machten? Ich kann Ihnen sagen, dass GENOVENTIS gerade hier …"

Der Wagen machte einen Ruck, riss Craig aus den Gedanken. Er schoss leicht nach vorne, der Gurt spannte sich über seiner Brust. Aline war in die Eisen gegangen, drückte jetzt mit beiden Händen auf die Hupe. Ein BMW vor ihnen machte einen kleinen Schlenker, sauste aber gerade noch an der Stoßstange vorbei. „Das war jetzt aber echt mal Dunkelrot", schimpfte sie, legte dann eine Hand auf die Brust und atmete tief ein. „Hätten wir am ersten Tag nach Deiner Rückkehr schon fast einen Unfall gebaut."

„Ist ja nochmal gut gegangen."

Aline hatte den Wagen abgewürgt und stand mitten auf der Leopoldstraße. Sie ließ das Auto wieder an und bog in die Ohmstraße ein. Schon nach wenigen Metern sah er den Rasen des Englischen Gartens.

„Weißt Du, Du hast Dich echt verändert."

„Ja?"

„Ich meine das gar nicht negativ. Ganz im Gegenteil. Früher hättest Du Dich über solche Typen viel mehr aufgeregt. Und jetzt …"

„Jetzt?"

„Jetzt nimmst Du es halt einfach so hin."

„Und das ist besser, ja?"

„Es ist jedenfalls gut, sich nicht über Dinge aufzuregen, die man ohnehin nicht mehr ändern kann. Und über Dinge, die nur fast passiert wären."

„Das hätte ich wohl normalerweise gemacht, nicht wahr? Mich aufgeregt."

„Ich denke ja, Craig. Du bist eigentlich ein Heißsporn."

„Ich glaube, Du verwechselst mich", sagte er. „Wir Bartträger sind ruhige, behäbige Typen."

Aline warf ihm einen belustigten Blick zu und parkte den Wagen vor der Garageneinfahrt. Sie stiegen aus und gingen die Außentreppe bis zu seiner Wohnung hinauf. Vor der Türe kramte Aline den Schlüssel aus ihrer Handtasche. Sie steckte ihn ins Schloss und sah ihn verheißungsvoll an, als sei sie eine Immobilienmaklerin, die im Begriff ist, ihr Schmuckstück zu präsentieren. „Es ist alles noch so, wie Du es verlassen hast. Die Polizei war einmal da und hat sich ein wenig umgeschaut, aber Du wirst sehen: Alles ist an seinem Platz. Anna war einmal im Monat hier und hat durchgewischt."

„Ihr habt nach einem Jahr nicht daran gedacht, die Wohnung zu kündigen? Die Miete kostet ein Vermögen."

„Nein, wir nicht. *Ich* nicht. Aber ... ach, lass uns später darüber reden, ja?"

Craig hörte das Knirschen des Schlosses und hatte auf einmal das Bedürfnis, sich am silbernen Treppengeländer festzuhalten. Er wusste, was ihn erwartete: Seine hundertdreißig Quadratmeter große Penthouse-Wohnung mit Echtholzparkett, Möbeln von Rolf Benz und einem Flat-Screen-Plasmabildschirm, der fast eine komplette Wandseite einnahm. Eine Wohnung, die fast nur aus Fenstern bestand und die direkt am Englischen Garten lag, über dem Eisbach, den man bei offenem Fenster gemütlich gurgeln hörte. Eine Dachgeschosswohnung, aber ohne Schräge, mit einem riesigen Wohnzimmer, an das eine Terrasse mit terrakottabraunen Fliesen grenzte. Von der Terrasse konnte man auf einer kleinen Galerie, die sich an die Fassade schmiegte, an der Außenseite des kompletten Wohnzimmers entlanglaufen.

„Kommst Du?", fragte Aline.

Er wusste nicht, warum er dieses komische Gefühl hatte, als komme er zurück an einen aufgegebenen Ort. Einen Ort, der einmal wichtig für ihn war, der aber jetzt keine Bedeutung mehr hatte. Dabei sagte ihm sein Verstand, dass er erst vor drei Tagen von hier aufgebrochen war. Sein Verstand sagte ihm, dass alles in Ordnung war, sein Gefühl behauptete das Gegenteil. Es sagte ihm, dass etwas auf ihm lastete, dass es ein Geheimnis gab, das er lüften musste.

Irgendetwas stimmte nicht.

„Craig?" Seine Schwester stand im Türrahmen und sah ihn fragend an.

„Ach, entschuldige, ich komme."

„Kein Problem, lass Dir Zeit. Du warst schließlich lange nicht mehr hier." Sie lehnte sich an den Rahmen und ließ ihn voraus in die Wohnung gehen.

Der Geruch von feuchtem Gips und würzigem Holz empfing ihn. So hatte es gerochen, seit er hier vor drei Jahren eingezogen war. Nie hatte die Wohnung einen anderen Duft angenommen, auch nicht den seinen. Er ging durch den kleinen Flur ins Arbeitszimmer, das von einem großen Schreibtisch dominiert wurde, darauf sein PC, an den Wänden Drucke von Keith Haring. Das Arbeitszimmer trennte den Schlaf- und Wohnbereich. Während das Schlafzimmer durch eine Tür geschlossen wurde, war das Arbeitszimmer zum Wohnzimmer hin geöffnet. Es gab lediglich einen breiten Gang, durch den das Licht fluten konnte und der das Penthouse so noch größer wirken ließ, als es ohnehin war.

Kaum stand er in seiner Wohnung, hatte er schon wieder das Gefühl, er müsse frische Luft schnappen, als drücke ihm etwas die Kehle zu. Wie automatisch ging er durch das Wohnzimmer hindurch und öffnete die Terrassentür.

Obwohl die Sonne direkt auf die Terrasse schien, hatte sich eine dünne mit Raureif beflockte Frostschicht über die Fliesen gelegt. Unter dem gemütlichen Knirschen des zerbrechlichen Eises schritt er bis zum Geländer, blickte auf den gurgelnden Bach, an dessen Rändern ebenfalls kleine Eisschollen klebten. Er atmete die frische Winterluft ein, und es ging ihm sofort besser; er fühlte sich wacher, irgendwie näher bei sich. Durch die nackten Buchen, deren Spitzen bis über die Terrasse ragten, zeichneten sich die graugrünen Wiesen des Englischen Gartens ab. Und durch den Dampf seines Atems erblickte er eine einsame Joggerin mit einer roten Mütze und einem Hund im Schlepptau.

„Alles wie immer", sagte er, als er wieder in die Wärme des Wohnzimmers trat.

Aline schob sich die heruntergerutschte Strähne hinter das Ohr, blickte sich im Raum um. „Ich habe Anna gebeten, den Kamin anzumachen. Ich wollte, dass Du Dich wohl fühlst. Dass Du Dich zuhause fühlst."

Er lächelte und schloss die Terrassentür mit dem gewohnten Griff. Der Kamin stand in der Mitte des Raums, an der Außenwand zur Küche, die sich ins Wohnzimmer hinein schob. Hinter einem leicht abgedunkelten Glas sah er die Flammen züngeln.

„Ich kann es immer noch nicht fassen, dass Du hier bist, Craig."

Er stieß einen leichten Seufzer aus. „Mir kommt es vor, als wäre ich kaum weg gewesen."

„Ich bin sicher, dass Du Dich bald wieder an alles erinnern wirst. Soll ich Dich zu einem dieser Gedächtnistrainings anmelden?"

„Nein, ich denke, das wird nicht nötig sein. Ehrlich gesagt, glaube ich nicht, dass mich das weiter bringt. Ich habe ja keine Probleme damit, etwas zu behalten, sondern nur damit, bestimmte Informationen abzurufen."

Er schritt um einen Glastisch herum, setzte sich auf das weiße Ledersofa. Sein Blick fiel auf einen Schuhkarton, der neben der Bang & Olufsen-Stereoanlage im Regal stand. Ein kurzes Gefühl der Beklemmung durchfuhr ihn, als er die Schachtel betrachtete.

„Wie fühlst Du Dich, Craig?"

Da war sie wieder die Frage, die er heute schon zum hundertsten Mal gehört hatte. Er zuckte mit den Schultern. „Es ist komisch. Es ist komisch, hier zu sitzen und zu wissen, dass man ein Jahr lang nicht hier gesessen hat. Dabei sagt mir mein Kopf, dass es noch gar nicht lange her ist. Nur mein Gefühl ..."

„Die Gefühle lügen nie ...", unterbrach sie ihn.

Er sah sie zweifelnd an.

Sie lachte. „Ach Craig, dass Du Dich überhaupt von Gefühlen beeinflussen lässt! Du bist schon ein wenig ... aber, lassen wir das."

„Was bin ich?"

„Nichts, ist schon gut. Soll ich noch etwas zu essen machen? Anna hat Dir das Nötigste eingekauft, der Kühlschrank dürfte gut gefüllt sein."

„Nein, ich ...", er stand auf, ging zu seiner Schwester herüber. „Was meinst Du, Aline? Was ist anders an mir? Das ist schon das zweite Mal, dass Du Andeutungen in diese Richtung machst. Zuerst haben wir noch gescherzt, aber jetzt will ich wissen, was Du meinst."

Sie legte ihm die Hand auf die Wange, fuhr zärtlich mit dem Finger auf dem verkrustenden Riss an seiner Schläfe auf und ab. Sah ihm in die Augen, wie einem Jungen, der sich beim Raufen verletzt hat. Sie schüttelte fast unmerklich den Kopf. „Es ist nichts, nur ... Du bist so nachdenklich, so kenne ich Dich nicht, Craig. Natürlich, Du bist in einer äußerst ungewöhnlichen Lage. Einer schwierigen Lage. Aber die gab es oft. Du hast immer nach vorne geguckt, warst nie rückwärtsgewandt. Selbst als Vater damals von einem Tag auf den anderen verschwand, hast Du Dich nicht lange damit aufgehalten, was die Ursache sein könnte. Du hast es akzeptiert und Dir überlegt, was jetzt zu tun ist."

Er dachte an seinen Vater, an das energische Kinn mit dem Grübchen, die dunkelbraunen Haare, die stechenden Augen, den Rotweinatem. Ja, er war von einem Tag auf den anderen weg gewesen, wahrscheinlich in die USA abgehauen, dorthin, wo er geboren war, keiner wusste es genau. Fünfzehn musste er damals gewesen sein, seine Schwester zwölf. Er war nicht traurig, als er weg war, daran konnte er sich deutlich erinnern. Auch wenn allein mit ihrer Mutter nicht alles besser geworden war, beileibe nicht.

„Es muss an der Situation liegen, Aline. Ein Jahr, verstehst Du? Ich weiß nicht, was ich das komplette Jahr gemacht habe."

„Natürlich verstehe ich Dich, Craig." Sie nahm ihn in den Arm, drückte ihn an sich, als wolle sie ihn nie wieder loslassen. Und dennoch sagte sie: „Wenn Du mich nicht mehr brauchst, gehe ich jetzt."

„Nein, nein, ich komme zurecht. Vielleicht lege ich mich noch ein bisschen hin."

Sie nickte. „Also, ruf mich an, wenn etwas ist."

„Mache ich."

Als sie gegangen war, setzte er sich wieder auf das Sofa, verharrte dort eine ganze Weile, fühlte in sich hinein. Das war also sein Leben gewesen, das also waren seine Sachen, war seine Welt. Er konnte sich nicht helfen, aber dies alles wirkte eigenartig unpersönlich. Ein Hotelzimmer konnte so eingerichtet sein.

Er strich über den kleinen Brandfleck an der Innenseite der Sofalehne. Die Brasilianerin, wusste er. Er hatte sie an einem Abend im

Schumann's mit nach Hause genommen. Sie hatten es dann gar nicht mehr ins Schlafzimmer geschafft vor lauter Gier aufeinander. Schon auf dem Sofa waren sie übereinander hergefallen. Vor seinem inneren Auge sah er ihre braune, nackte Haut vor dem weißen Leder. Ihren runden Arsch und wie sein Schwanz in ihrer Vagina verschwand. „Guter Sex ist, wenn auch die Nachbarn danach eine rauchen", hatte sie gesagt. Und tatsächlich hatte sie das ganze Haus zusammengeschrien. Nicht erst, als er sie bei den Haaren packte und sie hart auf dem Parkett nahm. Nicht erst, als er sie mit der Schläfe gegen den Glastisch stieß und sie schließlich wütend und mit aufgeplatzter Oberlippe die Wohnung verließ.

Er schloss die Augen, atmete ein, atmete aus. Ja, er hatte hier gelebt. Sein Leben hatte Spuren hinterlassen. Einen Brandfleck und … ja, das da drüben.

Er öffnete die Augen, legte eine Hand auf die Lehne und stieß sich damit von der Couch ab. Drei Schritte waren es zu dem Regal aus Stahl und Glas, in dem die Anlage stand.

Und der Schuhkarton.

Mit weichen Knien schritt er darauf zu, und als er sah, wie seine Hand zitterte, die er danach ausstreckte, wollte er schon wieder zurück zum Sofa gehen. Zurück zum Brandfleck und den Erinnerungen an die braunen Arschbacken. Doch dann spürte er bereits, wie seine Finger die Schachtel ergriffen hatten.

Er hatte das Gefühl, sein Herz ziehe sich zusammen, als er den Deckel öffnete.

4

Am nächsten Morgen war Craig um kurz vor zehn in der Firma. Er hatte phantastisch geschlafen und fühlte sich viel besser als am Vortag. Er trug einen Maßanzug aus Yangir-Wolle in dark blue und ein Hemd mit dünnen Nadelstreifen von Ermenegildo Zegna, dazu seine braunen von Hand genähten, rahmengestochenen Kalbslederschuhe. Seine Anzughose erschien ein wenig zu weit. Drei Finger konnte er zwischen Bund und Bauch bringen, offenbar hatte er im vergangenen Jahr einige Kilo abgenommen. Er nahm sich vor, seinem Schneider in Kürze einen Besuch abzustatten und die Hosen etwas enger nähen zu lassen. Aber vielleicht würde er in den nächsten Monaten einfach auch nur gut essen und wieder ein wenig zulegen, dachte er und lächelte in sich hinein. Zuerst hatte er sich noch eine Krawatte umgelegt und war erstaunt gewesen, dass seine Hände fast automatisch die Bindung für den Windsor-Knoten fanden. Aber dann hatte er sich irgendwie verkleidet gefühlt und die Krawatte wieder abgenommen. Dabei – und das wusste er genau – hatte er damals im Büro immer Krawatte getragen.

Auch seinen Bart hatte er sich nicht rasiert. Er hatte ihn etwas gestutzt, das war alles, die langen Zotteln abgeschnitten. Tatsächlich kam ihm sein Gesicht im Spiegel ganz einfach vertraut vor mit Bart. Und er hatte Angst davor gehabt, wer ihm entgegenblicken würde, legte er ihn tatsächlich ab.

GENOVENTIS war in einem vierstöckigen Glasbau in Martinsried untergebracht, einem Vorort Münchens, in dem sich in den vergangenen Jahren eine Vielzahl neuer Firmen und Start-ups angesiedelt hatte. Sein Unternehmen hatte die obersten beiden Etagen bezogen, im Erdgeschoss residierte eine TV-Produktionsfirma, und den ersten und den zweiten Stock teilten sich eine Beratung, ein Importunternehmen für chinesische Konsumgüterprodukte und ein Softwareunternehmen mit einem lustigen Logo und dem Namen Siggissoft. Er fuhr direkt in den vierten Stock und bemerkte die Blicke, die ihm auf dem Weg zu seinem Büro an der Stirnseite des breiten Ganges folgten. Als er mit einem freundlichen „Guten Morgen" das Sekretariat betrat, ließ Nathalie Wörner vor Schreck einen Stapel Unterlagen fallen.

Craig und Veit teilten sich mit Nathalie eine Sekretärin. Veits Büro lag links, Craigs Büro rechts von Nathalies, und die Türen waren meistens geöffnet, um die Kommunikation „fließen zu lassen", wie die Chefs gerne betonten. Nathalie war nicht gerade begeistert davon, dass ihre beiden Vorgesetzten ihr am liebsten zeitgleich irgendwelche Aufgaben durch die Bürotür zuriefen. Natürlich musste immer alles *as soon as possible* erledigt werden, und Nathalie war somit ständig hin- und hergerissen, welche der *to dos* nun wirklich am wichtigsten waren. Da sie mit dem Fachchinesisch, das die beiden sprachen, ohnehin nicht viel anfangen konnte, hatte sie sich darauf verlegt, im Zweifelsfall Craigs Aufgaben vorzuziehen – er war Vorstands*vorsitzender* und Ober sticht Unter. So war es nun mal im Geschäftsleben, sagte sie sich, sie konnte da auch nichts machen.

Nathalie war Anfang dreißig, hatte langes, dunkelblondes Haar, einen kecken Pony, feine Gesichtszüge und nicht die schlechteste Figur. Sie liebte es, diese zu betonen, indem sie enge, auf Taille geschnittene Kleidung trug und, wenn es das Wetter zuließ, kurze Röcke mit Stiefelchen darunter.

Einen Augenblick blieb sie wie erstarrt stehen, ließ die Blätter in ihrem Arm einfach auf den Boden schweben, gebannt von Craigs plötzlicher, geisterhafter Erscheinung.

„I'm back", sagte Craig trocken und schritt erst um die helle Theke herum und anschließend um den Schreibtisch. Er nahm sie in den Arm, küsste sie links und rechts auf die Wange. Dann bemerkte er ihren kleinen Bauch, der sich unter einem dichtgewebten Baumwollstoff abzeichnete.

In seinem Inneren blitzte plötzlich diese eine Nacht vor knapp zwei Jahren auf, die sie miteinander verbracht hatten. Damals, als sie schon kurz vor der Hochzeit mit ihrem heutigen Mann stand. Er hatte sie von einer Firmenfeier im Taxi mitnehmen und sie auf dem Weg zuhause absetzen wollen. Zumindest hatte er das beteuert.

„In Deinem Zustand kann ich es nicht verantworten, Dich alleine heimfahren zu lassen", hatte er gesagt.

„OK", hatte sie nur erwidert und danach einen teuflischen Schluckauf bekommen, der ihren ganzen Körper durchgeschüttelt hatte.

Er hatte sie im Wagen angemacht und dem Taxifahrer dann einfach eine Routenänderung mitgeteilt, war somit direkt mit ihr zu seinem Penthouse am Englischen Garten gefahren. Es war eine leidenschaftliche Nacht gewesen, und es gab Craig jetzt einen Stich, dass er sich eingestehen musste, dass ihn das Bewusstsein besonders scharf gemacht hatte, die Frau eines anderen noch kurz vor der Hochzeit besitzen zu können.

Wenn er sich recht erinnerte, hatte er bislang niemals ein schlechtes Gewissen wegen dieser Angelegenheit gehabt.

„Wo warst Du all die Zeit? Mein Gott, wir dachten, Du bist tot!", sagte sie jetzt und legte die Blätter, die noch in ihrem Arm verblieben waren, auf dem Schreibtisch ab.

Craig wollte ihr erklären, was los war, doch im selben Moment kam sein Schwager Veit aus der Tür seines Büros.

„Mein Lieber!", rief er und legte ihm die Hände links und rechts an die Schultern. Er musterte ihn eine Weile mit ausgestreckten Armen, wahrscheinlich, weil Craig sich den Bart gestutzt hatte. Dann zog Veit ihn plötzlich an sich und klopfte ihm beherzt auf die Schulter. „Schon am zweiten Tag der Rückkehr wieder im Büro, das wäre nun wirklich nicht notwendig gewesen!"

„Ich muss so schnell wie möglich wieder Normalität in mein Leben bringen, da tut mir die Arbeit sicherlich ganz gut."

„Freut mich wirklich, dass Du da bist, Du hast hier mehr als gefehlt, das weißt Du."

Craig nickte. „Ich hoffe es zumindest."

Veit sah ihn mit einem leicht kritischen Blick an. „Pass auf, ich muss jetzt zum Management Board, lass uns nachher reden, okay?"

„Alles klar, bis später!"

Veit lächelte, gab ihm einen Klaps auf den Po und lief mit einer Mappe unter dem Arm und wehendem Haar aus dem Zimmer. Er würde immer der geborene Yuppie bleiben, dachte Craig.

Er wandte sich wieder Nathalie zu und begann dann, die Unterlagen, die auf den Boden gefallen waren, einzusammeln. Als sie Anstalten machte, ihm zu helfen, sagte er mit Blick auf ihren Bauch „nein, nein, lass – ich erledige das schon". Es machte ihm tatsächlich gar nichts aus, die Blätter aufzulesen, auch die nicht, die zwischen die Heizung und den Topf mit der Yuccapalme gesegelt waren. Vielleicht tat es ihm sogar gut, nach dem, was damals gewesen war. *Ein bisschen Abbitte zu leisten, hat noch keinem geschadet*, dachte er mit einem Hauch Ironie. Als er unter den Schreibtisch kroch, merkte er, dass sein Nacken noch immer nicht ganz in Ordnung war. Ein stechender Schmerz zog von dort in seinen Kopf, doch bei weitem nicht so schlimm wie gestern.

Er legte die zusammengeklaubten Blätter ungeordnet neben die Tastatur auf Nathalies Schreibtisch. Anschließend erklärte er ihr in kurzen Worten, was mit ihm geschehen war. Dass er nämlich so gut wie gar nichts wusste, über dieses eine Jahr, das er weg war, dass er aber hoffe, dass ihm die Zeit eine Antwort bringen werde. Dann gratulierte er ihr zur Schwangerschaft und wünschte ihr alles Gute damit.

Sie blickte ihn ernst unter gesenkten Lidern an, als nehme sie ihm seine ehrlichen Wünsche nicht recht ab, nickte dann aber.

„Vielleicht gehen wir ja mal Mittagessen demnächst, dann kann ich Dir ..."

„Ich glaube, das ist keine gute Idee, Craig."

Okay, unser Verhältnis ist angespannt, dann weiß ich das zumindest auch.

„Muss ja nicht sein", sagte er und ging in sein Büro. Auf dem in Augenhöhe angebrachten, anthrazitfarbenen Türschild stand: „Dr. Craig Hammerstein, Vorstand." Er stutzte, setzte seinen Weg dann aber fort. Anders als üblich schloss er die Glastür hinter sich.

Sonst hatte da immer „Vorstands*vorsitzender*" gestanden.

Er setzte sich an seinen Schreibtisch und schaltete wie automatisch den Computer ein, der darauf stand. Während das System hochfuhr, blickte er sich im Zimmer um. Alles schien unverändert. Da war das Regal mit den Büchern, ein paar Fotos, die ihn mit Branchengrößen und der Lokalprominenz zeigten. Auf einem Bild posierte er mit Veit und Aline auf dem Gründerkongress vor fünf Jahren, alle grinsten bis über beide Ohren. Sie hatten damals den zweiten Preis mit einer neuen Systematik zur Identifikation bestimmter Gene gewonnen. Das Patent hatten sie später verkauft und das Geld in andere Genforschungs-Bereiche investiert. In einer Ecke stand ein runder Tisch mit vier Stühlen, um kleine Besprechungen abzuhalten, und daneben ein Flipchart ohne Papier, aber mit dicken Filzstiften auf der Ablage. Immer noch lehnte das eingerahmte Bild mit dem „Spiegel"-Cover an der Wand, das er schon die ganze Zeit hatte aufhängen wollen. Es zeigte sein Gesicht und wie durch seine Augen ein Ausschnitt eines futuristischen Strukturmodells der DNA-Doppelhelix flog. „Frankensteins Erben" stand darunter, aber das hatte ihn damals nicht besonders gestört. Ihm war klar, dass die Medien ihre knalligen Überschriften brauchten, um Auflage zu machen. Immerhin war der Artikel über Craig mit „Der neue Messias" betitelt gewesen. Wesentlich ärgerlicher waren ohnehin die „Hammerstein = Frankenstein"-Plakate, die er seitdem immer öfter bei irgendwelchen Demonstrationen Ewiggestriger über sich ergehen lassen musste.

Windows meldete mit der ihm eigenen psychopathischen Tonfolge, dass das System hochgefahren war. Wie automatisch gab er sein Kennwort ein, eine sechsstellige Abfolge von Buchstaben und Zahlen. Er drückte Return, die Benutzeroberfläche wurde freigegeben.

Von wegen Gedächtnisverlust!

Er startete Outlook, seit jeher die erste Tätigkeit, die er im Büro in Angriff nahm, und erwartete eine Unmenge von E-Mails. Er bekam sicherlich hundert Stück am Tag, und wenn er diese Summe auf das vergangene Jahr hochrechnete, war er bei 36.500 Mails, die es durchzusehen galt. Allerdings würde sein Postfach irgendwann übergelaufen sein und die Annahme weiterer Mails verweigert haben. Dennoch würde er für den Nachmittag genug zu tun haben.

Doch als sich das Programm geöffnet hatte, fand er lediglich ein Dutzend nicht gelesene Mails vor. Die obersten beiden stammten von Veit und Nathalie und waren erst vor wenigen Minuten verschickt worden. Alle anderen waren Spam-Mails und irgendwelche Infoletter, die er erhielt. Der Rest der Mails bestand aus geöffneten und bereits bearbeiteten Nachrichten.

In einem ersten Impuls wollte er zu Nathalie hinüberrufen und fragen, was da los war, doch hatte er ja die Tür geschlossen. Obwohl er nur ein paar Schritte hätte gehen müssen, griff er stattdessen zum Telefon und drückte die Taste, die mit ihrer Nummer belegt war. Auch das funktionierte, ohne dass er groß darüber nachdenken musste, stellte er mit Zufriedenheit fest.

„Was ist denn da mit meinen E-Mails los?"

„Habe *ich* verwaltet. Ich habe ja generell Zugriff auf Eure Mails."

„Ah, okay. Gab's irgendetwas Wichtiges?"

Sie schnaufte in den Hörer. „Klar gab es Wichtiges. Ihr beschäftigt Euch doch nur mit Wichtigem, oder nicht? Ich habe Deine wichtigen Mails einfach zu den wichtigen Mails Deines Partners weitergeleitet."

„Und die anderen Sachen?"

„Welche anderen Sachen?"

Er stockte. Im Grunde hatte er gehofft, irgendeine Nachricht zu finden, die ihm sein Verschwinden erklären konnte. Irgendetwas, das ihm einen Anhaltspunkt gab, wo er gewesen war, in all der Zeit.

Ohne dass er etwas sagte, meldete sich Nathalie wieder zu Wort: „Die geschäftlichen Sachen gingen an Veit, alles, wo Du in cc gesetzt warst, sowie Spam, Newsletter und dergleichen habe ich gelöscht. Das ging nicht anders, sonst wäre der Server überlastet gewesen. Aber wenn Du scharf auf Sex-Mails und Nachrichten mit Geschäftsangeboten aus Nigeria bist, kann ich Dir gerne ein paar von meinen weiterleiten."

Ich hatte gar nicht gewusst, dass sie so biestig ist. So ganz scheint mein Erinnerungsvermögen noch nicht zu funktionieren.

„Nein danke, ich... Was ist mit Nachrichten, die irgendwie mit meinem Verschwinden zu tun haben?"

Er hörte, wie irgendetwas am anderen Ende der Leitung rumste, ein fetter Ordner oder etwas Ähnliches musste auf die Tischplatte gefallen sein. Dann ein Schnaufen. „Die Polizei war einmal da und hat danach gefragt, ob sie sich Deine letzten Mails ansehen dürfe. Zwei Wochen nach Deinem Verschwinden war das. Wir hatten nichts dagegen, und sie sind Dein Postfach durchgegangen. Haben aber offenbar nichts Verwertbares entdeckt. Die haben mich dann gebeten, alle Hinweise, die durch E-Mails reinkommen, an sie weiterzugeben. Kam aber nichts."

„Hmm ..."

„Okay? Dann kümmere ich mich jetzt mal um die Getränke!"

„Welche Getränke?"

Aber sie hatte bereits aufgelegt.

Craig klickte die Mail seines Schwagers von vor zwanzig Minuten an. Sie war mit Blackberry aus seinem Meeting geschickt worden und an Nathalie und ihn adressiert. Dazu hatte er drei Personen in cc gesetzt: Sebastian Tscherkow, Thomas Neufeld und eine Person, deren Name Craig bekannt vorkam, die er aber nicht zuordnen konnte. Einen Maurice Mayer-Huids. Veit schrieb:

Hallo zusammen,

wie sich vielleicht schon rumgesprochen hat, ist unser geschätzter Freund und Kollege Craig wieder in unseren Reihen. Nathalie, bitte bereite einen kleinen Umtrunk gegen 14 Uhr für alle Mitarbeiter vor, damit wir gemeinsam darauf anstoßen können. Bitte pünktlich um 14 Uhr, weil ich um 16.30 Uhr meinen Flieger nach Hamburg kriegen muss.

@ Thomas, Sebastian und Maurice: Wir treffen uns schon 15 Minuten früher bei Craig, um ihn im Führungsstab willkommen zu heißen.

@ Craig: Ist Dir doch recht das Ganze?

LG, VS

Er klickte auf „Allen antworten" und schrieb:

Klar, wenn's Alkohol gibt, bin ich immer dabei ;-)

Bis später, Craig

Craig war etwas verwirrt über die Zusammenstellung der Leute, die mittlerweile offenbar dem Führungskreis angehörten. Dass Sebastian dabei war, war klar. Er war seit Beginn des Unternehmens ihr Technik-Chef gewesen. Eine Sparte, die Craig gerne verkauft hätte, um sich mit den Erlösen ganz auf den Bereich Pharmaceuticals zu konzentrieren. Doch da Sebastian noch da war, war davon auszugehen, dass sich hier nichts getan hatte. Thomas war immer ihr Head of Research gewesen, ein wichtiger Mann, keine Frage, doch keiner, der zum engsten Führungskreis gehörte. Craig gab den Namen ins Intranet ein und war überrascht. Thomas Neufeld, Vice President Pharmaceuticals & Genetics stand da. Craig hatte das Segment bisher selbst als Vorstandsvorsitzender betreut. Offenbar hatte Veit Thomas befördert, um sich zu entlasten, das war nur zu verständlich.

Doch wer war dieser Mayer-Huids? Craig tippte den Namen ins Intranet ein, vertippte sich dabei mehrmals. Erst gab er Mayer mit *ai* ein, dann kullerten ihm das *u* und das *i* von Huids durcheinander. Als er es endlich geschafft hatte, sah er den neuen Vice President Licensing vor sich. Im Bereich Licensing bündelten sie Forschungsergebnisse, die sie aus Kostengründen nicht selbst in marktfähige Produkte umsetzen konnten. Es war aber ein gutes Geschäft, Lizenzen dieser Ergebnisse an andere, größere Unternehmen weiterzuverkaufen. Licensing war bisher die Angelegenheit von Cathy Schulz gewesen. Er konnte nur annehmen, dass sie das Unternehmen verlassen hatte. Und Mayer-Huids? Das Foto kam ihm bekannt vor. Dennoch fiel ihm zu dem Gesicht keine Geschichte ein.

Egal, dachte Craig. Er würde ihn kennenlernen, vielleicht kannten sie sich aus den USA oder von irgendeiner Veranstaltung. Craig schloss das Intranet und klickte die Mail an, die Nathalie an alle

Mitarbeiter geschrieben hatte. Sie war kurz nach derjenigen Veits eingetroffen. Sie bat die Kollegen darin, um 14 Uhr zu einem kleinen Willkommens-Event im Vestibül zu erscheinen.

Craig dachte nach, viel Zeit blieb ihm nicht mehr bis zum Umtrunk. Er hatte vorgehabt, noch seine privaten Mails zu checken. Die hatte mit Sicherheit noch niemand bearbeitet – vielleicht würde er hier etwas Verwertbares finden. Er gab die Adresse seines Providers ein, doch dann wurde ihm klar, dass er das auch später zuhause erledigen konnte. Es war besser, jetzt einige andere Dinge zu klären. Dinge, die nicht warten konnten.

Er klickte die Outlook-Visitenkarten auf und begann, die gespeicherten Adressen durchzugehen. Er fand alle möglichen Unternehmen und Namen, von denen er noch nie etwas gehört hatte, doch nicht die Nummer, nach der er suchte. Also ließ er eine Anfrage über Google laufen.

Na also, da ist es ja schon!
Er wählte die Nummer.

Nachdem es viermal dumpf getutet hatte, meldete sich eine Stimme: „Das Bernardino de Sahagún."

Es war nicht die Person am Apparat, die sich Craig erhofft hatte, aber vielleicht kam er auch so weiter.

„Craig Hammerstein hier, von GENOVENTIS. Ich bin regelmäßiger Gast bei Ihnen und habe ein paar Fragen zu meinen letzten Aufenthalten."

„Womit genau kann ich Ihnen behilflich sein?", fragte die Stimme mit deutlichem Zürcher Akzent.

Craig räusperte sich. „Das Beste wäre es, wenn ich mit einem Kollegen von Ihnen sprechen könnte, der mich in der vergangenen Zeit meistens betreut hat. Leider ... leider kenne ich seinen Namen nicht, aber er ist orientalischer Herkunft. Sagt Ihnen das etwas?"

„Ja, ich denke, das wird dann Yusuf gewesen sein. Warten Sie bitte einen Moment."

Er hörte ein Rascheln, dann dumpfe Stimmen. Schließlich knackte es in der Leitung, und es wurde ein klassisches Stück eingespielt, das Craig nicht kannte. Nach einer knappen Minute meldete sich die bekannte Stimme, die jetzt endlich einen Namen bekommen hatte.

„Ja, Bernardino de Sahagún, Yusuf am Apparat."

„Guten Tag, hier spricht Craig Hammerstein, ich denke, Sie kennen mich."

„Ja natürlich, Dr. Hammerstein, was kann ich für Sie tun?"

Fast hatte er das Gefühl, Yusuf freute sich über seinen Anruf, so viel Sympathie lag in seiner Stimme. Für einen Atemzug fühlte Craig sich mies, weil er seinen Namen erst jetzt registrierte. Aber das war natürlich Unsinn.

„Vielleicht können Sie mir helfen, Yusuf, ich brauche ein paar Informationen über meinen letzten Aufenthalt bei Ihnen. Ich äh ... habe vom 2. auf den 3. März bei Ihnen übernachtet. Richtig?"

Er hörte, wie auf der anderen Seite etwas in eine Tastatur eingetippt wurde. „Ja, das stimmt, Sie haben wie immer die Executive Suite bezogen."

„Genau, ich erinnere mich. Und haben Sie mich auch am Abend zuvor eingecheckt?"

„Ja, das war ich."

Craig verstummte einen Augenblick, versuchte nachzudenken. Beschloss, es mit der Wahrheit zu probieren: „Wissen Sie, ich kann mich nicht mehr genau erinnern an den Tag, an dem ich eingecheckt habe. Um ganz ehrlich zu sein, habe ich ein Gedächtnisproblem. Dummerweise ... Sagen Sie, war irgendetwas *unnormal*? Ist Ihnen etwas aufgefallen?"

„Ich weiß, was Sie meinen, Dr. Hammerstein. Ja, Ihnen ging es nicht gut, als Sie zu uns kamen. Sie waren sehr zerstreut und offenbar in eine Schlägerei geraten. Sie hatten ein blaues Auge und einen Cut an der Stirn, wenn ich mich richtig erinnere. Um ganz ehrlich zu sein, Dr. Hammerstein, ich habe Sie zuerst gar nicht erkannt. Der Bart, das lange Haar, ich muss mich entschuldigen ..."

„Nein, nein, das ist wirklich gar nicht nötig. Ganz im Gegenteil, ich bin froh, dass Sie mir überhaupt ein Zimmer gegeben haben. Was war sonst noch?"

Er verstummte einen Augenblick, schien nachzudenken. „Wie soll ich es sagen ... Sie ...“

„Frei heraus, Yusuf, bitte!“

„*Verwirrt.* Sie waren verwirrt, hatten vielleicht zu viel getrunken. Sie wollten ein Zimmer, das war das Einzige, was Sie sagten. Ein Zimmer. Schlafen. Da Sie so ramponiert aussahen, habe ich Ihnen angeboten, einen Arzt zu rufen oder die Polizei, aber Sie haben das abgelehnt. So habe ich es zumindest verstanden. Sie haben gesagt: *Ein Zimmer. Nur ein Zimmer, sonst nichts. Craig Hammerstein.*“

Craig Hammerstein! Ich wusste meinen Namen! Ich war angetrunken. Verwirrt. Was zum Teufel ist passiert?

„Wie bin ich ... kam ich zu Fuß? Mit einem Taxi, wissen Sie das?“

„Ich habe den Pagen an der Tür später gefragt, weil ich das alles so komisch fand. Er hat gesagt, dass ein Auto angehalten habe und dass Sie herausgestürzt seien. Der Page wollte Sie zuerst nicht reinlassen, weil Sie so ... *derangiert* waren. Ja, derangiert, das ist das Wort, Sie waren derangiert an diesem Abend.“

Ein Auto. Ein Sturz. Ich war derangiert.

„Gut, das ist ... noch eine Frage: Vor einem Jahr, vom 15. auf den 16. Februar, da müsste ich auch bei Ihnen übernachtet haben. Können Sie das sehen an Ihrem Computer?“

Wieder das Klappern der Tastatur. Nach einer kurzen Pause sagte Yusuf: „Ja, Sie haben um 18.50 Uhr eingecheckt. Ausgecheckt ... *hm*, hier steht 14 Uhr, aber das kann auch sein, dass Sie gar nicht ausgecheckt haben. Das Housekeeping kontrolliert die Räume zwischen 12.30 Uhr und 14 Uhr. Und wenn nicht ordentlich ausgecheckt wurde, steht hier einfach 14 Uhr. Da Sie ja die Kreditkartennummer hinterlassen haben, wurde dann einfach auf dieser Basis abgerechnet. Das kommt vor.“

Was ist passiert in dieser Zeit? Ich habe diese Blonde getroffen, bin dann zum Hotel zurück, da bin ich mir sicher. Ich habe geschlafen und bin irgendwann aufgewacht, bevor die Putzfrau da war. Dann habe ich das Hotel verlassen, ohne auszuchecken. Was habe ich gemacht? Was? Wenn ich nur wüsste, wer diese Frau war. Melanie ...

„Hatten Sie auch Dienst an diesem Abend, Yusuf? An dem Abend, an dem ich eingecheckt habe, vor einem Jahr?"

„Nein, Jürg Meyer war in der Nacht da. Der arbeitet leider nicht mehr bei uns."

„Ach, zu dumm! Könnten Sie mir seine Telefonnummer geben?"

„Ich kann in der Personalabteilung nachfragen, aber ich denke nicht, dass wir diese persönlichen Daten rausgeben dürfen."

„Nein. Nein, natürlich nicht. Aber Sie könnten ihm meine Nummer geben, mit der Bitte, dass er zurückruft."

„Das dürfte kein Problem sein!"

Craig gab ihm die Nummer, bedankte sich und legte auf. Er wusste nicht warum, aber er konnte sich nicht vorstellen, dass sich dieser Jürg Meyer jemals bei ihm melden würde.

Es klopfte. Veit sah fragend durch die Glastür des Büros. Als er merkte, dass Craig ihn wahrnahm, machte er ein paar Grimassen und öffnete dann die Tür einen Spalt. „Können wir reinkommen?"

„Natürlich, *be my guest*", sagte Craig, schob den Stuhl nach hinten und stand auf.

Veit kam gemeinsam mit den Kollegen aus dem Führungsstab herein. Thomas und Sebastian gaben ihm die Hand, Thomas klopfte ihm sogar bemüht auf die Schulter, doch wirkliche Freude sah irgendwie anders aus. Dabei kannte Craig Thomas schon eine halbe Ewigkeit. Er hatte ihn wie Veit während seines Studiums an der University of Pittsburgh kennengelernt, das er damals über die American Chemical Society und den DAAD vermittelt bekommen hatte. Anders als Veit und er selbst war Thomas ein Nerd gewesen, er war nicht mit auf den Partys, hatte keine Affären, sondern widmete sich ausschließlich der Forschung und seiner Promotion. Er war schließlich, was die Noten betraf, der Beste seines Jahrgangs gewesen. Sie hatten ihn damals gefragt, ob er mitmachen wolle, bei GENOVENTIS, als Gründer, doch Thomas hatte abgelehnt. Er war Forscher, keiner, der ein Wagnis einging, hatte nicht das Unternehmergen wie Craig und Veit. Und anders als die beiden hatte er wohl nicht den Mut gehabt, alles für eine Idee auf eine Karte zu setzen. Dennoch konnten sie froh sein, dass sie ihn als Mitarbeiter gewonnen hatten. Er war vielleicht nicht derjenige, der die großen forscherischen Visionen hatte. Aber wenn es darum ging, eine Sache umzusetzen oder ein komplexes Problem zu lösen, gab es keinen Zweiten wie ihn. Er war sicherlich zwei Meter groß und somit gute zwanzig Zentimeter größer als Craig, trug sein Haar zu einem etwas spießigen Scheitel gekämmt. Auf seiner Nase thronte eine schwarze Designerbrille, die irgendwie nicht zu ihm passte. Er war wie immer in Jeans und Sakko-Look gekleidet, hatte sein Jackett aber über die Schultern gelegt. Erst jetzt bemerkte Craig den Gipsarm, der unter dem Sakko hervorlugte. Aus dem Gips wiederum schauten lange, dünne, zerbrechliche Fingerchen hervor, die mit weißen Flocken bepudert waren.

„Was ist passiert?", fragte Craig.

„Diese Frage müsste ich eigentlich Dir stellen!"

„Wie? Habe ich etwa einen Gipsarm?"

Thomas grinste bemüht. „Bin Ski gefahren."

„Du?"

„Ich dachte, ich versäum' was. Aber war das erste und letzte Mal. Versprochen."

Sebastian war trotz seines eigentümlichen Nachnamens ein bulliger Bayer aus Traunstein und wurde von vielen nur „Der Wast" genannt. Er kümmerte sich bei GENOVENTIS als Vice President um den technischen Bereich. Generell gab es zwei Möglichkeiten der menschlichen Optimierung: Über pharmazeutische und genetische Wirkstoffe sowie über technische Implantate oder in unmittelbarer Körpernähe befindliche Technik. Craig glaubte nicht, dass sie strategisch in diesem Bereich weiterkamen. Spätestens seit Google Glass war er der Ansicht, dass hier ganz andere Unternehmen das Geschäft machen würden. Dass das technische Enhancement eine Zukunft hatte, davon war er allerdings nach wie vor überzeugt. In spätestens zehn Jahren würde es Google Glass auch als Netzhautimplantat geben.

Veit ergriff das Wort: „Ich würde Dir gern noch Maurice vorstellen, er hat die Position von Cathy übernommen, die mit ihrem

Mann aus München fortgezogen ist. Maurice kommt von BNP in Genf, aber Ihr kennt Euch, glaube ich."

Maurice war ein kleiner dunkelhaariger Mann mit schlechter Haut, dafür aber einem perfekt sitzenden Anzug, wie Craig nicht verborgen blieb. Erst als er den schlaffen, feuchtwarmen Händedruck Maurices spürte, erinnerte er sich wieder an ihn. Maurice hatte ihn bei seiner Uni-Vorlesung angesprochen. Als Craig den neuen, durch Technik und Chemie optimierten Menschen skizziert hatte und ihn als logischen, evolutionären Schritt vorstellte, war es zu Tumulten gekommen. Zwei Gruppen hatten sich gebildet: Die einen waren gegen ihn, wollten aber hören, was er zu sagen hatte. Die anderen waren gegen ihn und wollten ihn durch Sprechchöre am Weiterreden hindern. Während die Studenten so mit sich selbst beschäftigt waren, hatte Maurice sich vorgestellt. Nach einem kurzen Gespräch hatte er angedeutet, dass er, Craig, persönlich sehr viel stärker profitieren könne, wenn er mit seinem Team zu Betanovopharm (BNP) wechseln würde. Craig hatte das unmoralische Angebot abgelehnt, sich aber die Visitenkarte Maurices eingesteckt.

„So sieht man sich wieder", sagte Maurice mit einem fast unmerklichen französischen Akzent.

„Ich bin in der Tat überrascht, Sie hier zu sehen."

„Gerne jetzt aber *du*", sagte Maurice und hielt ihm wieder die Hand entgegen. Craig nahm sie und bemerkte dabei seine viel zu langen, ungepflegten Nägel.

„Craig."

„Maurice."

„Aber wie kommt es, dass wir Dich jetzt bei uns begrüßen dürfen? Vor kurzem hatte ich noch das Gefühl, das Gras sei nirgendwo grüner als bei BNP."

Maurice legte den Kopf leicht in die Schräge, strich mit der Sohle seines Fußes über den grafitgrauen Teppich. „Wenn ich richtig informiert bin, hast Du die Entwicklung der letzten Monate bei GENOVENTIS nicht in allen Einzelheiten verfolgen können. Aus privaten … wie sagt man? Einer privaten Unpässlichkeit?"

„So könnte man das sagen, ja", sagte Craig und schickte seinem Schwager einen fragenden Blick.

Doch der stand nur da, hatte die Daumen und Zeigefinger seiner Hände zu einer Raute gelegt und betrachtete aufmerksam Maurice.

„Genau genommen bin ich nach wie vor bei BNP", fuhr Maurice fort. „Was Du vielleicht durch Deine Unpässlichkeit nicht weißt: BNP ist seit wenigen Monaten der größte Anteilseigner Eures Unternehmens."

„Ach wirklich? Da bin ich tatsächlich überrascht. Wie viel Prozent?"

„Einundfünfzig."

„Aber das ist doch gar nicht möglich. Einundfünfzig Prozent?" Craig blickte sich erneut zu Veit um.

„Doch. Doch, ist es. Es gab eine Kapitalerhöhung, und ich habe meinen Anteil verkauft. Craig, Du weißt, wir brauchten einen Investor. Und BNP ist unsere erste Wahl. Das hättest Du auch nicht anders entschieden. Wir haben durch unseren Partner jetzt Möglichkeiten, die wir uns niemals hätten erträumen können. Denk allein an das Vertriebsnetz von Betanovo!"

„Nein, nein, ich bin ja gar nicht dagegen. Ich dachte nur, man hätte ..."

Die Tür wurde aufgerissen, ohne anzuklopfen. Nathalie hielt ihr Gesicht herein. „Wir wären dann soweit!"

Veit klatschte in die Hände. „Na kommt, lasst uns später weiterdiskutieren, die anderen warten!"

Als sie in Richtung Vestibül gingen, warf Craig einen kurzen Blick auf das Namensschild an Veits Tür. *Veit Schmidtgall, Vorstandsvorsitzender* stand da.

5

Nach der Veranstaltung war Veit sofort weg gewesen. „Lass uns morgen zusammensetzen", hatte er gesagt, „ich muss den Flieger nach Hamburg kriegen."

Als Craig jetzt wieder in seinem Büro saß, beobachtete er durch das Fenster, wie das rote 280 SL Cabriolet mit geschlossenem Verdeck aus der Tiefgarage fuhr. Vor seinem inneren Auge sah er Veit darin sitzen, mit gegeltem Haar und Sonnenbrille auf dem Kopf. Immer von einem Termin zum anderen hetzend. Er war ganz der Alte.

Für ihn schien das nicht zu gelten. Er spürte, dass er noch nicht wieder hergestellt war und dass auch die anderen ihm mit kritischem Blick gegenübertraten. Er hatte versucht, locker zu sein, auf dem kleinen *Get-together* vorhin. Er hatte sogar eine kurze Rede aus dem Stegreif gehalten und sein Verschwinden als getarnte Mid-Life-Crisis ausgegeben. Er sei abgetaucht, um nicht den Spott seiner Kollegen zum Vierzigsten ertragen zu müssen, das müssten sie doch verstehen. Alle hatten gelacht und applaudiert, und dennoch war etwas anders gewesen als sonst.

Ich habe meinen Auftritt nicht genossen, habe ihn als anstrengend empfunden, als Pflicht. Ich war nervös.

Er lehnte sich im Bürostuhl zurück, fuhr sich mit der Hand über das Gesicht, presste Daumen und Zeigefinger solange auf seine Augenlider, bis er bunte Spiralen sah. Der alte Craig Hammerstein war eine Rampensau gewesen, wusste er. Der alte Craig konnte an keinem Mikrophon vorbeigehen, liebte es, lange, ausschweifende Reden zu halten und in der Öffentlichkeit zu stehen. Und er liebte es deshalb, weil er sich nicht in Frage stellte, weil er zu keiner Sekunde an sich zweifelte. Mein Gott, er war im Fernsehen gewesen, in Talk-Shows, und weil er sich stark fühlte, stark und überlegen, hatten ihn die anderen auch so gesehen. Glaubte er zumindest. Jetzt nahm er auf einmal sein Publikum wahr, sah in Gesichter, die ihn zweifelnd anblickten. Die nicht nur darüber nachdachten, *was* er sagte, sondern die auch *über ihn* nachdachten. Ihn bewerteten. Die vielleicht genug von seinen Reden hatten. Und von ihm. Oder bildete er sich das alles nur ein?

Er lehnte sich wieder vor und öffnete die Augen.

Da muss ich erst ein Jahr aus dem Verkehr gezogen werden, bevor ich mir erstmals Gedanken über die Wirkung meines öffentlichen Auftretens mache.

Er schüttelte den Kopf und bemerkte dann, dass eine neue Mail gekommen war. Von Esther Lindner mit dem Betreff „Welcome back!". Sie war eine ihrer Forscherinnen, erinnerte sich Craig. Aber keine Genetikerin, sie kam stattdessen aus der pharmazeutischen Ecke, wo sie sich mit der Wirkungs-Dokumentation neuer Medikamente befasst hatte. Es war ihm eben bei seiner Rückkehrfeier aufgefallen, dass sie ihn so eindringlich angeblickt hatte. Sie hatte auf dem Zwischengeschoss gestanden und an der Wand gelehnt, die Arme verschränkt und ihm dieses wissende Lächeln zugesandt.

Craig griff zur Maus, öffnete die Mail.

Hi Craig,

du bist also wieder im Lande, ich hatte schon nicht mehr damit gerechnet. Ich hoffe, dir geht's gut und dein bestes Teil ist nicht in Mitleidenschaft gezogen. Wäre wirklich schade drum. Aber das, worin man besonders gut ist, verlernt man ja wohl nicht. Wann sehen wir uns?

Esther

PS Süßes Bärtchen übrigens ...

Esther. Es war wie eine DVD, die man in seinen Kopf eingelegt hatte. Bilder flammten auf: von ihr, dem Schweiß auf ihrer Haut, ihrem Gesicht voller Verlangen. Mindestens einmal in der Woche waren sie miteinander ins Bett gegangen. Und sie hatte nichts anderes verbunden als das Körperliche, wenn er sich richtig erinnerte. Dabei war sie gar nicht so sehr sein Typ gewesen, erinnerte er sich. Sie musste etwas älter sein als er, hatte schwarzes, schulterlanges Haar und ein etwas hartes, kantiges Gesicht. Sie hielt ihren Körper mit exzessiver Fitness in Form und hatte den Busen eines Magermodels – viel zu klein für Craigs Geschmack. Dennoch hatten sie diese Geschichte am Laufen gehabt, damals in dieser eigenartigen Zeit kurz vor seinem Verschwinden. Es war keine gute Zeit gewesen, daran erinnerte er sich jetzt wieder deutlich. Keine gute Zeit. Und Esther war in erster Linie eine Art Ablenkung gewesen. Eine Betäubung.

Aber das ist jetzt alles vorbei, Gott sei Dank.

Zuerst wollte er gar nicht zurückschreiben. Dann überlegte er, wie er eine ausweichende Antwort finden konnte, um sie nicht zu verletzen. Schließlich kamen erneut die Bilder hoch von damals. Verdammt, sie hatten wirklich keinen schlechten Sex gehabt, durchfuhr es ihn. Er schrieb:

Hey Esther,

ja, sollten uns mal wieder sehen. Melde mich demnächst, bin gerade noch etwas im Stress, muss mich hier wieder einfinden. Auf mein „bestes Stück" ist nach wie vor Verlass.

LG,
Craig

Er las den Text noch einmal durch, atmete schwer aus und drückte auf „Senden". Anschließend fuhr er den PC herunter, verabschiedete sich von Nathalie, die ihm einen mürrischen Blick sendete, und verließ das Unternehmen. Draußen hielt er ein Taxi an und gab dem Fahrer die Adresse seiner Schwester.

Aline öffnete die Tür mit einem sorgenvollen Gesicht, aber als sie ihn sah, hellte es sich sofort auf und nahm Farbe an. Craig hatte sich nicht angemeldet, war einfach vorbeigekommen. Aline arbeitete von zuhause aus, war Lektorin für Kinderbücher bei einem großen Münchner Verlag.

„Hast Du überhaupt Zeit?", fragte Craig, nachdem sie ihn erst an sich gedrückt und dann hereingebeten hatte. Er wusste, dass sie manchmal akute Stressphasen durchlitt, dann, wenn ein Buch kurz vor dem Druck stand.

„Ja, alle Zeit der Welt, nicht viel los im Augenblick."

Als er die Küche betrat, sprang Ronja aus ihrem Körbchen. Den Golden Retriever hatte Craig total vergessen. Ronja konnte sich aber offenbar noch bestens an ihn erinnern: Das Tier wedelte mit dem Schwanz und begann sofort, seine Hände abzuschlecken.

„Ronja", sagte Aline streng, als der Hund begann, Craig auch noch anzuspringen.

„Lass, sie freut sich nur", sagte Craig.

„Ja, das sehe ich. Und jetzt komm her, Ronja, lass mich meinen Bruder erst einmal selbst richtig begrüßen." Aline führte Ronja am Halsband aus der Küche und verschloss die Küchentür. Der Hund bellte noch ein paarmal auf der anderen Seite, dann verlor er offenbar das Interesse und beschäftigte sich mit etwas anderem.

Aline stellte Craig eine Tasse Kaffee auf den Tisch. „Ich kann es immer noch nicht glauben, dass Du wieder hier bist. Dass Du jetzt einfach hier bei mir in der Küche sitzt und Kaffee trinkst, als wäre nichts weiter passiert."

Sie setzte sich zu ihm, legte eine Hand auf seinen Arm.

Er sah ihr in die Augen, hatte wieder das Gefühl, als stimme etwas nicht. Ihre Freude war echt, aber er spürte eine Traurigkeit in ihr, die er nicht kannte. Oder die er lange nicht mehr bei ihr bemerkt hatte. Aline und er hatten eine Menge durchgemacht gemeinsam. Sie war zwölf Jahre alt gewesen, als ihr Vater von einem auf den anderen Tag verschwand. Für sie beide war es eine Erleichterung gewesen, dass er gegangen war. Und zumindest Craig hoffte inständig, dass er nicht plötzlich wieder vor der Tür stand. Nicht wenige Male hatte er zwischen seinen Eltern schlichten müssen, als sein Vater auf seine Mutter losgegangen war. Er war nicht gerade der Kräftigste gewesen damals, aber er war entschlossen. Einmal hatte er von seinem Vater einen solchen Schlag versetzt bekommen, dass er mit Jochbeinbruch ins Krankenhaus eingeliefert worden war. Er konnte sich noch genau an die Miene des Arztes erinnern, als seine Mutter ihm von dem „Treppensturz" ihres Sohnes erzählte. Er hatte ihr offensichtlich kein Wort geglaubt, aber dennoch einfach seinen Job gemacht. Ärger wollte er sich wohl keinen einhandeln.

Trotz des Schmerzes hatte Craig sein Eingreifen nicht bereut. Alles war besser als Tatenlosigkeit, das hatte er sich schon in seiner Kindheit immer gesagt. Später hatte er sich oft gefragt, inwiefern ihn diese Erfahrungen in seinem späteren Leben geprägt hatten? Vielleicht musste er sich mit dem übermächtigen Gegner messen, der sein Vater war, nur um später den Mut zu haben, Visionen zu entwickeln, die ihm so viele Feinde bescherten. Aber das war blanke Theorie, außerdem war er niemand, der zurückblickte, zumindest, wenn er sich recht erinnerte.

Aline hatte damals eine andere Rolle spielen müssen. Sie war zu jung und zu klein, um etwas an dem Verhalten ihrer Eltern ändern zu können. Sie musste es hinnehmen, musste es ertragen, musste zuschauen, zuhören, während Craig schon handeln konnte, auch wenn dieses Handeln oft aussichtslos war. Er dachte an die Zeit, in der er mit seiner Schwester in ihrem Zimmer saß, eingewickelt in eine gemeinsame Bettdecke mit Stofftieren und angelehnt an die Wand. Wie sie die Stimmen ihrer Eltern im angrenzenden Wohnzimmer hörten, wie sie lauschend ihre Ohren an die Tapete legten, mit pochendem Herzen.

„Es geht wieder los", sagte Aline und hielt sich die Ohren zu.

„Nein, ist noch ein normales Gespräch, warte ab. Heute passiert nichts", sagte er, um sie zu beruhigen und vielleicht auch sich selbst.

Doch dann wurden die Stimmen immer lauter, bis sie erst ihre Mutter hysterisch schreien hörten und dann das dumpfe Grölen ihres versoffenen Vaters durch die Wand drang. Schließlich hörten sie das schnelle Trippeln von Füßen auf dem Boden, Stühle, die umfielen, Geschirr, das zerschlagen wurde.

An dem Tag, an dem Craigs Jochbein brach, fand er seine Eltern am Esstisch vor. Seine Mutter auf der einen, sein Vater auf der anderen Seite. Sie warf mit Tassen und Besteck nach ihm, er schrie ihr amerikanische Schimpfwörter entgegen und versuchte ihrer habhaft zu werden. Doch wenn er einen Schritt nach links tat, ging seine Mutter ebenfalls einen nach links, die Tischplatte immer zwischen ihnen. Irgendwann riss sein Vater den ganzen Tisch um, der schreiend auf die Fliesen und an den angrenzenden Herd fiel. Bevor sich sein Vater auf seine Mutter stürzen konnte, stellte sich Craig dazwischen. Ohne Ankündigung traf ihn die Faust seines Vaters am Auge, und er taumelte zurück, ein Tischbein brach in seinem Rücken, das andere hob ihn von den Füßen. Er stürzte neben Scherben, benutztem Besteck, Plastikschüsseln und Essensresten auf den Boden. Als er aufblickte, sah er seine Schwester in der Tür stehen, mit großen Augen und den Händen vor dem Mund. Sie sagte nichts, blieb einfach stehen und ertrug die bittere Komödie, den Blick voller Leiden.

Irgendetwas von damals lag jetzt in ihren Augen.

„Was ist los, Aline? Wie ist es Dir ergangen im vergangenen Jahr?"

Sie sah ihn an, lächelte, als wolle sie gleich sagen, dass alles bestens sei, doch dann begann sie zu blinzeln und senkte nachdenklich ihren Blick auf die Hand auf seinem Arm.

„Aline?"

Er sah ebenfalls hinab und bemerkte, dass ihre Nägel ungepflegt waren, der Nagellack blätterte an den Seiten ab, und die Nagelhaut hatte schon eine größere Fläche des Nagels erobert, als es Frauen mit gesunden weiblichen Instinkten normalerweise zuließen.

„Ach Craig, Neues gibt es eigentlich nichts. Nur viel mehr vom Alten."

„Was meinst Du? Ist irgendetwas mit Veit nicht in Ordnung?"

Aline stieß einen unterdrückten Lacher aus. „Veit!"

Schweigen.

„Jetzt komm schon!"

Sie blickte ihn an, schüttelte den Kopf. „Weißt Du, es wundert mich nur, dass Du *jetzt* fragst. Da musst Du erst ein Jahr weg sein, um irgendetwas zu bemerken, was schon so lange andauert. Und das Du wissen müsstest. Aber in all der Zeit sagst Du nichts."

Sie stand auf, füllte den Kaffee in eine Thermoskanne. Dann goss sie sich und ihm eine Tasse ein, stellte die Kanne auf den Tisch und begann mit einem Lappen auf den Küchenarmaturen herumzuwischen.

Er wollte aufstehen und zu ihr hinübergehen, aber als sie es merkte, gab sie ihm ein Zeichen, dass er sitzen bleiben solle, und kam zum Tisch zurück, setzte sich wieder zu ihm.

„Unsere Ehe ... Sie funktioniert nicht mehr, schon lange nicht. Veit hat Affären, und ich kann mir nicht vorstellen, dass Du nichts davon weißt."

Er machte eine abwehrende, entschuldigende Geste, wollte etwas sagen, doch signalisierte sie ihm, dass sie noch nicht fertig war.

„Du bist oft genug mit ihm losgezogen nach der Arbeit, vielleicht kannst Du Dich jetzt nicht mehr daran erinnern, das vermag ich nicht zu beurteilen. Und da wird Dir wohl aufgefallen sein, dass mein Mann, dass der Mann Deiner kleinen Schwester, etwas mehr gemacht hat als nur geflirtet."

Craig kniff die Augen zusammen, dachte nach. Es stimmte, was Aline sagte, sie waren tatsächlich oft miteinander ausgegangen, er war ja damals fast jeden Abend unterwegs gewesen. Natürlich hatten sie hin und wieder ein bisschen geflirtet, auch Veit hatte das gemacht, aber ihm war jetzt nicht präsent, dass da mehr gewesen war. Bei Veit zumindest.

„Zermartere Dir jetzt nicht Dein Hirn darüber, Bruderherz, vielleicht hast Du es ja tatsächlich nicht gemerkt. Vielleicht bin ich auch ungerecht. Du warst ja damals, vor allem im letzten halben Jahr, sehr stark mit Dir selbst beschäftigt. Naja. Fest steht, dass ich ihn, kurz bevor Du verschwunden bist, erwischt habe – und das in unserem Ehebett. Wie in einer schmierigen amerikanischen Komödie. Ich könnte kotzen, wenn ich daran denke."

Sie sah wieder weg, presste dabei ihr Wischtuch energisch mit einer Faust zusammen.

„Habt Ihr darüber geredet? Geht es weiter mit Euch beiden?"

Wieder zuckte ihr Körper, als müsse sie lachen. Sie stieß aber nur einen kurzen Luftstoß aus der Nase. „Ob es weitergeht? Ich weiß es nicht, Craig. Er hat mehrere Affären zugegeben. Aber meint, es sei um nichts Ernstes gegangen. Ein *Ego-Ding* sei es gewesen. Er hat versprochen, damit aufzuhören und vielleicht stimmt es ja. In den vergangenen Monaten war er ohnehin sehr stark eingespannt in der Firma. Du warst nicht da, er hat viele Aufgaben übernommen, die Du damals erledigt hast, vor allem was PR-Termine angeht. Er war häufig auf Geschäftsreisen, weiß der Himmel, was er da abends immer macht. Jedenfalls haben wir schon seit Monaten nicht mehr miteinander geschlafen."

Er blickte sie an, wie sie da saß: Sie hatte den Kopf wieder abgewandt, die langen braunen Haare verdeckten ihr Gesicht. Sie waren versplisst, wirkten spröde und fielen über eine ausgewaschene grüne Trainingsjacke, die er noch nie an seiner Schwester gesehen hatte. Er verstand es und verstand es nicht: Aline hatte immer auf ihr Äußeres geachtet, und sie wusste, welche Macht sie damit zeitlebens über die Männer gehabt hatte. Durch Craig hatte Veit seine Schwester erst kennengelernt, und wie so viele Männer war er ihr sofort verfallen. Craig war damals etwas kritisch gewesen, Veit hatte wirklich nichts anbrennen lassen während ihrer USA-Zeit, aber er hatte ihm geschworen, dass er es ernst meinte mit Aline. Und Craig wusste, dass die beiden anfangs eine tolle Zeit miteinander verlebt hatten. Als sie schließlich vor fünf Jahren heirateten, war er überglücklich gewesen für die beiden.

Aline stand auf, öffnete eine Schublade neben der Spülmaschine und nestelte ein Taschentuch aus einer knisternden Verpackung. Sie schnäuzte sich, trocknete sich die Tränen und sah ihn dann wieder lächelnd an.

„Wird schon wieder. Jedenfalls danke, dass Du gefragt hast. Langsam beginne ich zu hoffen, dass Du doch nicht mehr so ganz der Alte wirst."

Sie lachten beide.

Doch obwohl er lachte, verstörte Craig der Gedanke. Er hatte wirklich keinen blassen Schimmer, was so anders an ihm sein sollte. „Ich hoffe, es war nicht so schlimm damals", sagte er bemüht scherzhaft.

Aline setzte sich wieder an den Tisch. „Nicht schlimm, überhaupt nicht, Craig, das darfst Du nicht denken. Du warst nur sehr ichbezogen, seit es die Firma gab, aber ich wusste, das würde sich irgendwann legen."

„Ist jetzt vorbei, ich verspreche es", sagte Craig wie mechanisch und versuchte erneut ein Lächeln.

Aline nickte. „Wie geht es Dir jetzt? Neue Erinnerungsinseln?"

„Das ist ein gutes Wort, ja. Mein altes Leben wächst nach und nach aus diesen Erinnerungsinseln zusammen, nur noch ein paar Lücken gibt es. Aber es bleibt diese riesige Kluft zwischen dem Februar 2014 und dem März 2015."

„Du kannst Dich weiterhin an nichts erinnern?"

„Nichts. Aber es liegt auch an der Situation."

„Was meinst Du?"

„Die Lücken zwischen meinen *Erinnerungsinseln* schließen sich hier in München, wenn ich mit den damaligen Ereignissen in Berührung komme oder alte Personen wiedersehe. Wenn ich zu den Orten in Zürich zurückkehren würde – gesetzt der Fall, ich war überhaupt in Zürich in der gesamten Zeit – dann würde ich mich auch besser erinnern, nehme ich an."

Sie nickte. „Was ich mich frage: Egal, was Du gemacht hast in dieser Zeit. Warum hast Du Dich nicht einmal gemeldet?"

Ja, warum habe ich mich nicht gemeldet? Wollte ich es nicht? Oder konnte ich es nicht?

Er zuckte mit den Schultern. „Keine Ahnung."

Aline sah so aus, als wolle sie etwas sagen, tat es aber dann doch nicht. „Noch Kaffee?"

„Gern", sagte er und hob die Tasse. „Aline, was ich noch fragen wollte: Was habt *ihr* unternommen, als ich nicht mehr aufgetaucht bin?"

„Ich habe es erst abends erfahren, als Veit wiederkam. Ihr wart ja zu dritt da unten: Veit, Euer Pressemensch ... wie heißt der nochmal?"

„Lorenz Mai."

„Genau. Und Du. Veit hat mich gefragt, ob ich wüsste, wo Du abgeblieben seist, Du seist nicht aufgetaucht beim Kongress. Ich habe mir zuerst keine ernsthaften Sorgen gemacht, habe mir gedacht, dass Du sonst was machst, keine Ahnung. Allerdings war dieser Termin ja so wichtig für Dich, deshalb war mir schon ein bisschen mulmig. Wir haben dann versucht, Dich telefonisch zu erreichen, aber die Verbindung auf Dein Handy war deaktiviert. Als ich zwei Tage nichts von Dir gehört habe, bin ich mit dem Zweitschlüssel in Deine Wohnung gegangen." Sie grinste. „Du, da hatte ich echt Bammel, das muss ich sagen, ich dachte, ich finde da sonst was vor."

Er strich sich über den Bart. „Ja? Was denn?"

„Na was? Wenn einer so lange nicht auftaucht. Du hättest ja auch an der Decke baumeln können oder was weiß ich."

Das hält sie für möglich, ja? Dass ich mich erhänge. Dr. Craig Hammerstein, der große Genetiker?

Er nickte, schaute unschlüssig.

„Als Du dann da auch nicht warst, bin ich zur Polizei gegangen. Aber die konnten nicht viel tun. Haben sich wohl mit dem Hotel in Verbindung gesetzt und eine Vermisstenanzeige rausgegeben. Einer war auch mal hier, hat Fragen zu Deiner Person gestellt, der hat sich wohl ein bisschen umgehört. Veit sagt, der sei auch in der Firma gewesen."

„Wer war das genau? Kannst Du mir den Namen und die Nummer geben? Ich sollte mich vielleicht einmal bei dem melden und sagen, dass ich wieder da bin."

Aline grinste. „Wäre sicherlich keine schlechte Idee. Moment!"

Sie stand auf, ging in die Diele und kam schon wenige Augenblicke später mit einem Stück Papier zurück. „Bitte sehr!"

Craig blickte auf den handgeschriebenen Zettel. Oliver Kramer stand da, darunter eine Münchner Nummer. Er steckte den Zettel ein.

„Ach ja", sagte Aline, „Deinen Wagen haben sie gefunden. Stand tatsächlich in Zürich."

„Ach! Wo dort?"

„Keine Ahnung, die Polizei hat's gesagt, aber wo ...?"

„Und wann haben sie ihn gefunden?"

„Vier Wochen, nachdem Du verschwunden warst."

„Das heißt, ich habe ihn möglicherweise gar nicht mehr benutzt, nachdem ich das *Bernardino* verlassen habe."

„Oder Du hast noch eine Spritztour damit gemacht und ihn dann abgestellt."

„Oder so, ja. Wo ist der Wagen jetzt?"

„In unserer Garage. Die Polizei hat das Auto überführt und uns nach einiger Zeit gebeten, es abzuholen. Veit hat das gemacht. Er hat übrigens auch Eric Lasah nochmal auf die Sache angesetzt, aber erst nachdem die Polizei nichts herausgefunden hatte, allerdings hatte Lasah auch kein Glück."

Erstaunlich, dachte er. *Die Polizei hat mich gesucht, unser hauseigener Privatdetektiv ebenfalls, und keiner hat eine Spur gefunden. Dabei ist Zürich so klein und ich hatte doch keine Papiere. Dass da nichts aufgefallen ist ...* Er dachte nach. Was besaß er noch, das eine Brücke zu dem Leben während seines verlorenen Jahres bilden konnte?

„Sag mal, hast Du noch die Klamotten, die ich getragen habe, als ich zurückkam?"

„Die willst Du wirklich haben? Ich hätte sie schon fast weggeworfen, ehrlich gesagt. Ich meine, die Sachen sind nicht dreckig oder so. Aber sie sind definitiv nicht Dein Stil."

Sie blickte ihn an in seinem dreitausend Euro teuren Anzug, als müsse sie das Gesagte noch einmal mit Kennerblick überprüfen. Dann stand sie auf, verließ erneut die Küche. Craig hörte, wie sie die Kellertreppen hinab ging und wenig später wieder herauf.

„Bitte sehr", sagte sie und stellte eine Mülltüte auf den Tisch, in der die Sachen ordentlich gefaltet lagen.

Craig hob die Tüte an, als gelte es, gekaufte Ware zu prüfen. Dann sagte er: „Was ist eigentlich mit meinen ursprünglichen Klamotten passiert? Meinem Koffer? Und meinem Laptop, den ich dabei hatte?"

„Nichts davon ist aufgetaucht."

„Nichts davon", wiederholte er wie ein Echo. Er fragte sich: Wer konnte Interesse an diesen Dingen haben? Die Konkurrenz? Maurice? Aber der hatte ja jetzt einen anderen Weg gefunden, an die Forschungsergebnisse von GENOVENTIS zu kommen. Kein schlechter Schachzug von Betanovo, das musste er sagen. Mit einundfünfzig Prozent waren die Schweizer jetzt der größte Anteilseigner. Sie hatten das Sagen. Dabei hatten er und Veit einmal verabredet, dass sie gemeinsam die Mehrheit am Unternehmen halten wollten.

Er schüttelte den Kopf. „Komm, lass uns mal zum Wagen gehen!"

„Wie du willst", sagte Aline und stand auf.

Er folgte ihr die Kellertreppe hinab und dann durch einen dunklen Flur bis zu einer Metalltür. Als Aline das Garagenlicht einschaltete, erschrak er.

„Ich nehme an, Du hast den Kongress gecancelt, um ein wichtiges Cart-Rennen mit dem Wagen zu fahren."

„Sieht eher nach Meteoriteneinschlag aus, wenn Du mich fragst", sagte er und schritt mit vor den Mund gelegter Hand um seinen 911er Porsche herum.

Der Außenspiegel auf der linken Seite fehlte komplett. Der vordere Kotflügel war aufgerissen, Kabel hingen heraus wie die Gedärme aus einem Tierkadaver. Mehrere lange Kratzer reichten von der Beifahrertür bis hin zum Heck, eine krumme Delle hatte sich vom abgesplitterten Türgriff bis zum hinteren Kotflügel gelegt. Der ganze Wagen war mit Dreck und Schlamm beschmiert, und auf der Windschutzscheibe zeichnete sich ein eigenartiger Riss in der Form eines Galgens ab.

Was zum Teufel habe ich nur gemacht?

Er blickte Aline an. „Und wo war der Schlüssel?"

„Steckte."

6

Die Scheinwerfer des Porsches fraßen sich durch einen leichten Nieselregen, der sich nicht entscheiden konnte, ob er aus Wasser oder Schnee bestehen wollte. Die meisten Passanten trugen Mützen und Handschuhe und zogen weiße Atemwolken hinter sich her. Der Frühling, der sich gestern so vollmundig angekündigt hatte, schien sich wie ein räudiger Hund mit eingezogenem Schwanz verkrochen zu haben. Craig fingerte das Mobiltelefon aus der Tasche, das ihm Aline geliehen hatte, und wählte die Nummer, die sie ihm auf dem Zettel notiert hatte.

Craig bog auf die Leopoldstraße ein, auf der er damals gerne mit seinem Porsche auf und ab gefahren war. Mit der zerbeulten Karosserie konnte er jetzt allerdings kaum mit den sehnsüchtigen Blicken attraktiver, junger Frauen rechnen. Zudem gab der Wagen eigenartige Geräusche von sich, so als ziehe man langsam ein Stück Kreide über eine Tafel. Das Gute war: Der Porsche fuhr. Und das war es, was er jetzt brauchte. Ein Auto, das ihn von A nach B brachte. Kaum zu glauben, dass er früher einmal seinen Status an diesen Wagen geknüpft hatte. „Ein Auto ist wie ein Anzug – und es gibt keinen Anzug, der einen Mann besser kleidet als ein Porsche 911." Seine Worte. Er schüttelte mit dem Kopf, als er jetzt daran dachte.

Es tutete dreimal, dann wurde abgenommen.

„Ja?"

Es war weniger ein „Ja" als ein raues Bellen, ein dunkles Husten. Eine Stimme, die sich nach Whiskey anhörte und zu vielen Zigaretten.

„Spreche ich mit Kommissar Kramer?", fragte Craig und lenkte den Porsche mit einer Hand am Steuer in die Ohmstraße.

Der andere röchelte. „Das tun Sie."

„Craig Hammerstein hier. Ich weiß nicht, ob Sie wissen, wer ich bin. Aber Sie haben offenbar in meinem Fall ermittelt."

„Ich erinnere mich."

„Ja, ich … ich galt als vermisst. Ich bin wieder da."

Erneutes Schnaufen. Er hörte so etwas wie den Ploppverschluss einer Flasche.

„Können wir uns treffen, ich würde gerne mehr über meinen Fall erfahren. Kann ich bei Ihnen vorbeikommen?"

„Sind Sie zuhause?" Die Stimme hörte sich dunkel an, irgendetwas hallte eigenartig, als spräche er durch ein Rohr.

„Auf dem Weg dahin."

„Wo ist das?"

„Schwabing."

„Ja, richtig, ich erinnere mich. Ich komme zu Ihnen. Eine Stunde. Adresse nochmal?"

Craig gab sie ihm.

Er parkte den Wagen in der Garage, betrachtete erneut die Schäden an der Karosserie. Er legte die Hand an die Drähte und Kabel, die am vorderen Kotflügel sichtbar waren. Doch auch das half nichts, es brachte die Dinge nicht zum Sprechen. Er konnte sich keinen Reim auf das alles machen. Er erinnerte sich an absolut nichts, was zu dem Schaden geführt haben könnte.

Er schloss das Garagentor, ging Richtung Außentreppe und auf diese hinauf. Blickte von dort zum Englischen Garten. Außer einem eingemummten Radfahrer sah er niemanden. Ein paar Laternen legten ein gelbes, spärliches Licht auf den gefrorenen, einsamen Fußweg. Die Laterne vor seinem Haus war hingegen ausgefallen. Die Ohmstraße lag auf ihren letzten Metern in Richtung Park in völliger Dunkelheit.

Craig atmete tief ein. Die kalte Luft verschaffte ihm ein Gefühl von Klarheit. Gedanklicher Reinigung. Er stellte die Tüte mit der Zürcher Kleidung auf den Boden vor die Tür, strich sich einmal mit der flachen Hand über Bart und Gesicht. Konnte es wirklich sein, dass er ein Jahr weg gewesen war? Wieso spielte ihm sein Gehirn diese Illusion vor?

Er atmete resigniert aus, sein Atem wolkte in die Luft wie Zigarettenrauch. Dann nahm er die Tüte wieder auf, ließ die andere Hand in der Anzughose verschwinden. Er zog den Wohnungsschlüssel heraus, steckte ihn ins Schloss.

Plötzlich schreckte er auf. Es knackte. Irgendwo unter ihm. In der Dunkelheit unter der Außentreppe. Dort, wo die Rhododendren standen, die kleine Wiese war, aus der schon die ersten Krokusse sprossen. Er wandte sich um, blickte hinab durch die Gitterstruktur der Treppe.

Etwas funkelte. Augenpaare? Knöpfe einer Jacke?

„Craig?"

Eine weibliche Stimme. Schwer zu sagen, ob er sie kannte. Vertraut kam sie ihm jedenfalls nicht vor. Aber wer immer es war: Sie kannte *ihn*.

Sein verspannter Nacken meldete sich, und er spürte einen leichten Druck auf der Brust. Er kniff die Augen zusammen, versuchte etwas in der Dunkelheit zu erkennen. Doch zunächst sah er nichts, konnte kaum orten, wo die Unbekannte stand. Dann hörte er das Kratzen von Absätzen auf dem Pflaster. Eine großgewachsene Person schälte sich aus der Dunkelheit. Sie trug einen hellen Mantel, glattes schwarzes Haar lag über ihren Schultern und hob sich deutlich davon ab.

„Esther?"

Sie trat näher an die Treppe, legte ihre in einem schwarzen Lederhandschuh steckende Hand auf das Geländer. Als sie den schwarzglänzenden Stiletto auf die erste Stufe setzte, öffnete sich der Mantel leicht und offenbarte ein langes, wohlgeformtes Bein, das keine Strumpfhose vor der Kälte schützte.

„Hast Du jemand anderen erwartet?"

„Ich habe niemanden erwartet, ehrlich gesagt."

„Aber heute ist unser Tag."

Sie schritt Stufe für Stufe zu ihm hinauf, berührte die Treppenstiegen aber nur mit dem Fußballen, um nicht mit dem Absatz auf der Gitteroberfläche stecken zu bleiben. Als sie oben bei ihm angekommen war, drückte sie sich fest an ihn. Er roch ihr Parfüm, die leichte Jasmin-Note, die sich von einem herben holzigen Aroma abhob. Er kannte es. Sofort blitzten Bilder in seinem Kopf auf. Nackte Haut, zerrissene Kleidung, Lippen, die sich über ihn beugten, über sein Gesicht, seine Brust, seinen Schwanz. Ihn umschlossen, erst zärtlich, dann fester. Dann wurden die Lippen von den Zähnen abgelöst.

„Komm, mach auf, es ist kalt!"

Er ließ das Schloss aufschnappen, griff um den Türrahmen herum, fand zielsicher den Lichtschalter.

„Bitte!", sagte er und überließ ihr den Vortritt.

„Ich verschwinde kurz im Bad", sagte sie, nachdem er ihr den Mantel abgenommen hatte.

„Es ist ..."

„Ich weiß, wo es ist."

Natürlich, dachte Craig und sah ihr hinterher: Schwarzer Lederrock, schwarzes, enges Top, schwarze Haare. Wie selbstverständlich steuerte sie das Badezimmer an. Er schien nicht der Einzige zu sein, für den das vergangene Jahr nur einen Tag gedauert hatte.

Er öffnete den Flurschrank, hängte den Mantel über einen Bügel.

Als er ins Wohnzimmer trat, erschrak er leicht. Es lag an den Fotos, die noch immer auf dem Couchtisch lagen. Er hatte sie gestern aus dem Schuhkarton geholt und auf der Glasplatte ausgebreitet. Und das konnte er jetzt wirklich nicht gebrauchen, dass Esther diese Bilder sehen würde. Er war darüber hinweg, sagte er sich, und er brauchte niemanden, der das in Frage stellen würde.

Er legte die Tüte mit den Klamotten in das TV-Rack, weil er sonst nicht wusste, wohin damit. Anschließend sprang er hinüber zum Couchtisch. Schob die Bilder zusammen, versuchte sich nicht davon gefangen nehmen zu lassen. Doch schon als er die ersten Fotos übereinander schob, traf ihn ihr Blick.

Isa.

Ihre braunen Augen leuchteten ihm geheimnisvoll von den Fotos entgegen. Ihre Augen. Wie ein in Bernstein eingeschlossenes Fossil, so hatten sie ihn in ihren Bann geschlagen. Er hatte gewusst: Sie würden ihn nie mehr aus ihrer Gefangenschaft entlassen, für alle Zeiten würde seine Seele luftdicht in ihnen verschlossen sein.

Er hörte Esther im Badezimmer klimpern. Der Wasserhahn ging an, ging aus, die Stilettos wetzten über die Fliesen. Ihr Parfüm hatte das Wohnzimmer bereits erobert, kündete von ihrem baldigen Erscheinen.

Er musste gestern über eine Stunde da gesessen haben. Die Fotos in der einen, ein Glas Rotwein in der anderen Hand. Er hatte mit sich gerungen und am Ende hatte er es auch geschafft. Er hatte sie *nicht* angerufen. Es war besser für ihn. Und es war besser für sie. Ein Jahr war vergangen, sie würde ihn vergessen haben. Er war nichts als eine Episode, ein Ausrutscher in ihrer langjährigen Beziehung mit Richard-David. Craig hatte an ihren letzten Abend gedacht. Kurz vor Neujahr war es gewesen. Sie waren über den Weihnachtsmarkt gelaufen, die Stände hatten schon geschlossen, die meisten waren mit Brettern vernagelt, einige wenige waren bereits abgebaut. Es war zu Ende, hatten sie sich gesagt, sich eine letzte Umarmung gegeben, und dann hatten sie sich versprochen, endgültig voneinander zu lassen. Sich nicht mehr zu melden beim anderen. Um nicht mehr leiden zu müssen.

„Ich werde Richard-David nicht verlassen, und ich kann nicht mehr in der Lüge leben", hatte sie gesagt. „Richard-David hat das einfach nicht verdient."

Wie er es hasste, wenn sie seinen Namen aussprach. *Richard-David*. Konnte sie ihn nicht einfach Richi nennen, von ihm aus auch Richard. Richard-David, das klang nach Respekt. Ein Mann, dessen Größe keine Abkürzungen duldete, die es stattdessen verlangte, diese sperrige Kopplung voll und ganz auszusprechen.

„Ich habe es auch nicht verdient", hatte er gesagt.

„Ich weiß." Sie strich ihm mit den Fingerspitzen über die Wange. „Also, mach's gut."

Dann war sie weg gewesen. Hatte auf dem Absatz kehrt gemacht und sich nicht mehr umgedreht. War zwischen den Buden verschwunden, allmählich im Schneegestöber abgetaucht, unsichtbar geworden, wie eine Leiche, die nach und nach im Wasser versank.

„Alles in Ordnung, Craig?"

Esther! Wie lange hatte sie schon da gestanden und ihm zugesehen?

„Ja. Ja natürlich, warum auch nicht?", sagte er und schloss den Karton. Er ging zum Regal und schob ihn zwischen eine Buddha-Figur aus Bronze und die klobige Statue des Innovator-of-the-Year-Award, den er vor drei Jahren erhalten hatte.

Sie ging auf ihn zu, war mit ihren Absätzen fast so groß wie er. Ihre Lippen funkelten in neuem Glanz, und ihre hohen Wangenknochen und ihre gebogene Nase verliehen ihrem Gesicht die Aura eines Raubvogels. Sie legte eine Hand auf seine Schulter, blickte ihm erst in die Augen, sah sich dann in dem Raum um. „Hat sich nichts verändert. Außer Dir vielleicht."

Wie automatisch legte er eine Hand an ihre Taille. Und in diesem Moment spürte er, dass sie schon sehr oft da gelegen hatte. Die Taille einer Frau hatte etwas Unverwechselbares, und während ihm Esther bis zu diesem Zeitpunkt irgendwie fremd erschienen war, übertrug sich durch die Berührung plötzlich etwas ungemein Vertrautes.

„Das liegt an dem Geheimnis, das mich umgibt. Du weißt doch, Männer mit Bart haben immer etwas zu verbergen."

Er versuchte ein Lächeln.

„Das hoffe ich doch", sagte sie und nickte dann mit Kinn und Hakennase in Richtung des Schuhkartons. „Immer noch die kleine Revoluzzerin?"

Craig schüttelte den Kopf und nahm die Hand von ihrer Taille. „Komm, lass uns etwas essen, ich habe außer den Häppchen heute Nachmittag noch fast nichts Richtiges gehabt."

Sie ging auf seinen Themenwechsel ein. „Warum nicht? Was sollen wir bestellen? Chinesisch? Italienisch ...? Sushi?"

Craig strich sich über den Bart. „Ich dachte, ich mache uns etwas."

Sie stemmte eine Hand in die Hüfte. „Du *machst* uns etwas? Bist du sicher, dass es Dir gut geht?"

„Das nicht, aber essen müsste ich trotzdem etwas."

„Craig, wenn Du eins nicht bist, dann ein Koch. Mein Sechsjähriger kocht besser."

Ach ja, dachte Craig, *sie hat Kinder, sie hat einen Mann.*

Sie ist nicht wegen des Essens hier und auch nicht der Gespräche wegen.

In der Küche wartete eine blitzende Poggenpohl-Kochinsel auf ihn. Wenn er sich richtig erinnerte, war sie irgendwie immer da gewesen. Aber richtig näher gekommen waren sich die beiden nie, also er und die Küche.

Er kratzte sich am Kopf. Ganz schien die Erinnerung noch nicht wieder zurückgekehrt zu sein. Wo in aller Welt bewahrte er nochmal seine Lebensmittel auf? Wo waren Töpfe und Pfannen? Geschirr war hier oben, das war klar, sagt er sich und öffnete einen der Hängeschränke. Er nahm zwei Teller heraus, zwei Weingläser.

„Craig, der einzige Grund, warum wir uns in der Küche aufhalten sollten, ist der, uns auf diesem Ding hier zu lieben." Esther zeigte auf die Wand
 die Kücheninsel.

„Könntest Du?", sagte er und drückte Esther die Teller in die Hand.

„Okay ...?", sagte sie und dehnte dabei den Vokal so, als ginge hier gerade etwas ganz Absurdes vor sich. „Du meinst es also wirklich ernst."

„Und ob ich das tue! Ach ja, Besteck wäre da", sagte Craig und zeigte auf eine Schublade rechts neben dem Herd. Er traf den fragenden Blick Esthers. „Den Wohnzimmertisch!"

Sie spitzte die funkelnden Lippen, nickte und verschwand mit den Tellern aus der Tür.

Craig ging zur Arbeitsplatte, begann einzelne Schubladen und Schränke darüber und darunter zu öffnen. Es war alles da, was man zum Kochen benötigte, stellte er fest, alles blitzblank gewienert. Dann öffnete er die Schränke, um zu schauen, was ihm Anna an Lebensmitteln eingekauft hatte.

Besonders üppig war die Ausstattung nicht: Er fand Spagetti, eine Schachtel mit Cocktailtomaten, Tiefkühlpizza, einige Gewürze, ein Sortiment mit Nüssen, Mandeln und Pinienkernen, verschiedene Wurst- und Käsesorten, und am Fenster stand eine kleine, einsame Basilikumpflanze. Er dachte kurz nach, dann begann er die Tomaten zu waschen, zu halbieren und in eine Glasschüssel zu geben. Er fügte

Basilikum hinzu, salzte und pfefferte das Ganze und rieb dann eine gute Portion Parmesan darüber. Anschließend machte er sich auf die Suche nach frischem Knoblauch, konnte aber nichts finden. Also griff er auf ein Knoblauch-Gewürz zurück, das er noch eingeschweißt in einem Streuer fand.

„Ich hoffe, Du weißt, was Du tust, Craig", kommentierte Esther das Ganze aus sicherer Distanz. „Das hier ist kein Labor und ich bin keine Versuchsmaus … jedenfalls nicht auf diesem Gebiet."

„Ich glaube, wenn man Tomaten, Knoblauch und Parmesan im richtigen Verhältnis mischt, entfalten sie eine aphrodisierende Wirkung."

Esther hatte sich wieder bis zur Küchentür vorgewagt. „Echt? Ganz ehrlich, Craig, wenn ich Deinen süßen Arsch sehe, brauche ich eher ein Gegenmittel."

Craig erinnerte sich dunkel. „Ach, könntest Du …?" Er schob Esther das Nuss-Knabberset zwischen die schwarzglänzenden Fingernägel.

„Was?"

„Die Pinienkerne. Einfach aussortieren und in eine Schüssel."

„Genau davon habe ich geträumt, als Du das letzte Jahr von der Bildfläche verschwunden warst."

Ein komisches Gefühl beschlich ihn, als er das Wasser für die Spagetti zum Kochen aufsetzte. Er erwärmte erst die falsche Kochplatte und stieß sich dann den Kopf an der Dunstabzugshaube.

„Sieht nicht gerade nach jahrelanger Erfahrung aus", rief ihm Esther spottend zu, während sie die Nuss-Mischung sortierte.

„Und doch weiß ich, was ich tue. Ob Du es glaubst oder nicht."

„Es reicht, wenn einer von uns beiden daran glaubt!"

Als Esther die Pinienkerne aussortiert hatte, gab er einen Schuss Olivenöl darüber und rührte das Ganze mehrmals gut um. Anschließend stellte er die Schüssel zur Seite und legte ein Handtuch darüber, um die Mischung eine Weile ziehen zu lassen.

„Du weißt nicht zufällig, wo das Sieb ist?", fragte er, wartete aber nicht auf eine Antwort, sondern riss die Unterschränke auf. Schließlich entdeckte er es, fischte es aus einem der Schränke heraus und legte es ins Waschbecken. Es sah noch unbenutzt aus, dabei hatte er mehrere Jahre in dieser Wohnung gelebt.

Er wartete ein paar Minuten, schüttete dann die Pasta ins Sieb, ließ sie abtropfen und hob sie anschließend mit einer ebenso neuen wie unbenutzten Zange auf die Teller. Anschließend rührte er die Pinienkerne unter die kalte Tomaten-Basilikum-Mischung und drapierte beides auf der Pasta.

Esther war begeistert. „Ich wusste ja nicht, dass Du ein Mann mit einer so umfassenden sinnlichen Kompetenz bist!"

„Das liegt an meinem Understatement."

Esther spritzte die Pasta aus dem Mund vor Lachen. „Also, wenn es einen gibt, der nichts, aber auch gar nichts hat von Understatement, dann bist es Du!"

Er hatte es vermutet. Und er konnte sich nicht helfen: Er wurde sich von Stunde zu Stunde unsympathischer. Doch immerhin eins war jetzt klar: Er konnte kochen – und das war nichts, was er in seiner Münchner Zeit gelernt hatte. Wo immer er gewesen war, was immer er gemacht hatte: Er hatte dabei ein paar Sachen gelernt, für die er sich vorher nicht interessiert hatte.

„So, jetzt ist es Zeit für den Nachtisch", sagte Esther, nachdem sie die Nudeln bis auf die letzte Spagetti hinuntergeschlungen hatten.

„Okay, ich schau mal, was Anna eingekauft hat ..."

„Oh nein, mein Lieber", sagte sie und setzte sich rittlings auf Craigs Schoß. Augenblicklich begann sie damit, sein Hemd aufzuknöpfen.

Es klingelte.

„Das ist nicht wahr ... Komm, egal, wir sind nicht zuhause!"

„Geht leider nicht. Polizei."

„Was wollen die denn hier? Muss das *jetzt* sein?"

Mit den Händen auf Esthers Pobacken hob Craig sie in die Luft und setzte sie anschließend auf den Stuhl. Sie hatte einen phantastischen Arsch, das musste er zugeben. Wenn er sich auch in seiner früheren Existenz in Frage stellte, ein paar Dinge hatte er doch mit seinem früheren Ich gemeinsam.

„Tut mir leid. Ich will ein paar Antworten von denen."

Er ging zur Tür, öffnete.

Vor ihm stand ein kleines stämmiges Männchen mit Schiebermütze auf dem Kopf, das seine linke Hand in einem dunklem Trenchcoat vergraben hatte. In der rechten hielt der Mann eine Zigarette, die er gerade an den Mund führte. Er sagte nichts, zog an seiner Zigarette und ließ den Rauch langsam entweichen. Craig spürte, wie er gemustert wurde.

„Herr Kramer?"

„Ganz recht", sagte er, nahm dann einen weiteren Zug. Er hielt die Zigarette eigenartig zwischen Mittel- und Ringfinger, und wenn er daran zog, legte er die komplette Hand vor das Gesicht.

„Bitte treten Sie ein!"

Er ließ die Kippe fallen und blickte ihr für einen Atemzug nach. Beobachtete, wie sie durch den Treppenrost fiel und dann auf den verfrorenen Rhododendron. Anschließend hob er den Blick und folgte Craig ins Wohnzimmer.

Esther hatte bereits die Teller in die Küche geräumt und musterte jetzt den Polizisten. Craig machte sie einander bekannt, doch sie nutzte die kurze Vorstellung, um sich zu verabschieden.

„Bleib doch", sagte Craig. „Ich glaube nicht, dass es so lange dauern wird." Tatsächlich musste er sich eingestehen, dass ihm ihre Anwesenheit mit der Zeit nicht mehr unangenehm gewesen war. Und das Gefühl ihrer prallen Arschbacken hatte Lust auf Mehr gemacht.

„Nein, nein, nicht dass ich nachher noch gesucht werde und man eine Vermisstenanzeige nach mir raus gibt", sagte sie.

Ihr Mann, schoss es Craig wieder durch den Kopf. *Natürlich.*

Er machte Anstalten, ihr in den Flur zu folgen, doch sie winkte ab. „Ist schon in Ordnung, Craig. Kümmere Dich um Deinen Gast. Vielleicht sehen wir uns nächste Woche? Ich kann hin und wieder eine gute Mahlzeit gebrauchen."

Sie schlüpfte in ihren Mantel, hob eine Hand, klimperte mit ihren schwarzlackierten Fingernägeln über eine unsichtbare Tastatur und verschwand in der Nacht.

Craig wandte sich Kramer zu. „Setzen Sie sich doch!", sagte er und lotste Kramer auf das Sofa im Wohnzimmer.

Kramer setzte sich und legte seine Hand direkt auf den Brandfleck, den die Brasilianerin hinterlassen hatte. Craig nahm auf einem Sessel Platz, der im rechten Winkel zum Sofa stand.

Kramer nahm die Schiebermütze ab und offenbarte dünnes und in die Stirn gekämmtes Haar auf einem runden Kopf. „Also, wo waren Sie?", fragte er mürrisch.

„Sie werden lachen, aber ich weiß es nicht."

„Sie wissen es nicht?"

„Nein, ich war vermutlich in Zürich, aber mit Gewissheit kann ich es nicht sagen." Craig erzählte ihm, was vorgefallen war und dass er sich nicht mehr erinnern konnte. Kramer hörte sich die Geschichte interessiert an, begann dabei, seinen Zeigefinger um den Brandfleck kreisen zu lassen.

„Und diese Blonde? Sie haben sie nicht mehr gesehen?"

„Nein, nicht dass ich wüsste zumindest."

Kramer schnaufte. Machte den Eindruck, das Sprechen strenge ihn ungemein an. Vielleicht reduzierte er es deshalb auf ein Minimum. „Warum wohl, glauben Sie, saß sie alleine in der Bar?"

Craig zuckte mit den Schultern. „Habe ich mir ehrlich gesagt keine Gedanken drüber gemacht. Vielleicht wollte sie genau das? Jemanden kennenlernen?"

Kramer presste die Lippen aufeinander, seine Wangen bebten leicht. Sein Gesicht hatte etwas Unsymmetrisches, schien wie ein Planet aus mehreren Kontinenten zu bestehen, die einander verschoben, überlappten, Gebirge bildeten. „Oder sie wollte gezielt *Sie* kennenlernen."

„Nicht unwahrscheinlich, wenn Sie mich fragen. Die Frage ist nur, was sie von mir wollte?"

„Was fehlt Ihnen?"

„Wie meinen Sie das? Gesundheitlich?"

„Materiell. Ist etwas gestohlen worden?"

„An diesem Abend? Schwer zu sagen, ich habe ja keine Erinnerung mehr an den nächsten Tag. Was aber fehlt, ist mein Koffer und mein Laptop."

„War irgendetwas Wichtiges darin?"

„Auf dem Laptop waren aktuelle Forschungsergebnisse. Die könnten mitunter mehrere Millionen Euro wert sein, wenn sie in die Hände von jemandem geraten, der etwas damit anfangen kann."

„Könnte es sein, dass diese Blonde Ihnen den Laptop gestohlen hat?"

„Ist zumindest nicht ausgeschlossen."

„Aber Sie erinnern sich an nichts dergleichen?"

„Nein. Ich weiß noch nicht mal, ob wir gemeinsam in meinem Hotelzimmer waren."

„Sie würden das aber nicht ausschließen? Rein prinzipiell."

„Nein."

„Dachte ich mir."

Craig schwieg.

„Wir haben natürlich unsere Befragungen durchgeführt. Haben den Rezeptionisten befragt, der in dieser Nacht seinen Dienst tat. Er war der Meinung, Sie seien alleine ins Hotelzimmer zurückgekehrt."

Das muss Jürg Meyer gewesen sein, dachte Craig. Von seiner Aussage hatte Craig eine Menge erwartet. Er hakte nach: „Und was hat er sonst gesehen? War nicht irgendetwas ... *auffällig?*"

Kramer atmete tief ein, in seinen Lungen gurgelte es. „Sie seien etwas angetrunken gewesen, ansonsten aber bei bester Laune. Von einer Frau hat er nichts gesagt."

„Und sonst haben Sie nichts gefunden?"

„Wir wurden erst nach einigen Tagen von Ihrer Schwester informiert. Wir haben uns natürlich mit den Schweizer Behörden ins Benehmen gesetzt, die sich dann das Hotel und Ihr Zimmer angesehen haben. Doch waren die Putzfrauen bereits vor ihnen da gewesen, etwaige Spuren einer Auseinandersetzung oder etwas Ähnliches wurden nicht entdeckt. Es gab auch keinen Koffer im Zimmer und keinen Laptop. Sie haben einige Kosmetiksachen zurückgelassen, aber das war's."

„Sehen Sie, es muss also etwas passiert sein. Sonst hätte ich diese Dinge doch eingesteckt!"

„Es kommt ständig vor, dass Leute im Hotel etwas vergessen. Gerade im Bad."

„Das heißt, es wurde nichts Auffälliges zu Protokoll gegeben, was das Zimmer betraf?"

„Naja, es gab einen Kotzfleck im Bad, aber den haben die Putzfrauen natürlich beseitigt. Das Telefonkabel war ausgesteckt, wenn Sie das auffällig finden."

„Sie sind also nicht von einer Straftat, etwa einer Entführung ausgegangen?"

„Herr Dr. Hammerstein, in Deutschland werden täglich bis zu zweihundertfünfzig Leute als vermisst gemeldet. Die Hälfte dieser Leute taucht bereits nach ein paar Tagen wieder auf. Nach ein paar Monaten sind achtzig Prozent der Leute wieder da. Nach einem Jahr werden nur noch drei Prozent der gemeldeten Personen als vermisst geführt. Die wenigsten sieht man lebend wieder. Hier handelt es sich also oft um Straftaten. Die Allermeisten haben allerdings eine Krise, wollen einem Partner entfliehen, haben Liebeskummer, weiß der Henker. Sie tauchen von alleine wieder auf. Ehrlich gesagt sah es so aus, als fielen auch Sie in diese Kategorie."

„Sie haben sich umgehört?"

„Das ist mein Job."

„Aber nach einer gewissen Zeit mussten Sie doch die Befürchtung haben, dass es sich um eine Straftat handeln könnte. Das konnten Sie doch nicht ausschließen!"

„Wir haben gar nichts ausgeschlossen. Schon aufgrund Ihrer *Fernsehprominenz*" – so wie Kramer dieses Wort aussprach, machte er keinen Hehl aus seiner Geringschätzung dieses Sachverhalts – „deshalb haben die Schweizer Behörden Sie auf unseren Druck hin auch zur Fahndung ausgeschrieben. Wir haben extra über das BKA die Schweizer Interpol-Dienststelle kontaktiert. Dem Drängen Ihrer Schwester haben sie es sogar zu verdanken, dass wir einen Fahndungsaufruf in Zürich und Umgebung plakatiert haben. Und glauben Sie mir, dass die Schweizer Behörden da nicht immer nur kooperationsbereit sind, wenn es sich um Deutsche handelt."

Er faltete die Hände über dem Bauch und blickte ihn auffordernd an, als erwarte er ein Dankeschön für seine außerordentlichen Bemühungen und den Stress mit den Schweizer Behörden.

„Und? Was war das Ergebnis?"

Kramer war leicht in das Sofa gesunken, setzte sich wieder aufrechter hin. Bevor er antwortete, stieß er mehrere verschleimte Huster aus. „Die Zürcher Kollegen haben über zweihundert Hinweise erhalten, doch nichts hat zu einem Ergebnis geführt."

„Haben Sie die Ermittlungen geleitet?"

„Wir haben den Fall von München aus verfolgt, aber es bleibt ein Fall der Zürcher Kriminalpolizei. Auch wenn wir die zahlreichen Medienanfragen bearbeitet haben. Aber vielleicht war das auch gut so. Auf diese Weise konnten die Schweizer in Ruhe ermitteln. Und wir kamen zum Einsatz, als es darum ging, Ihre Spur nach München zu verfolgen."

Craig stutzte. „Nach München?"

„Ganz recht, nach München."

Er schien seinen kleinen Informationsvorsprung zu genießen. Craig musste sich zusammenreißen und versuchte, so viel Gelassenheit in seine Stimme zu legen wie möglich. „Hätten Sie die Freundlichkeit zu erläutern, was Sie damit meinen?"

Kramer kniff das Gesicht säuerlich zusammen. Die afrikanische Platte stieß dabei leicht gegen die Antarktis. „Sie haben am Tag des Kongresses, also am 16. Februar, 3.000 Euro von Ihrer Münchner Hausbank abgehoben. Am Schalter. Der Bankmitarbeiter hat Sie als nervös und fahrig wahrgenommen, hat sich sogar mit einem Kollegen besprochen, ob Sie unter Drogen stünden. Und ob man Ihnen das Geld verweigern soll. Als jemand, der nicht zurechnungsfähig ist, wenn Sie verstehen, was ich meine?"

Craig verstand. Irgendetwas musste passiert sein, das ihn aus der Bahn geworfen hatte. Er musste daran denken, was Professor Bäumler gesagt hatte. Dass die Wirkung des Antidepressivums etwa im Februar letzten Jahres ausgelaufen war. Er hatte es genommen, um den Verlust von Isa zu verarbeiten. Schon Anfang November hatte er sich dazu durchgerungen, etwas zu unternehmen. Er hatte gemerkt, dass ihn diese Affäre uneffizient werden ließ, uneffizient und unkonzentriert. Und das wollte er mit dem Medikament abstellen. Es hatte seine Wirkung getan, auch wenn ihm das Treffen mit ihr kurz vor dem Jahreswechsel noch einmal hart zugesetzt hatte. Doch immerhin hatte er wieder einen klaren Gedanken fassen, wieder arbeiten können. Wenn er es sich recht überlegte, musste er sich eingestehen, dass der Schmerz über ihren Verlust ab Anfang Februar wieder stärker geworden war. Er hatte viel getrunken in dieser Zeit, hatte versucht, sich mit Frauenbekanntschaften zu betäuben, mit Frauen wie Esther. Doch nichts half ihm nachhaltig. Manchmal war er an ihrer Wohnung vorbei gefahren, immer wieder hatte er Stunden im Auto gesessen und auf ihr beleuchtetes Fenster gestarrt. Auch vor Richard-Davids Wohnung hatte er herumgelungert. Er war fast wahnsinnig geworden, wenn er wusste, dass sie bei ihm war.

War das der Grund für sein Verschwinden?

Wollte er sich mit dem Geld eine Art Auszeit nehmen, um zu vergessen? In der Schweiz? In Zürich? Doch warum konnte er sich daran nicht erinnern?

Er blickte in Kramers Augen, unter denen dicke, schwulstige Tränensäcke hingen. „Mit 3.000 Euro kommt man nicht gerade weit."

„Wir haben Ihre Kontobewegungen verfolgt. Aber es wurde nichts weiter abgehoben."

„Aber der Wagen wurde einen Monat nach meinem Verschwinden in Zürich gefunden. Wie erklären Sie sich das?"

„Sie sind am 16. Februar 2014 nach München gefahren und spätestens am 18. März wieder zurück. Das war der Tag, an dem die Schweizer Polizei Ihren Wagen gefunden hat. Anderes Szenario: Sie sind gar nicht mit dem Wagen gefahren, sondern mit einem anderen Verkehrsmittel. Dagegen spräche, dass Ihr Auto arg ramponiert war. *Irgendjemand* ist damit gefahren."

„Wo stand das Auto?"

„Relativ zentral, etwa da, wo der Fluss in den Zürichsee mündet."

„Geht es etwas genauer?"

„Genau geht immer", sagte Kramer und zog ein Büchlein hervor, das in schwarzes Leder eingebunden war. Er leckte sich am Zeigefinger und blätterte dann darin herum. „Hier ist es. Auf der Höhe Limmatquai 10. Zufrieden?"

„Und es kam kein Forderungsschreiben von einem Entführer oder dergleichen?"

„Sie wurden nicht entführt, Herr Hammerstein. Sonst hätten Sie nicht 3.000 Euro abgehoben."

Das war überzeugend. Es sei denn natürlich, seine Entführer hätten ihn gezwungen, das Geld abzuheben. Aber dann wäre es sicherlich nicht bei 3.000 Euro geblieben.

„Wie werden Sie jetzt weiter vorgehen?"

„Wir legen den Fall zu den Akten. Immerhin müssen wir Sie so nicht für tot erklären."

„Wieso sollten Sie das tun? Ist das üblich?"

„Nur, wenn ein Erbe drängelt – wie in Ihrem Fall."

Das erste Mal umspielte Kramers Visage so etwas wie ein Lächeln.

„Wer …?"

Seine Miene verfinsterte sich wieder. „Es war ein Anwalt. Im Auftrag Katja Hammersteins, Ihrer Mutter."

Nachdem Kramer gegangen war, setzte er sich wieder in den Sessel und starrte eine Zeitlang vor sich hin. Wieder kam es ihm spontan in den Sinn, Isa anzurufen. Es war wie eine Droge, von der er wusste, sie konnte bei jedem Problem für den Augenblick Abhilfe schaffen. Langfristig aber würde sie ihn zerstören. Dann fiel ihm die Tüte auf, die er vorhin in die Schubfächer des TV-Racks gequetscht hatte.

Craig stand auf, fischte sie wieder hervor. Er öffnete die Tüte und legte die Sachen nebeneinander auf den Boden. Er musste sich ein Bild von der Zeit ohne Erinnerung machen. Er konnte es einfach nicht akzeptieren, nicht zu wissen, was passiert war. In seinem Gedächtnis klaffte ein Loch, und ein Teil seiner Identität schien darin zu verrieseln.

Er betrachtete die beige Hose, die aus einer Art Jeansstoff zu bestehen schien. Daneben ein weißes T-Shirt und ein Rollkragenpullover in Dunkelblau und eine graue Steppjacke mit Rautenmuster und einem braunen Kragen. Die einzigen Marken-Kleidungsstücke waren die braunen Clarks aus Goretex und eine orangene Unterhose, auf deren Bund „Pepe Jeans" stand.

Wer trägt solche Sachen? Beige. Grau. Funktionale Kleidung, nichts Cooles?

Er betrachtete die Kleidungsstücke noch eine ganze Weile, dann legte er sie übereinander auf den Boden, um sich einen realistischen Eindruck von dem Erscheinungsbild des fremden Mannes zu machen, der er gewesen war: Er steckte den Pullover in die Jacke, legte diese geöffnet ganz nach oben. Dann kam die Jeans und darunter die Schuhe. Unterhose und T-Shirt kickte er zur Seite, sie schienen keinen Unterschied zu machen.

Beige Hose, graue Jacke. Unauffällig siehst du aus. Du willst nicht erkannt werden, was? Oder hattest du einfach kein Geld und musstest deshalb zum Praktischen greifen? Aber warum dann die Clarks? Weil sie lange halten und im Endeffekt billiger sind? Ja, ist es das? Du hast wenig Geld und investierst lieber jetzt ein bisschen mehr, um unter dem Strich zu sparen? Hmmm.

Er stand breitbeinig vor der abgelegten Kleidung seines zweiten Ichs. Wie eine abgeworfene Haut kam sie ihm vor. Irgendwie hatte er sich mehr davon erhofft, aber die Dinge wollten ihr Geheimnis nicht preisgeben.

Ohne weiter darüber nachzudenken, begann er damit, sich auszuziehen. Warf das Hemd und die Hose über das weiße Sofa. Sein Sakko hatte er schon während des Kochens abgestreift. Er nahm die beige Hose vom Parkett und schlüpfte hinein – sie passte im Gegensatz zu seinen Anzughosen ganz genau. Dann war der blaue Pullover dran, der eigenartig auf der Haut kitzelte. Er führte den Arm an seine Nase. Der leicht aprikosige Duft ließ ihn einen Atemzug lang schwindeln. Irgendeine ferne Erinnerung ergriff ihn, riss ihn für Sekundenbruchteile in eine andere Welt. Er versuchte mehr von dem Duft einzusaugen, erst am Arm, dann hielt er sich den Pullover mit zwei Händen an die Nase. Ja, er kannte diesen Duft, ganz sicher, es roch warm, vertraut, es roch nach ... nach ... *zuhause.*

Durch die plötzliche Erkenntnis stand er einen Moment da wie betäubt. Dann versuchte er mit dem Geruch eine Brücke zu seinen Erinnerungen zu bauen, mit ihm in seine verlorene Welt zu schweben. Er roch wie von Sinnen an seinem Pullover, ließ sich seitlich auf die Couch fallen, um nur noch Geruch zu sein und sich voll und ganz darauf zu konzentrieren.

Woher kenne ich diesen Duft? Wo habe ich ihn schon einmal gerochen? Wo diesen Pullover angezogen? Wer hat ihn mir mit diesem Waschmittel gewaschen. Wer zum Teufel ...?!

Aber es war hoffnungslos. Immer hatte er das Gefühl, ganz kurz vor einem Geistesblitz zu stehen, doch dann war die Erkenntnis, die gerade noch zum Greifen nah erschien, plötzlich weg und für immer verschollen.

Er schüttelte den Kopf und stand auf. Nur ein Waschmittelgeruch, sonst nichts, sagte er sich. Er konnte ihn sonstwo gerochen haben. Vielleicht hatte ja seine Mutter dasselbe Pulver einmal benutzt. Aber er hätte sich doch dann sicherlich nicht sentimental in ein Zuhause zurückversetzt gefühlt.

Zuhause! Solche Vokabeln gab es gar nicht in seinem Leben.

Er betrat das Schlafzimmer. Eine Wandseite wurde von einem riesigen Kleiderschrank eingenommen, dessen Türblenden aus großen Spiegeln bestanden. Craig postierte sich neben dem Rattanstuhl, über dem noch die aussortierten Krawatten von heute morgen hingen, direkt gegenüber dem Spiegel. Er sah auf den Boden, wagte es kaum, den Blick zu heben. Er zählte innerlich bis drei, dann sah er zum Spiegelschrank.

Er erkannte sich kaum wieder. Noch immer hatte er sich nicht vollends an sein bärtiges Antlitz gewöhnt. Noch heute Morgen war er erschrocken gewesen, als er sich im Badezimmerspiegel gegenübergestanden hatte. Und jetzt kam dieses Outfit hinzu. Er wusste, er war Dr. Craig Hammerstein, einer der führenden Forscher im Bereich Neuro-Enhancement, er sprach auf allen wichtigen Veranstaltungen dazu, und die Fernsehzuschauer kannten ihn als geschmeidigen, eloquenten Redner. Seine Gegner warfen ihm ein yuppiehaftes Verhalten vor und rügten seine teure Kleidung.

Und jetzt?

Jetzt sah er aus wie ein alternativer Lehrer aus den siebziger Jahren an einer Montessori-Schule.

Er schüttelte den Kopf, konnte es kaum fassen. Die Schuhe wirkten unter der Hose noch viel klobiger. Craig knickte ein Bein ab und betrachtete die Sohle. Eine feste Sohle, mit deutlichem Profil. Sogar ein bisschen Lehm hing hier und da in den Ritzen.

Jemand, der viel in die Natur fuhr, würde solche Schuhe tragen. Ein Entschleuniger.

Aber Craig war kein Entschleuniger. Er war ein *Be*schleuniger. Und jetzt, in diesem Moment vor dem Spiegel, wusste er auch, dass er ein Beschleuniger sein wollte. Schön und gut, dass er plötzlich das ein oder andere Pastagericht kochen konnte, aber das Leben dieses Typen im Spiegel, das wollte er auch nicht führen.

Dennoch musste er mehr über den Mann erfahren, der ihm gegenüber stand.

Er trat einen Schritt näher an sein Spiegel-Ich. „Wer bist du?", fragte er den Montessori-Lehrer und lächelte ihn an. „Na komm schon, verrate mir dein Geheimnis!"

Er begann, vor dem Spiegel zu posieren. Blähte die Backen auf, zeigte sich die Zunge, zog die Jacke auf, knöpfte sie zu. Dann schob er die Hände in die Taschen. Plötzlich berührten seine Fingerspitzen etwas.

Papier! Ein Zettel!

Er riss ihn heraus. Mit zittrigen Fingern entfaltete er ihn. *Vielleicht eine Adresse*, ging es ihm durch den Kopf. *Die Anschrift zu einer Wohnung, zu Bekannten!*

Doch es war lediglich ein Kassenbon. Enttäuscht warf er ihn hinter sich aufs Bett, durchsuchte dann fieberhaft die anderen Taschen, hinten und vorne an der Hose, dann die Taschen der Steppjacke, erst außen, dann innen. Doch da war nichts, der Kassenbon war der einzige Gruß aus dem schwarzen Loch seiner vergessenen Zeit.

Er ließ sich rücklings auf das Bett fallen, zog den Zettel zu sich heran. Es war der Kassenbon einer Drogerie, und er war erst vor einer Woche ausgestellt worden. Er ging die Liste mit den Einkäufen durch.

Es waren ausnahmslos Produkte darauf, die niemals auf dem Einkaufszettel Craig Hammersteins gestanden hätten, stellte er fest. Fast ausschließlich Bioprodukte. *Cattier Mann Gesichtscreme, Lavera Energy Fluid, Speick Naturals Aktiv Deo Roll On, Ecover Color Waschmittel, Ajona Zahncreme, Florena Duschgel, Kaninchenbrotdose, Pampers Baby Dry, Weleda Calendula, Honigwaffeln 6 Stück, Alnatura Dinkel-Brei.*

Er hatte Windeln gekauft! Eine Kaninchenbrotdose, das musste doch auch für ein Kind gewesen sein. Was hatte das zu bedeuten? Knapp dreizehn Monate war er weg gewesen.

Er sackte auf die Bettkante herab, ein stechender Kopfschmerz setzte ein.

Es konnte doch nicht sein, dass er … Er war doch nicht etwa Vater geworden?

7

Veit lugte durch die Glastür und klopfte mit den Fingerknöcheln dagegen. Er wartete nicht auf Craigs Aufforderung, sondern öffnete die Tür und schritt in den Raum wie ein Lehnsherr, der seine Länderreihen begutachtete. Er trug einen Anzug seines Schneiders in der Londoner Savile Row, ein Hemd von Lorenzini, unter dessen linkem Ärmel eine goldene Rolex funkelte, und eine Seidenkrawatte von Anselmo Dionisio. Craig kannte die Marken, weil er selbst ganz ähnliche Kleidungsstücke in seinem Schrank verwahrte.

In seiner rechten Hand hielt Veit etwas, das nicht ganz zu dem edlen Arrangement passte, das ihn umgab. Eine zerknitterte, braune Papiertüte. Craig erkannte darauf das Logo des Muffinladens, der sich gleich um die Ecke befand. Sie hatten ihn bereits kurz nach dem Bezug der Büroräume entdeckt und ihn zum offiziellen Haus-Muffin-Bäcker erkoren. Das Geschäft wurde von einer attraktiven Blondine mit Grübchenwangen betrieben, an der sich Craig bisher die Zähne ausgebissen hatte. Dennoch wollte er nicht auf ihre Muffins verzichten, schon deshalb nicht, weil sie alles andere als gewöhnlich waren.

Veit hielt die Tüte hoch und schüttelte sie verheißungsvoll. „Nathalie sagt, Du hättest ihr heute Morgen einen ordentlichen Schrecken eingejagt."

„Ja, sie hat sich noch nicht daran gewöhnt, dass hier plötzlich wieder jemand sitzt."

„Vor allem ist sie nicht daran gewöhnt, dass einer von uns vor ihr im Büro ist. Sie ist sonst der frühe Vogel."

„Ich weiß nicht, an was es liegt, aber ich wache spätestens um 6.30 Uhr auf und kann dann auch nicht mehr einschlafen. Muss irgendwie in mir stecken. Offenbar hat mich irgendetwas darauf dressiert, als ich in meinen einjährigen Schlaf gefallen bin."

Veit setzte sich auf die Plastikschale eines der Vitra-Stühle, die vor Craigs weißlasierter Arbeitsplatte standen. „Ich hoffe, Du hast noch nicht gefrühstückt", sagte er und stellte die Tüte auf den Tisch.

„Für einen Muffin von Jeanette ist immer Platz."

„Ganz der Alte!", sagte Veit, öffnete die Tüte und reichte ihm einen Muffin in der Form des Sesamstraßen-Krümelmonsters.

Craig lächelte, hielt ihn in Augenhöhe. „Die Perfektionierung des Muffins geht der Perfektionierung des Menschen voran."

„Der alte Spruch!", sagte Veit grinsend und blickte neugierig auf Craigs Schreibtisch. „Wie ich sehe, bist Du schon wieder mitten in der Arbeit."

Craig biss in den Muffin. Mit vollem Mund sagte er: „Ja, ich habe mir einmal das aktuelle Organigramm angesehen. Vielleicht könnte man einmal über eine neue Struktur nachdenken, die sich mehr an der Wirkung unserer Forschung orientiert, dem *Nutzen*. Und weniger an den Methoden beziehungsweise der Art der Instrumente. Pass auf ..." Er biss erneut ab, so dass der Kopf des Krümelmonsters vollkommen verschwunden und nur noch der aus glasierten Kokosnussraspeln bestehende Leib zu sehen war. Dann drehte er das Blatt um, das vor ihm lag und schob es in Veits Richtung. „Fünf Kern-Bereiche", sagte er. „Mood, Senses, Intelligence, Communication und Next Generation. Unter Mood subsummieren wir das komplette Stimmungs-Enhancement, also alles was glücklich macht, Depressionen verhindert, Vagusnerv-Stimulationen und so weiter. Senses zielt auf unsere Forschung, die die Sinne betrifft. Also Implantate zur verbesserten Wahrnehmung. Besser sehen, besser riechen, besser hören und so weiter. Hier gliedern wir auch das Research-Programm an, das uns in die Lage versetzen soll, Infrarotlicht zu sehen und andere Impulse aufzunehmen, für die es gar keine Sinne gibt. Etwa das Spüren magnetischer Wellen oder von Strahlung." Er verschlang den linken Oberkörper des Krümelmonsters, eine Schulter und ein Arm ragten noch aus dem kleinen Papierförmchen. „Intelligence würde unser neuer Kernbereich sein. Er würde Forschung bündeln, die wir sowohl mit Pharmazie, Genetik und auch mit Implantaten betreiben. Alles, was dir hilft, dich besser zu konzentrieren, was den IQ erhöht, was dich leistungsfähiger macht und natürlich auch die ganzen Brain-Storage-Geschichten. Wenn wir einmal soweit kommen, können wir hier auch die Wissens-Chips angliedern, aber das ist noch Zukunftsmusik, wie Du weißt. Die vorletzte Säule ist Communication. Hier sortieren wir die Kommunikationsprojekte ein. Also Google-Glass für die Netzhaut, implantierte Sicherheits-Chips, mit denen man Kinder orten kann – so was läuft ja jetzt schon nicht schlecht, da wäre es ohnehin gut, wir würden stärker werden. Das kommende Brot-und-Butter-Geschäft bündeln wir unter Next Generation. Also alle Optimierungen, die du pränatal durchführen kannst: Auswahl von Geschlecht, Größe, Augenfarbe, IQ-Steigerungen, Ausschließen von Krankheiten und so weiter. Da haben wir sicherlich das größte Potenzial, vor allem in Asien."

Veit nahm das Blatt, schlug die Beine übereinander und studierte es aufmerksam. Als erst sein Fuß zu wippen begann und dann die Tolle auf seinem Kopf, wusste Craig, dass es ihm gefiel. Veit blickte auf. „Geil", sagte er. „Vor allem für die Kommunikation. Damit werden wir viel transparenter und sind näher beim Menschen."

Craig schob sich den Rest des Muffins in den Mund, strich sich die Krümel des Krümelmonsters aus dem Bart. „Ja, und wir können mit interdisziplinären Teams Technik, Pharmazie und Genetik besser verzahnen. Dem User ist es später egal, auf welche Weise er sich selbst oder seine Nachkommen optimiert."

Veit legte den Zettel wieder auf den Schreibtisch. „Dann hast Du Dich also mit der Technik arrangiert?" Er blickte Craig fragend an. Als dieser nicht sofort reagierte, fügte er hinzu: „Du wolltest den Bereich abstoßen."

„Ich weiß, ich weiß. Ich wollte ihn den Kollegen auf dem Gen-Kon schmackhaft machen. Einfach weil hier nicht unsere Kernkompetenz liegt."

„*Deine* Kompetenz, meinst Du."

„Ich bin nun einmal Genetiker. Aber darum ging es nicht. Wir brauchten frisches Geld und mussten uns von einem der Bereiche trennen."

„Oder einen neuen Anteilseigner mit ins Boot nehmen", sagte Veit, stand auf und klopfte sich die Krümel von der Hose.

Craig lehnte sich in seinem Sessel zurück. „Das ist Euch jedenfalls gelungen. Wie hast Du es übrigens angestellt?"

Veit hustete, hielt sich eine Faust vor den Mund. „Verdammt ...! Maurice. Maurice hat mich auf dem GenKon angesprochen. Ich hatte ja statt Dir die Rede gehalten. Hatte ich das schon gesagt? Nein? Einer musste einspringen, und ich war der Einzige, der dazu in der Lage war. Du kennst Lorenz, er ist gut hinter den Kulissen, aber wenn er eine Bühne betritt, stottert er und faselt nur wirres Zeug. Ich habe im Wesentlichen Deine Präsentation genutzt. Allerdings keine Verweise auf die Techniksparte gemacht und dass wir uns davon trennen wollen. Und das war auch gut. Betanovo ist gerade hieran interessiert. Pharma und Gen haben die schon, sie wollen jetzt den Bereich Technik aufbauen."

„Wozu brauchen die uns dazu?"

Veit nahm die leere Tüte vom Tisch, zerknüllte sie und warf sie in den Mülleimer unter Craigs Schreibtisch. „Wozu?" Er zuckte mit den Schultern, ließ einen leisen Seufzer aus der Nase entweichen. „Sie wollen halt die Cyborg-Diskussionen nicht im eigenen Haus, wollen ihre eigene Marke nicht dadurch beschädigen. Es ist viel klüger, die Forschung bei einem kleinen Unternehmen zu bündeln, später, wenn sich das Thema und die Vorteile, die unsere Methoden bieten, in der Gesellschaft durchgesetzt haben, kann man immer noch fusionieren. Denk an die letzten Demos vor Deinem Fenster." Er drehte sich um, ging auf das Fenster zu, legte eine Hand an den Aluminiumrahmen. Wie Craig wusste, konnte man von dort in einen runden Hof blicken, der die Form einer Arena hatte. Darum herum waren Geschäfte und Restaurants angeordnet. Veit nahm die digitale Videokamera aus dem Regal, trat wieder zu Craig an den Schreibtisch. „Hier, Du hast das Ganze doch gefilmt. Frankenstein, Hammerstein und so weiter ..."

Craig beugte sich über den Tisch, nahm die Kamera. Ja, er erinnerte sich. Natürlich tat er das. Er hätte ja fast einen Nervenzusammenbruch bekommen.

„Also, lass uns im nächsten Management-Board über die neue Struktur sprechen. Meine Stimme hast Du!", sagte Veit und öffnete die Tür.

„Super – und Du bist Vorstands*vorsitzender* …!"

Veit atmete ein, hob dabei den Zeigefinger in die Luft. Wollte etwas sagen. Doch dann nickte er nur und ging aus dem Büro.

Nachdem Veit die Tür hinter sich geschlossen hatte, blickte Craig die Kamera eine Weile an, stumm, fast regungslos. Dann nahm er sie in die Hand und klappte den kleinen Bildschirm auf. Er ging durch das Menü, wählte das letzte File aus, es war vom 23. September 2013, und drückte auf Play. Die ersten Sekunden der Aufnahme zeigten seine schwarzen Loafer, es knisterte, Craig schien irgendetwas an der Kamera einzustellen. Dann wanderte das Objektiv nach oben. Die rechte Seite des Regals ruckelte ins Bild, zwei, drei Buchrücken erschienen. Das Aluminium des Fensterrahmens. Weißes Licht flutete die Linse. Anschließend wackelte das Objektiv und fokussierte die Arena. Die Totale zeigte etwa zwanzig bis dreißig Demonstranten. Sie standen in einer wabernden Menschentraube, einige hielten Plakate hoch. Craig erkannte das ewige „Hammerstein = Frankenstein"-Plakat und ein weiteres mit der Aufschrift „STOP! GENOVENTIS will Gott spielen". Dann meldete sich einer über das Megaphon und gab die Losung vor. Wie ein Echo ertönte es aus den dreißig anderen Kehlen: „*Hammerstein! Frankenstein!, Hammerstein! Frankenstein!*" Richard-David hielt das Megaphon in der Hand, er hatte sich auf die unterste Stufe gestellt, die von der Arena hinauf zur Straße führte. Er trug einen olivfarbenen Parka, ein Arafattüchlein und blaue Converse-Schuhe. Der typische Demonstranten-Look, wie Craig fand. Nachdem die Menge eine Weile ihren Slogan skandiert hatte, begann Richard-David mit seinem Vortrag, dessen Inhalte Craig aus zahlreichen kritischen Veranstaltungen bekannt war.

„Besser sehen können, besser denken können, mehr behalten können, besser aussehen. Das sind die Versprechen von GENOVENTIS. Der Mensch soll am besten schon optimiert auf die Welt kommen. Und das nach den Wünschen der Eltern und den Moden der Gesellschaft. Der neue, perfektionierte Mensch – das ist es, was Dr. Hammerstein will. Einen neuen Menschen schaffen wie einst Dr. Frankenstein." Schwenk in die applaudierende Menge. Dann wieder zurück auf Richard-David. „Mit diesem Versprechen stößt Hammerstein auf offene Ohren. Denn Perfektionismus ist das Leitmotiv unserer Gesellschaft. Perfektionismus ist nichts weiter als das Grundprinzip unserer Religion, des Kapitalismus. Alles soll perfekt und effizienter werden, danach streben sowohl die Individuen als auch die Gesellschaft als Ganzes. Wer dieses Prinzip der Perfektionierung jetzt auch für den menschlichen Geist fordert, will den Kapitalismus und den Wettbewerb in das Innerste des Menschen tragen. Für Viele ist das so genannte Neuro-Enhancement damit die perfekte Lösung für zahlreiche Probleme. Sozialhilfeempfänger? Bekommen künftig eine Spritze, und schon können sie dem Arbeitsmarkt wieder zugeführt werden. Denn das ist doch wohl klar: Das Schwache, das Labile, das Kranke haben keinen Platz mehr in Hammersteins schönen neuen Welt, in seiner kalten Gesellschaft der Sieger."

Craig hörte sich aus dem Kamera-Lautsprecher seufzen. Wie oft war er schon mit diesem verzerrten Bild seiner Vision konfrontiert worden? Verstanden diese Jungspunde denn nicht, dass die Perfektionierung in der Natur des Menschen lag? Ohne den Antrieb und die Bereitschaft sich ständig zu verbessern, säßen wir jetzt noch auf den Bäumen. Und das Einzige, was Craig tat oder tun wollte, war es, das Verbessern zu verbessern.

Die Kamera schwenkte nach links in die Menschentraube. Immer wieder rief einer etwas in Richtung Richard-Davids, immer wieder gab es Applaus für seine Thesen. Dann blieb das Kameraauge stehen, fokussierte den oberen linken Rand der Menge. Fing eine junge Frau ein, die ganz außen stand. Sie hatte rotbraunes, halblanges Haar, ein Ohrring in der Form eines Halbmondes hatte sich über den hochgeklappten Kragen ihres Mantels gelegt. Die Kamera zoomte näher, offenbar so nah wie es ging, so dass das Gesicht jetzt deutlich und groß zu sehen war. Durch die Nahaufnahme wackelte das Bild allerdings heftig, was der Frau etwas Lebhaftes gab, obwohl sie ruhig und konzentriert in Richtung Richard-Davids blickte.

Craig betrachtete die Frau eingehend. Fragte sich, was ihn so fasziniert hatte an ihr. Betrachtete ihren Pony, der schräg geschnitten war und das linke Auge fast komplett bedeckte. Plötzlich fand er ihr Gesicht viel zu groß, die Stirn zu breit, die Wangen zu markant. Und doch, irgendetwas Geheimnisvolles hatte sich in ihren Zügen verfangen, etwas Melancholisches, irgendeine tiefe Weisheit schien in diesem Blick zu liegen. Eine Weisheit, die ihre vollen, matten Lippen niemals aussprechen würden, die sich nicht verbalisieren ließ, die in einer tieferen Ebene lag.

Isa.

Sie wandte ihren Blick, sah jetzt nicht mehr zu Richard-David, sondern in seine Richtung. Genau auf das Fenster, wo Craig mit seiner Kamera gestanden hatte. So, als wüsste sie, dass dort einer steht und sie filmt. So, als wüsste sie, dass er dort war und sie beobachtete. Doch Craig war klar, dass dies nicht sein konnte. Die Fenster waren verspiegelt, und sie konnte nicht wissen, in welchem Stock er sich befand. Sie war noch nie in seinem Büro gewesen.

Er hatte sie auf einer Veranstaltung kennengelernt, die die World Transhuman Society (WTS) ausgerichtet hatte. Craig war einer der Referenten und zog in seinem Vortrag eine Linie von den ersten Hominiden, die in Afrika von den Bäumen geklettert waren, bis hin zum modernen Menschen, der die Evolution selbst in die Hand nahm. Nach dem Vortrag stand sie plötzlich vor dem Tisch, an dem er saß, um seine Bücher zu signieren. Sie stellte ihm ein paar kritische, aber durchaus intelligente Fragen und begann, ihn danach in ein Gespräch über das Thema zu verwickeln. Da die Schlange hinter ihr immer größer wurde, schlug er vor, sich im Anschluss an die Veranstaltung in einer Bar zu treffen. Sie sah ihn skeptisch unter ihrem rotbraunen Pony an, biss einige Male gedankenverloren auf ihrer Unterlippe herum, willigte dann aber ein.

Sie gingen in die Bar Centrale, ganz in der Nähe des Hofbräuhauses. Die Bar war gut besucht, alle Tische besetzt, so dass sie mit zwei Barhockern an einem der Stehtische vorlieb nehmen mussten. Zwei

Jahre musste das jetzt her sein, erinnerte sich Craig. Es war seine beste Zeit damals. Er hatte sich selbstständig gemacht, sein Unternehmen erzielte erste marktfähige Erfolge. Er war regelmäßig in den Medien präsent und hatte gerade erst vom Cover des „Spiegels" herunter gelächelt. Er war voller Tatendrang, das Leben war ein einziges Abenteuer.

In der Bar Centrale fragte er sie zuerst, was sie mache und warum sie sich für das Thema interessierte. Sie war Studentin, stellte sich heraus, studierte Kommunikationswissenschaften und Philosophie. Craig schätzte sie auf etwa fünfundzwanzig Jahre. Sie steckte in dieser idealistischen Blase, die Craig öfters gerade bei deutschen Studenten beobachtete. Menschen, die in dieser Blase durch den Raum trieben, interessierten sich für Umweltschutz, regionale Strukturen, Kooperation statt Wettbewerb, alles, was irgendwie mit dem Thema Genossenschaften zusammenhing. Als eine Form des Protests telefonierten sie mit alten Handys, brachten Dinge zur Reparatur statt sich für das gleiche Geld ein neues Gadget zu kaufen. So war es auch bei Isa, die in einer Wohngemeinschaft in Berg am Laim lebte, in der es eine gemeinsame Kasse gab und in der alles, was mit Wettbewerb und Konkurrenz zu tun hatte, des Teufels war.

Für Craig war hingegen nur eine kompetitive Gesellschaft eine wahre Gesellschaft. „Stellen Sie sich einen Hundertmeterlauf vor", sagte er. „Olympische Spiele oder sonst irgendetwas. Doch nach dem Startschuss laufen die Athleten nicht etwa los, um als erstes ans Ziel zu kommen. Sie diskutieren eine Weile und dann entscheiden sie sich, alle gleichzeitig durch das Ziel zu schreiten. Würde Ihnen das als Zuschauer Spaß machen?"

Sie nippte an ihrem Weißwein, blickte für einen Wimpernschlag unschlüssig unter ihrem Pony hervor. Um sie herum wogte die Menge, hauptsächlich Leute wie Craig. Anzugträger, Frauen mit goldenen Armbändern und Perlenohrringen. Isabel, wie sie damals noch für ihn hieß, sah ganz anders aus. Gott sei Dank trug sie nicht die gängige Öko-Mode, diesen Schlabberlook, den Craig hasste. Tatsächlich wäre er in einem solchen Fall vermutlich nicht mit ihr in die Bar Centrale gegangen. Man kannte ihn hier. Er hatte einen Ruf zu verlieren, denn er kam nur mit den attraktivsten Frauen. Isabel hatte ihren Pullover aufgrund der Hitze ausgezogen und offenbarte ein weißes, eng anliegendes Top. Die schwarzen Träger ihres BHs hatten sich über ihre Schultern gelegt. Wenn sie einatmete wie jetzt, als sie eine Antwort auf Craigs Sportlerbeispiel suchte, bildeten sich kleine, faustgroße Kuhlen oberhalb ihres Schlüsselbeins. Sie verliehen ihrer Erscheinung etwas Zerbrechliches, Weibliches, irgendwie Aufnehmendes. Sie sagte: „Ich bin ja gar nicht gegen den Wettbewerb. Ich bin nur nicht der Meinung, dass er für alle Bereiche anwendbar ist. Menschen kooperieren doch viel mehr, als dass sie miteinander im Wettstreit stehen."

Craig zog sich das Sakko aus, in der Bar Centrale wurde es immer voller. Er hatte schon zwei Bier in sich hineingeschüttet, um sich abzukühlen, war dann auf Whiskey Sour umgestiegen. Er stützte sich locker mit dem Ellbogen auf den Tisch, sagte: „Aber wir haben doch festgestellt, dass wir immer da, wo wir kapitalistische Prinzipien eingeführt haben, effizienter geworden sind. Kapitalismus ist nichts Schlimmes, er entspricht der menschlichen Natur. Er ist im Grunde ein Urgesetz, das auch für die Evolution maßgeblich war. *Survival of the fittest*, das ist das Prinzip, nichts Neues für Sie. Nur weil der Affe sich im Wettbewerb mit anderen Kreaturen immer weiter verbessert und ein immer größeres Gehirn ausgebildet hat, konnte er schließlich den Schritt zum Menschen machen. Und jetzt, nach vier Milliarden Jahren Evolutionsgeschichte, sind wir an einer magischen Schwelle angelangt. Mit uns ist eine Spezies entstanden, die das große Prinzip der Evolution verstanden hat und die erstmals in der Lage ist, dieses Prinzip auf sich selbst anzuwenden. Wir können uns weiter optimieren, noch effizienter und intelligenter sein – eine fantastische Möglichkeit!"

„Zwei Einwände habe ich", sagte Isabel forsch und hob den Zeigefinger wie eine Lehrerin in einer Wilhelm-Busch-Zeichnung. Sie nahm einen kräftigen Schluck Wein, wie um aufzutanken vor der gedanklichen Reise, die sie unternehmen wollte. „Zunächst war die Evolution ja gar nicht ein Kampf darum, wer zum Schluss der Stärkste ist. Darwin war der Meinung, die am besten *angepasste*

Spezies setze sich durch. Hierbei geht es also nicht immer um Verdrängung, sondern darum, eine Nische zu besetzen. Wer sich am besten an seine Umwelt anpasst, überlebt und gibt seine Gene weiter. Und was macht der Mensch? Er *zerstört* seine Umwelt. Wenn Sie also einem evolutionären Prinzip folgen wollen, dann nehmen Sie doch dieses: Lassen Sie uns damit beginnen, uns wieder unserer Umwelt anzupassen statt sie zu zerstören. Dann bin ich dabei!"

Die Kellnerin stellte Isabel ein weiteres Glas Weißwein auf den Tisch. Sie war mittlerweile von ihrem Barhocker aufgestanden, gestikulierte mit den Händen und blickte ihn dabei konzentriert an. Damals waren ihm erstmals ihre braunen Augen aufgefallen. Ihre Bernsteinaugen. Hatten sie schon zu diesem Zeitpunkt damit begonnen, ihn langsam zu umfluten? Sein Herz wie flüssiges Harz zu umspülen und sich schließlich um es herum zu versteinern? Die Grube zu werden, in der er lebendig begraben wurde?

Sie trank erst den Rest des Weins in ihrem alten Glas aus und nahm einen weiteren Schluck von dem neuen, das ihr die Kellnerin gebracht hatte. Anschließend strich sie sich energisch den Pony zur Seite und fuhr fort. „Aber selbst wenn wir annehmen, dass die Evolution vom Prinzip des *immer besser, immer weiter* beherrscht wird – was heißt das denn? Dass wir diesem Prinzip sklavisch folgen müssen? Sie hatten eben gesagt, der Mensch sei das erste Wesen, das über sich und seine Menschwerdung nachdenken kann. Warum kann er sich nicht als Ziel der Evolution begreifen? Der Mensch ist das einzige Wesen, das moralische und ethische Erwägungen machen kann. Er kann deshalb nicht einfach vom Sein auf das Sollen schließen. Er hat die Fähigkeit, seinen eigenen Weg zu gehen, und er hat deshalb auch die Verpflichtung, selbst über richtig und falsch nachzudenken. Unabhängig von dem was ist, muss er seine Schlussfolgerungen ziehen. Nur weil es immer Kriege gegeben hat, heißt das nicht, dass Kriege in der Natur des Menschen liegen und dass es sie deshalb geben muss oder sogar soll. Und nur weil sich in der Natur neben den gut Angepassten hier und da auch der Stärkere durchsetzt, muss das keinen Auftrag für den Menschen enthalten, noch stärker oder eben intelligenter zu werden. Okay, Evolution bedeutet den natürlichen

Wettbewerb der Spezies, aber der Mensch hat diesen Wettbewerb gewonnen, das Prinzip der Optimierung unter diesen Voraussetzungen weiter zu verfolgen, ist deshalb absurd und pervers."

Craig konnte dem Gedankengang schon gar nicht mehr richtig folgen. Er war sich dessen bewusst, dass alles das, was Isabel sagte, klug war und Sinn machte. Sie hatte Themen aufgeworfen, die den „Spiegel"-Redakteuren nicht im Traum eingefallen waren. Mit ihnen hatte er eine Diskussion in der Sprache der Ökonomen geführt, und da war er unschlagbar. Jetzt, in diesem Moment an dem wackeligen Stehtisch in der Bar Centrale, wusste er: Später würde er sich an diesen Moment erinnern. Deshalb, weil ihn nicht nur das gute Aussehen der Frau auf der anderen Seite des Stehtischs faszinierte. Sondern auch, weil ihre Stimme einen fast magischen Klang hatte, die nur deshalb so überzeugend war, weil die Inhalte faszinierend waren. Er würde sich daran erinnern, weil er erstmals eine Erektion bekam, nicht, weil er auf Titten und Arsch starrte, sondern weil das Gesamtkonzept der Frau ihn zum Glühen brachte.

„Und ... was wäre Ihre Schlussfolgerung daraus?", sagte er, weil er einfach die Melodie ihrer Stimme hören wollte.

„Dass die Spezies Mensch sich gar nicht weiter entwickeln muss. Schon gar nicht durch externe Optimierungen. Dass wir einen Endpunkt erreicht haben, den wir verteidigen müssen, auch indem wir die Umwelt schützen, an die wir uns ja einmal angepasst haben. Wir sollten den Menschen so annehmen wie er ist – danach sehnt man sich auch als Mensch."

So angenommen werden, wie er war – das war in der Tat ein langer, unerfüllter Traum. Schon damals bei seinem Vater, der in ihm immer den Nichtsnutz gesehen hatte. Dann später, als er dieses Defizit empfand und sein Abitur auf dem zweiten Bildungsweg nachholen musste. Um angenommen zu werden, legte er einen Abi-Schnitt von 1,0 vor, aber auch das reichte nicht. Er musste in Amerika studieren, ein Visionär und Unternehmer werden, einen Porsche 911 fahren.

Plötzlich hörte er jemanden schluchzen. Er hatte schon längst nicht mehr auf den kleinen Monitor der Kamera geschaut. Sein

Blick hatte sich irgendwo in der grauen Winterwelt verloren, während er über sein erstes Treffen mit Isa nachgedacht hatte.

Jetzt blickte er wieder auf das Display. Die Rede Richard-Davids war zu Ende, die Demonstranten standen nur noch locker herum, hatten sich die Schilder über die Schultern gelegt. Deutlich sah man Richard-David mit Isa in enger Umarmung. Sie küsste ihren Helden nach seiner Rede zu den Massen. Und aus dem Kamera-Lautsprecher hörte er nun sich selbst, den Craig von damals, der einfach die Tränen laufen ließ. Der laut losschluchzte, bei diesem Anblick. Der es nicht geschafft hatte, von der Frau, die er liebte, angenommen zu werden. Der einfach nicht perfekt genug war für sie.

Das Objektiv wanderte wieder nach unten, der Alurahmen erschien und der Fuß des Regals. Dann wieder die Loafer, bis auch sie verschwanden und plötzlich Craigs Knie auf dem Teppich landeten. Er heulte.

Der Bildschirm wurde schwarz.

8

Craig warf sich zwei Hände Wasser ins Gesicht, tastete dann nach den Papiertüchern. Sie hatten immer auf der rechten Seite gehangen, doch dort waren jetzt nur noch nackte Fliesen. Stattdessen befand sich auf Hüfthöhe einer dieser modernen Handtrockner, in die man die Hände steckte und sich diese dann von allen Seiten mit warmer Luft beschießen lassen konnte. Doch das würde ihm in seiner Situation nicht weiterhelfen.

Er blickte in den Spiegel auf ein nasses, tropfendes Gesicht. Auf seinem Hemd befanden sich bereits zahlreiche feuchte Flecken. Er atmete ein, stieß sich leicht vom Waschbecken ab, ging hinüber zu den Toiletten. Er beugte sich hinab und riss energisch an einer der Klorollen, bis er genug Papier in der Hand hielt. Er trocknete sich ab und warf die feuchten Tücher in die Toilette.

Zurück am Spiegel, entfernte er sich einige Papierflusen von der Wange und aus dem Bart. Dann betrachtete er erneut sein Antlitz im Spiegel.

Männer mit Bart haben immer etwas zu verbergen.

Zu irgendjemandem hatte er diesen Satz vor kurzem gesagt, im Scherz natürlich. Er kannte diesen Spruch aus frühester Kindheit. Seine Mutter hatte ihn gerne benutzt. Sie liebte es, die Menschen mit einem Etikett zu versehen. Blondinen waren dumm und eigneten sich bestenfalls zur Tippse, alte Autos waren Türkenschleudern, nach Thailand fuhr man ausschließlich, um zu vögeln, dünne Frauen haben Bulimie, Männer mit langen Nasen lange Schwänze, und Männer mit Bart hatten eben etwas zu verbergen. Das Leben konnte so einfach sein, wenn man nur seine Zeichen entschlüsselte.

Doch hatte seine Mutter in seinem Fall vielleicht recht. Vielleicht hatte er etwas zu verbergen. Nur was? Er schloss die Augen. Wenn er sie wieder öffnete, wollte er sich mit objektivem Blick ansehen, wie eine Person, die er nicht kannte. Für eine Minute stand er da, dann öffnete er die Lider.

Der Bart. Er war tatsächlich das Erste, was auffiel. Er klebte ihm im Gesicht wie etwas Fremdes. Dann wanderte sein Blick höher, blieb an seinen Augen hängen. Und da merkte er es. Sein Blick selbst hatte sich verändert. Es war nicht der feste, unbeugsame Ausdruck von einst. Seine Augen wirkten wässrig, waren von roten Adern durchzogen. Ein eigenartiges Flackern lag darin. Menschen, die in ihrer Kindheit gedemütigt wurden, sahen so in die Welt. Menschen, die einer Katastrophe entronnen waren. Menschen, die etwas gesehen hatten, das ihnen Angst, ja, Panik einflößte.

Er stützte sich auf die Keramik des Waschbeckens. „Was hast du gesehen, Craig Hammerstein? Was haben diese Augen gesehen?"

Zurück im Flur. Rechts ging es in den Verwaltungsbereich, links zu den Labors und zur Technik. Er hatte Lust, Esther zu sehen, wurde ihm klar. Hätte gerne einfach mal vorbeigeschaut, aber das hätte sicherlich nur zu Verwirrung geführt. Im Büro versuchten sie, sich aus dem Weg zu gehen. Und über was hätten sie im Beisein der Kollegen schon reden sollen? Auf Smalltalk konnte er jedenfalls verzichten. Also wandte er sich nach rechts, ging den Gang hinauf zu seinem Büro.

Der Wunsch, Esther zu sehen, stimmte ihn nachdenklich. Wer waren denn sonst seine Freunde? Seine Schwester, das war klar, aber das war etwas anderes. Veit? Er war ein Freund, natürlich. Aber es stand irgendetwas zwischen ihnen. Lag es an der Tatsache, dass er Aline offensichtlich betrog? Oder daran, dass Veit in seiner Abwesenheit den Vorstandsvorsitz übernommen hatte? Deswegen konnte er ihm jedenfalls nicht böse sein. Er war ein Jahr weg gewesen, und irgendjemand musste die Entscheidungen treffen. Craig würde zu einem späteren Zeitpunkt mit ihm sprechen, vielleicht würden sie die Machtverhältnisse im Unternehmen neu ordnen, und er bekäme den Vorsitz zurück. Vielleicht ja sogar im Rahmen der neuen Struktur. Doch jetzt war es noch zu früh dafür, Craig war noch nicht wieder der Alte, und solange war es vollkommen in Ordnung, in der zweiten Reihe zu stehen.

Er hörte seinen Namen. Blieb stehen, drehte sich auf dem Absatz um. Gerade war er an Sebastians Büro vorbei gelaufen. Hatte ihn dieser gerufen?

Als er an die Tür trat, hörte er Wasts dunkles Lachen. Er stand mit jemandem im Raum, unterhielt sich. Wieder fiel sein Name.

„Ich glaube, Craig wird schon wieder."

Wast lachte. „Willst Du mir drohen?"

„Wieso, Dein Posten ist doch der sicherste überhaupt. Betanovo will die Technik ausbauen, da würde ich mir keine Sorgen machen."

„Vor einem Jahr sah das noch ganz anders aus."

„Vor einem Jahr hatten wir noch einen anderen Vorsitzenden."

Wast schnaufte. „Da sagst Du was. Aber wer sagt mir, dass der neue nicht der alte wird."

Craig stand neben der Tür im Flur, drückte sich gegen die Wand. Ihm war immer noch nicht klar, wer der andere war, mit dem sich Sebastian unterhielt. Jedenfalls sagte dieser andere jetzt: „Es spielt im Grunde keine Rolle mehr, wer hier Vorstandsvorsitzender ist. Jetzt entscheiden andere. Und die setzen im Zweifel eher auf Technik als auf Pharma und Gen."

„Na, Du bist doch der Buddy von den beiden, Du machst Dir doch sicherlich keine Sorgen um Dich, Thomas."

Es war Thomas Neufeld, ihr Vice President Pharmaceuticals & Genetics!

„Um mich mache ich mir keine Sorgen, eher um Craig."

Wast grunzte. „Warum? Was für Sorgen? Ist doch umgänglicher als früher. Mach ne Umfrage: Die meisten wollen den alten Poser nicht zurück. Eine Talkshow nach der anderen und hier rumlaufen wie der Messias persönlich. Da kotz ich doch!"

„Wast, jetzt bist Du aber ein bisschen … Man darf auch nicht ungerecht sein. Er hat auch einiges geleistet. Ohne ihn gäbe es das alles nicht."

„Vielleicht kann man auch einiges leisten, ohne sich wie der Größte zu verhalten. Und ohne alle Kolleginnen flachzulegen."

Thomas atmete vernehmbar aus. „Ist es immer noch wegen dieser Sache mit Birte?"

„Ach, hau ab! Auf die bin ich schon lange nicht mehr scharf."

„Ja, seit sie nach der Mitarbeiterversammlung in Craigs Porsche gestiegen ist."

Wieder brummte der Wast, etwas krachte auf den Boden. „*Verdammt!* Aber ganz ehrlich, auf das Flittchen verzichte ich. Ich will nur einen Chef, der berechenbar ist. Und Du weißt, was hier die letzten Monate los war, bevor er plötzlich weg war."

„Ja. Ja, natürlich. Keine gute Zeit ... warte, ich helf Dir."

„Lass, mit Deinem Gipsarm kommst Du doch da gar nicht drunter."

„Ich habe zwei Arme."

„Wenn Du die richtige Pille nimmst, hast Du bald drei!"

Nathalie war ausgeflogen, als Craig zurück in sein Büro kam. Er hörte das Klingeln des Telefons und hechtete an den Hörer. Sein erster Anruf, seit er wieder zurück war!

„Hammerstein?"

„*Jaaa*, Klaus Roth hier vom 'Tagesblick'. Sie sind also tatsächlich wieder zurück, Herr Dr. Hammerstein?"

Roth, Roth, Roth, irgendetwas sagte ihm dieser Name. Was hatte er gesagt, vom „Tagesblick"? Das war das hiesige Boulevardblatt, er musste vorsichtig sein. „Ja, ich bin da. Wie kann ich Ihnen denn helfen?"

„Ach, helfen, wie können Sie mir helfen? Haha, ich muss einfach sagen, dass ich erstmal ein bisschen neugierig bin. Wir haben ja Ihren Fall verfolgt. Wo in aller Welt waren Sie denn die ganze Zeit?"

Der Mann am anderen Ende der Leitung hörte sich ehrlich interessiert an. Und es war ja auch die natürlichste Frage der Welt. Wo war er gewesen? Das fragte er sich ja selbst. Craig setzte sich, knöpfte sich das Jackett auf, versuchte, eine entspannte Pose einzunehmen. Auf diese Weise telefonierte es sich am besten, am souveränsten.

„Ich ... das kann ich Ihnen leider auch nicht mit letzter Gewissheit sagen."

„Aber dann schon in Zürich, oder? Dort wurde ja Ihr Porsche gefunden?"

OK, er hatte ein paar Infos. Wusste er vielleicht sonst noch etwas? Etwas, was Craig nicht wusste? „Ja, ich war offenbar in Zürich ..."

„Offenbar? Aber Sie müssen doch wissen, wo Sie waren?"

„Ich kann mich ehrlich gesagt an nichts mehr erinnern."

„Sagen Sie nicht, Sie haben das Gedächtnis verloren?"

Er legte die Füße auf die Schreibtischplatte, verschränkte einen Arm hinter dem Kopf, mit der anderen drückte er den Hörer ans Ohr. „Sie sagen, Sie haben den Fall verfolgt – was ist denn *Ihr* letzter Stand?"

„Ja, also wir ..." Craig hörte, dass es raschelte auf der anderen Seite, als würde er ein Blatt Papier zu einer Kugel zerdrücken. Dann hörte er, wie er offenbar an einer Zigarette zog. „Wir haben natürlich recherchiert, das ist unser Job. Aber nur telefonisch, die Zeiten, wo man einem Informanten ein paar Hunderter in die Hand drückte, um an Informationen zu kommen, sind leider vorbei." Er lachte heiser, zog wieder an seiner Zigarette. „Das, was die Polizei weiß, werden Sie schon wissen, nehme ich an ..."

„Ja. Aber viel ist es nicht."

„Leider. Mehr wissen wir auch nicht. Haben sich zwar ein paar Leute gemeldet, die Sie gesehen haben wollen. In Deutschland, der Schweiz, sogar in Italien. Aber das würde ich nicht so wichtig nehmen. Gibt immer ein paar, die sich aufspielen wollen. Und Sie ... Sie erinnern sich an nichts?"

„An nichts in der Zeit, in der ich verschwunden war."

„Erstaunlich. Wirklich überaus erstaunlich."

Als Roth aufgelegt hatte, hatte Craig augenblicklich das Gefühl, dass er dieses Telefonat noch bereuen würde.

9

Die Quittung für das Gespräch bekam er bereits am nächsten Morgen, als er auf die Internetseite des „Tagesblicks" klickte. Er war der Opener. „Dr. Frankenstein zurück in der Stadt", stand da, darunter ein großes Foto von ihm mit stechendem Blick. Der Journalist stellte alle möglichen Thesen auf, was er in der Schweiz gemacht haben könnte. Fragte sich, ob Craig dort ein neues, geheimes Projekt gestartet habe. Es sei doch ein eigenartiger Zufall, dass Betanovo drei Monate nach seinem Verschwinden bei GENOVENTIS eingestiegen sei. „Oder hat Dr. Frankenstein alias Hammerstein Experimente an sich selber durchgeführt? 'Ich habe mein Gedächtnis verloren', sagt er exklusiv zum TB. 'Ich kann mich an nichts mehr erinnern.' Spricht er die Wahrheit? Oder handelt es sich um eine unerwünschte Nebenwirkung? Dabei forscht Hammerstein gerade an Mitteln, die das Gedächtnis verbessern sollen. Vielleicht sollte er ein paar Überstunden einlegen!"

Spott war gerade das, was er jetzt brauchte. Er war nur ins Internet gegangen, um sich ein Auto zu mieten. Er würde nach Zürich fahren. Und mit dem Porsche schien ihm das zu gefährlich. Bei nächster Gelegenheit würde er ihn in die Werkstatt bringen. Was er genau in Zürich wollte, wusste er noch nicht. Dennoch klickte er jetzt Google Maps auf und sah sich die Gegend um den Limmatquai an – dort musste er auf jeden Fall gewesen sein. Wer weiß, vielleicht kam ihm irgendetwas bekannt vor, wenn er erst mal dort war.

Das Festnetztelefon klingelte. Craig hielt inne. Im Grunde rief ihn niemand zuhause auf dem Festnetz an, alle seine Freunde und Geschäftspartner wählten seine Handynummer, wenn sie ihn sprechen wollten. Letztlich fiel ihm genau eine Person ein, die dieses Telefon nutzte.

Er hob ab. „Hammerstein?"

Keiner meldete sich. Er hörte nur ein leichtes, unterdrücktes Atmen, fast eine Art Schnaufen.

„Mutter? Mutter, bist Du das?"

Das Schnaufen wurde lauter, doch die Person am anderen Ende der Leitung sagte kein Wort. Sicherlich wollte Mutter doch Gewissheit, ob ihr geliebter Sohn wohlbehalten zurück war, dachte Craig sarkastisch. „Also, was ist jetzt? Willst Du mit mir sprechen – ja oder nein?"

Es wurde aufgelegt.

Typisch, dachte Craig und beschloss, nicht weiter darüber nachzudenken. Er wandte sich stattdessen wieder dem Computer zu. Eine Mail von Veit war eingetroffen. Offenbar von seinem iPhone geschrieben, es war neun Uhr, um diese Zeit war er meistens noch nicht im Büro. *FYI* stand da nur, *for your information*. Dann ein Link. Craig klickte ihn an. Es war ein anderes Internetportal. Es hatte sowohl Teile des Artikels des „Tagesblicks" als auch Craigs Foto übernommen.

Natürlich, dachte Craig, *jetzt schreiben alle anderen Journalisten den Artikel ab. Wahrscheinlich klingeln die jetzt im Büro Sturm.*

Eine weitere Mail traf ein. Der Absender war parabellumxxx@yahoo.de, der Betreff: *Welcome back*. Er klickte die Mail auf, sie bestand nur aus einem einzigen Satz.

Warte, wir kriegen dich.

Was sollte das jetzt? Wer war parabellumxxx? Er hatte noch nie etwas von ihm gehört. Aber soviel war klar, wohlgesonnen war er ihm nicht. Er musste ebenfalls den Online-Artikel des „Tagesblicks" gelesen haben. Craigs E-Mail-Adresse stand auf der Website von GENOVENTIS, und er hatte sie gestern noch auf seinen privaten Computer umgeleitet. Jeder konnte ihm schreiben. Aber er musste ja ansprechbar bleiben, es war nicht zu ändern. Und zumindest in der nächsten Zeit wollte er nicht, dass Nathalie seine Mails weiter bearbeitete.

Er löschte die Mail von parabellumxxx und schrieb an Veit: „Sorry, war dumm von mir, mit dem Journalisten zu sprechen. Komme heute nicht ins Büro, muss ein paar private Angelegenheiten klären. LG, Craig."

Es klingelte.

Craig erschrak. Wer war das? Craig sah auf die Uhr, viertel nach neun. Konnte das parabellumxxx sein? Oder irgendein anderer Verrückter, der die Welt retten wollte, indem er Craig ausschaltete?

War das womöglich der Grund gewesen, warum er verschwunden war? Hatte ihn jemand bedroht?

Er stand auf, ging vorsichtig in Richtung Tür. Er war komplett angezogen, auch seine Nike-Sneaker trug er bereits. Die Tasche hatte er heute morgen um sieben Uhr gepackt, er war wie immer um 6.30 Uhr aufgewacht, hatte alle Zeit der Welt gehabt.

Vorsichtig, als bewege er sich auf dünnem Eis, schritt er an der Ralph-Lauren-Ledertasche vorbei, die im Flur unter der Garderobe lag. Durch die Glasbausteine rechts neben der Tür sah er eine dunkle Silhouette. Es musste ein Mann sein, der Typ sah groß aus, groß und stämmig.

Seine Hand zitterte in Richtung Türklinke. Er spürte auf einmal, dass seine Zunge trocken und pelzig in seinem Mund lag, die Narbe an der Stirn begann leicht zu brennen. Offenbar lief ihm Schweiß hinein. Für einen Atemzug hatte er auf einmal das Gefühl, er erinnere sich an einen Schlag, den man ihm auf die Schläfe verpasst hatte. Er sah eine Faust mit dunklen Härchen auf den Händen und einem dicken Klunker am Ringfinger. Nichts weiter, nur das. Der Schlag musste ihn getroffen haben, dann waren die Lichter ausgegangen.

Jetzt legte sich seine Hand auf die Türklinke. Sie sah aus, wie ein ängstliches Tier, das spürte, dass die Ankunft des Metzgers nichts Gutes bedeuten konnte.

Du musst das nicht tun, du brauchst die Tür nicht zu öffnen, du kannst die Polizei rufen.

Doch er wollte nicht den Schwanz einziehen. Das hatte er noch nie gemacht, auch wenn er nicht gerade körperliche Auseinandersetzungen gesucht hatte. Craig war seit jeher einer gewesen, der Gegenwind nicht aus dem Weg gegangen war. Und er wollte auf keinen Fall weitere Teile seiner Identität preisgeben. Also musste er aufmachen.

Er drückte die Klinke.

Abgeschlossen.

Der auf der anderen Seite bewegte sich leicht hin und her. Hatte er ihn sofort attackieren wollen, als er glaubte, die Türe öffne sich?

Egal, Craig drehte den Schlüssel um, stellte sich abwehrbereit hinter die Tür. Er drückte die Klinke, öffnete.

Ein großer Typ blickte ihm entgegen, groß, aber weniger bullig, als er erwartet hatte. Die Lederjacke hatte ihn breiter wirken lassen. Es war eine braune Blouson-Lederjacke, in etwa dem Farbton seiner Ralph-Lauren-Bag. Der Typ hatte die Hände tief in den Taschen vergraben und die Jacke bis oben hin zugezogen. Der Hals, der daraus hervorragte, wirkte mit seinem knöchernen Adamsapfel irgendwie vogelartig. Seine Visage war unsymmetrisch, ein Auge hing ihm tiefer im Gesicht als das andere. Seine Lippen waren dünn, seine Wangen eingefallen.

„Dr. Hammerstein", sagte er und lächelte matt.

Craig hatte eine Hand an den Rahmen gelegt, die andere hielt er hinter der Tür zur Faust geballt. So leicht würde er es diesem Verrückten nicht machen. „Ganz genau", sagte er und legte dabei so viel Selbstbewusstsein in die Stimme wie irgend möglich.

Der andere guckte leicht irritiert, sagte dann: „Dachte ich mir's!" Er steckte seine Hand in die Tasche, wollte offenbar etwas herausziehen.

Craig fackelte nicht lang und ging zum Gegenangriff über. Noch bevor der andere das Messer, die Pistole oder was auch immer er zücken wollte, aus der Tasche gerissen hatte, sprang Craig ihn an. Er umgriff den rechten Arm des Lederjackenträgers mit einer Hand, legte ihm die andere an die Gurgel.

„Was zum Teufel!", stieß der andere hervor. „Um Himmels Willen! Was woll…?"

Aber das konnte ihm Craig später erzählen. Erst würde er die Waffe an sich nehmen. Er drängte den Lederjacken-Typen auf das Geländer zu, presste ihn daran, drückte oben an der Gurgel und unten an der Hand. „Loslassen!", schrie er. „Lassen Sie los und geben Sie her!"

„Ich gebe Ihnen das Ding ja, aber *urrg* … hören Sie auf, mich zu würgen, verdammt nochmal!"

Seine Augen blickten Craig an, vor Furcht, vor Entsetzen.

Recht so, dachte Craig. „Damit hast Du nicht gerechnet, was, parabellumxxx? Dass sich mal jemand wehrt!"

„Ich bin nicht ...", stieß der Lederjackenmann hervor, machte dann einen Ausfallschritt auf die oberste Stufe und tauchte unter Craigs Arm hindurch, befreite sich damit aus dem Würgegriff. Craig taumelte leicht voraus, stieß ans Geländer. Auch die rechte Hand des anderen war ihm entglitten.

Verdammt!

Als Craig sich wieder umgedreht hatte, stand der andere auf dem Absatz des Zwischengeschosses, dort wo die Treppe eine Biegung um neunzig Grad beschrieb. Er blickte voller Ekel in Craigs Gesicht. Die rechte Hand hielt der Lederjackenmann vor seinem Körper. So, wie man auch eine Pistole halten würde.

Craig blickte auf das Ding in seiner Hand. Erst erkannte er es nicht genau. Er kniff die Augen leicht zusammen. Er brauchte eine Brille, sagte er sich, das war ihm schon früher nicht mehr verborgen geblieben. Doch schreckte er davor zurück. Der Übermensch trug so etwas nicht.

Dann erkannte er das Ding in der Hand des anderen.

Es waren Autoschlüssel.

Warum in Herrgottsnamen hat der Typ Autoschlüssel in der Hand?

Der andere folgte dem Blick Craigs. „Okay, ganz ruhig", sagte er. Dann bückte er sich und legte die Schlüssel auf die Stufe vor ihm. Vorsichtig, so dass sie nicht durch das Rost fallen konnten. Anschließend ging er zwei Schritte rückwärts, sah ihn erneut an. „Das Auto steht direkt vor dem Haus, ein Passat, wie bestellt." Er zwinkerte nervös mit den schiefen Augen, wandte sich dann um und rannte davon.

Das Auto. Der Mietwagen, den er bestellt hatte. Natürlich. Der Typ wollte ihm nur den Schlüssel bringen.

Er erreichte Zürich um kurz nach zwei Uhr nachmittags. Vor allem der Verkehr in München und der Umweg zu seinem Schneider hatten ihn aufgehalten. Mit dem Porsche benötigte er normalerweise drei Stunden nach Zürich, wenn die Straßen frei waren. Und wenn er nicht so lange in Österreich aufgehalten wurde, vor allem rund um Bregenz stand er fast immer im Stau. Jetzt war er über vier Stunden unterwegs gewesen, vielleicht, weil er einfach nur langsamer gefahren war. Nein, ganz sicher war er das sogar. Er fuhr Passat. Ein Familienauto.

Er lenkte den Wagen an der Universität vorbei, dann an der Mathematisch-Naturwissenschaftlichen Fakultät, wo er für zwei Semester eine Gastdozentur inne hatte. Eine Aufgabe, die vor allem Zeit verschlungen und kaum etwas eingebracht hatte. Aber das war ihm erst später klar geworden.

Seine Gedanken kehrten zu dem Passat zurück. Warum hatte er sich gerade für dieses Modell entschieden? Das passte doch gar nicht zu ihm. Irgendetwas in seinem Unterbewussten musste den Ausschlag gegeben haben. Irgendetwas, das einen Kontakt hergestellt hatte zu dem Mann, der vor kurzem Windeln und Kaninchenbrotdosen eingekauft hatte. Fast die ganze Fahrt über hatte er in sich hinein geforscht, ob es tatsächlich sein konnte, dass er Vater geworden war. Aber konnte man das wirklich vergessen?

Das eigene Kind?

Er spürte jedenfalls keine emotionale Verbindung oder so etwas, aber an solche Erscheinungen glaubte er ohnehin nicht. Er war Wissenschaftler und verließ sich ausschließlich auf seinen Verstand. Gefühle machten schwach, das hatte er gelernt. Lernen müssen. Und ganz bestimmt würden ihm nicht irgendwelche Ahnungen etwas über ein etwaiges Kind in der Schweiz verraten.

Er bog auf die Quaibrücke ein, links lag der Zürichsee glitzernd in der Sonne. An der Uferpromenade spazierten dick eingemummelte Fußgänger entlang, einer warf Brotkrumen in den See, obwohl weit und breit keine Enten zu sehen waren. Es war kalt, aber dennoch ein herrlicher, wolkenloser Tag, und mit seinem weißen, sachlichen Licht hatte die Stadt schon fast etwas Irreales. Beinahe schien es so, als wollte Zürich das Frühlingsversprechen einhalten, das München ihm zwei Tage zuvor gegeben hatte.

Er lenkte den Passat über den Bürkliplatz, vorbei an einem Riesenrad, das noch nicht in Betrieb zu sein schien. Dann bog er rechts ab in die Talstraße. Schon nach wenigen Metern erschien das bekannte klassizistische Tor auf der linken Seite. Er fuhr hindurch und parkte direkt vor den dorischen Säulen, zwischen deren Plinthen sich der rote Teppich spannte. Er stieg aus und gab den Autoschlüssel einem Herrn in dunklem Livree und mit viel Pomade im Haar.

Ein Page mit weißen Handschuhen öffnete ihm die Tür, und er fragte sich, ob er den Mann schon einmal gesehen hatte. Doch konnte er sich nicht daran erinnern, jemals das Gesicht unter der Mütze wahrgenommen zu haben. In diesem Moment wurde ihm klar, dass diese Person für ihn nie etwas anderes gewesen war als ein livrierter Anzug mit Goldknöpfen, weißen Handschuhen, Mütze und Bügelfalte. Niemals würde er sich an dieses leicht feiste Gesicht erinnern, dessen Wangen von einem Delta roter Adern durchzogen waren. Er würde sich nicht daran erinnern, auch wenn er ihm bereits hundert Mal die Tür geöffnet hätte.

An die Hotelhalle erinnerte er sich hingegen deutlich. An den weißen Marmor, auf dem jetzt seine Lederschuhe klackerten, an den runden Gründerzeittisch, auf dem auch heute wieder ein großer ausladender Strauß weißer Lilien stand. Er korrespondierte aufs Vorzüglichste mit dem Kristallglaslüster an der Decke. In der Mitte plätscherte der chinesische Brunnen und sorgte für Frühlingsatmosphäre. Craig schritt an einem älteren Herrn vorbei, der auf einem der schwarzen Sofas saß und sich hinter der „Neuen Zürcher Zeitung" versteckte, und trat in den mit weißen Pilastern abgesetzten Bereich der Rezeption ein. Hinter der aus dunklem Mahagoni gefertigten Theke blickte ihn das bekannte Gesicht Yusufs an.

Als Yusuf ihn wahrnahm, flog ein ehrliches Lächeln über sein Gesicht. Viel zu ehrlich für die glitzernde Fassade, die Craig und ihn hier umgab. Und für das, was er mit Yusuf vorhatte.

Yusuf trat einen Schritt zur Seite und klappte ein Brett an der Rezeptionstheke nach oben, ging zwei Schritte auf ihn zu und hielt ihm die Hand entgegen. „Herr Dr. Hammerstein, schön, Sie wieder bei uns zu sehen. Darf ich Sie fragen, wie es Ihnen geht?"

Er nahm seine leicht schlaffe Hand und drückte sie vielleicht ein wenig zu fest. Ein minimales Zucken durchfuhr Yusuf, ließ seine ordentlich gestutzten Schnurrbarthaare leicht erzittern, zauberte einen Fächer feiner Falten an die Schläfen, neben seine schwarzen Augen, die an orientalische Perlen erinnerten.

„Mir geht es gut, sehr gut sogar. Immer, wenn ich hier bin, das wissen Sie, Yusuf."

„Haha, ja natürlich, auch wenn es ... wenn es Zeiten gegeben hat, wo es nicht ganz so gut aussah, Herr Dr. Hammerstein, wenn ich das so sagen darf."

Er krümmte den Rücken und lächelte ihn leicht verlegen an. Seine Zähne umflorte an ihren Rändern eine leichte Schwärze, die in einem bedrohlichen Kontrast zu seinem fruchtigen Zahnfleisch stand.

„Ja, natürlich dürfen Sie, Yusuf. Tatsächlich bin ich deswegen hier."

„Ja?", sagte er mit brüchiger Stimme und ging langsam wieder zur Rezeption zurück. „Aber kommen Sie! Kommen Sie bitte", fügte er hinzu und wies mit langgliedrigen Fingern auf die feinen Intarsien der Holztheke.

Craig trat heran, bemerkte im Hintergrund eine junge Frau in einem schwarzen Kostüm, die Unterlagen auf einem Konsolentisch sortierte. Er faltete die Hände und legte sie auf die Theke. „Yusuf, es geht um Folgendes. Ich wollte noch einmal fragen, was aus dem Mann geworden ist, der Dienst hatte, als ich vor einem Jahr hier abgestiegen bin. An diesem Abend, am 15. Februar. Sie erinnern sich, wir hatten telefonisch darüber gesprochen."

Yusuf legte eine hohe, lediglich von einem schwarzen Haarkranz umwölkte Stirn in Falten. „Natürlich tue ich das. Ich muss Ihnen sagen, ich habe ihn angesprochen, das ja. Ihn darum gebeten, seine Telefonnummer an Sie weitergeben zu dürfen. Doch ..." Er zuckte mit den Schultern, hob die Augenbrauen. „Er wollte es nicht. Wollte nichts damit zu tun haben. Es tut mir leid, aber das müssen wir wohl respektieren."

Craig hatte es sich gedacht, sonst hätte Yusuf sich wohl längst gemeldet. „Und haben Sie ihn denn einmal gefragt, was war an dem Abend?"

„Ja, das habe ich. Doch er meinte, er könne sich an nichts erinnern."

„Gar nichts Ungewöhnliches? War ich tatsächlich ohne Begleitung?"

Er schüttelte den Kopf. „Er sagte, dass er nichts weiß."

„Hm", machte Craig und lehnte sich mit einem Ellbogen auf den Tresen. „Und glauben Sie, er sagte die Wahrheit?"

„Warum sollte er lügen? Das macht doch keinen Sinn? Man lügt nur, wenn man ein Interesse hat." Er zeigte mit zwei Händen auf seine Brust. „Meine Meinung."

Craig atmete tief ein, strich sich mit Daumen und Zeigefinger über den Bart. Das Mädchen hinter Yusuf war aufgestanden und machte sich weiter hinten im Rezeptionsbereich zu schaffen. Sie war außer Sichtweite, doch er hörte sie. Er hörte, wie etwas rumpelte, so als seien dicke Folianten in einem Regal zur Seite weggekippt. Craig ließ seine Hand von seinem Bart hinabgleiten und zog aus der Innentasche seines Sakkos drei Hunderteuroscheine. Er schob sie Yusuf zu, fächerte sie dabei leicht auf.

Yusuf schluckte, blickte auf die Scheine, blickte zu Craig.

„Ich brauche die Adresse, Yusuf. Keiner wird erfahren, dass Sie sie mir gegeben haben."

Es gab einen erneuten Rums in den Eingeweiden der Rezeption, dann hörten sie ein Stöhnen, schließlich klackerten die Absätze des Mädchens über den Marmor. Sie tauchte seitlich des ehemaligen Schlüsselboards auf, das längst keine Schlüssel mehr beherbergte, weil auch das Bernardino de Sahagún mittlerweile auf Schlüsselkarten umgestellt hatte. Übrigens als letztes Hotel, das Craig kannte.

Das Mädchen kam mit drei Aktenordnern auf dem Arm ans Frontend der Rezeption und ließ die Ordner unter lautem Scheppern neben die Computertastatur fallen. Als Craig sie entgeistert ansah, sagte sie, „Excusez-moi" und schickte ihm den paralysierten Blick eines Feldhasens, den die Autoscheinwerfer erfasst hatten.

„Ça ne fait rien", sagte Craig.

Als er wieder zu Yusuf blickte, waren die dreihundert Euro verschwunden. Ein Zettel lag stattdessen auf der Theke. Craig nahm ihn und steckte ihn in die Tasche seines Sakkos.

„Merci et au revoir!"

10

Craig saß im Auto und entfaltete den Zettel, den ihm Yusuf gegeben hatte. Jürg Meyer hieß der Mann, Yusuf hatte eine Adresse in Seebach aufgeschrieben, einem nördlichen Stadtteil, der nicht den besten Ruf hatte, wenn Craig das richtig einschätzte.

Er lenkte den Wagen zurück auf den Bürkliplatz. Wieder war er überrascht von der Ruhe, die der Zürichsee über die ganze Stadt legte. Vielleicht konnte man Zürich doch besser mit Hamburg vergleichen, auch da hatte er immer das Gefühl gehabt, die Alster sorge für eine ganz eigene Stimmung.

Jürg Meyer. Er konnte nicht davon ausgehen, dass er sehr kooperationsbereit war. Wenn er schon seinem alten Kollegen Yusuf keine Auskunft geben wollte. Aber was wusste Craig, warum Meyer das Bernardino verlassen hatte? Vielleicht war er nicht in Frieden gegangen und hielt deshalb seine Informationen zurück?

Craig würde es herausbekommen. Doch bevor er Meyer einen Besuch abstatten würde, würde er sich noch einer anderen Herausforderung stellen. Also lenkte er den Passat an der Tonhalle und am Hyatt vorbei Richtung Westen. Nach dem alten Botanischen Garten überquerte er einen Kanal oder einen Seitenarm der Limmat, es war schwer zu sagen. Dann hatte er bereits das Gefühl, Zürich nehme mehr und mehr Vorstadtcharakter an. Die Häuser waren nicht mehr so dicht an dicht gedrängt, es gab weniger exklusive Ladengeschäfte, die großen Marken wurden von Supermärkten und kleineren Outlets abgelöst. Als er die Schimmelstraße passiert hatte und in die Birmensdorfer einbog, verloren die Häuser allmählich den Glanz ihrer Fassaden und wurden durch den Fünfziger-Jahre-Altbau ersetzt, den er nur zu gut aus Deutschland kannte.

Die Drogerie befand sich in einem hässlichen, dreigeschossigen Glas-Stahl-Betonbau, der schon nach seiner Einweihung nichts Modernes mehr gehabt haben konnte. Immerhin fand Craig einen Parkplatz direkt vor dem Eingang.

Das Geschäft war Teil eines größeren Einkaufscenters und lag im Erdgeschoss, gleich neben einem Café, das ungemütlich aussehende Bistrostühle mit rotem Kunstleder rausgestellt hatte. Auch die Kunstblumen auf den dunkelbraun lasierten Tischen schafften es nicht, die sterile Atmosphäre zu erwärmen, welche die benachbarte Rolltreppe schuf.

Craig trat vor die Drogerie. Er war voller Erwartung, gleich auf etwas Bekanntes zu stoßen, spürte ein leichtes Pulsieren seiner Schläfen, das sich sonst nur vor ganz wichtigen Vorträgen einstellte. Gleich, sagte er sich. Gleich würde sich der Nebel lichten, und er würde einen Blick auf sich selbst werfen können. Auf sich und seine Zeit in Zürich. Auf die Zeit im Dunkel.

Die Schiebetüren öffneten sich. Craig blickte in einen langen schlauchförmigen Raum mit niedriger Decke. Die Regalreihen verästelten sich ohne nachvollziehbare Struktur. Er ging über die Schwelle, nahm wie automatisch eines der silbernen Metallkörbchen und schritt damit den Gang zwischen Zahnreinigungsbedarf und Deodorants hinab. Nach wenigen Metern blieb er stehen, ließ den Blick über die Deodorants schweifen. Er nahm das Speick Naturals Aktiv Deo Roll On auf, blickte auf die Verpackung, wog es in der Hand. Er wusste: Vor rund zwei Wochen hatte er ebenfalls hier gestanden und dieses Deo aus dem Regal genommen. Doch konnte er sich weder daran erinnern, jemals dieses Deo gekauft, noch es benutzt zu haben. Dennoch stellte er es jetzt nicht zurück, sondern ließ es in das silberne Körbchen fallen.

Er wusste: Es gab so etwas wie eine Körpererinnerung. Wenn er die gleichen Dinge kaufte, den gleichen Weg beschritt, die gleichen Handbewegungen machte, konnte dies auch sein Gedächtnis stimulieren. So war es schließlich auch gewesen, als er wieder in München war. Kaum hatte er sein Leben wieder aufgenommen, blitzten die Erinnerungen auf. Dennoch war es etwas anders. Während die Münchner Zeit lediglich hinter einem zarten Firnis lag, einem dünnen, feingewebten Stoff, hatte er hier in Zürich das Gefühl, eine Wand aus Stahlbeton stehe zwischen ihm und seinem Gedächtnis.

Er ging kaum zwei Schritte, schon fand er die Cattier Mann Gesichtscreme, dann das Lavera Energy Fluid. Alles Bio-Produkte, wie Craig feststellte, dabei war die Drogerie nicht speziell auf Ökologisches ausgerichtet. Sein früheres Ich musste ganz gezielt danach gesucht haben. Dabei kaufte Craig solche Produkte sonst nie, er kannte noch nicht einmal die Marken. Auch vor dem Regal mit den Süßigkeiten kam er nicht weiter, nichts, rein gar nichts gab seiner Erinnerung auch nur den geringsten Stoß. Er legte ein Päckchen mit sechs Honigwaffeln in sein Körbchen und ging weiter zu den Regalen mit den Kinderprodukten.

Vor den Windeln stand ein Mann mit zerzaustem Haar, schien irgendetwas zu suchen. Er trug ein gestreiftes Hemd und darüber einen senffarbenen Dufflecoat mit offenen Knebelverschlüssen. Auf dem Arm balancierte er allerlei Tuben und Döschen und Verpackungen, durch die Wattiges hindurchschien. Er konnte gerade noch darüber hinweg gucken.

Craig stellte sich neben den Mann, betrachtete das Regal mit den Windeln. Er konnte sich nicht mehr daran erinnern, welche Windeln er gekauft hatte und hoffte irgendwie, die Windeln würden ihn erkennen.

Nachdem die beiden Männer mehrere Atemzüge schweigsam nebeneinander gestanden hatten, sagte der mit den strubbeligen Haaren: „Da soll sich mal jemand auskennen, Baby Dry, Auslaufschutz, Premium Aktiv Plus. Keine Ahnung, was wir da immer haben." Er ging in die Knie, versuchte eine Hand vor der Brust zu lösen, doch rutschte ihm dabei eine Packung aus dem Arm. „Verdammt!"

„Augenblick", sagte Craig und hob die Packung auf. Es war eine Dinkelbrei-Mischung für Kinder ab acht Monaten. „Soll ich sie wieder auf Ihren Arm legen?" Er machte Anstalten, sie auf mehrere Päckchen mit Feuchttüchern zu stellen.

„Ja, bitte … danke, das ist nett", sagte der andere, während Craig beobachtete, wie ihm ein Schweißtropfen von der Stirn durch die zusammengewachsenen Augenbrauen rann. „Vielleicht könnten Sie mir auch … dieses lilafarbene Päckchen mit den Aktiv-Plus … ich weiß noch nicht mal, ob es die richtigen sind, die Größe schon, aber ob Aktiv Plus oder Baby Dry? Aber die Farbe, ich glaube, die habe ich schon mal auf dem Wickeltisch gesehen. Lila. Ja, das muss stimmen. Da steht immer etwas Lilafarbenes!"

Craig bückte sich, zog eine Packung Aktiv-Plus-Windeln Größe 5 für den Mann heraus und entschloss sich spontan, auch eine für sich zu nehmen. Er legte seine in den Einkaufskorb und sah den Mann fragend an. Das Kunstwerk auf seinen Armen aus Babygläschen, Trockenpulver, Wattepads, Feuchttüchern und ein paar anderen Sachen, die Craig nicht identifizieren konnte, wirkte perfekt austariert. Fast hatte das Ganze die Form eines Tannenbaums. Er war sicher, wenn er die Windeln noch oben drauf stellte, würde das Ganze in sich zusammenfallen.

„Wo soll ich …?"

„Hier", sagte der andere mit gepresster Stimme und sah verkrampft an seinen Einkäufen hinab. Unten, auf Hüfthöhe, sah Craig zwei Finger, die sich schmerzhaft krümmten. „Sind Tragegurte dran!"

„Ach, wusste ich gar nicht", sagte Craig, als hätte er diese Windelpakete schon hundertmal in der Hand gehalten und entdecke erst jetzt die tiefen Geheimnisse der Verpackung. Er beugte sich hinab und legte die Plastikgriffe um die Finger, deren Kuppen sofort knallrot anliefen.

„Danke Ihnen! Machen Sie auch nicht so oft, was? Mein Sohn ist anderthalb Jahre, und ich habe mir einen Monat freigenommen. Meine Frau ist zwar noch zuhause, aber ihr geht es nicht so gut. Ich unterstütze sie ein bisschen. Nicht dass ich …" Er machte einen Ausfallschritt, weil sich eine Packung mit Milchzahn-Zahncreme unter einer Pflegeöltube gelöst hatte und jetzt vom Stapel rutschte. Doch gelang es ihm, sie durch geschickte Gewichtsverlagerung zwischen zwei Fruchtriegeln zu stoppen. Er lächelte triumphierend. „Nicht dass ich vorher nichts gemacht habe. Jede Nacht stehe ich auf, gebe dem Kleinen ein Fläschchen, wickle ihn, was so anfällt. Dennoch scheint meine Frau irgendwie mit den Nerven fertig zu sein. Aber er ist auch wirklich … wissen Sie, unsere Nachbarn haben ein Mädchen, das ist ganz was anderes. Jungen haben schon mehr Energie. Aber was erzähle ich Ihnen? Was haben Sie denn?"

Craig verstand die Frage nicht direkt, blickte in seinen Einkaufskorb. „Was ich habe?"

„Junge oder Mädchen?"

„Ach so, ja klar, was ich habe … ich, äh … *Mädchen!*"

„Sehen Sie! Sie Glückspilz. Aber freuen Sie sich nicht zu früh, mit vierzehn, fünfzehn wird alles anders. Wenn die in die Pubertät kommen. Ha! Dann sollten wir reden!"

„Ja, da könnten Sie recht haben. Das wird nochmal eine andere Geschichte."

„Und wie lange haben Sie noch, bis es soweit ist?"

„Bitte?"

„Wie alt ist die Kleine, meine ich."

„Ja, sie ist noch ganz frisch, ganz jung … sechs Monate."

„Ach!", sagte der Mann und linste in Craigs Einkaufskorb. „Muss aber ein ganz schöner Brummer sein. Unserer wiegt schon zwölf Kilo und trägt Windeln Größe 5. Vielleicht sollten Sie nochmal Ihre Frau anrufen?"

Craig betrachtete ebenfalls das Päckchen mit den Windeln. Lila. Lila sagte ihm gar nichts. Er sagte: „Ach so, ja, sollte ich wohl. Sie könnten recht haben."

„Wie viel wiegt denn Ihre Kleine?"

„Drei Kilo", sagte Craig wie aus der Pistole geschossen. Er kam sich vor wie ein Scharlatan, wusste auch nicht, wieso er dieses Spiel mitspielte. Aber wie sollte er sonst erklären, dass er sich die Windeln in den Einkaufskorb gelegt hatte?

„Oh, das ist ja gar nichts. Unserer hat bei der Geburt schon drei Kilo gewogen." Der Mann lächelte stolz, als habe er gemeinsam mit ein paar Hobby-Kickern die brasilianische Nationalmannschaft vom Platz gefegt. „Ich würde sagen, Größe 2 ist so in etwa das Richtige. Aber ob Baby Dry oder Active Fit … keine Ahnung … Also!"

Er hob die zusammengewachsenen Augenbrauen zum Abschied.

„Also", erwiderte Craig, doch der Mann wankte bereits den Gang mit den Haarpflegeprodukten hinunter in Richtung Kasse.

Mit zwei Tüten ging Craig wenig später aus der Drogerie heraus und in das Einkaufscenter. Er hatte alles bekommen, was er dort auch vor drei Wochen erstanden hatte. Nur die Kaninchenbrotdosen waren aus gewesen. Er hatte sich stattdessen für eine Dose mit Winnie Puuh entschieden, die zwei Franken teurer gewesen war. Er trat von dem braunen in den Boden eingelassenen Fußabtreter vor der Schiebetür herunter und sah sich um. Im Café saß mittlerweile ein Mann mit einer „Neuen Zürcher Zeitung". Er konnte sein Gesicht nicht sehen, aber er erinnerte an den Mann eben im Bernardino. Hatte der nicht auch die Beine übereinander geschlagen gehabt, rote Socken und Longwing Oxforder mit weißen Nähten getragen?

Wir kriegen dich!

Craig schluckte. Er fühlte sich unbehaglich. Aber er durfte sich jetzt nichts einbilden. Viele Schweizer lasen die NZZ, vor allem Männer. Er sollte sich nicht auch noch einbilden, beobachtet zu werden.

Vielleicht verwirrte ihn auch nur sein eigenes Verhalten. Was tat er eigentlich hier? Er war sich selbst auf der Spur, schnüffelte sich hinterher, versuchte sich in ein Leben einzufühlen, das das seine war und dennoch einem anderen gehörte. Manch einer würde ihn für schizophren halten, wenn er erzählte, was er hier tat.

Und dann war auch noch der erhoffte Erfolg ausgeblieben. Noch nicht einmal die Kassiererin hatte ihn erkannt. Er war sich sicher. Hatte in ihren Augen nach einem Aufblitzen oder irgendetwas geforscht, was darauf hindeutete, dass sie sich zumindest fragte, ob sie ihn schon einmal gesehen hatte. Doch da war nichts gewesen. Und wie hätte das auch möglich sein können? Er hatte sich den Bart gestutzt, die Haare schneiden lassen. Trug vollkommen andere Kleidung als der Mann, der er einmal war. Trug einen klassischen Trench aus Nappaleder mit Fellkragen, darunter ein lockeres Freizeitsakko von Drykorn, eine Jeans und seine Nikes. Er würde damit komplett anders aussehen als der Waldschrat, der er offenbar gewesen war. Tatsächlich hatte er zuhause überlegt, ob er die alten Sachen anziehen sollte. Doch wäre er sich nur verkleidet vorgekommen und hätte sich einfach nicht wohl gefühlt.

Ich muss den Kern meiner Identität, meines wiedergefundenen Ichs bewahren, sonst wird es gefährlich.

Er blickte auf, sah zwei Polizisten im ersten Stock, der eine zeigte sogar in seine Richtung. Augenblicklich fühlte er sich unbehaglich. *Aber natürlich, dachte er, ich stehe hier minutenlang vor der Schiebetür der Drogerie, bin in Gedanken versunken. Ich verhalte mich unnatürlich. Ich falle auf.*

Er setzte sich in Bewegung, wollte zurück zum Auto. Er hatte hier erledigt, was er erledigen konnte. Er blickte sich noch einmal um, doch die Polizisten waren verschwunden. Einbildung, natürlich. Welchen Grund sollte die Zürcher Polizei haben, ihn zu observieren? Er blieb stehen. Für einen Atemzug betrachtete er sich in der blankpolierten Metalloberfläche der Rolltreppe. Er beschloss, dass er keinesfalls aussah wie einer, der unter Verfolgungswahn litt. Niemand nahm ihn hier überhaupt wahr.

„Ey, Ledermantelmann!"

Craig zuckte zusammen. Es war eine dunkle, rauchige Stimme. Eher ein Raunen, doch es fuhr ihm durch Mark und Bein. Craig drehte sich um, doch er sah niemanden in seiner Nähe. Das Sonnenlicht blitzte auf die Außenseite der Rolltreppe, blendete ihn leicht. Dann bemerkte er, wie sich gleich darunter etwas tat: Schwarze Flächen verschoben sich in graue Flächen. Ein Paar grauer Schuhe tauchte auf, das einmal weiß gewesen sein musste. Es waren Converse, wie Craig aufgrund der teergrauen Plastikspitze unschwer erkennen konnte. Sie schlappten in seine Richtung, die Sohlen waren aufgerissen und wirkten wie eine Ziehharmonika. Über den Schuhen erhob sich eine ausgebeulte Jeans, die viel zu lang für ihren Träger war. Dann kam ein alter Parka zum Vorschein, unter dem ein verschmierter dunkelblauer Kapuzenpullover hervorlugte. Aus den Ärmeln stachen schwielige Hände hervor, schwarz und stumpf und mit rußigen Fingernägeln.

„Hey Lederstrumpf, die ganze Zeit beobachten wir Dich schon. Wir kennen uns, oder? Du suchst eine Gelegenheit, Dein Wechselgeld loszuwerden. Ich habe da eine Lösung für Dich."

Es war eine männliche Stimme, erinnerte entfernt an Robert de Niro in „Der Pate", aber das konnte natürlich nicht sein. Dennoch hatte sie irgendetwas Subversives, und Craig hatte augenblicklich das Gefühl, es würde *der Familie* überhaupt nicht gefallen, hätte er nicht tatsächlich ein bisschen Kleingeld.

Doch das wusste Craig über sich: Er gab nie etwas. Er spendete auch nichts. Er kam selbst aus kleinen Verhältnissen, und auch er hatte nie etwas umsonst bekommen. Und er war sich für keine Arbeit zu schade gewesen. Er hatte Parkplätze bewacht, Zeitungen ausgetragen und Fleisch an Dönerläden ausgeliefert. Man musste nicht betteln, in der Schweiz erst recht nicht.

„Ich weiß, was Du denkst, Lederstrumpf. Und weißt Du was? Du hast Recht. Ja wirklich, Du bist es, der Recht hat. Du gibst uns ein paar Franken, und wir versaufen sie. Natürlich tun wir das. Natürlich."

Er streckte ihm eine verschrumpelte Hand entgegen. Erst jetzt bemerkte Craig, dass sie in Handschuhen mit abgeschnittenen Fingerspitzen steckte. Dann blickte der Mann zu ihm auf. Auch sein Gesicht war rußgeschwärzt, als hätte er bis vor kurzem noch in einer Kohlegrube malocht. Seine Nase war zu breit, als dass sie so natürlich gewachsen sein konnte. Er musste sie sich einmal, vielleicht sogar mehrmals gebrochen haben. Auf seiner Oberlippe hing ein ungepflegter Schnauzbart, der etwas Lebendiges hatte. Und als er jetzt den Mund öffnete, umgriff Craig ein Atem, der an verfaulte Essensreste erinnerte.

Craig schüttelte nur den Kopf und ging auf den Ausgang zu. Doch irgendetwas stimmte ihn nachdenklich. War es Mitleid? Hatte er tatsächlich den Impuls gespürt, diesem zerstörten Wesen helfen zu müssen? Er blickte sich über die Schulter. Oder war es dieses eigenartige Aufblitzen in den Augen des Penners gewesen? In seinen kleinen, verschrumpelten Augen, die unter Lidern steckten, die an vertrocknete Obstschalen erinnerten? Es war die Art Aufblitzen, das er sich eben von der Kassiererin gewünscht hatte.

„Hey, Lederstrumpf, wir kennen uns doch! Ich und mein Kumpel hier – wir kennen Dich! Warte! Warte, Du schuldest uns was, mir und Hans-Rudolf!"

Der Obdachlose setzte sich in Bewegung. Er ging leicht vornüber gebeugt, als trage er einen unsichtbaren Rucksack auf den Schultern, und die Art, wie er seinen Kopf hob, erinnerte an eine Schildkröte.

Craig erhöhte das Schritttempo, wollte sich von dieser Vogelscheuche nicht in ein Gespräch verwickeln lassen. Doch der Zerlumpte war schneller als erwartet. „Du heißt nicht wirklich Lederstrumpf, oder?", sagte er, als er zu Craig aufgeschlossen hatte. „Obwohl das gut zu Dir passen würde, das muss ich sagen. Wie war gleich Dein richtiger Name? Klaus? Dietmar ...? Nein, nein ... aber was Klassisches, da bin ich mir sicher. Pass auf, ich komm' gleich drauf ... Karl? Bleib stehen, warte! Du schuldest uns was, wir haben unser Essen mit Dir geteilt. Haben Dir von unseren letzten Kröten abgegeben. Du ..."

Plötzlich waren die beiden blaubehemdeten Beamten neben dem Penner. Dann trat einer der beiden vor ihn, versperrte ihm den Weg. Craig konnte nicht verstehen, was sie sagten, doch er hörte den Obdachlosen. Seine eigenartige näselnde Stimme bahnte sich ihren Weg durch das Rauschen des Einkaufscenters, hatte ihre eigene Tonspur. „Wir kennen uns, ein Freund, ein alter Freund. Wir haben unser Essen mit ihm geteilt. So sind wir Penner. Wir teilen, deshalb ist das auch aus uns geworden, weil wir nicht immer an uns gedacht haben ... Ausweis? Ausweis? Ich höre immer nur Ausweis ... geht mir doch zum Teufel mit Eurem ... nein, nicht anpacken. Das müssen wir uns nicht gefallen lassen ... Finger weg ... Wir haben hier nicht Platte gemacht, wir schlafen in der *Heimat*. Haben hier nur im Schatten gesessen ... Ja, ruft gerne an, das bestätigen die Euch. Die kennen uns. Und ihn hier auch. Hab ihn da eingeführt. Mein Essen mit ihm geteilt. Und mein Geld. Und ihm geholfen. Und jetzt ... Hey! Lederstrumpf! Warte! Du schuldest mir was, Du schul ..."

Die Schiebetüren schlossen sich hinter Craig. Er war froh, als er wenige Herzschläge später wieder im Auto saß. Nur der Geruch des

Zerlumpten hing ihm nach wie vor in den Klamotten. Das bildete er sich zumindest ein. Der Abfallatem.

Er erinnerte ihn an irgendetwas.

11

Jürg Meyer wohnte im ersten Stock eines heruntergekommenen Hauses auf der Schaffhauserstraße, gleich über einem Imbiss, dem Gaziantep Takeaway. Craig trat auf die zweite Stufe der kleinen Treppe, die zum Haus führte. Der Beton war an den Seiten aufgerissen, dunkler Sand bröselte aufs Trottoir. Er drückte den Klingelknopf.

Ohne dass er etwas in die Sprechanlage sagte, summte das Schloss, die Tür sprang auf.

Das Treppenhaus wirkte dunkel, die Decken hingen niedrig, und es roch klamm und nach Moder und irgendwie nach feuchtem Fell. Craig hätte gar nicht gedacht, dass es solche Häuser in einer so reichen Stadt geben konnte. Und er hätte nicht geglaubt, dass ein ehemaliger Mitarbeiter eines der besten Hotels dieser Stadt in einer solchen Umgebung wohnte.

Es quietschte, als er die erste Stufe betrat, die krumm war wie der Buckel eines geschundenen Tieres. Dann wurde oben die Tür aufgerissen. „Sie können die Sachen gleich hochbringen, zweiter Stock!", rief einer mit leicht aggressiver Stimme. Anschließend hörte Craig, wie die Türfalle immer wieder leicht in der Zugluft gegen das Schließblech tickte.

Oben angekommen, stieß er die Tür mit dem rechten Zeigefinger auf. Er wollte so wenig wie möglich berühren. Muffige Luft wie aus einem Heizungskeller wogte aus der Wohnung. Es roch nach Frittenfett und alten, staubigen Schubladen.

„Hallo?", rief Craig.

„In die Küche, gleich links!"

Er trat ein, blickte in einen Gang, der von Regalen, Schränken und Kleiderständern zugestellt war. An keiner einzigen Stelle konnte er die Flurwand sehen. Zu seiner Linken lag der Küchenschlauch. Altmodische Geräte, rostige Herdplatten, ein Klapptisch an der Wand, der schon monatelang nicht mehr heruntergeklappt worden sein konnte, da er voller aufgerissener Tüten, Kekspackungen, Dosen stand. Auf der Waschmaschine, ganz am Fenster, stand ein weiteres Gerät, er tippte auf einen Trockner. Das Fenster wurde von den Geräten halb verstellt, die Küche wirkte so noch dunkler und gedrungener, als sie es ohnehin war.

„Herr Meyer?", rief Craig erneut in den Flur, in die Richtung, aus der er einen Fernseher oder ein Radio hörte. Anschließend knöpfte er sich den Mantel auf. Es war heiß in der Wohnung, und sicherlich war eine Ewigkeit nicht mehr gelüftet worden.

„Komme gleich. Keine Sorge, ich habe das Geld."

Er hat jemand anderen erwartet, wurde Craig klar. Er sagte: „Mein Name ist Craig Hammerstein. Ich habe ein paar Fragen zu Ihrer Arbeit im Bernardino de Sahagún. Können wir uns kurz unterhalten?"

Zuerst hörte er nichts. Dann wurde der Fernseher ausgemacht. Er hörte, wie etwas knirschte, anschließend polterte etwas hohl über eine harte Oberfläche. Möglicherweise die Fernbedienung.

Ein Mann trat in den Flur, der lediglich ein Unterhemd und eine Shorts trug, wie Craig sie nur aus alten Aufnahmen der Fußball-Weltmeisterschaft von 1974 kannte. Er war in etwa so groß wie Craig, dünn aber dennoch muskulös. Im Halbdunkel des Flurlichts bemerkte Craig eine blaue Ader am Hals des anderen, die leicht zu pochen schien. Meyer blickte Craig an wie einen Eindringling.

Auf nackten Füßen ging er über den Teppich auf ihn zu. „Sie sind gar nicht der Foodstar-Lieferant."

„Nein."

„Was machen Sie dann in meiner Wohnung?"

„Sie haben mich hereingebeten."

„Weil ich davon ausging, Sie seien der Foodstar-Mann."

„Das … das habe ich nicht behauptet."

Meyer blieb unmittelbar vor Craig stehen, sah ihm in die Augen. Sein Gesicht hatte etwas Bedrohliches. Es schien nur aus harten, eckigen Kanten zu bestehen. Wie die Arbeit eines Kubisten, so sah es aus.

„Was wollen Sie von mir? Kommen Sie vom AWA?"

Craig war versucht, einen Schritt zurück zu treten, doch hielt er stand. Bei Typen wie diesem durfte man sich keine Schwäche erlauben. „AWA? Was soll das sein?"

Etwas zuckte unter dem Auge Meyers. „Was das sein soll? Das Amt für Wirtschaft und Arbeit. Mein Ernährer sozusagen."

„Nein. Damit habe ich nichts zu tun. Ich bin ein ehemaliger Gast des Bernardino de Sahagún. Sie haben da mal gearbeitet."

Die Tatsache, dass er kein Kontrolleur des Zürcher Arbeitsamts war, schien Meyer zu beruhigen. Er wandte sich ab und verschwand in der Küche. Er nahm ein Wasserglas vom aufgeklappten Klapptisch und hielt es unter den Hahn. Als es halbvoll war, setzte er an und trank das Glas in einem Zug aus.

„Yusuf, Ihr ehemaliger Kollege. Er sollte Sie angerufen haben. Sie wissen, um was es geht."

Meyer stellte das Glas zurück auf den Klapptisch, lehnte sich mit verschränkten Armen gegen den rostigen Herd. Erst jetzt sah Craig, dass auf einer Platte noch ein Topf stand, in dem sich angetrocknete Rigatoni krümmten.

„Ich arbeite nicht mehr für diesen Laden, also gibt es von mir auch keine Auskünfte mehr."

Damit hatte Craig gerechnet. Wie schon im Bernardino, so schob er auch jetzt seine Hand in die Innentasche und zog drei Scheine hervor. Er trat zu Meyer in die enge Küche und legte das Geld auf eine umgefallene Papiertüte mit Rohrzucker.

Meyer blickte auf die Scheine, schob dann die Unterlippe über die Oberlippe. Hinter seiner verschwitzten Stirn schien es zu arbeiten. „Fünfhundert, dann sage ich Ihnen, was Sie wissen wollen. Allerdings ..." Er sah am Waschmaschinen-Tower vorbei in einen grauen Innenhof.

„Allerdings?"

„Von mir wissen Sie es nicht, das ist die Bedingung."

Craig nickte und legte zwei weitere Hunderter auf die Zuckertüte.

Meyer löste sich vom Herd, nahm das Geld und ließ es in der Tasche seiner Paul-Breitner-Gedächtnishose verschwinden. Er lehnte sich wieder an den Herd, fuhr mit der Zunge durch seinen Mund

und gab ein Schmatzgeräusch von sich. Schien zu überlegen, wie er anfangen sollte.

„Sie haben mich erkannt, oder? Wissen, um was es geht?", sagte Craig.

Meyer nickte. „Ja. Ja, weiß ich. Wann war es? Vor einem Jahr? Vor anderthalb? Nein, höchstens vor einem Jahr. Ein paar Monate später habe ich gekündigt, das ist noch nicht so lange her. Scheißladen. Aber ich war auch immer nur nachts da. Diese Leute … Leute wie Sie. Tagsüber den feinen Pinkel spielen und dann abends den Macker raushängen lassen. Aber das kriegen die anderen natürlich nicht mit."

„Welche anderen?"

„Yusuf und solche Leute. Wissen Sie, dass Yusuf Elektroingenieur ist? Hat studiert und so. Und was hat es ihm gebracht? Einen Scheißdreck! Kam vor fünfzehn Jahren aus Syrien, hat erst als Taxifahrer gearbeitet, dann hat er den Job im Bernardino bekommen. Abschlüsse wurden nicht anerkannt, deshalb. Dennoch glaubt er an seine Gäste. Des Stils wegen. Des Geldes wegen. Die teuren Klamotten. Er lässt sich davon blenden. Aber er arbeitet auch nie nachts."

„Was ist in dieser Nacht passiert, vor einem Jahr? Am 16. Februar 2014?"

„Nichts Besonderes. Das, was mit vielen feinen Herren passiert, wenn sie in Zürich geschäftlich zu tun haben. Wenn sie mal nicht den Familienvater spielen müssen. Sie sind mit einer Nutte zurückgekommen, das ist alles."

„Die Blonde!", entfuhr es Craig.

Meyer grunzte durch die Nase, schob sich dann eine Hand unter das Unterhemd und spielte an einem Nippel herum. „Blond ja. Aber nicht natürlich."

„Was meinen Sie?"

„Keine echte Blonde. Auch keine echten Titten, wenn Sie mich fragen. Alles aufgepumpt. Aber wer drauf steht. Bitte."

Craig strich sich mit einer Hand über den Bart. Ihm war leicht schlecht, was an dem Geruch in der Küche liegen musste, dem wenigen Sauerstoff. Er hatte den dringenden Wunsch, ein Fenster zu öffnen, doch er unterdrückte ihn. „Das … das ist komisch. Ich hatte das Gefühl, sie wäre irgendwie … *hochwertiger* gewesen."

„Sie trug so ein Businessoutfit, wenn Sie das meinen. Sakko … Oder Blazer heißt das ja dann bei Frauen. Einen Anzug ... *ein Kostüm*. Aber man sah doch, dass es eine Verkleidung war. Die Schminke, der tiefe Ausschnitt, die Absätze. Aber keine Sorge, sie war nicht unscharf. Hätte sie auch flachgelegt. Wenn ich das Geld hätte."

Craig nickte. Er hatte zwar keine Prinzipien in dieser Richtung, aber er war im Grunde niemand, der zu Prostituierten ging. Er fand das reizlos. Und er hatte das auch gar nicht nötig gehabt. „Sind Sie … Können Sie sich vorstellen, dass mir nicht bewusst war, dass es sich um eine Prostituierte handelte? Oder war es so offensichtlich?"

„Ich habe mit den Jahren einen Blick dafür entwickelt. Gut möglich, dass es Ihnen nicht klar war. Sie wirkten auch stark angetrunken." Ihm schien etwas einzufallen, und er schüttelte plötzlich den Kopf. „Nein, ich glaube nicht, dass Sie das erkannt haben."

„Was haben Sie dann gemacht? Kann jeder einfach irgendwelche Frauen mit auf das Zimmer nehmen?"

Meyer gab einen erneuten Schmatzer von sich, begann, seinen anderen Nippel zu massieren. „Kann jeder. Machen viele. Mehr als Sie denken. Normalerweise lasse ich mir den Ausweis zeigen, schreibe Namen und Adresse auf. Wenn etwas wegkommt, wissen wir, wo wir anklopfen können."

Craig schluckte. „Dann wissen Sie, wer sie war? Können Sie mir die Adresse geben?"

Er schüttelte den Kopf. „Nein."

„Sie haben sie nicht aufgeschrieben? Warum nicht?"

Craig war einen Schritt auf Meyer zugegangen, hatte sich jetzt seinerseits dicht vor ihn gestellt. Er spürte, dass er wütend wurde.

„Ich habe sie nicht aufgeschrieben, weil *Sie* es nicht wollten. Ich habe ihren Ausweis verlangt, doch *Sie* haben mir gedroht. Ich habe zuerst darauf bestanden, Vorschrift ist Vorschrift. *Ein Wort von mir und Sie HATTEN einen Job*, haben Sie gesagt. Ja, so wie jetzt haben Sie vor mir gestanden. Nur Ihre Augen waren wässriger und roter.

Das ist eine Dame!, haben Sie gesagt. Ich sag ja, Sie haben es nicht gewusst, dass sie eine Nutte war. Das ist sicher." Er begann zu lachen. „*Eine Dame!* Okay, leck mich, habe ich mir gedacht. Selbst schuld, Herr Schnösel. Also sind Sie mit ihr nach oben. Was dann geschah ..." Er zuckte mit den Schultern.

Craig trat wieder einen Schritt zurück. „Und dann? Was war dann?"

„Was meinen Sie?"

„Wann ist sie wieder raus aus meinem Zimmer? Hatte sie etwas bei sich? Etwas, das sie nicht mit reingebracht hatte?"

„Weiß ich nicht. Ich habe sie nicht rausgehen sehen. Ehrlich gesagt bin ich wohl eingeschlafen."

Craig nickte. Drückte Daumen und Zeigefinger gegen seine geschlossenen Lider. Tauchte ein in eine bunte Welt aus blauen, gelben und grünen Spiralen. Er hatte das Gefühl, keinen Schritt weiter zu kommen. Dass er diese Blonde kennengelernt hatte, hatte er ja bereits gewusst. Dass sie eine Nutte war, geschenkt. Aber irgendetwas stimmte doch nicht an der Geschichte. Warum hatte Kramer, der Münchner Bulle, nichts davon gesagt?

Das müssen die doch gefragt haben, ob ich allein im Hotelzimmer war oder nicht!

Craig hatte bereits einen Schritt zur Tür gemacht, drehte sich jetzt erneut um. „Die Polizei", sagte er, „haben die nicht danach gefragt? Ob ich jemanden dabei hatte?"

„Doch, klar, haben die."

„Und? Was haben Sie gesagt?"

„Bevor die eintrafen, war so ein Typ bei mir. Ein kleiner bulliger, Modell Wadenbeißer. Keiner von der Polizei. Hat mir die gleichen Fragen gestellt wie Sie. Irgendwann ist er kurz raus, hat telefoniert. Dann hat er mir tausend Euro gegeben, damit die Sache unter den Tisch fällt. Es hätte damit keine Bewandtnis, sagte er. Er wolle Ihren guten Ruf schützen."

„Und das haben Sie dann gemacht."

„Jeder ist käuflich, das wissen Sie doch. Außerdem ..."

„Ja?"

„Ich hätte nur Ärger bekommen, weil ich mir den Ausweis nicht habe zeigen lassen, da war es mir ganz recht."

„Verstehe."

Er parkte den Wagen am Limmatquai, dort, wo er irgendwann vor einem Jahr den Porsche abgestellt haben musste. Die Gegend kam ihm bekannt vor. Nördlich lag der Großmünster und die Münsterbrücke, im Süden der Zürichsee. Es dämmerte bereits, dennoch sah er die Berge im Hintergrund. Ein Aquarell in Rosatönen. Er ging auf den Bürgersteig, umfasste das gusseiserne Geländer, blickte auf den Fluss und die nackten Masten der Boote, hörte das Lecken des Wassers an den Pfählen des Stegs. Eine Gruppe Japaner eilte an ihm vorüber, jeder mit einem Köfferchen ausgestattet und alle in langen schwarzen Mänteln. Auf der anderen Straßenseite befand sich ein Café mit vollkommen beschlagenen Scheiben. Die Tram fuhr vorüber, klingelte, zwang einen dick eingemummelten Radfahrer zum Absteigen.

Er war sich nicht sicher. Kannte er all das, weil er öfter in Zürich war? Oder kannte er es, weil dieser Ort vor einem Jahr eine Bedeutung für ihn gespielt hatte?

Er überquerte den Limmatquai, trat auf die Pflastersteine einer verkehrsberuhigten Straße, ging vorbei an orangenen Bänken und den Auslagen eines Modehauses für die ältere Generation. Die Straßen hießen Schiffländer, Rössligasse, Frankengasse. In der Oberdorfstraße begegnete er erneut zwei Obdachlosen. Einer schob einen Einkaufswagen über die Pflastersteine, das Scheppern hallte in den engen Häuserfluchten wider, vermischte sich wenige Meter weiter mit dem unregelmäßigen Kratzen von High-Heels, die nicht abbrechen wollten in den Fugen zwischen den Steinen. Dann knatterte die Vespa eines Pizzadienstes an ihm vorbei, und er bog in die Geigergasse ab, in der es plötzlich ganz still war.

Die Straße war so eng, dass sie nicht breiter sein konnte als die Spannbreite eines Mannes. Craig überlegte, ob er sich in die Mitte stellen sollte, um es auszuprobieren. Die Arme zu entfalten und zu schauen, ob er mit den Fingerspitzen die jeweiligen Hauswände erreichen konnte. Doch er verwarf den Gedanken, folgte der Straße weiter Richtung Westen. Sie machte einen kleinen Bogen, dann sah er in der Ferne schon wieder das Wasser aufblitzen.

Plötzlich erschrak er. Ein Mann überholte ihn, stürmte an ihm vorbei mit zwei Plastiktüten in der Hand. Er hatte ihn nicht kommen hören, und auch jetzt, als er Craig überholt hatte, schien er sich lautlos über das Pflaster fortzubewegen.

Er blieb vor einem Haus stehen, drückte eine schwere Tür mit der Schulter auf. Erst kurz bevor er verschwunden war, war Craig aufgefallen, dass die Tüten voller leerer Flaschen gewesen waren.

Craig ging auf das Haus zu, über dem Türsturz hatte man eine eigenartige Plastik installiert, die Craig bekannt vorkam. Er wechselte die Straßenseite, um sie besser betrachten zu können. Es war eine aus Bronze gegossene Hand, ein Finger zeigte nach oben.

Das Ding kenne ich!

Er war sich sicher, dass er hier schon einmal gestanden hatte. Und es konnte nicht während eines früheren Aufenthaltes gewesen sein. Hier hatte er nie zu tun gehabt. Er war im Finanzviertel gewesen, bei der Messe, in den Restaurants am Zürichsee. Aber hier? Nein!

Es musste eine Jugendherberge oder etwas Ähnliches sein, zwischen Fenster und Tür war der Schriftzug „Herberge zur Heimat" auf die Fassade gepinselt.

Er sprach es laut vor sich hin, als könne das gesprochene Wort Vergessenes wiederbeleben. „Herberge zur Heimat".

Heimat. Dieses Wort habe ich heute schon einmal gehört.

Der Penner! Der Penner im Einkaufscenter. Was hatte er gesagt?

„Ich schlaf in der Heimat, hab ihn da eingeführt."

Ihn! Das war Craig. Der Mann hatte behauptet, er habe ihn in der Heimat eingeführt. Der Satz hatte keinen Sinn gemacht, er hatte nicht weiter darüber nachgedacht, ihn für das Gefasel eines Verwirrten gehalten. Und jetzt befand er sich vor einer Herberge, die so hieß. Und ganz in der Nähe hatte sein Porsche gestanden.

Er machte einen großen Schritt, schon stand er unter dem nach oben gereckten Zeigefinger. Er legte die Hand an die Holztür, ein kleiner Kranz hing daran, mit einer roten Schleife.

Er drückte die Tür auf, trat ein. Rechts war die Rezeption. Sie war unbesetzt, auch wenn ein eingeschalteter Computerbildschirm anzeigte, dass hier vor kurzem noch jemand gesessen haben musste. Craig schritt durch einen hohen Flur. Ein Aufenthaltsraum öffnete sich, er trat hinein. Stand jetzt auf dunklen Fliesen in unterschiedlichen Brauntönen. Rechts eine Reihe von Stühlen, wie er sie tatsächlich aus Jugendherbergen kannte. Hellbraunes Holz, graue Bezüge. Davor ein Tisch, überzogen mit einer weißen Tischdecke. Ein großer, silberner Mülleimer, in dessen Kopf ein Aschenbecher eingelassen war, stand in der Mitte des Raums. Oben in der Ecke ein Fernseher.

Sein Magen meldete sich wieder. Doch es konnte nicht an der Luft liegen. Zwar roch es leicht nach Tabak, doch das störte ihn nicht. Schwindel ergriff ihn, seine Schläfen begannen zu glühen.

Plötzlich sah er Menschen. Menschen, die rauchten, die Strickpullover trugen und schlechte Zähne hatten. Der Fernseher lief, irgendein Fußballspiel, doch das interessierte die wenigsten. Und dann war da Beat mit seinem Schnurrbart und seinen Converse. Er hatte die Beine übereinandergelegt, und die Sohle des Schuhs, der in die Luft hing, hatte sich aufgeklappt wie ein Blasebalg. Er hatte einen Finger in die Luft gereckt so wie die Bronze draußen über der Tür. Und er redete auf ihn ein, mit seinem Atem, der nach Müll und Fisch roch. Und Rauch, überall war Rauch.

Craigs Schwindel nahm zu. Er hielt sich an der Wand fest, tickte gegen ein Bild, doch erkannte er gar nicht, was sich darauf befand. Alles drehte sich, die Fliesen verschoben sich plötzlich in die Vertikale, versperrten ihm den Weg, umschlossen ihn, als stecke er im Schacht eines Brunnens. Doch er wusste ja, das kann nicht sein, das gab es nicht.

Du darfst dich jetzt nicht übermannen lassen!

Er ging weiter, stieß durch die Fliesen hindurch wie durch eine Nebelwand, stand plötzlich wieder im Flur. Legte Daumen und Zeigefinger über die Lider, ließ die Spiralen von eben wieder über die Netzhaut tanzen. Er atmete lange und tief ein. Dann öffnete er die Augen und blickte sich über die Schulter.

Nichts. Der Raum war leer. Natürlich.

„Kann ich Ihnen helfen?"

Craig erschrak. Ein Mann mit grauem, ordentlich gescheiteltem Haar beugte sich über die Rezeption, sah ihn an. Craig schritt auf ihn zu. Unter dem Pullover des Mannes lugte der Kragen eines grünen Polohemds hervor, was ihn an die Blätter einer Seerose erinnerte. Obwohl der Mann viel Sorgfalt auf sein Äußeres gelegt hatte, hatte sich in seine Züge eingemeißelt, dass er auch andere Zeiten kannte. Kälte, Hitze, Einsamkeit und Alkohol hatten ihre Zeichen in sie hineingebrannt.

Craig stützte sich mit einer Hand auf die Theke. „Ich war hier schon mal, aber ich ... ich weiß nicht ... was ... was ist das hier?"

Der Mann setzte sich in einer langsamen Bewegung auf einen abgewetzten Bürostuhl, ließ einen Stift unter dem Pullover verschwinden. Dann sagte er: „Das? Das hier?" Er machte eine ausladende Geste mit zwei Händen, wie ein Magier, der ein Kaninchen weggezaubert hatte. „Das ist ein Obdachlosenheim."

12

Obwohl es nach Mitternacht war, war es noch hell im zweiten Stock. Ein sanftes, blaues Licht hatte sich durch die Vorhänge gekämpft und sich über den kleinen Balkon gelegt, über die Blumenkästen, in denen im Sommer die Geranien (und manchmal die Haschpflanzen) blühten, aus denen jetzt aber nur abgestorbenes Geäst hing. Er war die vier Stunden ohne Pause durchgefahren. In München angekommen, hatte er den Wagen ohne darüber nachzudenken nach Berg am Laim gelenkt, in die Rottalstraße, vor ihren Balkon.

Er war verwirrt gewesen, als er das Obdachlosenheim verlassen hatte. Und das, obwohl der Grauhaarige sich nicht an ihn erinnern konnte. Er hatte sogar den Mantel ausgezogen und das Drykorn-Sakko, doch der Alte mit dem verwitterten Gesicht hatte nur den Kopf geschüttelt.

„So feine Herrschaften kommen selten hierher", hatte er gesagt.

„Vergessen Sie einfach die Kleidung, ich sah anders aus, ganz anders."

„Ehrlich gesagt ..." Er tippte sich mit zwei Fingern an die Schläfe. „Mein Gedächtnis ist nicht das beste. Vielleicht ..." Er kniff die Augen zusammen, blickte Craig an. „Aber ... nein. Nein, ich weiß es nicht. Wie ist denn Ihr Name?"

„Craig Hammerstein."

Der Alte drehte sich um neunzig Grad zur Seite, tippte etwas in den Computer ein. Schüttelte den Kopf.

„Craig mit C wie Cäsar."

Wieder Tippen, erneutes Gucken. „Nein. Tut mir leid."

Doch Craig wusste, dass er dort gewesen war. Er konnte sich ja sogar plötzlich an den Namen des Penners erinnern, dem er unter der Rolltreppe begegnet war. Beat ... glaubte er. Aber dann dachte er, dass er Waldemar heißen müsste. Urs-Waldemar. Doch der Name war so absurd, dass er wahrscheinlich doch nicht stimmte.

Auch die Fahrt nach München brachte keine neue Einsicht, dabei konnte er im Auto hervorragend denken. Seine besten Ideen kamen ihm bei Tempo zweihundert auf der Überholspur. Man war in einem meditativen Zustand, nur im Jetzt und Hier. Und dann presste einem das Adrenalin plötzlich eine unerwartete Idee aus den Hirnwindungen. Doch auf der ganzen Rückfahrt hatte die Tachonadel nie die Hundertvierzig überschritten. Er hatte einfach keine Lust gehabt, mehr Gas zu geben. War einfach mit gleichbleibender Geschwindigkeit geradeaus gefahren. Leer und wie betäubt. Mit einem Brummen im Schädel. Er verstand es einfach nicht: Er war in diesem Obdachlosenheim gewesen, hatte dort übernachtet. Doch wieso? Er konnte sich das teuerste Hotel der Stadt leisten. Was hatte ihn dazu bewogen, in dieser Herberge abzusteigen?

Auch als er vor der Wohnung Isas angekommen war, war er nicht klüger geworden. Die Lücke in seiner Erinnerung klaffte nach wie vor wie eine Schlucht. Das letzte Jahr war ein Abgrund, dessen Boden er nicht sehen konnte.

An was er sich erinnerte, war der Abend auf diesem Balkon, doch der lag bereits anderthalb Jahre zurück. In seiner Erinnerung kam es ihm vor, als seien erst sechs Monate vergangen, doch er wusste, dass das nicht sein konnte. Es war eine warme, fast heiße Nacht gewesen, und er hatte nackt auf dem Balkon gestanden. Als er jetzt hinaufblickte, hatte er fast das Gefühl, er könne sich selbst sehen, wie er da stand. Im Mondlicht, hinter den Blüten der Geranien. Er hatte da gestanden und eine Zigarette geraucht.

Craig schüttelte den Kopf. Zigaretten. Er hatte gar kein Verlangen mehr danach. Auch so eine Sache, die er aufgegeben hatte. In seinem Jahr. In der Kluft.

Craig und Isa waren damals in Haidhausen unterwegs gewesen. Sie hatte einen Spanier zum Essen vorgeschlagen, den er nicht gekannt hatte. El Perro y el Griego, Belfortstraße, Ecke Breisacherstraße. Er war selten in Haidhausen unterwegs, das Viertel hatte irgendwie zu wenig Glanz, versprühte eine gewisse bürgerliche Enge, wie er fand. München war hier zu sehr bei sich selbst. Doch als er vor anderthalb Jahren seinen Porsche vor dem spanischen Restaurant abstellte, atmete das Viertel noch das Geheimnis der Spätsommernächte. Direkt vor dem El Perro y el Griego stand ein junger Kastanienbaum, dessen Äste fast bis auf den Gehweg reichten. Ein Paar saß eng umschlungen auf einer Bank darunter, und in den Augen der Frauen, die ihm auf der Straße begegneten, lag ein tiefes, unausgesprochenes Versprechen.

Er war früh dran, hatte sich an die Bar gesetzt, einen Pernod mit Wasser bestellt und blickte von seinem Platz aus auf die Straße und die vorbeifahrenden Autos. Isa kam mit dem Fahrrad, und schon als sie durch die Tür trat, schlug sein Herz schneller. Sie hatte sich beeilt, war ganz außer Atem gewesen, ihre Wangen leuchteten rot, ihre Brust hob und senkte sich, und ein leichter Schweißfilm benetzte ihre Haut, die trotz des zu Ende gehenden Sommers ganz weiß geblieben war.

Es musste ihr viertes Treffen gewesen sein, und spätestens nach dem dritten wusste er, dass er nicht nur Sex mit ihr wollte, dass es mehr war. Er scheute sich noch, sich einzugestehen, dass er sich verliebt hatte. Aber doch. Doch, da war etwas. Sie war vor allem eine fantastische Gesprächspartnerin gewesen. Er hatte sich über sich selbst gewundert, dass ihm der Austausch auf einmal wichtiger war als die Erotik. Außerdem hatten sie vollkommen unterschiedliche Meinungen in so vielen Dingen. Vom Sinn und Zweck der Forschung bis hin zu generellen Lebensfragen. Doch als Craig diesen Menschen fand, war ihm eines klar geworden. Ein Mensch, mit dem du über die wesentlichen Themen diskutieren kannst, der dich versteht, auch wenn du eine ganz andere Position hast als er – einen solchen Menschen findest du nur sehr selten. Eine banale Einsicht vielleicht, doch für Craig in dieser Station seines Lebens durchaus etwas Neues.

Sie setzten sich an einen Tisch im hinteren Eck, bestellten Tapas. Ließen sich die Tapas einfach in der Mitte des Tisches servieren, aßen beide von einer großen, silbernen Platte mit eingraviertem Obst an der Seite. Wieder kam sie ganz von selbst auf das Thema des optimierten Menschen. Er hatte ihr bei ihrem letzten Treffen von der Wirkung Ritalins erzählt, dass es die Konzentration steigere und schon häufig verwendet werde. Sie hatte sich unbehaglich bei dem Gedanken gefühlt, war aber nicht weiter darauf eingegangen.

„Schau", sagte sie jetzt – und so begann sie öfter, wenn ihr etwas wichtig war – „stell Dir vor, Du bist Bergsteiger und kletterst auf einen Gipfel. Es ist anstrengend, aber als Du oben bist und die Aussicht genießt, hast Du dieses herrliche Gefühl. Diese Freiheit. Das Gefühl, Dir etwas erarbeitet zu haben. Eins mit Dir selbst zu sein. Weißt Du, was ich meine?"

Er schob sich eine Ciruela, eine mit Speck ummantelte, gebackene Pflaume in den Mund und nickte. „Klar!"

„So! Und jetzt machst Du diesen Ausflug nochmal. Aber diesmal nimmst Du die Gondel. Du wirst sehen, dass das Gipfelerlebnis nicht halb so schön ist. Und weißt Du warum?"

„Ich habe kein Weißbier unterwegs getrunken?"

Sie streckte den Lehrerfinger aus. „Hey, das ist hier eine ernsthafte Unterhaltung! Also wieso?"

„Keine Ahnung, ehrlich gesagt."

„Aber Du stimmst mir zu, dass es so ist?"

Widerwillig nickte er, versüßte sich dieses Zugeständnis aber durch ein paar Boquerones en Vinagre, in Essig marinierte Sardellen.

„Dann sage ich es Dir: Weil das Glück manchmal auch in der Anstrengung liegt. Und man kann sich dieses Glück eben nicht erkaufen, in dem man es sich besonders leicht macht. Du kannst Dir die Leistung dann nicht mehr zurechnen. Und so ist es auch, wenn Du Deine Prüfung nur mit Ritalin bestehst. Du kannst nicht mehr stolz auf Geleistetes sein."

Am liebsten hätte er nichts darauf gesagt, er wollte viel lieber mit ihr über anderes sprechen. Er wollte wissen, wie ihre Beziehung zu Richard-David war. Wollte wissen, wie seine Chancen standen. Dennoch sagte er jetzt: „Natürlich. Der transhumane Mensch muss auch bereit sein, eine neue Identität anzunehmen. Aber eben eine bessere, eine, die effizienter ist in dem, was sie tut, die sich besser konzentrieren kann, die sich besser an Gelerntes erinnert. Es ist eine Häutung. Aber vor der brauchst Du keine Angst zu haben – das Leben danach wird viel erfüllter sein."

„Mein Leben wird es nach dieser Häutung nicht mehr geben. Denn ich bin ja nicht mehr da. Ein schrecklicher Gedanke, findest Du nicht?" Sie lächelte ihn verführerisch an.

„Und ich sage, Du bist noch viel intensiver da. Und das wäre ein äußerst verführerischer Gedanke!"

Sie stießen an. Es gelang ihm, sie auf andere Themen zu bringen. Und irgendwann erzählte sie von ihm, Richard-David. Er machte seinen Doktor in Soziologie und war bekennender Öko-Aktivist. Er hatte einen Verein gegründet, der ein neues, von ihm erarbeitetes Gesellschaftskonzept propagierte. Autos sollten komplett aus den Städten verschwinden, die Gesellschaft sollte sich nicht mehr auf Wirtschaftswachstum konzentrieren und sich vom Konsum lossagen. Er selbst wohnte in Giesing und hatte angeblich nur hundert Dinge. Ein Durchschnittsmensch besaß mindestens 9.000 Gegenstände, klärte Isa auf.

„Ich könnte mir vorstellen, dass es bei Richard-David immer schön aufgeräumt ist", witzelte Craig.

Und dann stellte er diese Frage. Die Frage, auf die er das Ja-Wort erhielt. Das Ja, das genauso janusköpfig war wie die Liebe selbst. „Ja, ich will", hieß es doch, oder? „Ja", das war doch die positive Antwort schlechthin, hatte Craig gedacht, eine Zusage auf die Erfüllung der geheimsten Wünsche bedeutet sie. Wenn unsere Geliebte „ja" zu uns sagt, fällt doch alles ab von der Seele, mit einem Mal: Der Druck, der Schmerz, das ewige sich Verzehren. Die Ungewissheit. Doch, und das hatte er gelernt, es kam auf die Frage an. Und die lautete in seinem Fall: „Und, ist Richard-David nun die große Liebe deines Lebens?"

Sie überlegte einen Moment, dann sagte sie es. „Ja". Ganz einfach und ohne „aber" und ohne Zwinkern und ohne betreten auf den Boden zu schauen.

Doch für ihn hieß dieses Ja einfach nur Nein.

Und dennoch. Sie hatte mit ihm geschlafen. Hatte ihn nach dem Abend im Perro y el Griego mit in ihr WG-Zimmer genommen, an ihren Mitbewohnern vorbeigesteuert, und sie hatte Sex mit ihm gehabt. Göttlichen Sex. Keine harte Nummer, nicht nur zumindest.

Auch zärtlichen Sex, Rosamunde-Pilcher-Sex. Als er am nächsten Morgen gegangen war, hatte er ihr eine SMS aus dem Büro geschickt. Eine SMS, wie er sie noch niemandem geschickt hatte. Nur mit drei Worten. Ich liebe Dich.

Doch sie hatte nicht geantwortet, auch auf E-Mails kam keine Reaktion. Tagelang nicht. War auch nicht ans Telefon gegangen, wenn er anrief. Damals wusste er noch nicht, dass das das Muster ihrer Beziehung würde. Plötzliche Nähe und dann wieder Absonderung. Es hatte ihn wahnsinnig gemacht, immer wieder um den Verstand gebracht. Aber es war nicht zu ändern. Es lag in ihr. Auch sie wurde von ihm angezogen, das wusste er. Und manchmal waren die Kräfte einfach zu stark, und sie verfiel ihm für eine Nacht, für ein Wochenende hin und wieder. Doch dann besann sie sich auf ihren Freund, auf ihre große Liebe, auf den Mann, dem sie Treue versprochen hatte. Und brach alle Brücken zu Craig ab.

Er blickte erneut zum Balkon hinauf. Noch immer war er in das blaue Licht getaucht, das sich durch die Vorhänge kämpfte. Die Vorhänge waren neu. Damals hatte Isa keine gehabt, und er erinnerte sich an das prickelnde Gefühl, als er sich beim Sex vorstellte, es beobachte sie einer aus dem Fenster eines anderen Hauses. Ein Zeuge, der bekunden konnte, dass sie ein Paar waren und sei es nur in der körperlichen Liebe.

Er öffnete die Wagentür, stieg aus. Den Ledermantel ließ er im Auto, verschränkte die Arme über der Brust und ging fröstelnd auf die Buchsbaumhecken zu, die das Mehrfamilienhaus von der Straße abschirmten. Er wusste, dass es falsch war, was er hier tat. Und vielleicht hatte er deshalb den Mantel nicht angezogen. Weil ihn das Unterbewusste bestrafen wollte für dieses falsche Vorhaben. Durch Kälte. Die grauen Fliesen tauchten auf, er erinnerte sich. Die Koniferen. Die Wirtschaftsbalkone, die vorne rausgingen. In der WG war das der einzige Gemeinschaftsbalkon, denn der andere gehörte ausschließlich Isa. War an ihr Zimmer angebaut. Natürlich durften ihn Dirk und Susanne benutzen, ihre Mitbewohner. Aber nur, wenn sie nicht da war. Oder gemeinsam mit ihr.

Es ging eine Stufe nach oben, dann stand er vor der Tür. Es war die zweite Klingel von unten. Er musste nicht schauen. Er wollte nicht schauen. Er wollte auch nicht klingeln.

Doch er konnte nicht anders.

„Hallo?"

Craig hüstelte. „Hallo Isa, bist Du das?"

Die Sprechanlage knisterte. „Nein, hier ist Kathrin."

„Oh, wir kennen uns noch gar nicht. Bist Du neu?"

„Wer ist denn da?"

„Craig. Ein Freund von Isa. Ist Isa da?"

„Wohnt hier nicht."

Craig stutzte. „Aber ..." Jetzt blickte er doch auf den Klingelknopf.

Ettenhuber stand da. Nur ein Name. Das war ungewöhnlich für eine WG.

„Sind Susanne oder Dirk noch wach?"

„Kann es sein, dass Sie sich in der Klingel vertan haben? Hier wohne nur ich."

„Dann ... dann ist da keine WG mehr?"

„Ach so, nein. Ist aufgelöst."

„Seit wann ..."

„Drei Monaten. Sonst noch Fragen? Ich mach hier grad was."

„Nein. Danke. Schon gut."

Rauschen, dann machte es Klick, die Verbindung war beendet.

Er hatte kaum ein Auge zugemacht diese Nacht. Hatte sich von der einen auf die andere Seite gewälzt. Erst war ihm zu heiß, dann zu kalt, und als er endlich das Gefühl hatte, die Temperaturen seien okay, setzten Rückenschmerzen ein. Als er jetzt unter der Dusche stand, war er noch ganz dösig von der Nacht. Er wusch sich das Haar, seifte dann seinen Körper ein. Er war nach wie vor gut in Schuss und nahm sich vor, die nächsten Tage wieder damit zu beginnen, mit ein paar Gewichten zu arbeiten. Offenbar hatte er in seiner Dornröschenphase auch trainiert, sonst wären die Muskeln deutlich zurückgegangen. Er wusch seinen Schwanz und überlegte für einen

Moment, ob er in die Wanne onanieren sollte, doch die Libido blieb stumm. Wieder einmal.

Er trat auf die Bademattte. Trocknete sich ab. Dann rieb er mit einem Stück Klopapier über den Spiegel, um ein kleines Guckloch freizuwischen. Er blickte hinein. Haare standen von seinem Kopf ab. Er feuchtete die Hand an, legte sie auf den Kopf und drückte die Tolle hinab. Doch das Ding war widerspenstig. Immer wenn er schon das Gefühl gehabt hatte, die Strähne gebändigt zu haben, sprang sie plötzlich wieder nach oben.

Craig wunderte sich, damit hatte er sonst nie Probleme gehabt. Er tastete mit zwei Fingern über die Stelle, an der sich das Haar wie elektrisch nach oben reckte. Tatsächlich spürte er etwas Eigenartiges auf der Kopfhaut. Eine Erhebung, fast so lang wie sein kleiner Finger. Und ganz gerade, als stecke etwas Künstliches unter seiner Haut, so fühlte es sich an.

Mehrfach strich er mit dem Zeigefinger über dieses Etwas auf und ab, doch er konnte sich keinen Reim darauf machen. Das Ding war viel zu gerade und eben, um eine Beule zu sein. Es konnte auch kein Geschwür sein, das hätte eine andere Form gehabt.

Craig spürte eine leichte Panik in sich aufsteigen, musste Klarheit haben. Also griff er zum Langhaarrasierer, den er seit neuestem direkt auf der Ablage platziert hatte, um sich die Barthaare zu stutzen. Er stellte ihn auf die niedrigste Stufe und fuhr damit über das rechte Scheitelbein seines Schädels. Dunkle Locken segelten in das Waschbecken, während am Kopf weiße, stoppelige Haut zum Vorschein kam.

Als er etwa ein Areal von der Größe zweier Briefmarken kahlgeschoren hatte, schaltete er den Rasierer aus, brachte seinen Kopf schräg vor dem Spiegel in Stellung und begutachtete sein Werk.

Tatsächlich, da war etwas Eigenartiges. Ein langer schwarzer Streifen, der aussah wie die Schnittstelle eines Computers. Er betastete ihn erneut mit dem Zeigefinger. Es fühlte sich an wie Plastik. Und etwas bewegte sich. Er brachte den Daumennagel unter die Kante eines vorstehenden Teils, ruckelte leicht daran und zog es dann aus der Schädelplatte hinaus. Es hatte in etwa die Größe einer Speicherkarte für Digitalkameras. Und als er es jetzt in den Händen hielt, blinkte und blitzte es überall auf, wie die Platinen in Science-Fiction-Filmen der Siebziger Jahre.

Er blickte erneut in den Spiegel. Sein Gesicht hatte sich verändert. Plötzlich war da nur noch eine Gesichtshälfte. Die andere bestand aus Metall, Drähten und leuchtenden Dioden. Er sah aus wie der Terminator. War halb Mensch, halb Maschine. Craig war ein Cyborg.

Ein lauter Schrei ertönte. Craigs Schrei.

Er blickte sich um. Er war allein. In seinem Schlafzimmer. Panisch griff er sich an den Kopf. Tastete sein Scheitelbein ab, dann die Stirnfontanelle und alle anderen Teile des Schädels. Doch da war nichts. Keine Erhöhung. Keine Platine.

Er war kein Cyborg.

Gott sei Dank, dachte er. Gott sei Dank.

Ich bin ein Mensch.

Es war nur ein Traum.

13

Auf dem Weg zum Büro fuhr er bei seinem Porsche-Händler vorbei. Er wurde mit Namen und Handschlag von einem geschniegelten Typen begrüßt, der einen altmodischen Zweireiher mit Einstecktuch trug. Auf seiner Krawattennadel war das Porsche-Logo abgebildet.

„Was ist denn da passiert?", sagte der Mann und blickte sorgenvoll auf den Kotflügel des Wagens.

Craig hatte mit der Frage gerechnet und erwiderte: „Das wüsste ich auch gerne. Ich habe meiner Schwester das Auto geliehen. Und jetzt das!"

Der Geschniegelte rieb sich die Hände und zeigte eine Reihe elfenbeinweißer Zähne, die Craig an eine Klaviertastatur erinnerten. „Na, das kriegen wir schon wieder hin."

„Wer, wenn nicht Sie!", sagte Craig.

„Haben Sie sich damit in den letzten Tagen noch fortbewegt?"

„Eigentlich nicht. Ich habe mir einen VW Passat geliehen."

Der Geschniegelte hob die Augenbrauen und spitzte den Mund. „Eine Zumutung!"

„Für ein paar Tage war es schon ganz in Ordnung."

Der Einstecktuchträger sah ihn an wie einen, der eine schreckliche Krankheit überwunden hatte, und begann dann einige Unterlagen herauszulegen.

Craig unterschrieb die Formulare an der Stelle, wo der Andere ein Kreuz gemacht hatte. Dann verabschiedete er sich und wandte sich dem Ausgang zu. „Ach!", stieß er aus und drehte sich noch einmal um. „Könnten Sie mich vielleicht kurz zur U-Bahn bringen?"

Das Lächeln des Geschniegelten gefror für einen Wimpernschlag. Dann zauberte er es wieder auf sein Gesicht, nahm Haltung an und sagte: „Natürlich, ich habe nur gerade keinen Vorführwagen da. Wir müssten mit meinem privaten Auto fahren."

„Gerne", sagte Craig.

Der Krawattennadelmann geleitete ihn hinaus, bis sie auf einem Hinterhof standen. Dorthin, wo sich auch die graue, blaue und gelbe Mülltonne befand. „Bitte", sagte er und öffnete die Tür eines roten Fiat Pandas.

Im Büro griff Craig als erstes zum Telefonhörer. Doch schon, als er die ersten Ziffern eingetippt hatte, legte er wieder auf. Es war besser, wenn er ein gewisses Entree bekam. Nach der Vorstellung, die er vor wenigen Tagen gegeben hatte. Also rief er durch die offen stehende Tür: „Nathalie? Verbinde mich doch bitte mal mit Angelika Wissmann von der Messe Zürich!"

Er fuhr den Computer hoch, nach wenigen Augenblicken klingelte es.

„Frau Wissmann ist jetzt in der Leitung", sagte Nathalie und legte auf.

„Frau Wissmann? Craig Hammerstein hier!"

„Ja, hallo Herr Dr. Hammerstein, ich hoffe, es geht Ihnen wieder besser."

Er drehte sich mit dem Stuhl zur Seite, legte die Füße auf die Ecke des Tischs und blickte auf die kleine Arena unterhalb des Gebäudes. „Jeden Tag ein bisschen. Ich … ich wollte mich noch einmal entschuldigen. Sicherlich haben Sie einen riesigen Schreck bekommen."

„Ach, ich bitte Sie. Nicht dafür. Wir haben ja hier über Sie in der Zeitung gelesen. Das ist wirklich schrecklich, was Ihnen passiert ist. Und Sie erinnern sich an … nichts?"

„Nein, leider nicht. Aber deshalb rufe ich an. Ich würde gerne wissen, wie Sie den 16. Februar 2014 erlebt haben. Also den Eröffnungstag des GenKons."

„Ja natürlich. Ich …" Er hörte, wie Stuhlbeine über den Boden gezogen wurden, dann fiel eine Tür ins Schloss. Wissmann seufzte. „Wir haben natürlich auf Sie gewartet. Sie waren der erste Redner. Es war ja alles aufgebaut, Herr Mai, Ihr Presseverantwortlicher, hatte hier noch einmal alles überprüft, wollte nichts dem Zufall überlassen. Er, Herr Schmidtgall und ich haben gewartet und gewartet, aber Sie kamen nicht. Herr Schmidtgall hat dann versucht, Sie mobil zu erreichen und dann auch über das Hotel, aber das hat zu nichts geführt. Wir mussten dann eröffnen und haben spontan dem zweiten Keynote-Speaker das Wort erteilt."

Craig zog in einer automatischen Geste die Füße vom Tisch. „Ach, wer war das denn?"

„Das war Jeremy Anscombe. Sicherlich kennen Sie ihn?"

Natürlich tat er das. Wenige Leute waren ihm mit ihren absurden Thesen zum Thema Transhumanismus so auf den Wecker gegangen wie Anscombe. Er sah sich als Weltenretter, und seine Rettung der Welt sah die *moralische* Optimierung des Menschen vor. Seine These war, dass die Welt nur durch mehr Solidarität der Weltgemeinschaft und mit den nachfolgenden Generationen möglich war. Das Dumme war nur, und das hatte Anscombe ganz richtig erkannt, dass der Mensch sich evolutionsgeschichtlich nur mit dem eigenen Stamm solidarisch fühlen konnte. Und eigentlich nur mit Gruppen um die hundert Personen. Die Evolution hatte es ganz einfach nicht vorgesehen, dass es einmal Weltprobleme zu lösen galt, die den Zusammenhalt aller forderten. Anscombe wollte diese Nachlässigkeit der Evolution beheben, indem er die Fähigkeit des Menschen zur Solidarität durch technische Eingriffe drastisch erweiterte. Immer wieder hatte er Craig angesprochen und ihn um Kooperationen gebeten. Doch übersah Anscombe ganz einfach, dass soziales und ethisches Verhalten viel zu stark von Umwelteinflüssen und Erziehung abhing. Außerdem sah Craig hier kein Geschäftsmodell.

Er legte die Füße wieder auf den Tisch. „Wie ging es nach der Anscombe-Rede weiter?"

„Ihr Kompagnon hatte sich bereit erklärt, an Ihrer Stelle zu sprechen. Lorenz Mai hatte ja die Präsentation ebenfalls dabei. Und während Anscombe sprach, ist sie Herr Schmidtgall noch einmal durchgegangen und hat sich eingelesen. Er hat das wirklich sehr gut gemacht, dafür, dass er unvorbereitet war."

„Daran zweifele ich keine Sekunde. Und er hat tatsächlich meine Rede gehalten?"

„Ich glaube, er hat einige Ihrer Charts gelöscht und einige weitere hinzugefügt. Aber im Großen und Ganzen ja. Auf Video-Clips und dergleichen hat er aber verzichtet."

„Und dann? Nach den Keynotes?"

„Ich habe mit Herrn Mai die Anlage wieder abgebaut. Und Herr Schmidtgall hat noch einige individuelle Fragen beantwortet. Ich glaube, ich habe ihn längere Zeit mit diesem Herrn von Betanovo sprechen sehen. Wie heißt er gleich?"

„Maurice Mayer-Huids."

„Richtig! Ja, ich glaube, sie haben längere Zeit gesprochen, später habe ich sie noch an der Kaffeebar gesehen."

„Hm, aber es hat sich jetzt keiner weitere Sorgen um mich gemacht?"

„Ach so, natürlich ... ehrlich gesagt, ich weiß es nicht."

Nachdem er aufgelegt hatte, blickte er noch eine Weile zum Fenster hinaus. *Gut*, sagte er sich. *Sie haben mich angerufen und nicht erreicht. Warum nicht?*

Weil das Handy weg war ... und weil jemand dafür gesorgt hatte, dass ich im Hotel nicht zu erreichen war!

Denn das hatte doch Kramer gesagt, der Polizist: Das Telefonkabel war ausgesteckt worden. Es hatte also jemand dafür gesorgt, dass er nicht geweckt wurde. Das konnte unmöglich ein Zufall sein. Und das hieß noch etwas: Er war zu dem Zeitpunkt der Eröffnung des GenKons noch im Hotelzimmer.

Doch was folgte daraus? *Was zum Teufel folgt daraus?*

Er riss die Füße vom Tisch, stampfte sie wütend auf den Boden. Blieb dann für einen Atemzug bewegungslos sitzen. Begann, die Leute zu betrachten, die draußen stolz ihre Muffins-Schachteln aus dem Laden der Blonden trugen.

„Craig, alles in Ordnung?"

Er blickte sich um. Nathalie. Ihre Stirn war nicht gerade sorgenzerfurcht. Es war eher eine professionelle Aufsichtspflicht, die sie antrieb. Sicherlich hatte ihr jemand gesagt, dass sie ein Auge auf ihn werfen sollte. Er tippte auf seine Schwester.

„Ja. Ja, alles in bester Ordnung."

„Na dann."

„Dann ..." Er machte eine kreisende Bewegung mit dem Zeigefinger. „Dann mach doch bitte die Tür von außen zu."

Noch bevor Craig seine eingegangenen E-Mails durchging, klickte er selbst auf „Neue Mail schreiben". Er tippte die Adresse von Isa ein. Betreff: *Hello again.*

Liebe Isa,

wie geht es Dir?

Vielleicht hast Du es mitbekommen: Ich war in letzter Zeit etwas indisponiert. Jetzt aber wieder back in town. Du selbst scheinst umgezogen zu sein, war gestern mal kurz bei Dir, um Hallo zu sagen.

Drink?

LG,
Craig

Er las sich die Mail noch einmal durch. Fand den Begriff „indisponiert" zu gestelzt, auch wenn er ihn irgendwie mit einem Augenzwinkern geschrieben hatte. Er ersetzte den Satz durch: „Ich war ein paar Tage von der Bildfläche verschwunden." Dass er sie gestern besucht hatte, strich er völlig. Sie sollte nicht denken, er sei ein Jahr weg gewesen, nur um als erstes nach seiner Rückkehr bei ihrer Wohnung vorbeizufahren. So war es zwar, doch es war zuletzt Teil ihres Spielchens geworden, dass man dem anderen ein gewisses Desinteresse signalisierte. Deshalb war es auch gut, die Mails so knapp wie möglich zu halten.

Ihm war ohnehin klar, wo sie sich befand. Sie war natürlich mit Richard-David zusammengezogen. In seine Wohnung mit den hundert Dingen. Er konnte darauf verzichten, dass sie es ihm direkt in ihrer ersten Mail unter die Nase rieb.

Er drückte auf „Senden".

Kaum war die Mail verschickt, öffnete sich die Bürotür.

Veit stürmte in den Raum. „Ich störe doch nicht?", fragte er. Wartete aber keine Antwort ab, sondern setzte sich in einen der Vitra-Stühle, schlug die Beine übereinander. Sah mit wachem Blick in Craigs Richtung.

„Nicht doch. Um was geht's?"

„Ich habe mit den Gesellschaftern über die neue Struktur gesprochen. Alle sind begeistert davon. Und alle sind froh, dass Du wieder da bist. Weißt Du, was Alastair McIntire gesagt hat?"

„Der Betanovo-Chef? Sag bloß, Du kriegst den einfach so ans Telefon."

„Du, der redet ständig mit uns. GENOVENTIS ist sein Lieblingsprojekt. Und er ist ganz gethrilled davon, dass Du wieder da bist. Ein Höllenhund, dieser Hammerstein, hat er gesagt. Ich habe dann vorgeschlagen, dass wir gemeinsam mit der neuen Struktur auch ein Revirement im Vorstand veranlassen. Selbstverständlich wirst Du wieder Vorsitzender. Ich wollte Dir das neulich schon sagen, dass das klar für mich ist. Ich hoffe, Du verstehst, dass ich diesen Posten in Deiner Abwesenheit übernehmen musste. Wir konnten ja in der Phase der Beteiligung durch BNP nicht kopflos sein. Aber jetzt wären alle happy, wenn Du den Laden wieder rockst. Ende des Monats ist die Gesellschafterversammlung. Dort könnte der Entschluss gefasst werden. Und Aline und ich könnten dann auch endlich mal ein paar Tage Urlaub machen."

Craig war überrascht. Tatsächlich war der Gedanke in seinem Kopf aufgeblitzt, dass Veit etwas mit seinem Verschwinden zu tun haben könnte. Er hatte davon als allererster profitiert. Doch wenn er jetzt freiwillig vom Vorsitz Abstand nahm, konnte das im Grunde nicht sein.

Craig nickte, presste die Lippen zusammen. „Ihr habt ein paar Probleme in letzter Zeit, Du und Aline, nicht wahr?"

Veit atmete tief ein, als stehe er vor einem längeren Tauchgang. „Sie hat es Dir erzählt, ja ...? Du, ich ... ich bin da nicht unschuldig. Es gab ein paar Fehltritte, ein paar Geschichten hast Du mitbekommen. Es ist nicht immer leicht, nein zu sagen, wenn die Angebote so verlockend sind, das weißt Du. Aber ich liebe Aline. Das habe ich immer getan. Ich glaube nur, unsere Ehe braucht eine, naja, kleine Phase der Renaissance, wenn man so will. Wir hatten wenig Zeit füreinander, gerade auch seit Du weg warst. Ich habe viel gearbeitet, war ständig unterwegs. Aber mir ist dabei auch klar geworden, dass all das nicht das Wichtigste für mich ist. Aline ist mir wichtig. Und vielleicht … vielleicht sollten wir auch noch mal über Kinder nachdenken."

Craig stutzte. „Du und Kinder? Und ich dachte, *ich* hätte mich verändert. Hat sich echt einiges getan, seit ich weg war."

Veit grinste. „Ich habe Aline noch gar nichts davon erzählt. Sie wollte ja immer welche, auch wenn sie akzeptiert hat, dass ich dagegen war. Sie hat sich dann wohl selbst eingeredet, dass sie keine mehr bekommen will. Aber hey, sie lektoriert Kinderbücher. Das ist doch kein Zufall. Und irgendwie bin ich jetzt soweit. Deshalb würde ich gerne mit ihr wegfahren, ein bisschen Ausgelassenheit herstellen. Und dann rede ich mit ihr darüber."

Craig dachte an die Windeln, die er gestern Abend noch aus dem Passat geräumt hatte und die jetzt in seinem Hausflur lagen. Und wieder pulsierte die Frage in seinem Hirn auf: *Bin ich selbst Vater?*

Er sagte: „Kinder. Der biologische Sinn des Lebens."

„Einen anderen gibt es nicht."

„Wahrscheinlich nicht. Aber wer weiß?"

„Jetzt sag nicht, Du bist unter die Esoteriker gegangen!"

Craig lachte. „Nein. Natürlich nicht. Du hast schon ganz recht. Wo soll es hingehen? Und wann?"

„Die Gesellschafterversammlung ist in drei Wochen. Dort küren wir Dich zum neuen alten Vorsitzenden. Und im Anschluss fahre ich mit Aline eine Woche ins Haus nach Montaione."

Craig und Veit hatten sich das Haus vor einigen Jahren gemeinsam gekauft. Es war ein altes toskanisches Bauernhaus mit etwas Land drum herum, alten Apfelbäumen und Blick über die Weinberge. Sie hatten es renovieren lassen und dem Ganzen eine moderne Inneneinrichtung verpasst. Aline hatte mit mütterlicher Hand dafür gesorgt, dass es nicht zu steril wirkte und dass man sich dort richtig wohlfühlen konnte.

„Noch ein bisschen kalt zu dieser Zeit, oder?"

„Ach, Anfang April, das geht schon. Ansonsten hacke ich gerne Holz, und wir machen den Kamin an. Ein bisschen Erdung, Du weißt schon." Veit stand auf. „Also!"

„Ja. Du, wo Du grad hier bist. Aline hat erzählt, dass sich Lasah in Zürich nach mir umgesehen hat. Ist dabei wirklich gar nichts herausgekommen?"

„Die Sache scheint Dich nicht loszulassen."

„Mir fehlt einfach ein Jahr meiner Erinnerung. Das ist unheimlich. Ich könnte sonstwas gemacht haben in der Zeit."

„Verstehe. Aber nein, soviel ich weiß, hat das nicht viel gebracht. Ich hatte ihm den Auftrag gegeben, Aline hat dann später mit ihm über die Ergebnisse seiner Recherche gesprochen. Tut mir leid, dass ich mich nicht persönlich drum kümmern konnte. Aber es war einfach zu viel zu tun."

„Ich weiß schon, die Frauen." Craig zwinkerte.

„Witzbold!"

Als Veit die Tür wieder hinter sich geschlossen hatte, scrollte Craig durch seine E-Mails. Er hatte erstmals, seit er zurück war, das Gefühl, wieder richtig im Alltag angekommen zu sein. Die neue Struktur war so gut wie beschlossene Sache, in wenigen Wochen würde er wieder den Vorsitz übernehmen. Schon gestern hatte er einen Termin mit Thomas Neufeld und Sebastian Tscherkow im Labor ausgemacht, um sich über den Stand der aktuellen Forschung informieren zu lassen. Jetzt freute er sich darauf, sich endlich wieder mit dem zu beschäftigen, was ihn wirklich interessierte. Wenn er das richtig in Erinnerung hatte, hatten sie ein vielversprechendes Produkt in der Testphase, das einen auch nach längeren Phasen der Erschöpfung wach hielt und die Konzentration steigerte. Eine Art Ritalin Plus. Wenn sie das erst marktfähig machten, konnten sie mit ihrem ersten Milliardengewinn rechnen. Und mit BNP an ihrer Seite konnten sie das Produkt weltweit ausrollen. Es hatte schon seinen

Sinn, die Schweizer an Bord zu haben. Er verstand gar nicht mehr, warum er damals gegen eine Mehrheitsbeteiligung gewesen war.

Natürlich checkte er als erstes, ob Isa schon geantwortet hatte. Es war ihm zur Gewohnheit geworden. Aber selbstverständlich war das nicht der Fall. Er konnte nur hoffen, dass es nicht wieder Ewigkeiten dauerte. Damit hatte sie ihn schon damals gefoltert. Er hatte ihr Mail um Mail geschrieben, doch kamen die Antworten immer erst Tage später, manchmal meldete sie sich auch überhaupt nicht. Das hatte ihn fast zermürbt. Stundenlang hatte er manchmal vor dem Rechner gesessen und nur auf den Posteingang gestarrt. Darauf gewartet, dass dort endlich eine Mail mit dem magischen Absender Isabelle Seemann einging.

Es war schrecklich gewesen. Seine dunkelste Zeit. Irgendwann war er dazu übergegangen, ihr Briefe zu schreiben, seine ersten Liebesbriefe überhaupt. Und jeden Abend war er mit klopfendem Herzen zu seinem eigenen Briefkasten geeilt, in der Hoffnung auf eine Antwort. Doch er hatte nie eine erhalten.

Niemals.

Die meisten Mails beinhalteten irgendwelche Updates aus Projektgruppen. Bei vielen war er einfach in cc gesetzt, die Kollegen versuchten offenbar, ihn inhaltlich wieder ins Boot zu holen. Er war sicher, Veit hatte das veranlasst. Er war ein guter Junge, wie hatte er nur an ihm zweifeln können?

Er scrollte weiter runter. Eine Mail stach ins Auge. Sie war bereits gestern Abend eingetroffen, um kurz nach zehn. Keine Zeit, in der man normalerweise Geschäftsmails erhielt. Es war eine Googlemail-Adresse und von einer gewissen Pamona versendet worden.

Bildete er sich das nur ein? Oder sagte ihm der Name tatsächlich etwas?

Er öffnete die Mail.

Hallo Craig,

wie geht es Dir? Wie ich höre, bist Du zurück in Deinem alten Leben.

Grüße aus Zürich
Pamona

Craig starrte wie elektrisiert auf die wenigen Zeilen. Pamona. Grüße aus Zürich. Konnte es tatsächlich sein, dass ihn da jemand kannte?
Er drückte auf „Antworten", tippte hastig auf die Tastatur ein:

Hallo Pamona,

kennen wir uns? Ich kann mich leider an nichts erinnern. Vielleicht kannst Du mir etwas über uns erzählen? Was habe ich in Zürich gemacht? War ich in Zürich? Wer bist Du?

Er hielt inne. Er durfte diese Pamona jetzt auch nicht verschrecken. Was, wenn er ihr nahe gestanden hatte? Was, wenn sie die Mutter seines Kindes war, an das er sich nicht erinnern konnte? Er musste vorsichtig sein, durfte diese Frau nicht schockieren. Er brauchte sie. Brauchte Antworten von ihr.
Er löschte das bisher Verfasste. Dann schrieb er:

Liebe Pamona,

mir geht es gut. Bin wieder in meinem alten Leben angekommen. Wie geht es Dir?

Viele Grüße
Craig

Er drückte auf „Senden".
Für mehrere Minuten blickte er wie atemlos auf den Bildschirm. Dann wandte er sich ab, beobachtete erneut das Treiben in der Arena. Das gute Wetter aus Zürich war mittlerweile in München angekommen. Zwei Frauen saßen auf den Stufen, hatten die Jacken über die Beine gelegt und hielten ihre Gesichter in die Sonne. Außer ei-

nem Kondensstreifen, den ein Flugzeug in den Himmel gemalt hatte, war keine Wolke zu sehen.

    Es piepste. Craig riss den Kopf herum. Seinem Nacken tat das alles andere als gut. Immer noch hatte er muskuläre Probleme. Doch das war jetzt zweitrangig. Er starrte auf den Bildschirm.

    Eine E-Mail!
    Von Pamona!
    Er klickte auf „Öffnen".

Lieber Craig,

ich weiß, dass Du Dich nicht erinnern kannst. Das stand in der Zeitung. Vielleicht hilft Dir ja die Datei im Anhang ein wenig weiter.

Bis bald mal wieder
Pamona

Die Datei? Er scrollte in der Mail nach unten. Tatsächlich, sie hatte als Anlage eine Datei hinzugefügt. 1 Anhang stand da. Dann der Name des Dokuments: „140317_Recherche_August_01".

    Es ist ein Soundfile!

    Er klickte es auf. Ein neues Fenster öffnete sich. Auf dem Bildschirm schlug der Graph einer Amplitude aus. Er hielt den Atem an, seine Schläfen brannten.

    Das erste, was er hörte, war seine eigene Stimme.

14

Er schreckte hoch. Gerade als er das Soundfile geöffnet und er seine Stimme vernommen hatte, wurde die Tür aufgerissen. Das passierte in letzter Zeit ein bisschen zu oft, wie er fand. Hektisch, als schaue er einen Pornofilm, klickte er auf Pause und öffnete dann ein anderes Fenster auf dem Bildschirm.

„Thomas und Sebastian warten schon auf Dich."

Es war Nathalie, die mit genervtem Blick in der Glastür stand.

„Kann hier vielleicht mal irgendjemand anklopfen?", entfuhr es ihm. „Warum, glaubst Du, ist die Tür zu?"

Nathalie sagte nichts, hielt nur die Hände hoch, spreizte die Finger ab, als habe sie nicht vor, hier jemals wieder etwas zu berühren. „Also, Du weißt Bescheid", sagte sie. „Der Termin war wohl schon vor zehn Minuten. Aber wenn Du in einem solchen Fall nicht gestört werden willst, weiß ich das demnächst."

Sie umgriff die Klinke und schloss die Tür.

Craig strich sich mit der Hand über das Gesicht. Ein leichter Schweißfilm hatte sich darüber gelegt, war wahrscheinlich der Aufregung geschuldet. Er spürte förmlich, wie ihm die Nackenhaare abstanden vor Spannung. Ein Soundfile, mit seiner Stimme, aus der Zeit seines verlorenen Gedächtnisses!

Obwohl er nichts lieber gemacht hätte, als sich die Aufzeichnung direkt anzuhören, meldete er sich jetzt doch ab, sperrte den PC und stand vom Schreibtisch auf. Er wollte die Kollegen nicht noch länger warten lassen, wenn er bereits zehn Minuten verspätet war, war es höchste Zeit. Außerdem wollte er sich die Aufzeichnung in Ruhe anhören, nicht zwischen zwei Terminen.

Er öffnete die Tür, schritt durch das Vorzimmer, in dem Nathalie ihn keines Blickes würdigte und nur stumm und konzentriert auf ihren Bildschirm blickte. Es tat ihm leid, dass er Nathalie so angefahren hatte, sicherlich würde sich demnächst eine Gelegenheit ergeben, die Sache wiedergutzumachen. Er ging den Gang hinunter, vorbei an Thomas' und Sebastians Büros, die beide leer waren. Wahrscheinlich warteten sie also nach wie vor in dem kleinen Besprechungsraum, der an die Labors angedockt war.

Am Ende des Flurs wartete eine mit Sicherheitsglas bewehrte Tür. Er gab den Zugangscode ein, den ihm Nathalie nach seiner Rückkehr gegeben hatte. Er änderte sich alle vier Wochen und bestand aus einer sechsstelligen Zahl, die allen Befugten zum Monatsende in einem blickdichten Umschlag zugestellt wurde.

Die Tür öffnete sich automatisch, und er trat ein. Es roch nach Ammoniak, Einweg-Latex-Handschuhen und Desinfektionsmitteln. Obwohl sie geschlossen war, drang aus der linken Tür zudem der Geruch der dort gehaltenen Tierhaus-Mäuse in den Gang. Er ging am chemischen Laboratorium vorbei, in dem sich zwei neue Kollegen, die er noch nie gesehen hatte, gespannt über das Schutzglas des Digestors beugten. Offenbar führten sie gerade ein Experiment durch, das Schutzglas war geschlossen, die beiden trugen Schutzbrillen und Schutzhandschuhe. Hinter dem Glas waren mehrere Rundkolben, die durch Destilationsbrücken miteinander verbunden waren. Ein leichter Dampf von Aerosolen hatte sich hinter der Scheibe verfangen.

Die zweite Tür auf der rechten Seite war der mikrobiologische Part. Hier hatte Craig die ersten Jahre nach Gründung von GENOVENTIS selbst noch jeden Tag gearbeitet. Erst dann war das Unternehmen groß genug gewesen, so dass er sich hauptsächlich um das Strategische und das Marketing kümmern konnte. Der Raum war rund fünfzig Meter lang, und an der Stirnseite thronte ein großer silberner Kühlbrutschrank mit Peltier-Temperierung. An den Außenseiten des Raumes befanden sich die Sterilkammern, deren Arbeitsflächen von blauem UV-Licht erhellt wurden, das den Raum als Ganzes in diese eigenartige Stimmung versetzte, die Craig nur aus Laboren wie diesen kannte. Er trat ein, denn vom Labor ging eine Tür zu dem Besprechungszimmer ab, in dem Thomas und Sebastian auf ihn warteten. In der Mitte des Raums befand sich eine weitere Arbeitsplattform, die an die Kücheninsel in Craigs Penthouse erinnerte. Auf der rechten Seite standen zahlreiche Geräte: Analysewaagen, Heiz- und Magnetrührer, mehrere Tischzentrifugen, Trockenmassebestimmer und Halogen-Feuchtebestimmer für Temperaturen zwischen plus fünfzig bis minus zweihundert Grad. Eigenartigerweise befanden sich die Laboranten alle ausschließlich auf der linken Arbeitsseite. Die meisten waren damit beschäftigt, mit Pipetten etwas auf verschiedene Nährlösungen zu träufeln. Olga, eine Kollegin aus Budapest, die Craig vor anderthalb Jahren noch selbst eingestellt hatte, besprach etwas mit Esther, die sich Notizen auf einem Tablet-PC machte. Als Olga ihn erblickte, erstarrte sie, als sähe sie den Leibhaftigen vor sich. Olga hatte langes, dickes, blondes Haar, das ihr meerjungfrauenhaft in dicken Locken auf dem weißen Kittel lag, und ihr Mund war geöffnet wie der eines überfressenen Karpfens.

Esther hatte ihm den Rücken zugedreht, und erst als Olga wortlos in seine Richtung blickte, sah sie sich um und entdeckte Craig, der in der Tür stand. „Na sowas", sagte sie. „Ist der Philosoph doch noch von seinem Berg heruntergestiegen."

„Irgendwie muss er das gemeine Volk ja an seiner Weisheit teilhaben lassen", konterte Craig und grinste. Esther spielte ihm ein Lächeln zurück. Obwohl sie in einem weißen Laborkittel steckte, erahnte man ihre fantastische Figur. Anders als vor zwei Tagen trug sie eine ovale Brille mit einer dicken Plastikfassung, in der sie irgendwie verkleidet aussah. Craig konnte nicht anders und musste sofort an erotische Rollenspiele denken, in denen sie ihn lehrerinnenhaft ausschimpfte. *Böser Junge!*

Olga hatte sich immer noch nicht gerührt, starrte ihn an wie das berühmte Kaninchen die Schlange. Er konnte sich nicht helfen, doch ihr Gesicht wirkte eigenartig eckig, glich einem Viereck, einem Rhombus, und erinnerte ihn absurderweise an ein Vorfahrtsstraßenschild. Dennoch war sie nicht unattraktiv, und er fragte sich, ob er und sie … dann fiel es ihm ein. Es musste kurz vor dem Kongress gewesen sein, sie hatten noch an CR7 gearbeitet, dem neuen Wirkstoff. Craig war dazu seit langem einmal wieder im Labor gewesen. Zum Schluss waren nur noch er und Olga anwesend, und wenn er sich recht erinnerte, hatte er sie irgendwann gegen den Kühlbrutschrank gedrückt und seinen harten Schoß an ihren. Doch sie hatte sich ihm sofort entzogen, war sogar in leichte Panik verfallen. Als sie nach draußen eilen wollte, hatte sie einen Reagenzglasständer mit drei mal sechs Stangen zu Boden gerissen, in denen wichtige Testergebnisse angerührt waren. Craig war außer sich gewesen und hatte sie stante pede gefeuert. Offenbar hatte das nur wenig Konsequenzen gehabt. Veit musste die Kündigung nach seinem Verschwinden wieder kassiert haben – zurecht, wie er sich jetzt reumütig eingestehen musste.

„Schön, Sie zu sehen, Olga", sagte er jetzt, um das aufkeimende Gefühl der Peinlichkeit zu unterdrücken. Für ihn fühlte sich die Episode an, als wäre sie erst vor zwei Wochen geschehen. Da er wusste, dass die unrühmliche Geschichte in Wirklichkeit ein Jahr zurück lag, hoffte er, dass aus Olgas Sicht bereits Gras darüber gewachsen war. Ihr Blick signalisierte allerdings Gegenteiliges. „Was macht unser CR7-Projekt?"

Olga schluckte. Ihr Fischmund schloss sich. Dann öffnete er sich wieder. Craig konnte sich nicht helfen, aber Frauen mit großen Mündern erregten ihn irgendwie. Sie sagte: „Es …. Wir, wir mussten es einstellen. Es … wir waren fertig damit, die mikrobiologischen Studien waren alle erfolgreich. Auch die Testreihen mit den Mäusen verliefen ohne … ohne …" Sie wedelte mit der Hand, und Craig bemerkte ihre langen, von weißem Lack überzogenen Fingernägel. „Ohne irgendwelche Komplikationen. Wir … es war schon so, dass wir dachten, dass es ein Durchbruch wird. Aber es … wir wollten sichergehen, haben die Substanz bei Foster & Wallace an Versuchshunden testen lassen. Und …" Sie schluckte wieder, begann an den braunen Kugeln zu nesteln, die ihr in einer Kette um den Hals lagen. „Aber … bei, bei den meisten Versuchstieren lief es optimal. Sie waren trotz Schlafentzug wacher, fitter, leistungsbereiter. Wie gewünscht. Aber bei einigen gab es eine Überreaktion. Sie wurden …"

Hinter Craig ging die Tür auf. Der Besprechungsraum, wie er wusste.

„Ach, da ist er ja!", rief einer.

Craig drehte sich um. Sebastian und Thomas. Sebastian hatte einen Laptop unter dem Arm, Thomas trug einen silbernen Koffer in seiner unversehrten Hand. „Sorry, bin aufgehalten worden. Können wir noch?"

„Hab leider jetzt Teammeeting, Craig, müssen schieben", sagte Thomas und hob entschuldigend erst die Augenbrauen und dann den Gipsarm.

Craig blickte fragend zu Sebastian. Doch der schüttelte den Kopf. „Nee, tut mir leid, muss in 'ne Telko."

Obwohl Sebastian versuchte, den Tonfall des Bedauerns in seine Stimme zu legen, wirkte er doch so, als habe man ihm eine Last von den Schultern genommen.

„Läuft das schon?"
„Ja. Läuft." Es war eine weibliche Stimme. Eine selbstbewusste, weiche Stimme. Er nahm an, dass es sich um Pamona handelte. Wer immer sie war, sie hatte Lust auf das hier. Auf diese Aufnahme. Sie sagte: „Erste Aufnahme, August, vom 17. März 2014. August, wie bereits erwähnt, recherchiere ich einen Artikel für '20 Minuten' zum Thema Obdachlosigkeit in der Schweiz. Sie haben sich bereit erklärt, mir ein Interview zu geben. Sind Sie bereit?"

„Ja."

„Seit wann sind Sie ohne Obdach, August?"

Es raschelte. Dann schnäuzte sich einer. Craig nahm an, dass es dieser August war. Einer räusperte sich.

„Das ... das ist schwer zu sagen. Die einfachste Antwort auf diese Frage ist: So lange ich denken kann."

Craig stutzte. Warum sprach *er* denn jetzt plötzlich? Es war doch dieser August gefragt gewesen.

„Hm ... wir haben uns in der Heimat kennengelernt. Wo haben Sie vorher gelebt?"

„Ich bin durch die Straßen geirrt und habe in Hauseingängen geschlafen, um es windgeschützter zu haben. Aber dort wird man morgens schnell vertrieben. Die Ladenbesitzer und Bewohner können sich etwas Besseres vorstellen, als einen Penner vor der Tür liegen zu haben."

„Lange können Sie noch nicht auf der Straße leben. Sie tragen einen Mantel von Prada, der dürfte über 3.000 Franken gekostet haben. Er ist ein bisschen abgewetzt, aber er sähe anders aus, wenn sie ihn schon längere Zeit auf der Straße getragen hätten."

„So teuer meinen Sie? Ich habe das Gefühl für den Wert der Dinge einigermaßen verloren. Vielleicht hatte ich ihn auch nie, wer weiß? Wenn Sie wollen: Ich verkauf Ihnen das Ding für 500 Franken."

Craig legte sich eine Hand auf die Stirn, als überprüfe er, ob er Fieber habe. Jetzt wurde es ihm klar: *Er war August!*

„Hab gerade keinen Bedarf an Herrenmänteln."

„Aber vielleicht können Sie ihn für 1.000 Franken weiterverkaufen."

„Was würden Sie mit dem Geld machen?"

Es gab eine Pause. August schnäuzte sich wieder. Dann sagte er: „Ich würde etwas zu essen kaufen. Käse und Brot und Wein."

„Wo essen Sie derzeit?"

„Oft in der Heimat, aber nicht immer. Es ist nicht … es ist gut, dass es die Heimat gibt. Aber ich habe nicht immer Lust auf diese Gesellschaft. Ich möchte auch nicht mehr dort schlafen. Es fällt mir schwer, dort Ruhe zu finden. In Mehrbettzimmern. Ich bin das nicht gewohnt. Glaube ich."

„Glauben Sie? Wo haben Sie sonst geschlafen?"

„Wie gesagt, auf der Straße. Aber mein Gedächtnis reicht nicht besonders weit."

„Sie sind kein Schweizer, das hört man Ihnen an. Woher kommen Sie?"

„Das weiß ich nicht."

„Keine Sorge, Ihr Name wird nicht verraten. Ich glaube auch nicht, dass Ihr wirklicher Name August ist, oder? Dafür sehen Sie zu jung aus."

„Ja, wie alt sehe ich denn aus? Ich habe kein Gefühl für mein Alter. Ich schätze, ich dürfte irgendetwas zwischen 20 und 60 Jahre alt sein."

„Sie machen Witze! Aber ich denke, die Wahrheit dürfte in der Mitte liegen. Ich schätze Sie auf 40 Jahre. Kein August, eher ein Markus oder ein Jürgen."

„Tja."

„Sie kommen aus Deutschland, das scheint klar zu sein. Haben aber keinen speziellen Dialekt. Aber Sie haben mich vorhin mit 'Grüß Gott' begrüßt. So sagt man in Bayern, oder?"

„Ich denke, ja. Aber ich kann mich nicht erinnern, jemals dort gewesen zu sein."

Wieder gab es eine Pause. Er hörte sie tief einatmen, sie wirkte leicht genervt. „Sie machen einen ominösen Eindruck, mein lieber August. Was ist denn der erste Gedanke, an den Sie sich erinnern?"

„Etwas rieselt auf mein Gesicht. Ganz leicht ist es, wie Sand. Es erzeugt ein kaum wahrnehmbares Kitzeln in der Nase, so, als würde man in die Sonne blicken. Ich öffne die Augen, und dann ist es tatsächlich ganz hell. Ich sehe Äste und dahinter einen blauen Himmel. Eine Amsel sitzt im Baum, pickt an irgendetwas herum. Ich sehe näher hin. Es ist ein Stück Baguette, von dem die Krümel auf mein Gesicht rieseln. Zwei Empfindungen habe ich. Hunger und Kalt. Die Kälte ist erstmal stärker. Alles in mir ist eingefroren. Ich kann meine Zehen kaum spüren, meine Finger schmerzen, als ich sie krümme. Mit Mühe richte ich mich auf. Ich liege auf einer Bank. Habe keine Ahnung, wo ich bin. Vor mir ist ein See, rechts eine Brücke, und hinter mir dröhnt der Verkehr. Ein paar Passanten gehen vorüber, blicken mich missbilligend an. Ich klettere von der Bank, gehe auf eine Frau zu, die einen Kinderwagen schiebt. Frage sie: 'Wo bin ich? Was ist das für eine Stadt?' Aber sie beschleunigt nur den Schritt, rennt davon. Dann gehe ich zur Brücke, überquere die Straße. Ich erkenne ein paar Dinge, das ja, kann sie aber nicht zuordnen. Mein Kopf schmerzt, und als die Kälte durch das Gehen etwas nachlässt, merke ich, dass der rechte Arm weh tut. Da sind geparkte Autos, ich gehe hinüber. Blicke auf die Nummernschilder.

Die meisten haben 'ZH' und das weiß-blaue Wappen. Zürich wird mir klar, ich bin in Zürich. Ich durchsuche meine Taschen. Doch da ist nichts. Kein Geld, kein Ausweis, keine Schlüssel, nichts. Ich gehe ein Stück weiter, komme zu Geschäften. Blicke in einen Spiegel. Der Mann ist mir fremd. Er hat zerzaustes Haar, einen leichten Bart und ein eckiges Kinn. Ich sehe ihn zum ersten Mal."

Wieder entstand eine Pause.

„Aber ...", sagte Pamona, dann gab sie ein eigenartiges Geräusch von sich, als habe sie etwas erschreckt. Es machte Klick, und die Aufnahme war beendet.

Craig starrte auf den schwarzen Bildschirm, dorthin, wo eben noch die Amplitude ausgeschlagen war. Ein kalter Schauer lief ihm über den Rücken, er fühlte sich, als hätte er eine Begegnung mit einem Geist gehabt. Eine Weile blieb er reglos sitzen, fast so, als dürfe er sich nicht rühren, als springe ihn eine unsichtbare Bestie an, wenn er es dennoch täte. Er fühlte sich leer und ausgelaugt, alle Kraft schien von ihm gewichen, seine Seele steckte in einem leblosen Körper. Dann, plötzlich, schien das Blut wieder in seine Adern zu pulsieren. Er drückte die Wirbelsäule durch, und ohne nachzudenken klickte er erneut auf Wiedergabe. Doch auch nachdem er den Beitrag ein zweites und ein drittes Mal abgespielt hatte, konnte er sich keinen Reim darauf machen. Hatte er tatsächlich das Gedächtnis verloren? Sich August genannt und als Penner in Zürich gelebt? Oder war das alles ... alles Fake?

Craig öffnete Outlook, fand die Mail von Pamona, klickte auf Antworten.

Liebe Pamona,

Seine Finger erstarrten über der Tastatur. Was sollte er schreiben? Was um Himmels Willen sollte er schreiben?

danke für Deine E-Mail und die Datei. Du hast bereits geschrieben, dass Du über mich und mein Schicksal in der Zeitung gelesen hast. Du weißt, dass ich Gedächtnisprobleme habe. Und nachdem ich das

Interview gehört habe, scheint das ja kein neues Problem zu sein. Bitte sag mir, was sonst noch geschehen ist und wie ich wieder zu meiner alten Identität gefunden habe. Vielleicht können wir einmal telefonieren?

Vielen Dank und hoffentlich bis bald.
Craig

Er las sich alles noch einmal durch und drückte auf „Senden". Dann ergriff ihn erneut die Totenstarre. Er blickte auf die erste Zeile des Posteingangsbereichs und wartete. Es war Freitag, die Kollegen gingen heute früher nach Hause. Wenn er vom Bildschirm aufblickte, sah er einzelne seiner Mitarbeiter durch die Arena laufen. Irgendwann ging das Licht im Vorzimmer aus, auch Nathalie hatte sich ins Wochenende verabschiedet.

Doch Craig konnte sich nicht lösen. Er musste einfach eine Antwort bekommen. Von Pamona! Von Isa!

Mein Gott, er wollte nicht, dass das alles wieder von vorne los ging. Die ständige Warterei. Und dann die Interpretation des Ganzen. Hatte es eine Bedeutung, wenn sie sich mit „Liebe Grüße" oder mit „Viele Grüße" verabschiedete? Bedeutete die Abkürzung „LG", dass die Grüße nicht ganz so lieb gemeint waren wie sonst? Und was hieß „Bis bald"? Dass sie ihn „bald" treffen wollte? Oder dass sie sich in nächster Zeit nicht melden würde, sondern erst irgendwann „bald", wann immer das war? Er hatte damit begonnen, in jeder Nachricht an Isa mindestens eine Frage zu platzieren. Er wollte, dass etwas offen blieb, dass da eine Leerstelle war, die sie füllen musste, die einen Impuls ausübte, sie zurückschreiben ließ.

Er scrollte durch den Postausgang, las erst die Mail an Isa, dann die an Pamona wieder durch. Auf eine unerfindliche, unbegreifliche Weise begannen die Frauen in seinem Kopf ein und dieselbe Person zu werden. Er wartete auf die Mail von Pamona wie auf die von Isa, glaubte plötzlich daran, es zumindest mit ähnlichen Charakteren zu tun zu haben, die von ihm ein ganz ähnliches Taktieren verlangten und von denen auch er ein annähernd identisches Verhaltensmuster erwarten konnte.

Er fuhr sich mit den Händen über Stirn und Augen, legte seine Ringfinger dann an die leicht bläuliche Stelle seiner Nasenwurzel und begann sich langsam zu massieren.

Er wusste nicht, wie lange er so mit den Händen im Gesicht vor dem Bildschirm gesessen hatte. Er wusste nur, dass er bei jeder Mail, die eintraf, kurz aufgeschreckt war und dass er irgendwann seine Ellenbogen auf dem Tisch abgestützt und seinen Kopf in die offenen Hände gelegt hatte.

Doch von Isa oder Pamona kam keine Mail.

Es war bereits dunkel, als er mit dem Passat aus der Tiefgarage fuhr, dennoch wollte er es noch vor Ladenschluss zu seinem Schneider schaffen. Immerhin war der Feierabendverkehr schon abgeflaut, so dass er schnell vorankam. Da er in der Innenstadt mit dichterem Verkehr rechnete, fuhr er über den Ring und bog von Osten kommend in die Maximilianstraße ein. Einen Parkplatz fand er hier nicht, die Bentleys und Lamborghinis standen Stoßstange an Stoßstange, er musste das Auto in einer Seitenstraße abstellen.

Die Schaufenster von Hermès und Chanel grüßten, als er zu Fuß über die Maximilianstraße eilte. Von Ferne protzte der angestrahlte Landtag wie eine mittelalterliche Trutzburg. Ein eisiger Wind stach durch die Gassen, so dass er den Schal fester zog und den obersten Knopf seines Mantels schloss. Die Schneiderei Modes war eingeklemmt zwischen zwei Flagship-Stores für Edelmarken. Sie präsentierte sich nach außen holzvertäfelt, über der Tür prangte ein Logo mit Jugendstilemblem und der Aufschrift „Schneiderei Modes, Massanfertigung aus Meisterhand seit 1879".

Als Craig eintrat, stand Herr Modes bereits vor der Auslage und war im Begriff, die Stahlrollos herunterzulassen. Es musste kurz vor zwanzig Uhr sein. Mit seinem Kittel und dem nach oben gezwirbelten Bart erinnerte Modes ihn an irgendeinen Fernsehkoch. Dabei konnte sich Craig nicht daran erinnern, wann er seine letzte Kochsendung gesehen hatte. Vielleicht in der Zeit seines Dornröschenschlafs.

Modes nahm zwei Nadeln aus dem Mundwinkel und begrüßte Craig mit Handschlag und einem angetäuschten Diener und machte sich daran, seine Anzüge aus der Nähstube zu holen. Schon einen Atemzug später stand er wieder im Ladengeschäft und legte die sorgsam in eine dünne Plastikfolie verpackten Kleidungsstücke über die Theke. Craig wunderte sich über die Folie, sonst hatte er immer einen dunkelblauen Kleiderschoner mit beflocktem Jugendstil-Logo mit auf die Reise bekommen.

Offenbar bemerkte Modes seinen Blick. Er seufzte und sagte: „Wir müssen ein bisschen sparen derzeit."

„Das bei der Lage?", wunderte sich Craig.

„Ach, die Lage! Die Lage macht ja alles nur noch teurer." Er zwirbelte sich erst die linke, dann die rechte Seite seines Kaiser-Wilhelm-Bartes nach oben. „Das Problem ist dieser Trend, dass sich alle ihre Anzüge mittlerweile in London oder Mailand schneidern lassen wollen. Das gehobene Segment stirbt hier aus. Dabei sind die Anzüge von dort nicht besser, aber die Leute wollen irgendwie ihrer provinziellen Haut entkommen. Denken, ein Anzug aus England atme noch den Geist des Empires, oder einer aus Italien sei ein Ausweis von Dolce Vita. Und als schlichte Änderungsschneiderei können wir hier nicht überleben, da können Sie auch zu einem Türken an der Ecke gehen. Aber … Aber was weiß ich denn!" Er blähte die Backen, blickte im Raum umher, als sähe er sich hier zum ersten Mal um oder zum letzten Mal. „Tja!", stieß er hervor und schwieg.

Craigs Reaktion war ambivalent. Einerseits beschlich ihn ein schlechtes Gewissen, weil vier der sechs Anzüge, die er Modes gegeben hatte, ebenfalls in London und Mailand geschneidert worden waren. Das war sein neues Ich. Doch das alte flüsterte ihm teuflisch zu: *Das ist der Markt. Fressen und gefressen werden. Survival of the fittest.*

Craig seufzte und zuckte mit den Schultern.

„Das Beste wäre es, Sie schlüpften kurz hinein!", wechselte Modes das Thema und wies mit einer knochigen Hand auf den Vorhang seiner einzigen Umkleidekabine.

Doch Craig winkte ab. Er wollte so schnell wie möglich nach Hause und dort seine E-Mails checken. „Ich bin sicher, es wird alles sein wie gewünscht."

Modes kratzte leicht mit der Sohle über den grünen Teppich, dankte für das Vertrauen und reichte ihm die vorbereitete Rechnung. „Wenn irgendetwas nicht in Ordnung ist – bitte melden Sie sich. Ich kann die Anzüge auch abholen lassen. Es sollte nur noch diesen Monat sein ..."

Craig zog die Augenbrauen hoch. „Weil Sie dann ..."

„Weil wir nächsten Monat schließen, ja."

Craig nickte. „Ich danke Ihnen", sagte er und legte sich die Anzüge über den Arm. Er öffnete die Tür und wollte wieder in das Menschengewühl auf der Straße eintauchen. Als er von der Treppe trat, wäre er fast in einen älteren Herrn mit Stock, Hirschknöpfen am Janker und grünem Hut hineingelaufen. Doch konnte er gerade noch einen Ausfallschritt machen und in eine freie Lücke auf dem Trottoir springen. Der Herr drehte sich um, musterte Craig von unten nach oben, spitzte dabei die Lippen und stellte sich auf die Fußballen. Er hob den Stock leicht an, doch noch bevor er etwas sagen konnte, war Craig davongestürmt.

Er eilte die Maximilianstraße hinunter, in Richtung Oper, der Wind biss ihm ins Gesicht, ließ die Plastikfolie klirren wie Fahnen im Wind. Auf der Höhe der Bulgari-Filiale überquerte er hinter einem Partybus die Straße, um zu seinem Wagen zu gelangen. Gerade als er auf die Gegenfahrbahn trat, quietschten irgendwo Autoreifen.

Er blickte auf, am Partybus entlang. In diesem Moment donnerte ein Geländewagen vom Opernparkplatz auf die linke Fahrbahn. Der Wagen wankte leicht, doch bekam der Fahrer die Kontrolle zurück. Zwei Scheinwerfer erfassten Craig, hielten auf ihn zu. Nahmen ihn ins Visier. Näherten sich mit rasantem Tempo.

Die Lichter wurden größer und größer, schienen ihn verschlucken zu wollen. Erst in letzter Sekunde sprang Craig zurück auf die rechte Fahrbahnseite. Er zwang einen anderen Wagen zur Vollbremsung. Hörte das Schlittern der Reifen über den Asphalt, den Split, der unter dem Gummi knirschte. Craig blickte auf. Die Stoßstange eines

Jaguars kam unmittelbar vor seinen Schienbeinen zum Stillstand. Von hinten hupte einer, es roch nach verbranntem Gummi.

Verdammt, das war knapp!

Craig sah durch die Windschutzscheibe in den Wagen, der zu der Stoßstange gehörte. Erblickte zuerst zwei beige Lederhandschuhe auf einem Lenkrad, dahinter musterte ihn eine Frau mit einer zu einem Schneckenhaus geformten Frisur. Sie presste die Lippen aufeinander und sah ihm auffordernd in die Augen. Craig hob entschuldigend die Hand, dann hörte er wieder das Kreischen der Reifen des Geländewagens, der ihn eben fast umgefahren hatte. Craig hielt inne, linste dem Auto hinterher. Der Wagen bog weiter hinten, jenseits des Hotels Vier Jahreszeiten, in die Ringstraße ein, verschwand.

Craig schluckte, stand immer noch wie versteinert auf der Straße. Die Frau mit der Schneckenhausfrisur drückte auf die Hupe. Craig kam zu sich und trat zur Seite. Spürte aber gleichzeitig die Wut in sich aufbranden. Er schrie: „Sehen Sie nicht, dass ich hier fast umgefahren wurde!"

Der Jaguar fuhr langsam an ihm vorbei, das Seitenfenster wurde heruntergelassen, und er sah, wie ihm die Schneckenfrau einen behandschuhten Mittelfinger entgegenreckte. Craig sprang auf den Wagen zu, wollte mit der flachen Hand auf das Dach schlagen. Doch der Jaguar schoss nach vorn und stob dann an dem Partybus vorbei, der mittlerweile an der Seite stand und ein orangenes Warnblinklicht in die Münchner Nacht schoss.

Wieder hupten Autos. Craig blockierte erneut den Verkehr. Doch diesmal setzte er seinen Weg unbeirrt fort, ging auf die andere Straßenseite. Er wollte so schnell wie möglich nach Hause. Er fühlte sich unwohl.

Und beobachtet.

15

Das Gefühl des Unbehagens stellte sich wieder ein, als er seine Wohnungstür öffnete. Auf der Fahrt nach Hause war es leicht abgeflaut. Natürlich hatte er sich die Frage gestellt, ob der Beinahe-Zusammenprall mit dem Geländewagen Zufall gewesen war. Oder ob vielleicht parabellumxxx dahinter steckte. Ihm fiel der Bote der Autovermietung ein, in dem er bereits den Absender des Drohbriefs vermutet hatte. Er musste fast lächeln, als ihm das Entsetzen im Blick des Mannes bildlich vor Augen trat, als Craig auf ihn zugestürmt war. Dann machte er sich einmal mehr klar, dass er sich seine Paranoia lediglich einbildete. Es war Einbildung, der Rest war Zufall. Mehr gab es dazu nicht zu sagen.

Dennoch: Hier in der Wohnung … irgendetwas stimmte einfach nicht! Er stand auf der Türschwelle mit seiner Arbeitstasche unter dem Arm, dem Schlüssel in der einen und den Anzügen in der anderen Hand. Blickte in den düsteren Flur.

Es ist der Geruch!

Die Luft roch verbraucht und nach fremdem Atem. Irgendetwas Süßliches überlagerte den Duft feuchten Gipses und des würzigen Holzes, der sich sonst in seiner Wohnung entfaltete. Moschus, Jasmin, alte Socken und geschmortes Fleisch hätte er sich einbilden können. Doch er wollte sich nichts einbilden. Er war Wissenschaftler. Er verließ sich auf seine Sinne und auf die Kraft logischen Denkens.

Craig steckte den Schlüssel in seine Manteltasche, ließ die Hand um den Türrahmen fahren, seufzte leicht und drückte den Lichtschalter.

„UAAAAAHH", schrie es ihm entgegen.

Dann sah er es: Ein mindestens achtköpfiges Ungetüm. Es hatte sich in seinem Wohnzimmer breitgemacht. Und in seinen sechzehn Armen hielt es kleine Häppchen auf Servietten und Sektflöten in die Luft.

„Üüüüberaschung!"

Das war Aline. Sie stürzte auf ihn zu. Nahm ihn in den Arm. Die anderen folgten ihr. Auf den ersten Blick sah er Veit, Maurice, Sebastian und Vera. Vera war die attraktivste Frau, mit der er nie im Bett gewesen war. Sie sahen sich nur alle halbe Jahre, betranken sich dann und schauten den Frauen hinterher.

Man nahm ihm die Anzüge aus dem Arm, klopfte ihm auf die Schulter, drückte ihm ebenfalls ein Glas Sekt in die Hand und zerrte ihn in Richtung Wohnzimmer. Der Tisch war gedeckt, mehrere silberne Rechauds verteilten sich über den Esstisch. Sie mussten schon eine ganze Weile in seiner Wohnung gefeiert haben. Craig sah mindestens eine Kiste ausgetrunkener Champagner-Flaschen. Mit einer leichten Panik blickte er in Richtung der Schachtel mit den Bildern Isas. Er hatte doch nichts herumliegen lassen?

Doch seine Sorge war grundlos, der Karton war an seinem Platz im Regal, und er war verschlossen.

„Wir haben doch noch gar nicht Deine Rückkehr gefeiert!", sagte Aline und strahlte ihn an.

„War ich weg? Das ist doch alles nur in Eurem Kopf! Aber wenn das bedeutet, dass es was zu trinken gibt – es lebe die Illusion!" Er versuchte, gute Miene zu machen. Auch wenn er nicht im Geringsten Lust auf eine Party hatte. Er blickte Aline an und sah in ihrem Gesicht, dass sie seine Gefühle erraten hatte. Wahrscheinlich hatte sie es sogar im Vorfeld gewusst, dass er keine Party *wollte*. Doch sie hatte sich natürlich gedacht, dass er eine *brauchte*. Es war typisch Aline: Sie hatte sich in den Kopf gesetzt, dass eine Party gut war für ihn, also veranstaltete sie eine. Sie würde einen Lottozettel mit sechs Richtigen zerreißen, wenn sie das Gefühl hätte, das Geld würde ihm aus irgendeinem Grunde schaden. Sie hatte sich sogar hinter seinem Rücken mit Isa getroffen, sie beschimpft und gefordert, dass sie sich von ihm fernhalten solle. Immer war sie der Meinung, sie wisse besser, was gut für ihn ist. Es war eine Art Muttertrieb. *Wer weiß*, dachte Craig, *vielleicht hat das ein Ende, wenn sie und Veit doch noch Kinder kriegen.*

„Auf den verlorenen Sohn", rief Aline, und alle hielten ihre Gläser in die Höhe. Er stieß mit jedem Einzelnen an, musste jetzt das Beste aus der Situation machen, sagte er sich. Irgendwann nahm Vera ihn in den Arm. Mit ihren zehn Zentimeter hohen Absätzen war sie fast so groß wie er. Jetzt legte sie ihre Wange an die seine und kniff ihn sanft in die linke Arschbacke. Dass Frauen immer nur dann etwas riskierten, wenn nichts auf dem Spiel stand! „Schön, Dich zu sehen", sagte sie. „Du erinnerst Dich doch noch an mich?"

Obwohl sie ihm zuzwinkerte, sagte er: „Keine Sorge, das Letzte, an was ich denke, wenn mir der Alzheimer die Hirnwindungen verkalkt hat, wirst Du sein."

Sie kniff ihm erneut in den Po, als wäre es ein geheimes Zeichen, das sie miteinander vereinbart hatten. Dann flüsterte sie ihm ins Ohr: „Mein Gott, ich bin so betrunken, ich hoffe, ich stelle hier nichts an auf Deiner Party."

„Was? Ich bitte darum!"

Statt einer Antwort zwei harte Kniffe in seine Pobacke. Sie legte das Kinn auf seine Schulter. „Du bist selber schuld, warum kommst Du auch so spät? Und warum kauft Deine Schwester diesen ganzen Champagner? Ich wollte nicht unhöflich sein. Ich *musste* trinken. Das verstehst Du doch, oder?" Dann stellte sie ihm Truc vor, eine kleine Vietnamesin, die sie mitgebracht hatte. Sie hatte einen Pagenschnitt, eine niedliche Kinderstimme, mandarinengroße Brüste und einen schlaffen Händedruck. In einem lustigen Deutsch, das ihn irgendwie an durch die Gegend hüpfende Ping-Pong-Bälle erinnerte, erzählte sie ihm, sie sei Künstlerin und mit einem Stipendium in Deutschland. Sie fertige ausschließlich Plastiken aus Holz, habe jahrelang für das Wasserpuppentheater Than Long in Hanoi gearbeitet und dort Tänzerinnen, Wasserbüffel, Drachenboote und dergleichen aus Feigenbaumholz geschnitzt. Jetzt wolle sie ihr Repertoire in Deutschland erweitern. Vera konnte den ganzen Abend kaum die Finger von ihr lassen, so scharf schien sie auf die Asiatin zu sein.

Auch die anderen beiden Unbekannten in seinem Wohnzimmer waren Mitbringsel: Claire oder Cécile – Craig konnte sich später nicht mehr genau erinnern – war die Frau Maurices. Sie hatte kurzgeschorene, flachsblonde Haare und einen drahtigen, fast muskulösen Körper. Claire oder Cécile sprach ausschließlich französisch, und Craig unterhielt sich später eine Zeitlang mit ihr, um seine Sprachkenntnisse zu testen. Sie waren nach wie vor gut gewesen, und so erfuhr er, dass sie einmal bei den Olympischen Spielen für Frankreich angetreten war und Bronze am Barren geholt hatte. Später hatte sie eine starke Sportverletzung erlitten und musste ihre Karriere aufgeben. „Mir blieb nur noch die Heirat", sagte sie und lächelte ihn unergründlich an.

Er hatte vergessen, dass er Thomas' Frau bereits kennengelernt hatte und hielt ihr so zur Begrüßung die Hand hin und sagte seinen Namen. Sie hingegen hatte eine lebhafte Erinnerung an ihn, angeblich hatten sie bereits einen Geburtstag von Thomas im Seehaus verbracht und dort fünf Stunden nebeneinander gesessen. Das andere Mal hätten sie sich auf dem Golfplatz in Igling getroffen, westlich von München. Craig erinnerte sich, dass er dort einmal einen Geschäftstermin mit einem Investor aus Bahrain hatte und gleichzeitig eine Affäre in Landsberg mit einer attraktiven, blondgelockten Lehrerin unterhielt. An Ariadne Neufeld konnte er sich hingegen nicht erinnern.

„*Sag mal!* Du hast mir und Thomas doch stundenlang erklärt, wie das jetzt geht mit diesem Birdie, Bogey, Chippy oder wie das alles heißt!"

„Ach jaaaa, Igling, ach so, klar – jetzt erinnere ich mich wieder", sagte Craig und legte die Hand auf die Stirn, als müsse er überprüfen, ob er Temperatur habe. Die Wahrheit war wohl, dass er Frauen, die größer und schwerer waren als er selbst, nur sehr selten in lebhafter Erinnerung behielt. Erschreckende Bilder blitzten vor seinem inneren Auge auf, als er sie sich mit dem kleinen, schmächtigen Thomas beim Liebesspiel vorstellte. Dennoch nahm er sich vor, dass er ihren Namen jetzt samt Sicherheitskopie in seinem Hirn abspeichern würde. Das gebot ganz einfach die Höflichkeit. Deshalb war er auch nicht viel weniger entsetzt als Ariadne selbst, als er sie am Ende des Abends mit „Bis zum nächsten Mal, Andrea!" in die Münchner Nacht entließ.

Beim Essen erfreute Thomas die Gesellschaft mit Einzelheiten rund um seinen Armbruch. Es gab Rehrücken mit Birnen und Wacholderbeeren, dazu wurden Klöße und Rosenkohl serviert. Craig wunderte sich über die Beilagen, schließlich wusste Aline doch, dass er Rosenkohl hasste. Sie hatte extra einen Koch von Kofler kommen lassen, *dem* Spezialitätengeschäft in München. Eine Kellnerin mit dem Körper einer Fünfundzwanzigjährigen und dem Gesicht einer Frau in den Vierzigern trug die Teller auf. Thomas aß mit einer Hand, Ariadne hatte ihm zuvor das Fleisch in kleine mundgerechte Stückchen geschnitten. Die Geschichte begann damit, dass er drei Weißbier auf einer Hütte getrunken und sich dann aus Versehen die Skier von jemand anderem unter die Füße geschnallt hatte.

„Ich dachte, Du warst Anfänger und hast einen Kurs gemacht", unterbrach Veit. „Achten die da nicht auf sowas?"

„Tun sie. Aber es war der letzte Tag. Ich *konnte* es zu diesem Zeitpunkt bereits. Es ist wie beim Autofahrenlernen: Die meisten Unfälle passieren dann, wenn Du das Gefühl hast, *jetzt kann ich's!*"

Die meisten nickten. Nur Sebastian schien nicht zuzuhören. Er schob sich mit der linken Hand den Rehrücken in den Mund, mit der anderen spielte er auf seinem Handy, das vor ihm auf der weißen Tischdecke lag. Auch Vera und Truc wirkten abgelenkt. Sie saßen sich auf mittlerer Höhe des Tischs gegenüber und warfen sich verheißungsvolle Blicke zu. Vera öffnete ihren Mund immer wieder leicht und ließ ihn dann zu einer kleinen Rosette zusammenschnurren. Kurz bevor Thomas mit seinem Armbruch-Erlebnisbericht fortfuhr, hatte Craig den Eindruck, einen Schuh aufs Parkett fallen zu hören. Daraufhin legte Vera den Kopf in Schräglage und kniff die Augenlider genießerisch zusammen. Craig konnte nicht anders, als seine Serviette fallen zu lassen und einen Blick unter den Tisch zu werfen. Typisch Vera: Sie hatte ihren nackten Fuß im Schoß ihrer Begleiterin vergraben.

„Ich war vollkommen sicher, dass ich die Schwarze Piste schaffe. Ich war ja vorher schon gemeinsam mit dem Skilehrer runter. Aber plötzlich ging alles viel schneller. Das lag daran, dass sich mit meinen Anfängerski gar nicht so ein Tempo aufnehmen ließ. Aber ich hatte ja die Rocker-Ski von irgendjemand anderem an. Auf einmal fuhr ich so schnell, dass ich gar nicht mehr wusste, was los ist. Das nächste, was ich weiß, ist, dass ich im Hubschrauber lag. Könnt Ihr Euch das vorstellen? Eine Stunde ohne Erinnerung?"

„Ehrlich gesagt, ja", sagte Craig, und alle anderen lachten. Das Lachen schreckte Vera und Truc auf. Sie wussten allem Anschein nicht, um was es ging, fielen aber in die Ausgelassenheit ein. Sebastian schickte statt eines Lachens ein dunkles Husten über den Tisch, sah kurz auf und vertiefte sich dann wieder in seine App.

„Eine Stunde!", sagte Thomas nochmal und schüttelte mit dem Kopf, als könne er es selbst nicht glauben. „Z-z-z."

Die Nachspeise kam. Marinierte Erdbeeren mit weißem Schokoladenparfait. Ein leichtes Raunen ging durch die Reihen, als die Kellnerin die Teller vor Craigs ungeladene Gäste stellte. Zu seiner Überraschung winkte Sebastian ab. Das heißt, zuerst griff er zu, dann blickte er auf sein Handy und entschied sich daraufhin anders. Er gab ein genervtes „Nein, nein" von sich, als wolle man ihm eine Obdachlosenzeitschrift andrehen, und schob den Teller zur Seite. Anschließend atmete er tief ein und blickte missmutig auf sein Gerät.

„Sag bloß, Du hast gerade eine SMS von Deinem Hausarzt bekommen", sagte Craig.

„Kann man so sagen", knurrte Sebastian.

Craig hob die Augenbrauen und bemerkte, wie Veit und Maurice ihn wissend von der Seite angrinsten. „Erzähl schon!", sagte Veit. Er meinte Sebastian.

„Ich wollte es Dir heute schon bei unserem Meeting vorstellen. Leider kamst Du ja … leider hat es ja nicht geklappt." Er strich sich mit der fleischigen Hand über seine angehende Stirnglatze. Seine Haare lagen jetzt wie ein perfekter Halbmond auf dem Kopf. „Ich teste unseren Self-Tracker. Du kannst einstellen, ob Du Dein Gewicht halten willst oder ob Du ein paar Pfunde loswerden willst. Ich habe eingegeben, dass ich drei Kilo in der Woche abbauen will. Jetzt zeigt mir das Gerät an, wie viel ich noch essen kann." Sebastian saß am Tischende, Craig exakt auf der anderen Seite. Jetzt hielt Sebastian das Handy hoch, und Craig sah zwei Balken: Einen roten und einen blauen. „Der rote Balken zeigt die Kalorien, die ich zu viel gegessen habe. Der blaue Balken zeigt die Kilometer, die ich heute noch laufen muss, um das Ganze abzubauen."

Craig nickte. „Dann hast Du ja noch einiges zu tun, am besten Du joggst nach Hause."

„Sehr witzig."

„Woher weiß das Gerät, wie viele Kalorien Du gegessen hast? Gibst Du das ein?"

Maurice hatte die Ellbogen auf den Tisch gestellt und versteckte seinen Mund hinter den Händen. In seinen Augen lag das überlegene Wissen des Eingeweihten.

„Sonde!", rief Sebastian. „Ich habe eine Sonde implantiert, die das misst. Und die misst nicht nur das. Die bestimmt auch den Blutzucker, Säurewerte. Laktose-Werte, wenn du möchtest. Du kannst sehen, wie viele Fette, Kohlehydrate, Ballaststoffe du aufgenommen hast. Kannst bestimmen, wie viel Wasser du noch trinken solltest, um langfristig eine möglichst straffe Haut zu bekommen. All diese Sachen. Die Sonde misst es, schickt es ans Handy, und dort werden die Daten in Korrelation zu meinem persönlichen Abnehmverhalten gesetzt. Es geht immer darum, dich so zu justieren, dass du eine Top-Leistung bringen kannst. Ich kann beispielsweise auch den Schlaf damit überwachen."

„Er trägt einen Bauchgurt", warf Claire oder Cécile ein und machte eine Kunstpause. „Auch beim Sex, nicht wahr Maurice …? Pardon!"

„Ich weiß nicht, von welchem Sexleben Du sprichst, aber theoretisch gebe ich Dir recht", sagte Sebastian und lachte dunkel. Unter seinem Kinn waberte eine speckige Masse.

Craig grinste und schickte Vera einen wissenden Blick. Doch die sah nur mit glasigen Augen auf ihre Gespielin gegenüber und war nach wie vor unter der Tischplatte zugange. Es schien anstrengend zu sein, Vera biss sich auf die Lippen, Truc war den Sitz hinuntergerutscht, ihr Kopf lugte gerade noch über dem Tisch hervor. Mit der

Hand zerdrückte sie eine Stoffserviette, ihre Knöchel traten weiß hervor, die Adern wirkten violett auf ihrem fahlen Handrücken.

„Spielt alles eine Rolle für das persönliche Wohlbefinden", warf Maurice ein. „Wir wollen das gesamte Leben abbilden und errechnen aus den getrackten Werten eine Zahl." Er entfaltete die Hände über seinem Mund und hielt den Zeigefinger in die Luft. „Der Glücksquotient. Optimal ist ein Glücksquotient von 88. Jeder kann jetzt sehen, wie weit er von diesem Wert entfernt ist und was er tun muss, wenn er ihn erreichen will."

„Mit diesem Gerät ist Glück nichts anderes als Arbeit an sich selbst", sagte Veit. Er hatte seine Hand auf Alines Knie gelegt und knetete es eifrig durch. „Und jeder, der leistungsbereit ist, kann es auch erreichen. Natürlich kannst Du Deine Werte jederzeit auf Facebook posten, Dich so mit anderen vergleichen und zeigen, wo Du stehst."

Craig schob sich einen Löffel des Schokoladenparfaits in den Mund. Es schmeckte fantastisch. Wäre er an das Gerät angeschlossen, wäre der Glücksquotient sicherlich mit einem Satz auf die 88 gesprungen. Er blickte in das missmutige Gesicht Sebastians. „Und das macht Ihr alles mit diesem Gerät. Sagenhaft!"

Maurice klappte den Zeigefinger wieder ein. „Ja, es ist ein neuer Weg, den wir eingeschlagen haben. Und es ist ja nur ein erster Schritt. Die Technik wird den Menschen helfen, ihr Leben im Job, in der Familie, beim Sport, bei der Freizeit und beim Sex zu verbessern. Das Gerät wird ihnen zukünftig auch sagen, wann der beste Zeitpunkt ist zu arbeiten, zu schlafen, Sport zu treiben und Sex zu haben. Wir sind auf dem Weg zum Homo Technologicus, und BNP … *excusez-moi*: GENOVENTIS wird einer der Treiber der Entwicklung sein. Wir schätzen den Markt in den kommenden Jahren allein in Europa auf 100 Milliarden Euro ein."

„Und ich wollte die Tec-Sparte schon abstoßen!", sagte Craig.

Sebastian grunzte auf. „Ja, das war wirklich … aber zum Glück haben wir hier mit BNP andere strategische Weichen gestellt. Die Zukunft, das ist das hier", sagte Sebastian und hielt erneut sein Handy hoch. Dreiundzwanzig Kilometer lagen heute noch vor ihm, wenn Craig den blauen Balken richtig entschlüsselte.

Truc stöhnte plötzlich laut auf, ihr Gesicht wirkte schmerzverzerrt. Als sie bemerkte, dass sie alle ansahen, sagte sie: „Das ist … das ist wirklich ein phantastisches Gerät – ich muss es haben!"

Maurice stützte einen Arm in die Seite und ließ sein Kinn auf Daumen und Zeigefinger seiner rechten Hand ruhen. „Ich wusste: Es wird einschlagen wie eine Bombe."

Aline war die Letzte. Nachdem alle anderen gegangen waren und die Kofler-Köche die Küche wieder aufgeräumt hatten, brachte Craig sie zur Tür. Das Taxi wartete bereits unten vor der Außentreppe. Gelbes Licht klomm an den Stahlträgern hinauf, legte sich zwischen die Ritzen des Treppengitters. Sie nahm ihn fest in den Arm. „Und, war es so schlimm?"

„Nein. Nein, es hat Spaß gemacht. Ich hätte es nur vorgezogen, wenn Du die Party mit mir abgesprochen hättest."

„Es war eine Überraschungs-Party, die spricht man nicht ab."

Craig nickte. Er war müde, und er hatte immer noch nicht seine E-Mails gecheckt. Sicherlich hatte sich Isa mittlerweile bei ihm gemeldet. Und wenn nicht Isa, dann Pamona.

„Du musst auf andere Gedanken kommen, Craig. Ich verstehe, dass Du wissen willst, was los war in der Zeit, in der Du weg warst. Aber wichtig ist das Hier und Jetzt. Ich habe das Gefühl, Du bist auf einem guten Weg. Du bist nicht so verbissen wie damals, und Du bist auch nicht mehr dieses Arschloch, wie kurz vor Deinem Verschwinden. Vielleicht hatte das alles seine Berechtigung, und es ist besser, Du gräbst nicht so tief."

„Wie meinst Du das? Soll ich einfach alles auf sich beruhen lassen? Aline, ich war ein Jahr weg, habe keine Erinnerungen. Thomas war nach seinem Unfall eine Stunde weg, und er kann es nicht fassen."

Sie legte ihm die Hand auf die Brust, drückte sich leicht an ihn. Unten stieg der Taxifahrer aus, Craig bemerkte, dass er zu ihnen herauf sah. „Ich meine nur, dass sich erinnern genau so gut und wichtig sein kann wie vergessen."

Craig wusste nicht, auf was sie anspielte, aber er hatte jetzt keine Lust auf eine Diskussion. Außerdem war es eiskalt draußen. Aline trug eine dicke Daunenjacke und eine Mütze mit einem langen Bommel, Craig hatte lediglich ein Hemd an.

„Na gut", sagte Aline. Sie wollte sich abwenden, doch hielt sie plötzlich inne. „Ich ..."

„Was, Aline?"

Sie zog einen Umschlag aus ihrer Jackentasche. „Ich wollte ihn Dir zuerst nicht geben. Ich glaube, es ist nicht gut für Dich, aber ich weiß auch nicht ... ich hatte ihn schon weggeschmissen, aber dann Gewissensbisse."

Sie drückte Craig den Umschlag in die Hand. Er entzifferte eine bauchige, leicht schräggestellte Mädchenschrift auf dem Adressfeld. Er hätte sich einbilden können, die Schrift schon einmal gesehen zu haben, doch war er sich nicht sicher. Oben rechts war eine Briefmarke aufgeklebt, die eine hellblaue Tuschezeichnung einer Frau zeigte. Sie trug eine Mütze, die ihr auf dem Kopf lag wie eine zusammengerollte Schlange. Unten stand in einer eigenartigen kursiven Serifenschrift „Italia 85 Cent". Er drehte den Brief um. Auf der Rückseite stand keine Absenderadresse, nur ein Name. Er spürte, wie seine Hände zu zittern begannen.

Isabel Seemann.

Isa!

Ein Brief!

„Er kam anderthalb Wochen, nachdem Du verschwunden warst. Ich war damals noch jeden Tag in der Wohnung, hab nach dem Rechten gesehen, hab die Post geholt. Bitte nimm es mir nicht übel, dass ich so lange gewartet habe, bis ich ihn Dir gab. Sie hat Dir nicht gut getan, diese Frau. Das Beste wäre, Du schmeißt ihn ungeöffnet weg. Aber, naja, Du wirst wissen, was Du machst. Also ..."

Sie gab ihm einen Kuss auf den Mund, verschwand die Treppen hinunter. Craig hörte das dumpfe Vibrieren der Metallstufen. Dann wurde eine Autotür geöffnet, zugeschlagen. Es knirschte auf dem Asphalt, eine weitere Tür wurde geöffnet, schloss sich. Für einen Atemzug geschah nichts, dann startete der Wagen. Das gelbe Licht erlosch, wich einem weißeren, kälteren Licht. Der Wagen drehte in der Einfahrt, ein Rot-Ton mischte sich in das Weiß, wurde nach und nach blasser, verschwand.

Es war dunkel. Und vollkommen still.

16

Es war Mitternacht in New York, elf Uhr in Bangkok, vierzehn Uhr in Sydney und fünf Uhr in München. Das zeigten zumindest die Zeiger seiner Weltuhr an, die über dem Eingang zur Küche hing. Craig saß auf dem Sofa, und an Schlaf war in dieser Nacht nicht mehr zu denken. Er musste den Brief mindestens zehnmal gelesen haben, und er hatte Rotz und Wasser geheult. Er hatte die Hoffnung vollkommen aufgegeben gehabt, dass sie ihm jemals einen Brief schreiben würde. Und wenn: Dass es ein solcher Brief sein würde, war vollkommen außerhalb des Vorstellbaren gewesen.

Vor ihm lagen die Bilder aus der Fotokiste auf dem Couchtisch. Fast ausschließlich Selbstporträts mit der Handy-Kamera. Er mit Isa an der Isar; in Kitzbühel vor einer Hütte im Schnee; sie beide auf ihrem kleinen Balkon, im Hintergrund das nasse Grau der Hausfassade; er mit ihr bei ihm auf dem Sofa – sie mit einer schwarzen Binde um die Augen, sonst trug sie nichts, aber das konnte man nicht sehen auf dem Bild.

Noch immer hielt er den Brief in der linken Hand. Er konnte ihn nicht weglegen, zu lange hatte er auf ein solches Schreiben von ihr gewartet. In der anderen Hand drehte er ein dünnes Büschel Haare zwischen Daumen und Zeigefinger. Er hatte die Haare nach einem ihrer letzten gemeinsamen Wochenenden im Schlafzimmer gesammelt. Es war ein Samstag gewesen, und er hatte sich gefühlt wie ein Pubertierender. Hatte Haar um Haar vom Kopfkissen aufgeklaubt, auch das ein oder andere im Badezimmer und auf der Couch gefunden. Er hatte sie leicht zusammen gedreht und die Enden mit einem dünnen, weißen Klebeband versehen. Eine Reliquie.

Anderthalb Jahre war es her, und doch kam es ihm vor wie vor wenigen Monaten. Richard-David war an diesem Wochenende auf einer Konferenz von Öko-Aktivisten in Paris gewesen. Die Konferenz dauerte nur einen Nachmittag, doch natürlich war er mit dem Zug gefahren und würde so erst Montag zurückkommen. Sie hatten die Stadt ganz für sich. Und so schlenderten sie frei durch Schwabing, verbrachten den Samstagabend im Glockenbachviertel, setzten sich am Gärtnerplatz auf die Stufen des Theaters, tranken dort Cocktails, die sie zuvor aus irgendeiner Kneipe geschmuggelt hatten. Danach waren sie bei ihm, und sie liebten sich so oft, dass er das Gefühl hatte, er könne nicht älter als zweiundzwanzig sein. Der Sonntag war genauso fantastisch gewesen. Sie waren im Ostpark unterwegs, aus irgendeinem Grund war er vorher nie dagewesen. Zuerst waren sie im Michaeli-Biergarten, auch den hatte er nicht gekannt. Er lag direkt am See, erinnerte ihn an das Seehaus im Englischen Garten. Nur dass er weniger überlaufen war, und die Leute waren hier auch nicht so blasiert und schick, wie er es sonst in seinem Umfeld gewohnt war. Als die Sonne zwischen den Kastanienblättern hindurchblitzte, fühlte er sich wie in einem abgelegenen oberbayerischen Dorf. Später waren sie durch den Park spaziert, hatten sich an einen Hang gelegt, auf dessen anderer Seite sich ein Spielplatz befand. Isa hatte eine Decke ausgebreitet, und sie hatten Brezeln gegessen und Bier aus Flaschen getrunken. Er wusste nicht wieso, doch das Leben war ihm plötzlich ganz leicht und unkompliziert erschienen. Natürlich hatte er vorher den Vorschlag gemacht, das Wochenende wegzufliegen, nach Rom, Lissabon oder Paris. Das waren die Unternehmungen, die er sonst mit Frauen machte, mit denen er ins Bett ging. Er wählte immer nur die besten Hotels und Restaurants, und die Frauen liebten es. Nach einer solchen Reise war es schwieriger, die Frau wieder loszuwerden, als eine neue zu finden. Doch Isa hatte abgewunken, hielt es für Umweltverschmutzung, nur für ein Wochenende irgendwohin zu fliegen. „Außerdem wäre Paris jetzt nicht gerade der Ort, wo ich mit Dir händchenhaltend im Café sitzen würde", hatte sie gesagt und ihm mit ihren bernsteinfarbenen Augen auf den Grund seiner Seele geblickt.

Isa brauchte keinen Luxus, brauchte keine Hotelsuite mit Champagner und Erdbeeren auf dem Beistelltischchen, brauchte keine weißen Tischtücher und livrierten Kellner. Sie lebte ihr Studentenleben und sehnte sich nicht in eine andere Welt, so wie er das immer getan hatte. Immer wollte er woanders sein, hatte das Gefühl, etwas zu verpassen. Eine Entscheidung für eine Sache war eine Entscheidung gegen hunderte, nein tausende andere, die er stattdessen hätte erleben können.

Doch Isa war zufrieden auf ihrer Decke und mit dem Bier und, ja, mit ihm an ihrer Seite. Er musste ihr nichts bieten, nichts beweisen. Das Einzige, was sie wollte, war seine moralische Einsicht. Noch immer arbeitete sie daran, dass er verstehe, dass es nichts zu optimieren gab an dem Menschen, der er war. Und als sie jetzt wieder darauf zu sprechen kam, verstand er plötzlich, dass es vollkommen logisch für eine Frau wie sie war, dass sie diese Position vertrat. Sie entsprach ganz einfach ihrem Charakter.

Sie diskutierten noch eine Weile, doch ohne wirkliche Intensität, dann wurde es dunkel, das Kindergeschrei von der anderen Seite nahm allmählich ab, und weiter hinten am Horizont, irgendwo am anderen Ende der Welt, drohten dunkle, violette Wolken mit einem Gewitter. Er strich ein paar Grashalme von der weißen Haut ihres Gesichts, zog mit einem Finger die Linie ihrer Augenbraue nach. „Willst Du eigentlich Kinder?"

Die Augenbraue machte einen Sprung nach oben. „Wie kommst Du jetzt darauf?"

Er kratzte sich an der linken Schulter. Ständig juckte es ihn irgendwo, und er hatte das Gefühl, kleine Insekten krabbelten ihm über die Haut. Doch wenn er an die betreffende Stelle sah und das Viech totschlagen wollte, war da nichts. Er sagte: „Wir liegen direkt neben einem Spielplatz. Außerdem … außerdem. Ehrlich gesagt bist Du die erste Frau, mit der ich mir Kinder vorstellen könnte."

Sie schob ihn von sich, begann die Haare über der Stirn zu sortieren. „Die Frage stellt sich für mich nicht."

„So habe ich es nicht gemeint, ich …"

„Nein, ich weiß, wie Du es gemeint hast. Sie stellt sich für mich nicht, weil ich keine Kinder kriegen *kann*. Und ehrlich gesagt, bist Du der erste Mann, dem ich das bisher gesagt habe." Ihre Stimme hatte einen gereizten Unterton bekommen.

„Oh, das tut mir leid. Warum …?"

„Das muss es nicht. Ich hatte mit zwanzig einen Eingriff, dabei ist irgendetwas schiefgelaufen. Es ist nicht vollkommen unmöglich, aber höchst unwahrscheinlich, dass ich jemals schwanger werde. Punkt."

„Du kannst ein Kind adoptieren. Wir können ..."

„Ich mache mir nichts aus Kindern, wenn ich ehrlich bin. Im Grunde gehen sie mir auf die Nerven. Neulich habe ich sogar eins im Supermarkt angefahren."

„Aus Versehen meinst Du?"

Sie drehte sich auf die Seite, stützte ihren Ellenbogen auf die karierte Decke. Blickte ihn an, mit Augen, die wie dunkle Amulette wirkten. „Extra. Es hat die ganze Zeit gequengelt. Dann hat es kurz geschrien und war ruhig."

„So hätte ich Dich ehrlich gesagt nicht eingeschätzt."

„Nein? Wie schätzt Du denn eine Frau ein, die ihren Freund seit Wochen betrügt? Ich wette, es gibt eine ganze Reihe von Dingen, die Du mir nicht zutraust."

„Erzähl!", forderte er sie auf und setzte sich in den Schneidersitz wie ein meditierender Student. Er hatte extra die älteste Jeans aus seinem Kleiderschrank geholt, eine, die schon Risse auf der Höhe des Knies hatte. In der rechten Vordertasche konnte man aufgrund eines faustgroßen Lochs nichts mehr verwahren. Die Schuhe passten nicht ganz zu dem roughen Outfit: Es waren sandfarbene Mokassins aus Velours-Leder, doch hatte er sich diese längst abgestreift.

Isa setzte sich ebenfalls in den Schneidersitz. Sie trug ausgefranste Espadrilles und einen hohen Faltenrock mit bunten Quadraten darauf und eigenartigen, länglichen Formen, die aussahen wie Semikolons. Deutlich sah Craig ihre weiße Spitzenunterhose, und er spürte, wie ihm das Blut leicht im Unterleib pulsierte. Isa griff in ihre Korbtasche und zog einen silbernen Flachmann heraus und drückte ihn Craig in die Hand. „OK", sagte sie. „Aber bei jeder Geschichte, die Du mir nicht zugetraut hast, musst Du exen!"

„Ah, OK ... was ist da drin?"

„Das siehst Du ja dann. In Ordnung?"

„Ich liebe Spiele wie diese."

Sie kniff die Augen zusammen und sah ihn kritisch unter ihrem schrägen Pony an. „Also! Du kennst dieses Unternehmen, bei dem ich arbeite – Ebser & Friedmann."

Jetzt sah er fragend in ihre Richtung.

„Diesen Studentenjob, den ich habe. Diese Agentur, die Kunstwerke überprüft und Echtheitszertifikate erstellt und so weiter. Habe ich Dir das nicht erzählt?"

„Du hast einen Studentenjob? Das Erste, was ich höre. Und Du arbeitest da für Geld und nicht der guten Sache wegen?"

„Ausschließlich für die Kohle. Hör zu …!"

Doch Craig schraubte den Verschluss des Flachmanns auf, sagte: „Hab ich Dir nicht zugetraut!" und nahm einen tiefen Schluck.

„Aber nein, neeein, das ist doch noch gar nicht die Geschichte. Ich … Haha …!"

Craig spürte förmlich, wie er weiß anlief. Er begann zu husten, Tränen liefen ihm über die Wangen. „Das ist ja … *schrecklich!*"

„Haha, ja, nicht wahr, das ist Blutwurz. Aber Du musstest doch noch gar nicht trinken. Die Geschichte war gar nicht die Geschichte." Isa hielt sich den Bauch vor Lachen.

„Woher hast Du das Zeug?"

„Hab ich von meinem Mitbewohner geklaut."

„Oh nein", sagte Craig und nahm einen weiteren tiefen Schluck.

„AAAAAHHH", rief Isa, ließ sich seitlich auf die Decke fallen und bekam einen Lachkrampf.

„Wenn das mit Deinen Geständnissen so weiter geht, bin ich in einer halben Stunde sturzbesoffen."

„Haha, ja, dass ich *so* viel zu gestehen habe, wusste ich gar nicht." Sie rappelte sich langsam wieder auf, wurde aber immer wieder von kleinen Lachsalven erschüttert. Auch als sie sich einigermaßen im Griff hatte und weitererzählte, musste sie immer wieder leicht und unterdrückt glucksen. „Also! Ebser & Friedmann. Zahlen sehr gut, ist aber ein Scheißjob. Egal, ich wollte ihn haben. Ich brauchte das Geld. Mein Problem: Die wollten unbedingt Zeugnisse haben, von früheren Arbeitgebern, irgendwas, Praktikumszeugnisse, egal."

„Hattest Du nicht?"

„Hatte ich. Aber schlechte ..."

Craig setzte an. Doch Isa legte ihm die linke Hand auf den Arm. „Nein, nein, pass auf ..." Ihr Lehrerinnenfinger erhob sich vor seiner Nase. Craig sah ihn leicht doppelt und war sich nicht sicher, ob es daran lag, dass er schielte oder ob der Blutwurz bereits erste Auswirkungen zeigte. „Standen immer so Bewertungen drin wie: *Sie erledigte die Aufgaben zu unserer Zufriedenheit* und so. Aber das muss ja *vollste* heißen, *vollste Zufriedenheit*."

„Allerdings", sagte Craig.

„Was habe ich also gemacht? Ich hab die Dinger eingescannt, überall ein *vollste* oder sonst was Geniales dazugeschrieben und wieder ausgedruckt. Abgeschickt, Job bekommen, fertig. Bei einer Agentur, die die Echtheit von Originalen überprüft." Sie ballte die Fäuste, blickte ihn erwartungsvoll unter hochgezogenen Brauen an. „Was sagst Du?"

Craig trank.

„Ha!", rief sie und klatschte in die Hände wie ein Kind.

„Schrecklich", sagte Craig. „Wer trinkt so was?"

„Du", sagte sie. „Und jetzt gleich nochmal. Mein Problem war nämlich: Ich hatte das Gefühl, dass ich von allen Studenten am wenigsten verdiene. Einmal war ich allein im Büro, und da kamen die Gehaltsabrechnungen. Sind natürlich vertraulich und stecken immer in einem Umschlag. Ich sitze normalerweise zusammen mit Anika und Semjon in einem Büro, beide auch Studenten, höhere Semester. Ich war so neugierig, und da hab ich mir einen heißen Tee gemacht und die Umschläge einfach unter dem Dampf aufgemacht und geguckt, was die verdienen."

Craig exte.

„Und weißt Du was? Obwohl die viel mehr Erfahrung haben und auch beide Kunst studieren, bekomme ich fast ein Drittel mehr Kohle. Ich hab mich also super verkauft!"

Craig spitzte leicht die Lippen und hielt ihr den Flachmann unter die Nase. „Ich habe nichts anderes erwartet."

Isa verkniff das Gesicht. „Und dann muss ich?"

Craig nickte mit der Miene eines Cowboys beim Duell.

„Oh nein", sagte Isa mit gespieltem Ernst, setzte dann aber an und nahm einen tiefen Schluck. Sie kniff die Augen zusammen, ihre matten Lippen schienen den letzten Rest Farbe zu verlieren. „*Jchhhh*", presste sie hervor.

„Gibt Haare auf der Brust."

„Na vielen Dank", sagte sie und gab Craig den Flachmann zurück. Wie er bemerkte, standen an der Seite die Initialen R.-D.B, doch Craig versuchte, sich davon nicht die Stimmung vermiesen zu lassen.

„Aber jetzt bist Du wieder dran. Jetzt erzähle ich Dir nämlich, was ich unter dem Bett alles verstaut habe." Obwohl kein Mensch in Hörweite war und lediglich unten auf dem Gehweg eine Frau mit Kinderwagen über den Schotter knirschte, rückte sie ganz nah an Craig heran und flüsterte ihm ins Ohr: „Ich habe Liebeskugeln, Gleitgel ... einen Dildo aus Plastik, einen aus Acryl mit so kleinen Bällchen drauf und" - er spürte jetzt ihre Zunge am Ohrläppchen - „einen wasserfesten, fünfundzwanzig Zentimeter langen Vibrator aus Silikon mit fünf verschiedenen Vibrationsmodi."

Sie wich leicht zurück, ihre Zunge glitzerte hinter ihren Zähnen. Der Abendhimmel hinter ihr hatte eine dunkelrote Farbe angenommen, als sei er peinlich berührt. Doch Craig schob nur leicht die Unterlippe über die Oberlippe und schüttelte den Kopf. Er hielt ihr den Flachmann hin.

„Das hast Du erwartet ...? Sag mal, für wen hältst Du mich?" Sie grinste und nahm den Blutwurz.

„Was soll eine Frau mit Deinem erotischen Talent sonst unter dem Bett deponiert haben."

„Ach echt, das dachtest Du? Also, wenn das so ist ..." Sie setzte an und trank den Blutwurz bis zur Neige. Dann sah sie ihn herausfordernd an. „Weißt Du, dass ich damit in fünf Minuten komme? Das schaffst Du nie!"

Er griff mit den Händen unter ihre Kniekehlen, zog sie zu sich heran, so dass sie ihre Schenkel um seine Taille legen konnte. „Wetten?"

„Leider alle", sagte sie und drehte den Flachmann um. Ein letzter grünlicher Tropfen schwoll an und fiel glitzernd ins Gras.

„Das macht nichts, ist mir ganz recht, wenn Du mir was schuldest." Craig schob ihr Höschen leicht zur Seite und spürte, dass sie bereits bereit für ihn war. Als sie im Sitzen vögelten, war ihr kleiner Hang schon vom grauen Schleier der Dämmerung verdeckt, schemenhaft sah er die Tannen und einen schwarzen Hund, der um die Bäume schlich. Ansonsten beobachtete sie keiner.

Nachdem sie fast zeitgleich gekommen waren, lagen sie schweigend nebeneinander. Auf dem schwarzen Horizont lag ein orangener leuchtender Streifen, und von Westen schoben sich große, bauchige Wolken über die Stadt wie gewaltige, dunkle Raumschiffe. Er betrachtete das Hochhaus des Süddeutschen Verlages und das eigenartige Muster der erhellten und erloschenen Fenster. Ein geheimer Code für die Außerirdischen, die im Anmarsch waren, dachte Craig. Er fragte sich, wie viele Kombinationen von hellen und dunklen Fenstern es wohl gab und ob bereits jemals die gleiche Kombination zu sehen gewesen war. Und dann dachte er daran, wie gut es war, jetzt nicht in einem Büro zu sitzen oder in Paris, Rom oder Lissabon zu sein. Er wollte auch nicht mehr Abenteurer sein wie als Kind, nicht Astronaut oder Entdecker neuer Kontinente, nicht Zeitreisender oder der einzige Mann in einem Paradies mit willigen Jungfrauen, er wollte nicht das neue Genie der Genforschung sein oder der Messias einer neuen Welt. Er war zur richtigen Zeit am richtigen Ort und wollte genau das hier. Auf dieser Wiese liegen, mit gierigen Mücken, die um seinen Kopf herumschwirrten und dem drohenden Gewitter am Horizont und dieser Frau in seinen Armen.

„Ich liebe Dich", sagte er.

„Komm, lass uns mal gehen!"

Erst am nächsten Morgen bemerkte er die gepackten Rucksäcke und, als er nackt zur Toilette schlich, die zwei Paar Wanderschuhe, die im Flur der WG in Reih und Glied standen. Ein weibliches, ein männliches Paar.

„Wir fahren morgen für eine Woche nach Südtirol, hiken", erklärte Isa, als Craig zurück im Zimmer war.

Es traf ihn wie ein Schlag. „Ihr? Du und ... Richard?"

„Ich und Richard-David, ja."

„Das kann nicht Dein Ernst sein! Du willst nach diesem romantischen Wochenende mit einem anderen Mann Urlaub machen?"

„Er ist kein *anderer* Mann, Craig. Wenn hier einer der andere Mann ist, dann bist das Du. Du wusstest, dass ich liiert bin, also wirf es mir bitte jetzt nicht vor."

„Ich habe Dir gesagt, dass ich Dich liebe. Ich habe mit Dir gestern über Kinder gesprochen!"

„Ich habe Dir gesagt, dass ich keine Kinder bekommen kann."

„Darum geht es nicht!"

Sie zog sich ein leichtes, zerknittertes Baumwollkleid über den Kopf, auf Unterwäsche verzichtete sie. Dann trat sie um das zerwühlte Bett herum und stellte sich vor Craig. Obwohl sie deutlich kleiner war als er, hatte er das Gefühl, sie sähe ihm geradewegs in die Augen. „Craig, ich weiß, der Zeitpunkt ist unglücklich. Aber wir haben diese Reise schon im Frühjahr gebucht, es ist jetzt nicht zu ändern."

„Man kann alles ändern."

„Warum sollte ich das tun. Ich freue mich auf Südtirol."

Craig schüttelte den Kopf, wandte sich ab. Er zog seine Calvin-Klein-Unterhose an, schlüpfte in die zerrissene Jeans. „Ich verstehe Dich nicht. Ich verstehe Dich einfach nicht. Wie kannst Du einfach so umschalten? Du fährst mit Richard nach Südtirol und spielst die verliebte Freundin, als wäre nichts passiert. Das hätte ich Dir nicht zugetraut. Das hätte ich einfach nicht erwartet."

„Der Blutwurz steht in Dirks Zimmer, wenn Du ihn suchst."

Craig blickte auf den Boden, schüttelte den Kopf. „Dass Du jetzt auch noch Witze machen kannst."

„Die harten Dinge im Leben durchsteht man doch nur mit Humor, oder findest Du nicht?"

Wie betäubt war er nach Hause gefahren. Hatte ihr dann einen Brief geschrieben und die wenigen Geschenke (ein Buch von Aldous

Huxley, ein selbstgeflochtenes Freundschaftsarmband, die DVD-Staffel einer amerikanischen TV-Serie), die er von ihr hatte, zusammengepackt und sie ihr mitsamt dem Brief zugeschickt. Er wusste, sie würde das Paket erst bekommen, wenn sie aus Südtirol zurückgekehrt war und dass er in dieser Zeit jeden Tag und jede Nacht daran denken würde:
Sie ist jetzt mit ihm zusammen.
Sie schläft jetzt mit ihm.
Jetzt hat sie Richards Schwanz im Mund.
In dem Brief, der äußerst weinerlich geworden war, wenn er sich recht erinnerte, hatte er die Beziehung ein für alle Mal beendet. Doch als sie zwei Wochen später vor seiner Tür gestanden hatte, um nochmal mit ihm zu reden, hätte er sie fast erdrückt vor lauter Sehnsucht. Er konnte nicht anders. Er war abhängig von ihr wie von einer Droge, und sie wusste es. Sie wusste es ganz einfach.

Ein hohles Poltern riss ihn aus den Gedanken. Sein Kopf fuhr herum, er fühlte sich wie aus einem langen, tiefen Traum gerissen. Hinter den Fenstern, die zum Englischen Garten hinausführten, glitzerte etwas. Er fuhr sich mit der Hand über das Gesicht, blickte erneut zum Fenster.

Nichts!

Er musste sich getäuscht haben. Er sah lediglich die Reflektionen des Lichts und das spiegelverkehrte Wohnzimmer auf der schwarzen Scheibe. Er wollte sich schon wieder dem Brief zuwenden, als sich zwei Handkanten von außen gegen das Glas drückten. Für den Bruchteil einer Sekunde blieb ihm das Herz stehen. Er atmete erst nicht und begann dann, ganz schnell zu hecheln. Anschließend sah er, wie sich ein graues Gesicht aus dem Dunkel zwischen den beiden Handflächen herausschälte. Jemand sah zu ihm in die Wohnung hinein.

Craig stockte erneut der Atem. Dann durchpulste es ihn wie ein Stromschlag, und er sprang auf. Doch als er am Fenster ankam, war das Gesicht verschwunden. Doch da, weiter hinten, sah er eine dunkle Silhouette, die sich auf der Galerie am Fenster entlang bewegte! Er stieß den Hebel der Terrassentür herunter, riss die Schiebetür auf. Hörte das metallische Klirren der Konstruktion. Hörte die Absätze der schwarzen Gestalt auf dem Bodengitter. Dunkle Töne wie von einem schweren Gong.

Es würde keinen Sinn machen, die Verfolgung über die Galerie aufzunehmen. Wer immer dort war, er würde ihm entwischt sein, wenn er ihm plump hinterherlief. Also wandte er sich um, rannte zur Haustür. Die Treppe war die einzige Möglichkeit, von der Galerie herunterzukommen. Eine kleine Tür trennte den Eingangsbereich von der Galerie, aber es war kein Problem, dort hinüberzuklettern. Doch das würde Zeit kosten, wenn er schnell genug war, würde er dem Beobachter an der Außentreppe den Weg abschneiden.

An der Tür angekommen, riss er die Klinke herunter. Abgeschlossen. Er drehte den Schlüssel. Einmal, zweimal. Wieder die Klinke. Die Tür sprang auf. Er stieß sie auf, hörte, wie die Tür gegen die Wand neben der Garderobe krachte. Er machte einen Satz nach draußen. Blickte sich um. Richtung Galerie, Richtung Treppe. Doch er sah nichts. Die defekte Lampe vor dem Haus war nach wie kaputt. Die Welt lag schwarz um fünf Uhr morgens.

Dann hörte er ihn. Er musste schon unterhalb des ersten Zwischenpodests sein. Craig legte die Hand ans Geländer, spürte die Vibration, die der andere auslöste. Er rief: *„Halt, bleiben Sie stehen ...! Bleib stehen! Was willst Du von mir?"*

Keine Antwort. Natürlich nicht.

Auf Socken hastete er die Stufen hinab. Das Metallgitter bohrte sich in seine Fußsohlen. Er sprang erst auf das Zwischenpodest, dann auf die Straße. Der andere lief auf den Park zu. Er sah nur undeutliche Umrisse, doch das konnte nur *er* sein. Craig rannte ihm hinterher, spürte unter seinen Füßen erst den Asphalt und den Split darauf, dann den Lehmboden des Parks. Es war kaum ein Unterschied, er musste noch gefroren sein. Er sprintete weiter, kleine Steinchen bohrten sich in seine Füße. Dann wieder Steinboden, der Schwabinger Bach gurgelte und glitzerte zu beiden Seiten. Etwas traf auf seine Schläfe. Er taumelte. Riss die Arme hoch, wich zurück, drehte sich um die eigene Achse. Ein Schrei löste sich aus seiner Kehle. „Komm her, Du Schwein!"

Der andere musste hier auf ihn gewartet haben, musste ihm aufgelauert haben. Doch dann wurde ihm klar: Es war nur ein Ast gewesen, der hinab auf den Weg hing.

Er schnaufte durch, wollte weiterrennen, rannte auch, doch schon nach wenigen Schritten kam er an eine Kreuzung. Rechts? Links? Geradeaus? Er wusste es nicht. Vor ihm lag die graue Rasenfläche. Der Mond hing hinter Wolken, er sah nur wenige Armlängen weit. Er kannte das hier natürlich. Im Sommer konnte man hier schon die Blasmusik vom Chinesischen Turm hören. Doch jetzt lag alles still. Der andere schien weg zu sein. Oder er war hier ganz in der Nähe und gab keinen Mucks von sich. Er legte die Hände auf die Oberschenkel, keuchte. Sah trotz der Dunkelheit seinen weißen Atem, der wie Zuckerwatte vor ihm stand.

Es hat keinen Sinn, musste Craig sich eingestehen. Der andere konnte überall und nirgends sein. Vielleicht war er schon vor der Brücke über den Rasen verschwunden.

Craig richtete sich wieder auf, drehte um. Ging zurück über die Brücke, den kurzen Weg über die Straße und dann über die Außentreppe in die Wohnung. Als er die Tür schloss, bemerkte er das faustgroße Loch in der Wand. Die Klinke musste es hineingeschlagen haben, als er die Tür aufgerissen hatte. Er zog sich die Socken aus, hätte irgendwie erwartet, dass sie nass waren. Doch sie waren ganz trocken. Seine Füße waren eiskalt.

Im Wohnzimmer schloss er die Terrassentür, ließ dann die elektrischen Rollläden herunter. Er hatte Lust, seine Füße unter heißes Wasser zu halten, doch setzte er sich wieder auf die Couch. Ohne nachzudenken nahm er Isas Brief und las ihn ein weiteres Mal:

Lieber Craig,

es tut mir leid. Es tut mir wirklich unendlich leid. Nicht nur für Dich, sondern auch für mich. Deshalb schreibe ich Dir jetzt, nach all der Zeit, nach all den Erlebnissen, die wir miteinander geteilt haben, die uns einten und die uns trennten, diesen Brief. Um Dir zu sagen, dass ich Dich liebe. Wenigstens einmal will ich Dir sagen, was ich schon so lange in meinem Herzen mit mir herumtrage. Dass ich Dich liebe, ja. Es fällt mir ganz leicht, das zu schreiben, obwohl ich es bisher nur selten in meinem Leben getan habe. Jetzt ist es das Natürlichste von der Welt, denn für dieses Gefühl, das mich durchströmt, gibt es eben diese drei Worte, deshalb ist es so leicht, sie niederzuschreiben, deshalb empfinde ich diesen Satz auch nicht als kitschig oder sentimental oder so. Er ist einfach nur treffend. Ich liebe Dich.

Du hast mir zweimal gesagt, dass Du mich liebst, und ich konnte nichts erwidern, fand, das gehöre sich nicht für jemanden, der doch mit einem anderen Partner zusammen ist. Und ich bin mit diesem Satz, diesen drei Worten immer sehr sparsam umgegangen, hatte immer das Gefühl, ihn für jemanden aufbewahren zu müssen, für eine große Liebe, die erst noch kommen sollte, irgendwann, in der Zukunft, hatte den Eindruck, dass da noch mehr geht, bei diesem komischen Zustand, genannt Liebe. Doch nie, wirklich nie, hat er besser gepasst als jetzt, um meine Gefühle zu Dir zu beschreiben. Deshalb noch einmal, Craig: Ich liebe Dich.

Ich weiß, dass diese Beziehung, die wir führten (nennen wir es eine Beziehung? Oder war es eher eine Affäre?), furchtbar schmerzhaft für Dich war. Ich war es, die immer wieder intime Nähe hergestellt und sich dann nicht mehr gemeldet hat. Aber ich fühlte mich R-D einfach zu sehr verpflichtet, auch wenn mein Herz einen anderen Namen rief. Nur deshalb habe ich dann plötzlich nicht mehr auf E-Mails, Briefe oder Nachrichten von Dir auf dem Anrufbeantworter reagiert. Und deshalb konnte ich Dich auch nicht in die Wohnung lassen, als Du einmal die komplette Nacht auf der Fußmatte vor der WG-Haustür verbracht hast. Perfide von mir: Du hattest Dich damit abgefunden, dass ich offenbar Deine Gefühle zu mir nicht erwidere, und immer dann, wenn Du schon fast genesen warst von dieser Liebeskrankheit, kam ich und habe wieder Nähe gesucht, habe alte Wunden wieder aufgerissen. Weil ich einfach nicht wollte, dass es vorbei war zwischen uns, weil ich hin- und hergerissen war zwischen meiner Verpflichtung R-D gegenüber und den tiefen Gefühlen, die ich Dir nach wie vor entgegenbrachte.

Natürlich habe ich mitbekommen, wie Du gelitten hast und dass Dein Schmerz Auswirkungen nicht nur auf Dein Privatleben hatte. Aber denk nicht, dass die vielen Frauen, die Du zum Trost in irgendwelchen Bars oder im Büro abgeschleppt hast, mich nicht gekränkt haben. Manchmal konnte ich nächtelang kein Auge zumachen, weil ich immer an sie – an Euch! - denken musste! Und natürlich weiß ich, dass Du auch in Deinem Unternehmen Entscheidungen getroffen hast, die durch den Druck der verweigerten Liebe zustandekamen und die Du sonst so nie getroffen hättest. Auf diese Weise mussten ganz andere Leute unter einer Sache leiden, von der sie gar nichts wussten.

Wenn Du mich fragst, warum ich bei R-D geblieben bin, kann ich nur eins sagen: Loyalität. Jetzt frage ich mich natürlich: Warum war dieses Gefühl der Loyalität so stark in meiner Brust? R-D und ich haben uns nie ernsthaft über Perspektiven unterhalten, planen nicht, irgendwann einmal zusammenzuziehen, stimmen unser Leben kaum aufeinander ab – und das trotz der jahrelangen Beziehung. R-D weiß nicht einmal, dass ich keine Kinder kriegen kann, und das liegt daran, dass wir diesen Punkt noch nie thematisiert haben. Und natürlich, Craig, ist R-D nicht im Geringsten ein so guter Liebhaber wie Du. Ich kann mich wirklich an keinen Mann erinnern, der meine tiefsten körperlichen Sehnsüchte und Wünsche so sehr erahnt hat wie Du und der mich deshalb so vollkommen befriedigt hat, wie Du es getan hast, Craig. Wenn ich allein an unsere Fesselspiele vor Deinem Kamin denke! Craig, das war einfach fantastisch!

Bitte Craig, denk nicht, dass es mir leicht gefallen ist, auf diesem Weihnachtsmarkt kehrtzumachen und unsere Beziehung (wieder einmal) für alle Zeiten zu beenden. Und bitte denk nicht, dass dieser Brief wieder nur ein Spielchen von mir ist, bei dem ich versuche, Dich anzulocken, nur um Dich wieder von mir zu stoßen. Ich erwarte auch gar nicht, dass Du Dich bei mir meldest. Ich werde einige Wochen, einige Monate vielleicht, warten. Und wenn ich dann nichts von Dir höre, weiß ich: Mein Liebesruf ist im Nichts verhallt.

Bis bald, Geliebter
Deine Isa

17

Craig war froh, dass er heute nur einen einzigen Termin hatte – und der lag auf dem Nachmittag und war noch nicht einmal professioneller Natur. Er war kurz nach Nathalie ins Büro gekommen, hatte sofort die Tür hinter sich geschlossen und sich an den Schreibtisch gesetzt. Wie automatisch hatte er den PC eingeschaltet, ihm dann aber keine Beachtung mehr geschenkt. Stattdessen hatte er sein Mobiltelefon aus seiner Ledertasche genommen und ihre Nummer gesucht. Jetzt wusste er schon gar nicht mehr, wie lange er auf das Display gestarrt hatte, auf dem die ganze Zeit die drei magischen Buchstaben zu sehen waren: I – S – A. Regelmäßig nach etwa dreißig Sekunden dunkelte der Bildschirm leicht ab, und Craig wischte mit dem Daumen darüber, um die Helligkeit wieder herzustellen.

Er hatte sich geschworen, sie nicht anzurufen. Die Sache endlich auf sich beruhen zu lassen. Das war einfach kein Leben mehr gewesen, damals. Doch nach dem Brief sah natürlich alles anders aus.

Andererseits: Er war vor über einem Jahr geschrieben worden. Der Poststempel über der hellblauen Briefmarke wies den 21. Februar 2014 aus, wenige Tage, nachdem er verschwunden war. Wer weiß, dachte Craig, vielleicht war das genau der Grund gewesen, warum er endlich einen Brief wie diesen erhalten hatte. Weil er eben nicht mehr für sie erreichbar gewesen war, weil er sich nicht mehr gemeldet hatte, weil er ganz einfach weg gewesen war – wo auch immer.

Doch was bedeutete das? Was bedeutete der Brief *jetzt*? Es gab nur eine Möglichkeit, das herauszufinden.

Craig drückte auf „Anrufen".

Drei Herzschläge später meldete sich eine weibliche Stimme: Die Nummer, die er gewählt habe, sei nicht vergeben.

Nachdem die Stimme den Satz dreimal auf Deutsch und zweimal auf Englisch wiederholt hatte, legte er auf. Er spürte, dass seine Hände feucht waren und seine Achseln verschwitzt. Wie automatisch griff er zum Kragen, um sich den Krawattenknoten zu lockern.

Doch da war keine Krawatte. Nach wie vor konnte er sich morgens nicht dazu durchringen, eine anzuziehen. Dennoch blieben die Reflexe die gleichen.

Er stand auf, ging im Raum auf und ab. Wollte nachdenken, wollte sich logisch erschließen, was das zu bedeuten hatte. *Die Nummer, die Sie gewählt haben, ist zurzeit nicht vergeben.*

Er legte die Stirn gegen das kalte Glas der Fensterfront, blickte hinab auf die Arena. Der Himmel war zementgrau, Dunst lag in der Luft, schien aus dünnen Wolken auf die Erde herabzuschweben. Unten nahm Esther über die Stufen Kurs auf die Arena. Sie trug Pumps und einen schwarzen Bleistiftrock, der so eng war, dass sie die Stufen seitlich hinabsteigen musste. Aus irgendeinem Grund dachte er dabei an Dressurreiten. Dann machte er sich klar, dass er in der Zeit mit Isa oft daran gedacht hatte, sich eine neue Handynummer zuzulegen. Um all dem ein Ende zu bereiten, ihrem Zugriff zu entkommen. Einen Schlussstrich zu ziehen.

Hatte sie Ähnliches gedacht und sich deshalb eine neue Nummer eingerichtet: Um nicht mehr jeden Tag auf einen Anruf warten zu müssen? Einen Anruf von ihm? Einen Anruf, der dann doch nie kam?

Er wusste es nicht. Was er wusste, war: Die Grübelei brachte nichts, so kam er nicht weiter. Er trottete leer und gedankenverloren zurück zum Schreibtisch, begann seine E-Mails zu checken. Er überflog sie, es mussten dreißig Stück sein, die meisten wie immer Geschäftsmails. Dann durchzuckte es ihn wie ein Schlag. Im Posteingang las er Isas Namen. Doch die Spannung währte nur kurz, solange, bis er den Betreff las: „Undelivered Mail Returned to Sender."

Also hatte sie auch ihre Mail-Adresse geändert. Doch das war nur konsequent, dachte Craig. Wenn schon, denn schon. Tatsächlich machte sie jetzt genau das, was er damals hätte machen sollen. Sie machte sich nicht wahnsinnig vor lauter Warterei auf eine Nachricht von ihm. Sie kappte schlichtweg ihre Kommunikationskanäle. Um abschließen zu können. Das war nur richtig und sicherlich das Beste, was sie tun konnte.

Kluge Isa!

Auch eine E-Mail von Pamona war gekommen, doch er konnte nicht mehr den Enthusiasmus von gestern aufbringen. Der Brief von Isa hatte alles verändert. Von einem Tag auf den anderen hatte das verschwundene Jahr an Bedeutung verloren. Viel mehr interessierte ihn jetzt, was Isa in der Zeit gemacht hatte. Und natürlich, wie ihre – Isas und seine – Zukunft aussehen konnte. Dennoch klickte er die Nachricht von Pamona auf.

Hallo Craig,

es ist immer noch eigenartig für mich, Dich so zu nennen. Craig, das passt einfach nicht zu Dir. Aber auch August hat nicht zu Dir gepasst, dass es nicht Dein richtiger Name war, wussten wir die ganze Zeit, doch haben wir uns schließlich daran gewöhnt. Nun ist er also Craig.

Craig, ich weiß nicht, was Dein Gedächtnisverlust für uns bedeutet. Ich weiß nur, dass ich mich sehr einsam fühle, seit Du weg bist. Ich sende Dir die beiden weiteren Interviews, die wir miteinander für „20 Minuten" geführt haben. Vor allem, nachdem Du das dritte angehört hast, wirst Du sicherlich besser verstehen, warum es so wichtig für mich wäre, wenn Du Dich erinnerst.

Ich schicke Dir eine Umarmung
Pamona

Er öffnete das Soundfile mit dem Titel 140318_Recherche_August_02. Es erklang die weiche, für eine Frau recht tiefe Stimme, die er schon kannte. Anders als bei der ersten Aufnahme hörte er im Hintergrund ganz leise klassische Musik. Er war kein Experte, aber er tippte auf Johann Strauss.

„Zweite Aufnahme, August, vom 18. März 2014. August, danke erneut, dass Sie dieses Interview mit mir führen. Darf ich Sie zuerst fragen, wie es um Ihr Gedächtnis steht?"

Craig hörte das Klimpern von Kaffeetassen, dann räusperte er – August – sich. „Auch ich muss mich zunächst bedanken. Dass …

dass Sie Ihre Interviewpartner bei sich duschen und mich das Rasierzeug Ihres Manns benutzen lassen, ist sicherlich nicht selbstverständlich."

Es raschelte, als würde ein Tuch über das Mikrofon gezogen. „Ach, nicht der Rede wert … aber wenn ich ehrlich bin – mit dem Bart haben Sie mir besser gefallen. Ansichtssache."

Es entstand eine kurze Stille. „Sie wollten wissen, wie es um mein Gedächtnis steht. Es hat sich nichts getan. Ich kann mich an nichts erinnern, was vor der Szene lag, die ich Ihnen beim letzten Interview geschildert habe."

„Aber wäre es dann nicht eine gute Idee, die Behörden einzuschalten?"

„An welche haben Sie gedacht?"

„Naja, es muss doch jemanden geben, der für so etwas zuständig ist. Das Einwohnermeldeamt. Vielleicht die Deutsche Botschaft. Man könnte einen Aufruf starten, auch in der Zeitung."

„Sie haben versprochen, dass dort kein Bild von mir erscheint."

„Ja, ja natürlich. Aber warum ist Ihnen das so wichtig? Sie müssten doch ein Interesse daran haben, dass jemand auf Sie aufmerksam wird, der Sie aus Ihrem früheren Leben kennt."

Wieder entstand eine Pause. Dann sagte er: „Pamona, ich kann Ihnen nur sagen, ich weiß es nicht. Vielleicht melde ich mich auch noch bei den Behörden, aber im Augenblick habe ich das Gefühl, es wäre einfach nicht richtig. Ich weiß ja auch nicht, in was für ein Leben ich zurückkehren würde. Ich denke, es würde ein Leben in zumindest relativem Wohlstand sein, das ja. Aber wäre ich dort glücklich? Irgendetwas lässt mich daran zweifeln. Ich … ich bin auch ein bisschen erschöpft, nicht körperlich, das nicht. Es ist eher eine tiefe geistige Müdigkeit, die ich sicherlich meinem alten Leben zu verdanken habe, und deshalb frage ich mich schon: War es gut für mich? Und soll ich dieses Leben, das Leben hier in Zürich, einfach so wieder aufgeben?"

Craig griff sich mit einer Hand ins Gesicht, als müsse er es an den Wangen festhalten, damit es ihm nicht von den Knochen rutsche. Er hatte also sein altes Leben in Frage gestellt. Hatte ein Gefühl zurückbehalten, dass er in diesem Leben nicht glücklich gewesen war. Und es stimmte ja auch: Er war nicht glücklich gewesen, *ihretwegen* nicht.

„Das bedeutet, dass Sie nicht allzu sehr unter Ihrer Obdachlosigkeit leiden, sonst würden Sie doch alles tun, um etwas zu verändern."

„Das mag sein. Wenngleich es nicht die richtige Jahreszeit dafür ist, kein Obdach zu haben. Der Winter ist grausam, die Kälte – vor allem nachts. Dennoch, und das ist vielleicht das Positive, spürt man das Leben sehr intensiv. Die Grundbedürfnisse. Essen, trinken, ein trockener, warmer Schlafplatz, auch Sicherheit. Ich fürchte, uns allen in den Wohlstandsländern wird die Bedeutung dieser Dinge nicht mehr klar, und damit wertschätzen wir sie auch nicht mehr richtig."

„Hört sich so an, als sähen Sie Ihr Leben auf der Platte als eine Art spirituelle Erfahrung."

„Fragen Sie mich nicht, wieso, aber für mich fühlt sich meine derzeitige Situation so an, als sei mir ein neues Leben geschenkt worden – und nicht das alte abgenommen worden."

„Interessant ... interessanter Gedanke! Aber erzählen Sie doch von Ihrem augenblicklichen Leben! Was machen Sie den ganzen Tag?"

„Die ersten Tage ging es erst einmal darum, den Alltag zu meistern. Ich hatte Glück, dass ich Beat kennengelernt habe. Dabei hätten wir uns anfangs fast in die Haare gekriegt. Ich lag nachts vor dem Fenster eines Kaufhauses, in einer Ecke zwischen Säule und Wand. Keine schlechte Schlafstelle, da der Ort einigermaßen warm und windgeschützt war. Irgendwann merke ich, dass mich jemand am Oberarm schüttelt. Nachdem ich nicht direkt aufwache, spüre ich leichte Tritte gegen mein Schulterblatt. Ich drehe mich um, sehe einen Penner mit zerschlagener Nase, einem verschwitzten, unappetitlichen Bart und drei Plastiktüten in jeder Hand. 'Unser Platz', sagt er in einer komischen, näselnden Stimme, die mir irgendwie bekannt vorkommt. 'Unser Platz, seit Jahren'.

Ich bin durchaus bereit, so etwas zu respektieren und will auch keinen verdrängen, aber nichts deutete darauf hin, dass dort jemand anderes übernachtete. Ich meine, man erwartet in einem solchen Fall doch irgendwelche Anzeichen. Ich hatte mich beispielsweise auf einen alten, zusammengefalteten Karton gelegt, den ich am Tag aus dem Müll gezogen hatte. Doch der Penner meinte, hier könne man nichts liegen lassen, dann bekäme man Ärger mit den Leuten vom Kaufhaus.

Gut, das habe ich eingesehen. 'Dann leg dich halt hin, hier ist Platz für zwei', sage ich. 'Wir sind zwei. Ich und mein Kumpel Hans-Rudolf'. 'OK, wenn Hans-Rudolf kommt, dann bin ich weg', erwidere ich, weil ich keinen Ärger brauche. 'Wenn er kommt? *Wenn er kommt?* Was soll das heißen? Hier ist er doch, Hans-Rudolf, hier steht er. Hat man sowas schon erlebt? Da stehst du direkt vor dem Penner im feinen Mantel, und der sieht dich nicht!'. Ich drehe mich um, setze mich auf, doch der Typ mit dem Schnauzbart und den Tüten ist alleine da. 'Was soll das?', frage ich, 'suchst du Streit'? Der andere wendet sich um, der Säule zu: 'Komm lass, Hans-Rudolf, das ist es nicht wert, das tust du dir nicht an! Du bist ihm überlegen, natürlich bist du das, aber hier, trink einen Schluck, das bringt nur Ärger, nur Ärger bringt das.' Er setzt die Tüten ab, zieht eine Flasche Rotwein aus der Jackentasche, hält sie erst auf halbe Höhe in Richtung Säule, dorthin, wo sein imaginärer Kumpel steht, dann nimmt er selbst einen Schluck aus der Pulle. Anschließend zieht er ab, legt sich auf die andere Seite. Da ist zwar keine Säule, aber es ist immer noch ein guter Platz. Er breitet mehrere asphaltgraue Decken aus, legt sich dann darauf und mummelt sich in einem Schlafsack ein. Den ganzen Abend spricht er mit Hans-Rudolf, seinem unsichtbaren Begleiter."

„Er … er ist schizophren?"

„Beat hat auf jeden Fall Halluzinationen. Und Hans-Rudolf scheint so gut wie immer um ihn zu sein. Am nächsten Morgen kamen wir ins Gespräch. Er fand, ich sei der dumme August, weil ich nicht wusste, wo es was zu essen gibt, und als ich dann noch nicht einmal wusste, wie ich hieß, hatte ich meinen Namen weg: August."

Craig klickte auf den Pausenknopf, die Amplitude, die sich über den Bildschirm gelegt hatte, gefror auf dem Screen. *Hans-Rudolf,* hatte das nicht auch der Penner gesagt, der ihn in Zürich angesprochen hatte? Vor der Drogerie. Er hörte es wie ein Echo: *Hey, du schuldest uns was, mir und Hans-Rudolf!*

War das Beat gewesen? Hatte er ihn tatsächlich erkannt?

Er drückte wieder auf Play.

„Was sind die Tricks der Obdachlosen, wenn es ums Essen geht?"

„Ach, es gibt viele Stellen, wo es Essen für wenig Geld gibt, man muss nur wissen, wo. Beat hat auch gewusst, wo man sich abends aufwärmen kann und wo ich einen Schlafsack herbekomme, so einen wie er hat. Das war gut, meine Beine wurden schon ganz schuppig, meine Zehen blau in der Nacht. Es kann gefährlich sein, sich in der Kälte einfach irgendwo hinzulegen. Jedes Jahr erfrieren Menschen. Beat kannte viele, auch wenn er die Namen vergessen hat. Er hat kein so gutes Gedächtnis, des Alkohols wegen."

„Trinken Sie auch?"

Craig hörte, wie sich sein Alter Ego die Nase schnäuzte. „Ich trinke etwas, aber nicht aus Frust wie die anderen. Wenn du anfängst, der Probleme wegen zu saufen, wirst du Alkoholiker."

„Alle anderen Obdachlosen, die ich für diese Reportage interviewt habe, haben zugegeben, dass sie alkoholkrank sind."

Erneut pustete er ins Taschentuch, offenbar beugte er sich dabei leicht vor, direkt neben das Mikrophon. Es hörte sich an, als breche eine Welle in Pamonas Studio. „Wer weiß, vielleicht wird man es, wenn man lange genug auf der Straße lebt. So weit ist es bei mir noch nicht. Aber wie viele Leute haben Sie interviewt? Das dauert doch Tage, wird ein Artikel in '20 Minuten' so gut bezahlt, dass sich der Aufwand lohnt?"

„Ich .... äh, nein. Wenn ich mir den Stundenlohn ausrechnen würde, würde ich graue Haare kriegen. Das Thema interessiert mich einfach. Noch Kaffee?"

„Danke, gerne. Und wenn ich noch ein Stück von diesem herrlichen Streuselkuchen ..."

„Aber ja, ja – bitte nehmen Sie!"

Craig hörte das Klimpern von Tassen und Besteck, etwas raschelte wie Papier. Dann sagte August mit vollem Mund. „Einfach so, ja?"

Pamona atmete schwer aus. „Mein Vater ist selbst in die Obdachlosigkeit geschlittert, und ich konnte einfach nicht verstehen, wieso. Vielleicht will ich schlichtweg ein paar Antworten. Aber das habe ich schon herausgefunden: Es hat wenig Sinn, hier und auf diese Weise zu graben. Die Geschichten nehmen alle einen ähnlichen Verlauf, haben aber alle andere Hintergründe."

„Was war der Hintergrund Ihres Vaters?"

„Ach, er war Journalist wie ich, und irgendwie konnte er sich wohl das Leben nicht mehr leisten hier in Zürich. Das ist keine billige Stadt, wie Sie wissen. Nach der Trennung von meiner Mutter ist er auf die schiefe Bahn geraten, hat getrunken und irgendwann den Kontakt zu meiner Mutter und mir verloren. Er hat unsauber recherchiert und gearbeitet, das Magazin, für das er tätig war, hat mehrere Verfahren an den Hals bekommen, dann haben sie ihn wohl gefeuert. Er konnte seine Miete nicht mehr zahlen, und letztlich hat man ihn aus der Wohnung geklagt. Tja."

„So ist er auf der Platte gelandet, verstehe. Was ist aus ihm geworden?"

Pamonas Stimme wurde brüchig. „Er hat ein paar Jahre am Bahnhof gelebt, hat es aber nicht lange durchgehalten. Er ..." Es entstand eine Pause, in der nur noch Johann Strauss zu hören war. „Er hat sich erschossen."

Das Soundfile stoppte abrupt. Craig war einigermaßen geschockt über die Geschichte. Und er war überrascht, dass er quasi den Spieß umgedreht und Pamona interviewt hatte. Er horchte in sich hinein, versuchte, sich vorzustellen, was passiert war, nachdem sie die Aufnahme gestoppt hatten. Doch kristallisierten sich keine Erinnerungsinseln heraus. Entweder reichten Audiosignale nicht aus, um das Gedächtnis anzukurbeln, oder die Zeit in Zürich war generell unwiederbringlich verloren. Er suchte die Mail von Pamona, fand sie noch im Hintergrund geöffnet. Dann klickte er das File mit dem Namen 140321_Recherche_August_03 an. Er hatte erwartet, dass sich Pamona wieder melden würde, um das Datum aufzusagen, doch er hörte als erstes seine Stimme.

„Und Du bist sicher, dass Du Dich konzentrieren kannst, wenn ich das hier trage?"

„Unbedingt. Es passt Dir wie angegossen."

„Dein Mann muss in etwa meine Statur haben."

„Rein äußerlich vielleicht. Was ihm fehlt ist, sagen wir, die innere Statur, das charakterliche Rückgrat."

„Wann ist er ausgezogen?"

„Zu spät!" Pamona kicherte.

Craig wunderte sich, weil er eben erst die traurige Geschichte vom Selbstmord ihres Vaters gehört hatte, aber offenbar lagen mehrere Tage zwischen den beiden Aufnahmen. Die Stimmen wirkten miteinander viel vertrauter, nicht nur wegen des plötzlichen „Dus".

„Und wann holt er seine Sachen?"

„Einen Teil hat er schon nach Basel zu seiner neuen Freundin gebracht, aber offenbar ist die ein bisschen schwierig und will nicht seine kompletten Klamotten in ihrer Wohnung."

„Es ist nie leicht mit den Frauen."

„Hörmal!"

„Du hast recht, auf welcher Basis argumentiere ich überhaupt? Ich kann mich an keine Einzige erinnern!"

Pamona schnaufte, Craig konnte ihren ungläubigen Blick fast sehen. Im Hintergrund hörte er den laufenden Motor eines Autos, dann das Klirren von Glas, als schmeiße einer Flaschen in einen Container.

„Du erinnerst Dich an keine einzige Frau, mit der Du zusammen gewesen bist? Nicht die erste große Liebe? Den ersten Kuss? Die erste Nacht?"

„Nicht auszuschließen, dass ich noch Jungfrau bin."

„AAAH!" Pamona lachte laut und herzlich.

„Erzähl mir von *Deiner* großen Liebe!"

„Hey, wir führen hier ein Interview!"

„Heute stelle ich mal die Fragen!"

Craig hörte das Anstoßen von Gläsern. Es war ein dunkler, bauchiger Klang, der im Grunde nur von zusammenstoßenden Rotweinballons stammen konnte.

„Ach, die große Liebe, gibt es das überhaupt? Aber gut, vielleicht, naja … Er hieß Michael, und es ist vielleicht zehn Jahre her, wir waren viel zusammen. Er sah gut aus, groß, dunkelhaarig, breites Kinn …"

„Also in etwa so wie ich …"

„Ich merke schon, Du bist ein eingebildeter Schnösel!"

„Ich gebe nur wieder, was ich höre."

„Ach ja? Naja, jedenfalls war es nicht das Äußere, in das ich mich verliebt habe …"

„Ach, die Geschichte kenn' ich."

„Ja, dann erzähl doch mal, an was Du Dich erinnerst!"

„OK, Punkt für Dich!"

Erneutes Anstoßen. Er hörte, wie die Gläser auf dem Tisch abgestellt wurden, dann das Schmatzen von Füßen in Flip-Flops oder einem anderen offenen Schuh. Es knirschte eigenartig, dann war von dem Auto mit laufendem Motor und den zerspringenden Flaschen nichts mehr zu hören. Offenbar hatte sie das Fenster geschlossen. Im Hintergrund lief, und das bemerkte Craig erst jetzt, wieder Musik. Diesmal war es Jazz, mit einer dominanten Trompete. Craig war sicher, dass er die CD kannte, kam aber nicht auf den Interpreten.

„Er war deshalb so anziehend, weil er voller Ideale war. Er hat sich für alles Mögliche eingesetzt, für die Ökobewegung, hat Veranstaltungen organisiert, auf denen über den Nahostkonflikt diskutiert wurde, war gegen die Atomkraft. Er war wirklich einhundert Prozent Politik, jeden Abend hast du mit ihm über irgendetwas anderes diskutiert. Er wusste viel, war einfach superintelligent."

„Du redest nicht schon wieder über mich, oder?"

„Willst Du die Geschichte jetzt hören?"

„Entschuldige, Pamona."

„Also er … von ihm habe ich auch noch immer diese Abneigung gegen Gentechnik, bin seit damals in dem Verein, von dem ich Dir erzählt habe. Er hat mich ein Stück weit geprägt, das muss ich sagen. Natürlich habe ich nicht alle Themen und Thesen von ihm übernommen, aber einige schon. Ja, einige schon."

Craig musste an Richard-David denken. Auch Isa war so fasziniert von seinen Idealen gewesen, das hatte sie immer wieder beteuert. Dennoch glaubte Craig, dass es den Frauen letztlich nicht um die Inhalte ging. Sie faszinierte die Entschlossenheit dieser Männer. Das hatten Frauen auch immer an ihm geliebt, auch wenn sich seine Entschlossenheit auf ein anderes, vielleicht sogar gegenläufiges Ziel richtete. Und wer weiß, vielleicht war das auch der Schlüssel für das Verständnis von Isa, der Grund, warum sie sich in zwei so unterschiedliche Männer verlieben konnte. In einem Aspekt neigten sie sich einander zu, berührten sie sich.

„Ich habe da ja nur implizites Wissen, aber in einer Beziehung lässt man sich ja bestenfalls aufeinander ein. Das scheint Euch gelungen zu sein."

„Euch, ja! Haha! Ich habe mich auf *ihn* eingelassen. Aber er sich auf mich? Das glaube ich nicht. Wahrscheinlich hatte ich einfach zu wenig zu bieten, und es ist ihm deshalb nicht gelungen."

„Vielleicht war er einfach zu egozentrisch."

„*Richtig!* Er war schuld, zu diesem Schluss habe ich mich irgendwann auch überredet."

Beide lachten, dann entstand eine kurze Pause, die von einem Trompetensolo gefüllt wurde.

Stan Getz, Voyage!, schoss es Craig durch den Kopf. Die CD hatte er selbst im Regal zuhause. Und aufgrund der Melancholie, die sie verbreitete, lange nicht mehr gehört. Wenn er sich recht erinnerte, hatte er im Jahr vor seinem Verschwinden nur noch Rock-Platten aufgelegt, teilweise die alten Metal-Scheiben aus Studienzeiten. Um Aggression abzubauen und um nicht in Depressionen zu verfallen.

„Und wie fühlt es sich für einen Mann zwischen Ende dreißig und Anfang vierzig an, noch so ganz unbeleckt zu sein?"

„Schwer zu sagen, ich könnte Dir höchstens sagen, wie sich ein Mann Ende zwanzig, Anfang dreißig damit fühlt."

„Ach Du, ich glaube, Du hast die ganze Zeit eine Rolle gespielt, erst jetzt gibst Du Dich, wie Du bist ..."

„Wäre immerhin von Erkenntniswert für mich. Aber, um zu Deiner Frage zurückzukommen: Ja, es ist eigenartig. Ich komme mir wie ein Pilot vor, der das Fliegen nur aus dem Simulator kennt. Oder wie ein Vier-Sterne-General, der nur in Friedenszeiten gedient hat."

Craig hörte das Quietschen von Metallfedern, dann raschelte Stoff. Glas tickte auf Glas. Stan Getz hatte zu einer leisen Nummer angesetzt.

„Wie wird sich ein solcher Pilot nur fühlen?", fragte Pamona. Die Stimme klang plötzlich viel näher, und sie war noch dunkler geworden.

„Er wird sich nach nichts sehnlicher sehnen als nach einem richtigen Flug, in einer Maschine, die es wert ist, geflogen zu werden."

„Und der Vier-Sterne-General?"

„Er sehnt sich danach, endlich in die Schlacht zu ziehen."

Pamona stöhnte auf. Craig hörte es schmatzen, es erinnerte an das saftige Brechen reifer Früchte, dann raschelte wieder Stoff. Etwas quietschte, Craig tippte auf das Bein eines Sessels, der über das Parkett gezogen wurde. Anschließend klirrte es plötzlich, diesmal metallisch, wie Glöckchen, die aneinander tickten. Craig sah eine Gürtelschnalle vor dem inneren Auge.

„Mach schnell!", keuchte Pamona.

„Ja, so schnell ich ..."

„Nein, *schneller!*"

Etwas rumste, Stoff riss. Craig sah Pamona plötzlich vor sich liegen, den Körper auf dem Parkett, den Kopf auf einem arabischen Teppich in rot und blau. Erinnerungsinseln tauchten aus dem vergessenen Ozean auf: Ihr ovaler Bauchnabel, aus dem der Knoten leicht herausragte. Ihre goldene Haut, der Po, der für seinen Geschmack etwas zu schmal war und etwas Knabenhaftes hatte. Ihre feuerroten Brustwarzen, die anschwollen, hart wie Pfirsichkerne wurden.

Plötzlich schrie sie auf, und er hörte ein rhythmisches Klatschen, ein Becken – sein Becken –, das gegen ihren Knabenarsch stieß. Auch er schrie jetzt, leichte unterdrückte Keucher waren es, während sie in ein eigenartiges Wimmern verfiel, das eher an ein Meerschweinchen erinnerte als an eine Frau. Es schwoll an, brach dann aber mit einem Mal ab.

„Was ist?", hauchte er.
„Nichts, ich will nur ..."
„Lass das doch einfach!"
„Nein, ich kann so ni..."
Die Aufnahme brach ab.

Craig fror. Es waren nur wenige Meter bis zur Kantine von Itamoto Heavy Industries, doch hätte er besser seinen Ledermantel angezogen. Die Welt lag nach wie vor im Dunst, und er hatte das Gefühl, die nasse Kälte krieche ihm die Hosenbeine hinauf. „Wollen wir nicht lieber in die Stadt rein fahren und zu Kofler gehen?"

„Warum? Hast Du Angst vor der Nähe des Volkes?" Veit warf ihm ein provozierendes Lächeln zu und stieß die Tür zum Haupteingang auf. Es war ein Gebäude aus den Siebzigerjahren, die Architektur sollte offenbar an Computerchips und Schaltkreise erinnern. Itamoto war eines der ersten japanischen Unternehmen, das sich im Speckgürtel Münchens angesiedelt und außer dem Namen seine komplette asiatische Identität aufgegeben hatte. Die Kantine war weniger für Sushi, sondern für Eisbein und Sauerkraut bekannt.

Craig folgte Veit durch einen breiten Flur über einen giftiggrünen Linoleumboden. Es roch irgendwie nach Krankenhaus. „Ich habe eher Angst um Dich: Was ist mit Dir passiert, dass Du Jakobsmuscheln gegen Schweinshaxe eingetauscht hast?"

„Ich werde erwachsen, Craig."

„Oh", sagte Craig und stutzte, „dass es so schlimm um Dich steht, habe ich nicht erwartet."

Veit lächelte und blieb vor einer Plexiglasvitrine stehen. Mit einem ironischen Unterton in der Stimme sagte er: „Na, das sieht doch alles ganz gut aus."

Craig blickte ebenfalls in die Vitrine, in der die Tagesgerichte ausgestellt waren. Das Menü „Grün" bestand aus zwei kleinen panierten Schweineschnitzeln mit Pommes und drei panierten Zwiebelkringeln in der Größe von Dichtungsringen. Wer in Mayonnaise ertrinkenden Matjes mit Kartoffelsalat liebte, für den war das Menü „Blau" die richtige Option. Die Köche der Itamoto-Kantine waren sich nicht zu schade gewesen, mit einem Salatblatt und einem Tomatenscheibchen für stilechte Deko zu sorgen. Menü „Rot" war hingegen etwas für die noch deftigeren Gemüter: In einer breiten Schüssel schwammen Linsen, und in ihrer Mitte lag eine fette, glänzende Wurst.

„Schade, dass sie heute keine sauren Lüngerl haben, das ist hier eigentlich die Spezialität", scherzte Veit.

„Hatte ich eigentlich erwähnt, dass ich Vegetarier geworden bin?"

„Du lebst nicht im richtigen Land für Vegetarier, Craig. Also, 'Grün', 'Blau' oder 'Rot'?" Veit hielt ihm eine Auswahl von Marken unter die Nase. Als er sah, dass Craig damit nichts anfangen konnte, sagte er: „Gibst Du unten an der Kasse ab, Du kannst Dir aber auch noch etwas zu trinken und einen Nachtisch damit nehmen."

„Gibt's kein Salatbuffet?"

„Doch, doch ... hier!" Veit zückte eine graue Marke und drückte sie Craig in die Hand.

„Und Du?"

„Da fragst Du noch? I go for green."

Sie setzten sich mit ihren Tabletts neben eine Yucca-Palme, deren Topf mit tonbraunem Granulat gefüllt war, das Craig an verlockende Amarettini erinnerte. Nur zu gerne hätte er seine trockenen Gurken, grünen Tomaten und seine zerschossenen Salatblätter gegen italienisches Gebäck eingetauscht. Er seufzte, zerteilte ein Tomatenschnitzchen und schob sich die immerhin noch leicht rötliche Hälfte in den Mund. „Hast Du es Aline schon gesagt?"

Veit legte sich eine Papierserviette über den Schoß und schloss sein Sakko, um nicht zu riskieren, dass die Krawatte Bekanntschaft mit dem Ketschup machte. „Ja, hast Du es auf Deiner Feier nicht bemerkt?"

„Doch. Doch, sie war ganz ausgelassen, so habe ich sie lange nicht mehr erlebt. Dann freut sie sich also?"

„Kann man sagen. Zuerst konnte sie es nicht glauben, als ich es gesagt habe. Sie hat mich gezwungen, es immer wieder zu wiederholen. *Ich will ein Kind von dir, ich will ein Kind von dir.*" Veit schüttelte mit dem Kopf, schob sich eine Ladung Pommes in den Mundwinkel. „Ich glaube, wir fangen noch einmal ganz von vorne an!"

„Das freut mich, freut mich wirklich für Euch", erwiderte Craig. Er war alles andere als fit nach letzter Nacht, und er wusste: Der Salat war jetzt nicht das, was ihm weiterhelfen würde. Er biss in ein Brötchen aus Pappe.

„Ja, ich kann es gar nicht abwarten: Zwei kleine süße Mädchen, ich spüre es förmlich."

„Mädchen? Warum …?" Craig spürte, dass ihm leicht schlecht wurde.

„Jungs machen Jungs, Männer machen Mädchen. Wusstest Du nicht?"

„Nein." Er musste gegen einen Würgereiz ankämpfen, hatte das Gefühl, ein fetter, feuchter Finger fahre ihm in den Rachen.

„Geht's Dir nicht gut?"

Doch, doch, wollte Craig lügen, doch Veit sah plötzlich auf, schien sich für etwas anderes zu interessieren. „Was macht *der* denn hier?"

Craig drehte sich um. „Wer?"

„Lasah!"

Jetzt sah Craig ihn auch. Lasah saß alleine an einem Vierertisch direkt an der Fensterfront. Er hatte sich für das Menü „Blau" entschieden, wenn Craig das richtig sah. Matjes mit Kartoffelsalat. Anders als sie passte Lasah perfekt in dieses Ambiente. Er trug ein kariertes Hemd, eine braune Kordhose. Seine olivgrüne Wachsjacke hatte er hinter sich über die Stuhllehne gehängt. Immer wenn er sich einen Bissen in den Mund schob, legte er den Kopf dicht und leicht schräg über den Teller, trotzdem tropfte ihm die Mayonnaise von der Gabel.

„Der will zu mir."

„Zu Dir? Warum das denn?" Veit legte das Besteck auf den Tellerrand und blickte Craig entrüstet an.

„Es geht um mein verlorenes Jahr. Ihr hattet ihn doch mit Nachforschungen beauftragt. Ich will mal hören, was er rausgefunden hat."

„Aber das weißt Du doch: Nichts!"
„Das kann er mir ja dann sagen."
„Du hast ihn eingeladen, um Dir *nichts* zu sagen?"
„Vielleicht ist ihm ja doch etwas aufgefallen, etwas, was Ihr übersehen habt."
„Craig, ich finde, Du misst dem Ganzen zu viel Bedeutung bei. Du solltest Dich besser auf das Hier und Jetzt konzentrieren. Mach es wie wir: Fang einfach nochmal von vorne an!"

Nochmal von vorne anfangen, fast hörte sich dieser Satz an wie ein Versprechen. Doch wo war der Anfang? Wo sollte Craig den Faden wieder aufnehmen?

Unter einem lauten Quietschen schob Veit den Stuhl zurück, legte die Serviette auf den Tisch und stand auf.

„Was machst Du?"
„Ich hol mal mehr Ketschup."
Craig nickte.

Das Schlimmste war der Gestank. Lasahs Matjes-Atem drang mühelos von dem Vitra-Stuhl, in dem er saß, über die weißlasierte Arbeitsplatte hinweg und am Bildschirm vorbei hinüber zu Craig. Der presste sich bereits so tief ins Polster seines Amstyle „Chairman Gold"-Ledersessels, wie es möglich war, doch gab es keinen Weg, Lasahs Fahne zu entgehen. Aufgrund der Klimaanlage konnte er auch kein Fenster öffnen.

Craig legte sich den Zeigefinger unter die Nase und sagte mit unterdrückter Stimme: „Wirklich keine Spur von mir in Zürich?"

„Spuren gab es eine ganze Menge, sie waren nur nicht in jedem Fall zielführend."

„Welchen Spuren sind Sie nachgegangen, Lasah?"

„Allen, die sich boten: Ich habe mir das Zimmer angesehen, mit den Leuten vom Hotel gesprochen. Ich habe mich umgehört, bei den offiziellen Stellen nachgefragt. Solche Sachen."

„Und keine dieser Spuren hat Sie auch nur in meine Nähe geführt."

Lasah beugte sich vor, stützte die Unterarme auf die Oberschenkel. „Wie gesagt, Herr Dr. Hammerstein: Meine Auftraggeber waren Ihr Schwager und Ihre Schwester. Ich kann Ihnen über die Ergebnisse nichts sagen, ich habe Schweigepflicht."

„Es bleibt in der Familie."

Er schüttelte mit dem Kopf, biss die Zähne zusammen. Obwohl er ein kleiner, bulliger Kerl war, gaben ihm seine blonden Wimpern und sein fast weißes, lichtes Haar dennoch etwas Verletzliches. „Tut mir leid", sagte Lasah.

Craig gab Lasah zu verstehen, dass er die Unterhaltung damit als beendet ansah. Seinen letzten Trumpf wollte er erst ausspielen, nachdem der Privatdetektiv außer Riechweite war. Als Lasah die Tür erreicht und seine Hand schon auf die Klinke gelegt hatte, sagte Craig: „Ach, Lasah, eine Sache noch: Was sagt Ihnen der Name Jürg Mayer?"

Lasah wandte sich um, richtete seine kleinen, rötlichen Schweineaugen auf Craig. „Sollte er mir etwas sagen?"

„Ich denke schon. Jürg Mayer hatte an dem Abend meines Verschwindens Dienst an der Rezeption des Bernardino de Sahagún. Sicherlich haben Sie doch mit ihm gesprochen."

„Möglich."

„Er meint, es habe ihm jemand 1.000 Euro in die Hand gedrückt, damit er der Polizei nichts von der kleinen Nutte erzählt, die ich angeblich an dem besagten Abend mit ins Hotel gebracht habe. Die Beschreibung des Mannes passt genau auf Sie."

Er hob einen speckigen Finger an eine unsichtbare Hutkrempe und sagte: „Herr Dr. Hammerstein".

Dann verließ er den Raum.

18

Die nächsten Tage konzentrierte sich Craig auf die Arbeit im Unternehmen. Er musste wieder auf dem aktuellen Wissensstand sein, wenn Veit und Aline in Urlaub fuhren. Er musste vorne sein. Die strategische Ausrichtung hatte sich durch den Einstieg von Betanovo leicht geändert. Technik war stärker in den Vordergrund gerückt, und Sebastian genoss sichtlich die neue Aufmerksamkeit, die ihm zuteil wurde. Craig hätte niemals so viele Ressourcen in die Entwicklung der Quantified-Self-Geräte gesteckt. Er sah den Nutzwert und auch die Marktchancen dieser Tools, doch war ihm der ganze Ansatz nicht visionär genug. Die Idee von GENOVENTIS war es, eine neue Evolutionsstufe auszulösen, den neuen Menschen zu erschaffen. Geräte, die den Blutdruck maßen und sonstige Gesundheitsdaten lieferten, waren ein anderes Geschäftsfeld, atmeten nicht die GENOVENTIS-Philosophie. Dennoch wollte er nicht alles anders machen, jetzt, wo er wieder da war und bald den Vorstandsvorsitz übernehmen würde. Er hatte sich vorgenommen, mehr zuzuhören, anderen die Chance zu geben, ihre Ideen einzubringen. Er wollte ein Umfeld schaffen, in dem mehr Kreativität möglich war. Mit einzelnen Mitarbeitern hatte er sich zum Lunch getroffen, um für Vertrauen zu werben. Auch bei Olga hatte er auf ein gemeinsames Mittagessen gedrängt. Er wollte sich entschuldigen und ihr versichern, dass er sie für eine fähige Mitarbeiterin hielt. Doch sie hatte immer wieder Termine vorgetäuscht und ein Treffen schließlich ausgeschlagen. Er akzeptierte das.

Die Nachforschungen über sein verlorenes Jahr hatte er ein wenig hint angestellt. Zwar hatte er mit Pamona einen kurzen E-Mail-Wechsel gehabt, doch war er zu dem Schluss gekommen, dass sie sich persönlich kennenlernen mussten. Als er ihr den Vorschlag unterbreitet hatte, hörte er vierundzwanzig Stunden nichts von ihr. In der Mail, die ihn am kommenden Tag erreichte, war sie tief gekränkt über den Begriff „kennenlernen". Natürlich: Sie war ja der Meinung, dass sie sich bereits kannten, sehr gut sogar, „und mehr als das". Er entschuldigte sich und schrieb ihr, dass sie sich einmal zusammensetzen sollten, um die „Erinnerungen aufzufrischen und wiederzubeleben." Sie willigte ein, und sie vereinbarten, dass er sie kommendes Wochenende besuchen sollte.

Es war Freitag, und er hatte bereits am späten Nachmittag das Büro verlassen, um endlich den Porsche aus der Werkstatt zu holen. Er war etwas enttäuscht gewesen, als der Herr im Zweireiher und Einstecktuch eine betroffene Miene auflegte und sagte: „Die Beulen waren kein Problem, natürlich sieht man es noch etwas hier ..." Er fuhr mit langen Fingern über eine leicht aufgeraute Stelle, die aussah wie die vernarbte Haut eines ehemaligen Aknegesichts. „Aber die Farbe! Dieses Mintgrün gab es vor dreißig Jahren, es muss schon vor vier Jahren, als Sie den Wagen gekauft haben, eine Speziallackierung gewesen sein. Ich weiß im Augenblick nicht, wo ich sie herkriegen kann, aber ich bin im Gespräch mit Zuffenhausen und zuversichtlich, dass wir hier bald eine Lösung finden. Wir haben uns erlaubt, die entsprechenden Stellen zunächst mit einem leicht aufgehellten Zinkgrün zu lackieren. Aber natürlich ..." Er schickte ihm einen mitleidigen Blick und hielt ihm die Handinnenflächen entgegen: „Das ist nicht dasselbe."

Da Craig nichts mehr von Isa gehört hatte, beschloss er, auf dem Nachhauseweg bei Richard-David vorbeizufahren. Das war doch das Wahrscheinlichste, sagte er sich, dass sie bei ihm eingezogen war.

Richard-David wohnte auf der Dachauer Straße, mit Blick auf die vierspurige Fahrbahn. Craig stellte den Wagen auf dem Parkplatz eines Billig-Fitnessstudios ab und schritt auf die nasse Fassade des Mehrfamilienhauses zu. Die Haustür stand offen, ein farbverschmiertes Brett lag über den Stufen des Eingangsbereichs. Es roch nach Abgasen, nasser Pappe und stechender Glaswolle. Wenn er ehrlich war, konnte er sich die Gegend nur schwer als inspirierendes Umfeld für einen Öko-Aktivisten vorstellen.

Er schob sich in das Treppenhaus hinein, vorbei an einem schmalgesichtigen Mann, der in einem weißen Arbeitskittel steckte und einen selbstgefalteten Hut aus Zeitungspapier auf dem Kopf trug.

Eine Tür im Erdgeschoss stand offen, irgendjemand hämmerte energisch auf einen Meißel ein, und er hörte den Putz auf den Boden rieseln. Neben der Tür führten zwei Stufen zu den Briefkästen hinab. Er schritt sie hinunter, suchte nach Richard-Davids Briefkasten. Vor allem interessierte ihn die Frage, ob auch Isas Name drauf stand.

Gerade als er den Briefkasten gefunden hatte, setzten die Hammerschläge aus, und einer schrie aus der offenstehenden Wohnung: „VERDAMMTE SCHEIßE". Genau das war es, denn auf dem Schild stand nur Brandt – Richard-Davids Nachname. Keine Spur von Isabel Seemann.

Er ging die ächzenden Stufen des alten Treppenhauses hinauf, auf dessen Geländer sich eine Schicht weißen Staubs gelegt hatte. Er spürte ein leichtes Kitzeln in der Nase und ein Kratzen im Rachen. Mehrfach musste er einen Nieser unterdrücken.

Auch vor der Wohnungstür Richard-Davids in der dritten Etage fand er keinen Hinweis auf Isa. Über der Klingel hing ein vergilbter Zettel, auf dem lediglich der Name „Brandt" stand. Aber das musste nichts heißen, vielleicht war sie gerade erst eingezogen, oder die Hausverwaltung ließ sich Zeit mit dem Austausch der Schilder.

Craig legte sein Ohr an die Tür, doch setzten unten die Hammerschläge wieder ein, und er konnte nichts hören. In den kurzen Hammer-Pausen redete jemand auf Polnisch (er glaubte, dass es Polnisch war) energisch auf jemand anderen ein. Craig fragte sich, warum die beiden sich auf Polnisch unterhielten, aber auf Deutsch fluchten, musste dann aber an einen dänischen Kommilitonen in seiner Zeit in Pittsburgh denken, der die Meinung vertrat, Deutsch sei eine schreckliche Sprache. Nur zum Fluchen und um Befehle zu erteilen, gebe es keine Bessere.

Craig nahm das Ohr von der Tür, starrte auf den dunklen Spion in ihrer Mitte. Sollte er klingeln? Und dann: Was sollte er sagen, wenn sie tatsächlich öffnete. *Hallo, Isa, ich bin wieder da?* Er trat zwei Schritte zurück, fuhr sich mit der Hand über das Gesicht. Fühlte, dass eine dünne Staubschicht darüber lag. Dennoch sagte er sich jetzt: Warum nicht? Sicherlich hatte sie doch in der Zeitung über seinen Fall gelesen. Pamona hatte es in der Schweiz mitbekommen, hier hatte seine Geschichte in den Boulevardmedien gestanden. Isa würde also Verständnis aufbringen müssen. Andererseits: Vielleicht bekamen sie auch keine Zeitung, lasen keine. In der Welt der hundert Gegenstände war schließlich alles reglementiert. Wer eine Zeitung kaufte, musste womöglich auf ein Paar Socken verzichten. Überhaupt: War ein Paar Socken nun eigentlich *ein* Gegenstand oder waren es *zwei*?

Craig zuckte mit den Schultern. Aber der absurde Gedanke brachte irgendetwas in ihm ins Rollen. Was sollte das ganze Problematisieren?, fragte er sich. Er hatte in den letzten Tagen ohnehin das Gefühl gehabt, dass er sich ein Stück weit von Isa emanzipiert hatte. Er hatte sich eingeredet, er wolle einfach nur einmal wissen, wie es ihr geht. Nach allem, was sie miteinander erlebt hatten.

Als er den Klingelknopf drückte, setzte gerade eine Hammer-Pause ein, und er hörte ein künstliches, forderndes Läuten aus der Wohnung. Er trat zurück, erst jetzt fiel ihm auf, dass Richard-Davids Tür die einzige in dieser Etage war, vor der keine Fußmatte lag.

Und wieder ein Gegenstand gespart!

Es rührte sich nichts in der Wohnung. Er klingelte erneut, doch es blieb vollkommen ruhig auf der anderen Seite. Aus irgendeinem Grund war er enttäuscht und erleichtert zugleich.

Er knöpfte den Mantel zu, machte sich bereit zum Gehen. Doch gerade als er das staubige Geländer umgriff, hörte er schlurfende Schritte die Treppe heraufkommen. Für einen Atemzug dachte er, es könnte Isa sein oder Richard-David, doch dann besann er sich. Der schlurfende Gang passte nicht zu Weltveränderern. Revolutionäre gingen im Stechschritt.

Er behielt recht: Eine kleine Frau mit eingefallenen Gesichtszügen, schmalen Schultern und gelblichen Haaren tauchte auf. In der einen Hand hielt sie die Hand eines Kindes, in der anderen ein kleines Fahrrad ohne Pedale.

Als die Frau ihn sah, senkte sie den Blick und ging grußlos an ihm vorbei. Das Mädchen an ihrer Hand blickte ihn hingegen aus großen Augen an. Anders als die Mutter hatte es rote Wangen und unterdrückte ein Lächeln. Die Frau stellte das Fahrrad vor der Richard-Davids Wohnung gegenüberliegenden Tür ab, öffnete eine beige Handtasche, die Craig verdächtig nach Kunstleder aussah, und zog einen Schlüssel heraus.

Craig räusperte sich, und die Frau zuckte zusammen. „Entschuldigen Sie, aber ich bin ein Freund von Richard … David. Wir waren verabredet, aber er scheint nicht zuhause zu sein. Haben Sie ihn vielleicht gesehen?"

Sie drehte sich um, sah ihn skeptisch aus dunklen Augenhöhlen an. „Ich kenne hier niemanden, Entschuldigung."

„Dann wohnen Sie hier noch nicht lange?"

„Doch. Schon. Aber das Haus ist eher anonym."

Craig nickte. „Aber Sie wissen, wer es ist? Ein großer Dunkelhaariger."

Sie schüttelte den Kopf, doch das Mädchen sagte: „Mama! Der mit dem Wuschelbart. Der immer die gleichen Klamotten trägt!"

„Das ist er!", warf Craig ein.

„Ah ja. Ja, ich weiß, wer das ist. Wohnt auch schon ewig hier."

„Wann haben sie ihn das letzte Mal gesehen?"

Sie zuckte mit den dünnen Schultern. Ihr Oberkörper wirkte klein, wie in sich zusammengesunken. Aber das konnte daran liegen, dass sie ihre Hose zu weit hochgezogen und das T-Shirt, das unter ihrem Mantel zum Vorschein kam, zu energisch unter den Gürtel geschoben hatte.

„Gestern!", zwitscherte das Mädchen, und ihre Augen glitzerten. „Als wir zum Kindergarten gegangen sind! Er ist uns entgegengekommen!"

„Ah", sagte Craig. „Und kennst Du auch seine Freundin?"

„Die Blonde?"

„Nein, eine Dunkelhaarige mit so einer komischen Frisur", Craig fuhr sich mit der Handkante über die Stirn. „Geht so schräg runter."

„*Naaain*", sagte die Kleine und stellte dabei einen Gummistiefel auf den anderen.

„Komm jetzt, Katharina!", sagte die Frau. Und an ihn gewandt: „Wir müssen jetzt!"

Sie zog das Mädchen an einem Arm in die Wohnung. „Tschüüüs", rief Katharina und winkte ihm noch durch den Türspalt zu. Dann fiel die Tür ins Schloss.

Rund eine Stunde hatte Craig danach auf dem Parkplatz vor dem Fitnessstudio gewartet, doch weder Isa noch Richard-David waren aufgetaucht. Erst als ein leichter Schneeregen eingesetzt hatte, war er zum Auto zurückgekehrt und nach Hause gefahren. Er hatte den Weg über die Theresienstraße gewählt, vorbei an der Technischen Universität und der Alten Pinakothek, die ihm immer vorkam wie der Seitenarm eines Renaissance-Schlosses, und er fragte sich, warum er noch nie die Zeit gefunden hatte, hineinzugehen.

Die Ampel an der Barer Straße zeigte rot, und er musste in die Eisen gehen. Als er wieder anfahren konnte, sah er etwas, das ihm den Atem stocken ließ. Ein Schauer jagte ihm den Rücken hinunter, und er verschaltete sich, würgte den Wagen mitten auf der Kreuzung ab. Wie erstarrt blickte er in die Brasserie Tresznjewski gegenüber.

Seine Mutter.

Doch das konnte nicht sein. Die roten Haare, die Statur der Frau, die dort stand, mussten ihn getäuscht haben. Es war vor allem diese eigenartige Kopfhaltung der Frau, als gelte es den Mund gerade noch über Wasser zu halten, die ihn an seine Mutter erinnerte. Doch es war eine Verwechselung. Ganz sicher. Er hatte schon Jahre keinen Kontakt mehr zu seiner Mutter. Und dass sie in München war, war vollkommen unmöglich. Sie lebte in Bochum, sie hasste München und alles, was mit Bayern zu hatte. Es gab für sie überhaupt keinen Grund, sich hier aufzuhalten.

Hinter ihm hupten die Autos. Er erwachte aus der Erstarrung, startete den Porsche und tippte aufs Gas. Der Porsche röhrte lautstark die Theresienstraße hinunter. Kurz vor der nächsten Kreuzung wandte er noch einmal den Kopf um. Doch war es zu spät, das Tresznjewski war bereits zu weit weg, um noch einmal durch die Fenster zu schauen. Dafür erblickte er einen alten Bekannten: Lasah trabte die Theresienstraße hinauf in Richtung der Pinakotheken. Als Craig weiterfuhr, beobachtete er im Rückspiegel, wie er im Tresznjewski verschwand. Craig mochte die Brasserie und hätte nicht gedacht, dass er und der Detektiv in den gleichen Bars verkehrten. Vielleicht hatte der alte Schnüffler mehr Stil, als ihm Craig zutraute.

Mittlerweile war Craig am Ende der Ohmstraße angekommen. Er bog zwischen zwei Thujahecken in die Einfahrt zu seiner Garage. Er betätigte den elektronischen Torheber und fuhr den steilen, gepflasterten Abhang langsam hinab. Aus irgendeinem Grund gefror es hier immer als erstes, und er wollte den frischausgebeulten Porsche nur ungern morgen wieder in die Werkstatt bringen. Unten angekommen, stellte er den Motor ab, blieb dann aber noch eine Weile reglos im Wagen sitzen. Er dachte das, was er immer dachte, wenn er sich in der Garage befand: Dass sie ihm nicht gelungen war. Er hatte das Garagenkonzept aus Amerika importieren wollen, wo Garagen immer auch Hobbyräume waren und Treffpunkte, um mit den Jungs ein paar Bud Light zu trinken. Die meisten hatten eine heillose Unordnung in ihren Garagen. Überall stapelten sich Kisten, Schläuche hingen von der Wand, alte Nägel krümmten sich auf der Werkbank. Und irgendwo war immer ein Tisch, der mit einem geblümten Wachstuch überzogen war und von dem man die Abdrücke der Kaffeetassen auch mit dem besten Putzmittel nicht mehr abbekam. Seine Garage hingegen war einfach zu ordentlich. Die Regale hingen in Reih und Glied, die meisten waren leer und unbenutzt. Vorne hatte er sich eine große Werkzeugwand installieren lassen. Ein kompletter Satz Schraubenschlüssel glitzerte im grellen Neonlicht, das automatisch anging, wenn man die Garagentür öffnete. Daneben befanden sich unterschiedliche Hämmer, Schraubenzieher, Zangen und Sägen, auch sie fast alle unbenutzt. Sogar eine Motorsäge hatte er – dabei gehörte zu dem Penthouse noch nicht mal ein Garten. Ein kleiner Ikea-Tisch stand auch in der Ecke, das Wachstuch lehnte noch eingeschweißt an der Wand neben einer eingeklappten Klappleiter.

Craig zuckte mit den Schultern. Und wenn schon, welche Jungs sollte er schon hierher einladen?

Plötzlich knirschte es hinter ihm – das Garagentor fuhr herunter. Eigentlich hatte er keinen Zeitschalter installiert, man zog an einer Metallkette, bevor man hinausging, dann erst schloss sich das Tor. Aber egal, vielleicht hatte er das falsch in Erinnerung.

Als das Tor sich etwa auf halber Höhe befand, schaltete sich auch die Neonröhre aus. Sie gab dabei einen eigenartigen Ton von sich, als würde man den Plastikdeckel von einer Kaffeedose abziehen. Dennoch rührte sich Craig nicht. Er hörte noch für wenige Atemzüge dem Knirschen des Tors zu, dann gab es ein Einrastgeräusch, und er fand sich in vollkommener Stille und Dunkelheit wieder. Nur ein einziges rotes Lämpchen blinkte noch vorne im Cockpit, er wusste gar nicht genau, was es zu bedeuten hatte.

Er legte den Kopf gegen die Lehne und überlegte, ob er Musik auflegen sollte, entschied sich aber dagegen. Er würde einfach ein paar Minuten in der Stille meditieren. Morgen würde er nach Zürich fahren und Pamona treffen. Er hatte keine Ahnung, was ihn erwartete. Er hatte sie auch immer noch nicht danach gefragt, warum er die Windeln und das Babyzeug gekauft hatte. Vielleicht, dachte er, sollte er auch versuchen, diesen Beat zu finden, nicht auszuschließen, dass er etwas über die Hintergründe seines Verschwindens wusste. Er schien der erste Mensch zu sein, mit dem er sich nach seinem Gedächtnisverlust unterhalten hatte. Durch die Audiodateien, die ihm Pamona geschickt hatte, war eines immerhin klar geworden: Er hatte sich nicht gemeldet, weil er sich an sein Leben in München nicht erinnern konnte. Die Amnesie, die er in Zürich erlitten hatte, musste weit umfangreicher gewesen sein, als die, die ihn jetzt im Bann hielt.

Doch was hatte sie ausgelöst?

Was war in der Nacht vor dem Kongress geschehen?

Vielleicht war … doch Craig konnte den Gedanken nicht zu Ende denken. Er schreckte hoch, hinter ihm hatte es einen lauten metallischen Rums gegeben.

Obwohl es sinnlos war, blickte er in die Außenspiegel, doch die Schwärze in der Garage war nahezu vollkommen. Dann beruhigte er sich wieder. Es musste das Garagentor gewesen sein. Sicherlich hatte sich eine der Stahllamellen verhakt und war jetzt runtergesackt, das passierte öfter.

Er ließ sich auf den Sitz zurückfallen, fuhr sich mit der Hand über das Gesicht. Die Staubschicht von vorhin war verschwunden, dennoch fühlte sich seine Haut trocken und rau an. Immer noch war es ungewohnt, plötzlich die Barthaare unter den Fingerkuppen zu spüren. Er musste wieder an Pamona denken, sie hatte ihn mit Bart offenbar attraktiver gefunden als ohne. Noch immer konnte er sich nicht an ihr Gesicht erinnern. Als er das Soundfile abgehört hatte, waren plötzlich Bilder durch seinen Kopf geschossen, wie Blitze, die für Sekundenbruchteile eine Landschaft erhellten. Und in diesem Fall war es die Landschaft ihres Körpers gewesen. Dennoch wusste er nicht: Würde er sie attraktiv finden, wenn sie sich morgen gegenübersäßen, würde er …

Ein erneutes Krachen riss ihn aus den Gedanken. Diesmal war es nicht vom Garagentor gekommen. Es hatte vor ihm gescheppert, dort, wo die Sägen und die Hämmer hingen.

Craig schluckte, das Blinken der kleinen Lampe machte ihn plötzlich nervös. Er starrte durch die Windschutzscheibe in die Richtung, wo er das Regal vermutete, doch er sah nichts, nur dunkelbraune Flächen, die sich vor schwarze Flächen schoben und leichte Reflektionen auf der Windschutzscheibe. Er musste an den Unbekannten denken, der neulich von außen in sein Wohnzimmer gestarrt hatte, an den Wagen, der ihn auf der Maximilianstraße fast über den Haufen gefahren hatte, an parabellumxxx. Er durfte sich nichts einbilden, aber er musste auch wachsam sein.

Er öffnete die Porschetür, schob sie einen Spalt auf, hielt inne. Tatsächlich: Da war etwas. Er hörte ein leises Knirschen, eine Art Schaben, als feile da vorne eine unsichtbare Gestalt an einem Stück Holz. Da war etwas, ganz sicher. Nur was? Konnte es eine erklärbare Ursache dafür geben? Befand sich etwas in diesem Raum, das Geräusche von sich gab, an das er sich nur gerade nicht erinnern konnte?

Craig fiel nichts ein. Er spürte stattdessen, dass sein Puls Geschwindigkeit aufnahm, bildete sich plötzlich ein, er könne seinen Herzschlag hören. Oder rauschte es nur in seinen Ohren?

Er tastete mit der rechten Hand zum Anlasser. Er würde den Porsche starten und mit den Frontscheinwerfern für Licht sorgen. Dann würde er sehen, was hier vor sich ging.

Doch der Schlüssel war nicht da.

Verdammt, ich habe ihn abgezogen und irgendwo hingesteckt.

Er fuhr sich über die Manteltaschen, dann über die Hosentaschen, doch da war nichts. Er ließ die Finger über die Ablageflächen des Cockpits gleiten, stieß gegen einen Eisschaber, eine Packung Kaugummis, die leere Hülle der New-Model-Army-CD, die im Player steckte, wie er wusste. Ein Schlüssel war nirgends.

Craig schluckte erneut, doch hatte er kaum Spucke im Mund. Sein Hals fühlte sich rau und entzündet an. Er versuchte, sich Mut zu machen: *Bilde dir nichts ein, Junge, da ist nichts, es ist nur ...*

Plötzlich Licht! Eine gelbe Sonne über der Windschutzscheibe. Ein greller Strahler, auf ihn gerichtet. Lichtfäden bohrten sich in seine Netzhaut wie dünne, scharfe Klingen.

Craig stieß einen Schrei aus. Riss intuitiv die Tür wieder zu, wollte das Knöpfchen herunterdrücken. Doch das gab es nicht bei einem 911er Porsche. Alles funktionierte elektronisch.

Er hielt sich den Unterarm vor das Gesicht, das Licht brannte in seinen Augen wie Säure. Er schnappte nach Luft, wollte gleichzeitig atmen und schreien. Ein plötzliches Sirren stellte sich ein, ein heller Ton pulste ihm durchs Ohr. Es war wie das Knirschen von Kreide auf einer Tafel.

Das Licht stieß durch die Windschutzscheibe an der Beifahrerseite, blieb zunächst ruhig, an einer Stelle. Eine Sonne, die fest am Firmament vertäut war. Doch plötzlich setzte sie sich in Bewegung. Wackelte erst und wanderte nach links, in Richtung Fahrerseite, kam dichter, immer dichter. Näherte sich dem linken Seitenfenster.

Wer immer da war, der das Licht in der Hand hielt, er wollte zur Tür, wollte sie öffnen. Wollte zu ihm.

Aus dem Augenwinkel sah Craig den Schlüssel. Er lag auf dem Beifahrersitz halb unter seiner Ledertasche. Er riss ihn an sich, drückte auf verriegeln. Sah die Frontlichter des Porsches aufblinken. Dann hörte er neben sich jemanden am Türgriff reißen. Ein unterdrückter Schrei, etwas stieß gegen die Scheibe, prallte aber wieder ab. Das Licht flackerte, war kurz weg, dann war es wieder da.

Craig presste sich in den Sitz. Schweiß lief ihm von den Schläfen, seine Hände waren klatschnass.

Das Handy, wo ist das Handy, das mir Aline gegeben hat?

Draußen wanderte der Lichtstrahl um das Auto herum, es stieß jetzt durch die Heckscheibe hinein. Craig spürte ihn wie einen körperlichen Schmerz. Er drang durch die Haut, direkt in seine Eingeweide, schien sie zum Kochen zu bringen.

Hektisch öffnete er die Arbeitstasche, seine Hand fuhr hinein. Er riss die Unterlagen heraus, Blätter flogen im Auto hin und her. Aber da, da war es – das Handy! Zitternd hielt er es im Schoß, ließ seinen Daumen über der Tastatur kreisen.

Der Code ... wie lautet der verfluchte Sicherheitscode?

1 – 9 – 7 – 4

Natürlich, sein Geburtsjahr!

Das Display leuchtete auf, das Mobiltelefon war einsatzbereit. Hinten schlug einer gegen das Auto. Trat gegen die Stoßstange. Der Wagen wackelte. Der Typ brüllte wie ein Verrückter. Mein Gott, er war in die Hände eines Wahnsinnigen geraten, das konnte doch nicht wahr sein!

Craig klickte sich durch das Menü. Aline stand ganz oben im Telefonbuch. Er drückte auf „Verbinden", hielt sich das Handy ans Ohr. Es tutete einmal, dann war die Verbindung wieder weg. Er blickte auf das Display. Ein Balken, manchmal keiner. Er versuchte es erneut. Das Licht platzte jetzt von der rechten Seite in den Wagen.

Die Leitung blieb stumm. Er hielt sich das Gerät dicht vor die Augen, als sei er ein Blinder, der Buchstaben nur aus unmittelbarer Nähe entziffern konnte. Aber er wurde auch geblendet, von vorne, vom Verrückten. „Verbindung abgebrochen" stand da. *Nochmal, nochmal*, sagte er sich, nicht aufgeben. *Nochmal!*

Auf einmal kam das Licht von unten, blieb starr, bewegte sich nicht mehr. Auch das Brüllen hatte aufgehört. Nur der Ton in seinem Ohr war noch da, aber der kam nicht von außen, es musste irgendein Stresssymptom sein.

Craig blickte nach vorne. Das Licht strahlte von der Motorhaube in den Wagen. Es musste eine Art Baustellenleuchte sein, ging es ihm durch den Kopf. Wenn er sich richtig erinnerte, hatte er auch so ein Teil. Es musste vorne bei dem anderen Equipment liegen – oder gelegen haben. Wer immer ihn damit traktierte, er hatte das Ding jetzt abgelegt, um irgendetwas anderes zu unternehmen.

Craig rechnete mit dem Schlimmsten.

Trotz allem: Das Zittern in seinen Händen flaute ein wenig ab. Für einen Wimpernschlag hatte Craig das Gefühl, die Konzentration kehre zurück. Er konnte sich sammeln, auf das Nötigste fokussieren.

Der Garagenöffner!

Natürlich, den hatte er ganz vergessen. Er konnte das Tor öffnen, den Wagen starten und mit quietschenden Reifen aus der Einfahrt sausen.

Er riss die rechte Armlehne hoch. Darunter war das Fach, in dem er den Öffner aufbewahrte. Er griff hinein. Umfasste die Fernbedienung. Drückte den Knopf.

Hinter ihm begannen die Lamellen zu knirschen. Die Neonröhre sprang an. Craig wollte den elektronischen Schlüssel ins Schloss stecken. Traf erst beim zweiten Versuch. Der Anlasser – er drückte ihn.

Porschesound.

Die linke Seitenscheibe zersprang. Ein glitzerndes Konfetti kleiner Scherben regnete in den Wagen.

Was zum Teufel?

Eine Hand fuhr in das Cockpit, riss ihn am Kragen. Schleuderte ihn gegen die Kopflehne, dann auf das Lenkrad. Der Typ schrie wieder, schrie wie von Sinnen. Dennoch: Auf einmal ließ er los.

Craig fühlte sich wie betäubt. Die Sekunden, in denen nichts geschah, dauerten plötzlich eine Ewigkeit. Einundzwanzig, zweiundzwanzig …

Die Tür wurde aufgerissen. Die zwei Hände waren wieder da. An seiner Schulter. Wollten ihn aus dem Auto zerren. Doch Craig ging zum Gegenangriff über. Stieß mit dem Unterarm eine Hand von der Schulter, ballte die Faust. Schlug zu, dahin, wo er den Kopf des anderen vermutete. Noch immer sah er die Welt durch bunte Kreise, weil er solange in den Strahler gesehen hatte. Erkannte den anderen nicht, obwohl es jetzt hell war, der Neonröhre wegen.

Aber er musste getroffen haben, der Andere ließ ihn los, wich zurück.

Craig sprang aus dem Auto. Fühlte sich mit einem Mal stark. Gewann die Kontrolle zurück. Doch schon im nächsten Augenblick stürzte sich ein Schatten auf ihn, zwei Hände umschlossen seinen Hals, pressten ihn gegen das Porschedach.

„WO IST SIE???", schrie der Schatten.

Der Verrückte hatte sein Gesicht jetzt ganz nah vor das Craigs gebracht. Zähne. Bart. Spucke. Aufgerissene Augen. Dunkle Strähnen in der Stirn. Blut. Schweiß.

„WO IST SIE, VERDAMMT NOCHMAL???"

Jetzt erkannte Craig ihn.

Richard-David. Es war Richard-David!

19

Er war kurz davor gewesen abzusagen. Doch dann hatte er sich gefragt, warum eigentlich? Er hatte ein paar Schrammen am Hals, eine Beule von dem Stoß gegen das Lenkrad. Es waren also nicht die körperlichen Auswirkungen des Kampfs mit Richard-David gewesen. Es war sein Inneres, das in Aufruhr war, seine Seele, wenn man so wollte, doch daran glaubte Craig nicht. Der Mensch war eine biologische Maschine, etwas Ewiges umgab ihn nicht.

Richard-David hatte erst von ihm abgelassen, als Craig ihm einen Schlag in den Magen versetzt und ihn dann mit einem Haken K.O. geschlagen hatte. In einem ersten Impuls wollte Craig die Polizei rufen, doch dann fiel ihm ein, was Richard-David geschrien hatte: „WO IST SIE?"

Damit konnte doch nur Isa gemeint sein. Er vermisste sie also auch. Sie war nicht bei ihm, so wie Craig es vermutet hatte. Er musste mehr darüber erfahren, musste wissen, wo Isa steckte. Und sicherlich würde Richard-David mehr darüber wissen als er.

Er schleppte ihn hinauf in die Wohnung, legte ihn auf das Sofa und wartete, bis er aufwachte. Das würde nicht lange dauern, Craig hatte in seiner US-Zeit ein wenig geboxt, er hatte schon einige Männer K.O. gehen sehen, auch sich selbst natürlich. Zur Sicherheit, falls Richard-David noch nicht genug haben sollte, nahm er den Schürhaken aus der Vorrichtung neben dem Kamin. Dann setzte er sich auf den Sessel neben der Couch und wartete.

„Wo ... wo bin ich?", war das Erste, was Richard-David sagte. Er stützte sich auf den Ellenbogen und hielt sich mit der anderen Hand den Kiefer. Er sah nicht gut aus, ganz unabhängig von den Blessuren, die er sich in der Auseinandersetzung mit Craig zugezogen hatte. Sein Bart war ungepflegt und zottelig, war sicherlich ein Jahr nicht mehr gestutzt worden. Seine Haut war gelb und pickelig. Seine Augen blickten klein und rot und hilflos in die Welt. Er trug eine beige, verschmutzte Baumwolljacke, darunter ein kariertes Hemd, das schon deshalb bis zur Brust offenstand, weil die obersten Knöpfe fehlten.

„Du bist in meinem Wohnzimmer, Richard-David, nachdem Du mich in der Garage überfallen hast."

Er schien mit einem Ruck zu sich zu kommen, sprang an die Sofakante. Doch bevor er aufstehen konnte, stand Craig bereits auf den Füßen und hob den Schürhaken nur leicht auf Hüfthöhe an.

Das reichte schon, um Richard-David zur Vernunft zu bringen. Als erahne er den Schmerz, der ihm drohte, griff er sich erneut ans Kinn und massierte seinen Kiefer.

Obwohl Craig die Antwort ahnte, fragte er: „Also, was wolltest Du von mir?"

Ohne ihn anzublicken, antwortete Richard-David: „Ich wollte wissen, wo sie ist. Isa. Wo wart Ihr?"

„Wir waren nirgends, zumindest nicht zusammen."

Richard-Davids Blick verlor seine Hilflosigkeit, plötzlich sah er Craig aus wütenden Augen an. Eine Zornesfalte verstärkte den Eindruck, sie hatte sich über die Mitte seiner Stirn gelegt. „Was soll das heißen – nirgends? Ihr seid beide zur gleichen Zeit verschwunden. Das kannst Du Deiner Großmutter erzählen, dass Ihr nicht zusammen unterwegs wart."

„So ist es aber."

Er schien zu überlegen, ob er sich erneut auf Craig stürzen sollte, verwarf aber offenbar den Gedanken. Unter einem röchelnden Grunzer stieß Richard-David Luft aus der Nase. „Und wo ist sie dann?"

„Ich hatte angenommen, bei Dir. Deshalb war ich heute auch bei Deiner Wohnung in der Dachauer Straße."

Richard-David kniff die ohnehin schmalen, roten Augen noch ein Stück weiter zusammen. „Du willst mir erzählen, Du hattest in all der Zeit, in der Du weg warst, keinen Kontakt zu ihr?"

„Genau so ist es."

„Das ist doch ... aberwitzig ist das!"

„Ja", sagte Craig und trat hinüber zu seinem Mantel, der immer noch auf dem Boden lag. Er hob den Mantel auf, ging damit zur

Garderobe, um ihn aufzuhängen. Den Schürhaken hatte er an den kleinen Couchtisch gelehnt, Richard-David musste sich nur nach vorne beugen, um ihn zu ergreifen. Craig hatte keine Ahnung, warum er dieses Risiko einging.

Doch Richard-David hatte den Schürhaken nicht angerührt. Als Craig wieder ins Wohnzimmer trat, sagte er: „Und stimmt es, was in der Presse steht? Dass Du Dich an nichts erinnern kannst? Ein Jahr, völlig im Dunkeln?"

Craig nickte. „Retrograde Amnesie."

Richard-David nickte ebenfalls, übertrieben stark sogar, als höre er einen geheimen Rhythmus. Dann stieß er wieder Luft aus der Nase.

„Warst Du es, der hier vor kurzem in die Fenster gestarrt hat?"

„Allerdings."

„Und auf der Maximilianstraße? Das Auto, das mich fast überfahren hat?"

„Davon weiß ich nichts."

„Wie lange beobachtest Du mich schon?"

Richard-David faltete die Hände über dem Schoß, spitzte eigenartig den Mund, presste immer wieder die Lippen aufeinander. Sie wurden abwechselnd rot und weiß. „Ich habe das von Dir in der Zeitung gelesen, dann wollte ich wissen, ob Du wirklich wieder da bist und bin hierher gefahren. Zweimal war ich hier, einmal war alles dunkel, einmal war es hell. Dann bin ich auf die Galerie geklettert und habe Dich beobachtet. Das war's."

„Warum die Nummer in der Garage? Warum hast Du nicht einfach mit mir gesprochen?"

„Ich habe keine verlässliche Antwort erwartet."

Craig nickte. „Mir war nicht klar, dass Du von uns, von Isa und mir, wusstest."

Die Unterlippe verschwand in seinem Mund, quoll dann langsam, fast widerstrebend wieder hervor, wobei sich erst weiße Streifen auf ihrer Oberfläche bildeten und sie dann eine tiefe violette Tönung annahm. „Ich habe Euch einmal zufällig gesehen. In einem Eiscafé am Pariser Platz."

Craig erinnerte sich dunkel an das Ereignis, auf das Richard-David anspielte. Er hatte damals zwei Wochen nichts mehr von Isa gehört und kurz vor einer Geschäftsreise gestanden. Plötzlich, am Tag des Abfluges, hatte sie sich bei ihm gemeldet, wollte ihn unbedingt sehen, sofort, bevor er fuhr. Er sagte: „Und das war Dir Beweis genug, ja? Ein gemeinsames Eis."

„Ihr habt Euch gegenseitig gefüttert und Euch mit dem Mund die Erdbeeren in den Mund des jeweils anderen gesteckt. Was sollen da für Fragen offen bleiben?"

Natürlich, jetzt sah Craig es wieder vor Augen. Danach waren sie gemeinsam zum Flughafen gefahren und hatten Sex in einer öffentlichen Toilette gehabt. Er nahm den Schürhaken und setzte sich, begann mit dem Metall zu spielen, ließ es zwischen den Schuhen von der einen auf die andere Seite fallen. Dann blickte er wieder zu Richard-David auf. „Wie hat Isa reagiert, als Du sie darauf angesprochen hast?"

„Das habe ich nicht getan."

„Nein? Warum nicht?"

„Ich wusste, sie würde mich nie verlassen. Ich wollte, dass sie es von sich aus beendet, nicht weil ich Druck ausübe. Ich wollte, dass sie diese Affäre mit Dir beenden *will*. Und so war es dann ja auch."

Ja, so war es auch.

„Also, wo ist sie? Du musst doch irgendeine Ahnung haben!"

„Nein ich ..." Craig stand auf. „Das letzte, was ich von ihr gehört habe, war ein Brief, den sie mir geschrieben hat."

„Ein Brief?" Richard-David blickte ihn von unten ungläubig an.

Craig wusste nicht, warum er das tat, doch er zog die Schachtel heraus, öffnete den Deckel. Der Brief lag zuoberst auf den Fotos. Er nahm ihn heraus, entfaltete ihn, reichte ihn Richard-David.

„Ja ... ja, das ist ihre Schrift."

Er begann zu lesen, und je weiter er kam, desto stärker füllten sich seine Augen mit Tränen. Zum Schluss liefen sie ihm einfach über die Wangen. Nachdem er fertig mit dem Brief war, blieb er für einige Atemzüge regungslos sitzen. Anschließend durchzuckte es ihn, und er schlug sich mit der Faust auf den Oberschenkel.

Im Rhythmus der Schläge rief er: „Und ich Idiot! Ich bescheuerter Idiot! Ein Jahr lang mache ich mir Sorgen! Suche sie, grübele, was ich falsch gemacht habe. Ich erbärmlicher Vollidiot!"

Richard-David hatte einen gebrochenen Eindruck gemacht, als er gegangen war. Und auch Craig hatte mindestens eine Stunde reglos auf der Couch gesessen, bevor das Leben irgendwie weiterging. Er konnte sich nicht daran erinnern, an irgendetwas gedacht zu haben. Als er später im Bett lag, fand er keinen Schlaf. Sein erster Impuls am Morgen war es deshalb gewesen, die Verabredung mit Pamona abzusagen. Doch nach der Dusche und dem ersten Kaffee fühlte er sich plötzlich gar nicht mehr so müde und änderte seine Meinung: Er beschloss, es durchzuziehen.

Pamona wohnte nur rund fünf Fahrtminuten von dem Einkaufscenter entfernt, in dem er Bekanntschaft mit Beat gemacht hatte. Da sie erst „zwischen 13 und 14 Uhr" verabredet waren, stellte Craig den Wagen auf dem Parkplatz vor dem dreigeschossigen Glas-Stahl-Betonbau ab und unternahm einen kurzen Spaziergang durch die Shoppingmall.

Er setzte sich auf einen der Bistrostühle in das Café an der Stirnseite des Einkaufszentrums, gleich neben die Rolltreppen. Er musste sich eingestehen, dass er eine leichte Hoffnung gehabt hatte, Beat hier anzutreffen, doch sah es nicht so aus, als sei er hier. Ohnehin wäre ein Gespräch mit ihm wahrscheinlich nur von geringem Wert gewesen.

Er bestellte eine Schale bei einem Kellner, der mit seinen Tätowierungen und seinen behäbigen Bewegungen den Eindruck machte, als sei die Arbeit im Bistro eine Resozialisierungsmaßnahme. Dann fühlte er erneut in sich hinein, fragte sich wie schon bei seinem ersten Besuch, ob er schon einmal hier gewesen war. Doch er erinnerte sich an nichts.

Von seinem Platz aus konnte er über die drei Etagen hinwegsehen, doch befanden sich kaum Menschen in der Anlage. Vor ihm lag eine große leere Fläche aus künstlichem Marmor, in deren Mitte drei bauchige Töpfe mit Palmen zusammengeschoben waren. Eine ältere

Dame mühte sich mit einer Gehhilfe vom Eingang zu den Rolltreppen, und eine Gruppe kichernder Mädchen drückte sich an die Scheibe eines Klamottenladens. Nur bei der Bäckerei direkt im Eingangsbereich herrschte reger Publikumsverkehr.

Craig bezahlte den Kaffee und ging quer durch die Mall. Auf Höhe der Palmen blickte er nach oben auf ein Tonnengewölbe, das aus Glas sein mochte oder aus Plastik. Von der Decke hingen lange Werbetafeln, die auf einen neuen Lipgloss aufmerksam machten. Ein Mann mit grauen Schläfen blickte aus dem zweiten Geschoss zu ihm herunter. Als er bemerkte, dass Craig ihn ansah, nahm er sich die Brille ab und begann, die Gläser zu putzen.

Craig stellte sich ans Ende der kleinen Schlange vor der Bäckerei. Er stand so nah an der Schiebetür, dass er offenbar immer wieder den Kontakt berührte und die Tür auf und zu fuhr. Als er an der Reihe war, bestellte er einen Nidelfladen mit Birnenschnitzchen und Zimt und ließ ihn sich in eine weiße Folie verpacken, auf der blaue Windmühlen und schwerfällige Rösser abgebildet waren, die Pflüge über einen Schweizer Acker zogen.

Er ging zum Parkplatz, konnte sich aber nicht erinnern, wo er den Porsche abgestellt hatte. Er drehte sich einmal um die eigene Achse, dann fiel ihm ein, dass er wieder mit dem Passat hier war, der Porsche stand ja mit eingeschlagenem Seitenfenster in der Garage.

Craig legte den Kuchen auf den Beifahrersitz und verließ den Parkplatz. Er fuhr auf die Birmensdorferstraße, passierte ein Krankenhaus, bog zweimal rechts und einmal links ab und stand dann vor einem viergeschossigen Mehrfamilienhaus in einem frischen Fliederton und mit grünen Fensterläden. Er stellte den Motor ab und hörte als erstes das Klirren von Glas. Als er sich über die Schulter blickte, sah er einen älteren Herrn mit grauer Schiebermütze, der Flaschen in einen Container warf.

Craig sah auf die Uhr. Fünf Minuten nach eins. Schon als er eben im Café auf dem Bistrostuhl gesessen hatte, hatte er eine leichte Nervosität aufsteigen spüren. Das Gefühl hatte sich jetzt noch verstärkt; er kam sich vor wie ein Fünfzehnjähriger vor seinem ersten Date. Er klappte den Sonnenschutz herunter und schob die Blende vor dem Schminkspiegel zur Seite. Der Cut an seiner Stirn war kaum mehr zu sehen, nur ein veilchenblauer Fleck war zurückgeblieben. An die Verletzungen, die er aus seinem vergessenen Jahr zurückbehalten hatte, erinnerte nur noch eine längliche, fadendünne Narbe an der Schläfe.

Er strich sich durch die Haare, glättete eine zerzauste Stelle an der Seite, fuhr sich einmal mit der flachen Hand durch den Bart. Dann feuchtete er Daumen und Zeigefinger an und strich sich damit über die Augenbrauen. Er hatte sich betont leger gekleidet, trug einen buntgestreiften Shetland Pullover von Rosy Eribé, darunter ein Polo von Ralph Lauren, aber die Marke sah man ja nicht. Das einzige, was ihn ein wenig hervorhob, waren die rahmengenähten Monkstraps, aber das würden nur Kenner registrieren.

Er stieg aus und ging über betongraue Platten auf das Haus zu. Auch hier bemerkte er nichts, was ihn an ein früheres Leben erinnerte. Wenn schon, dann erinnerte ihn diese Gegend an seine Kindheit in Bochum: Alte Arbeiterkasernen, der Geruch von Kaninchenställen, aufgeplatzte Straßen, aus denen sich das Unkraut kämpfte. Ganz so trostlos war es hier nicht.

Er trat vor die Tür, sondierte die Schilder. P. Anderegg, da war es, ihr Name stand ganz unten links. Alle Namensschilder waren in der gleichen Groteskenschrift gehalten und in Großbuchstaben gedruckt, nur Pamonas Türschild war mit einer Folie überklebt. Ihr Name war darauf in einer schrägen, weiblichen Schreibschrift notiert worden, die von der feuchten Witterung verblasst war.

Er atmete einmal tief ein. Dann klingelte er.

Fast im gleichen Augenblick summte das Schloss, es machte „klock", die Türverriegelung öffnete sich. Er trat ein, fand sich in einem engen Treppenhaus mit einem Geländer aus Metall wieder, dessen Handlauf mit schwarzem Kunststoff verkleidet war. Es roch nach Béchamelsauce, Muskat und gebratenem Speck. Oben, im ersten Zwischengeschoss, quiekte ein Scharnier.

Craig fühlte einen Kloß im Hals, als er hinaufblickte. Wie würde sie aussehen? Würde sie Isa ähneln?

Schon als seine Monkstraps die erste Stufe berührten, trat sie auf die Schwelle, legte vier Finger einer Hand an den Türrahmen.

Er lächelte kurz hinauf, blickte dann aber wieder nach unten auf die Stufen, um nicht ins Straucheln zu geraten. Oben angekommen sagten beide erst einmal nichts, blickten sich stumm und forschend in die Augen.

Pamonas Züge wirkten auf eine eigenartige Weise streng und herzlich zugleich. Die Strenge schien sich in den scharfen Linien ihres Mundes und ihrer Lippen verfangen zu haben, auch ihre Nase verstärkte den Eindruck. Sie war spitz, und ihr Nasenrücken wirkte glatt und eben wie mit dem Lineal gezogen. Ihre Wangenknochen hingegen waren hoch und rund und verkörperten eine warme Herzlichkeit. Das taten auch ihre Augen, die ihn grünlichgrau anfunkelten. Während ihre schulterlangen Haare in einem metallischen Rotton schimmerten, waren ihre Augenbrauen von einem hellen Braun.

An Isa erinnerte sie nicht im geringsten.

„August … entschuldige, *Craig*, ich …" Sie löste sich vom Rahmen, machte einen Schritt auf ihn zu. „Entschuldige, aber ich muss das tun." Dann umarmte sie ihn. Und auch er ließ seine freie Hand um sie gleiten, spürte ihre spitzen Schulterblätter, roch erst ihr Haar und dann ihre leicht nach Kokos duftende Haut.

In diesem Moment war er sich sicher, dass er diesen Duft nicht das erste Mal roch. Er roch nach Zuhause.

Er spürte ihre Hand an seinem Nacken und seinem Hinterkopf. Wie eine Mutter ihr verlorenes Kind, so drückte sie ihn an sich. Als sie sich wieder von ihm gelöst hatte, sagte sie: „Also, komm rein."

Pamona nahm ihm den Kuchen ab und lächelte ihn an. Sie schien sich tatsächlich aus vollem Herzen zu freuen, nichts an ihrem Lächeln wirkte aufgesetzt. Seine Nervosität war auf einmal wie weggeblasen.

„Wir gehen ins Wohnzimmer. Es ist … haha, ja das weißt Du wahrscheinlich nicht. Nein? Geradeaus, genau."

Die Wohnung war größer, als er gedacht hatte. Vom Flur ging es links in die Küche, in der er eine alte, silberne Espressokanne auf dem Herd köcheln sah. Eine Tür auf der rechten Seite war leicht angelehnt, er erkannte einen beigen, hochflorigen Teppich, auf dem ein Spiegel stand und die Hälfte eines weißen Kleiderschranks. Das Schlafzimmer, nahm er an. Bei dem Zimmer daneben war die Tür geschlossen, eine Kinderzeichnung, die über der Klinke mit Tesafilm aufgehängt war, verriet allerdings, wessen Reich sich dort befand. Das Wohnzimmer war in einen Ess- und einen Wohnbereich geteilt, so wie in seinem Münchner Penthouse. Oberhalb des Esstischs ging es in ein weiteres Zimmer, er sah einen Schreibtisch und ein paar Regale. Außerdem führte eine Schiebetür vom Wohnzimmer zu einer Terrasse hinaus und zu einem von Koniferen umkränzten Rasenstück.

„Setz Dich doch!", sagte sie und zeigte auf ein L-förmiges, kaffeebraunes Sofa in Rattanoptik.

Er tat es, nahm ein Stück Kuchen und einen Milchkaffee entgegen. „Ohne Zucker", sagte er.

„Ich weiß", erwiderte sie und setzte sich ihm schräg gegenüber. Als er nichts weiter sagte, meinte sie: „Und? Wie fühlst Du Dich?" Sie lächelte noch immer.

„Eigenartig", sagte er, weil es ganz einfach stimmte. Er konnte sich an nichts Konkretes erinnern, doch spürte er eine gewisse Vertrautheit mit den Dingen, die er nicht erklären konnte. Er stellte den Teller mit dem Nidelfladen beiseite, sah sie an. „Pamona, für mich wäre es am besten, wenn wir zuerst ein bisschen über die Fakten sprechen könnten."

Sie nickte, ihr Lächeln flaute leicht ab. „Natürlich, ja. Was willst Du wissen?"

„Nun ja, diese Wohnung ... wie lange war ich hier?"

Sie schob sich eine Gabel mit zwei aufgespießten Birnenschnitzchen in den Mund. „Wie oft? Hm, ich würde sagen, jeden Tag. Ein Jahr lang jeden Tag."

„Tatsächlich? Dann bin ich bei Dir eingezogen?"

„Das kann man so sagen." Eine gewisse Ungeduld lag jetzt in ihrer Stimme.

Er hob die Hände, gestikulierte, weil die nächste Frage auf der Hand lag, er sie aber irgendwie nicht aussprechen konnte. Auch ein fester Blick auf den roten Schaukelelch, der in der Mitte des Raums stand, brachte keine Lösung.

„Wir haben uns geliebt, Craig. Du bist hier eingezogen, weil wir uns ineinander verliebt haben. Wir haben diese Interviews geführt, aber auch noch viel mehr geredet. Wir haben im Grunde ein Jahr lang geredet, Du warst der aufregendste Gesprächspartner, den ich jemals hatte. Es gab nichts, über das wir uns nicht austauschen konnten."

Er zeigte in Richtung Kinderzimmer. „Das Kind, ist es ..."

„Nein. Nein, ist es nicht. Toni ist der Sohn meines Ex-Mannes. Meines Fast-Ex-Mannes, die Scheidung ist noch nicht durch."

Craig spürte, wie eine Last von ihm abfiel. „Gott sei Dank, ich dachte schon ..."

„*Was* dachtest Du schon?"

„Naja, ich habe einen Kassenbon mit Windeln gefunden. Ich hatte Angst, ich könnte der Vater sein."

„Angst?" Pamona stand auf, die Gabel klimperte über das Porzellan. „Mein Gott, *ich wünschte, es wäre mein Kind*, hast Du immer gesagt. *Ich wünschte, Toni wäre mein Sohn.* Du hast auch ihn geliebt. Herrgott, das kann doch nicht ..."

Sie ging zum Flur, stützte den Arm an einen der Türrahmen, senkte den Kopf. Ihre roten Haare hingen herab wie ein Handtuch.

Das hätte ich irgendwie diplomatischer formulieren können, schoss es Craig durch den Kopf. Er stand ebenfalls auf, sagte: „Entschuldige, so meine ich es nicht. Es wäre nur ein schrecklicher Gedanke gewesen, wenn ich mich nicht an mein eigenes Kind erinnern könnte."

Sie drehte sich um. „Es ist schrecklich genug, so wie es ist." Sie machte eine kurze Pause, doch Craig spürte, dass sie etwas nachschieben wollte. Schließlich sagte sie: „Bist Du verheiratet, Craig? Hast D*u* Kinder?"

„Nein."

Pamona nickte streng und gefasst, aber er sah auch, dass sich ihre Züge leicht entspannten. Sie ging zurück zum Sofa, setzte sich wieder. Auch er nahm Platz. „Gut, das war nicht der Einstieg in unser

Gespräch, den ich erwartet hatte." Mit ihren beiden Mittelfingern wischte sie Tränen davon, die drohten, ihr über die leicht gepuderten Wangen zu fließen.

„Dachtest Du, wir fallen uns um den Hals wie ein Paar, das sich nach langer Zeit wiedergefunden hat?"

Ihre linke Schulter zuckte zweimal unschlüssig nach vorne. Sie trug ein rosafarbenes Kleid und eine schwarze Leggins darunter. Um ihre Handgelenke schmiegten sich zahlreiche Armbänder in unterschiedlichen Materialien und Farben, auch einige Freundschaftsbändchen waren darunter. „Das nicht, aber … ich dachte zumindest, das alles würde etwas in Dir auslösen. Tja."

Er spürte, dass es gut wäre, ihre Hand zu nehmen. Doch es ging einfach nicht. Sie war letztlich eine Fremde für ihn. Und er konnte schließlich auch nichts dafür, dass er so empfand. „Das wird es vielleicht noch, Pamona, Du musst mir nur ein bisschen Zeit geben."

„Natürlich. Es ist ja auch nicht so, dass ich keine Erfahrung mit Männern habe, die das Gedächtnis verloren haben."

Sie lächelten beide und nippten anschließend an ihrem Kaffee. Die Armbänder, die um Pamonas Handgelenke geschwungen waren, klimperten versöhnlich. Darauf erzählte sie ihm von ihrem gemeinsamen Leben. Er hatte sich offenbar gut eingerichtet bei ihr, sie zeigte ihm die Hanteln, die im Arbeitszimmer lagen und mit denen er regelmäßig trainierte. Öffnete den Kleiderschrank für ihn, präsentierte ein paar scheußliche Klamotten. Alles war sehr funktional: Atmungsaktive Jacken, knitterfreie Hemden, Schuhe, die in erster Linie bequem zu sein hatten.

„Und das hat Dir gefallen, ja?", fragte er Pamona.

„Um ehrlich zu sein, darüber habe ich mir gar keine Gedanken gemacht. Mich hat der Inhalt interessiert, nicht die Verpackung."

Da er keine Papiere gehabt hatte, hatte er mehrere ehrenamtliche Arbeiten übernommen. Er hatte in dem Verein, in dem Pamona auch Mitglied war, die Geschäftsstelle unterstützt. Hatte Kampagnen vorbereitet, aber auch Plakate geklebt. Der Verein kämpfte vor allem gegen Agrarkonzerne, die genetisch veränderte Pflanzen in die Schweiz einführen und hier anbauen wollten, und Craig hatte ein erstaunliches Fachwissen einbringen können. „Jetzt wissen wir auch, warum", sagte Pamona und sah ihn streng an.

„War ich denn wirklich ein Feind der Gentechnik?"

„Nein, das kann man so nicht sagen, Du hast manches abgelehnt, aber immer auch davon gesprochen, dass starke Chancen in der Technik liegen, vor allem im medizinischen Bereich. Mit dieser differenzierten Haltung warst Du nicht immer, sagen wir, *unumstritten*."

Paradoxerweise hatte sich Craig auch in die Schweizer Asylpolitik eingearbeitet und für Amnesty International Flüchtlinge bei ihren Rechten in der Schweiz beraten. Zweimal in der Woche hatte er eine eigene Sprechstunde gehabt, und immer wieder hatte er Menschen aus Afrika, dem Nahen Osten oder aus Lateinamerika mit nach Hause gebracht. „Hier war wirklich immer etwas los", sagte Pamona und schaute zur Decke hinauf, als sei dort alles in einem farbenfrohen Fresko festgehalten.

„Und ich habe mich nicht um meinen eigenen Aufenthaltsstatus bemüht?"

„Nein, Du warst *Sans papier* und sahst keinen Grund das zu ändern."

„Das bedeutet, ich konnte keiner geregelten Arbeit nachgehen. Und es bedeutet auch, dass Du das alles bezahlt hast, nicht wahr?"

„Es war nicht der Rede wert, Du hast sehr asketisch gelebt. Außerdem warst Du der verlässlichste Babysitter, den ich je hatte."

Craig stutzte. „Ehrlich? Ich kann eigentlich gar nicht mit Kindern."

„Oh, *August* konnte hervorragend mit ihnen, vor allem mit Toni! Jeden Morgen hast Du Frühstück für ihn zubereitet, pünktlich um 6.30 Uhr, und ihn dann zur Krippe gebracht. Und wenn ich am Wochenende arbeiten musste – was leider häufig vorkommt – bist Du eingesprungen, bist mit ihm zum Spielplatz oder ins Freibad. Ihr wart ein" – sie schluckte laut und vernehmlich – „Herz und eine Seele."

„Dennoch musst Du eine Menge Auslagen gehabt haben. Ich könnte Dir heute ..."

„Nein, kommt nicht in Frage!"

Craig nickte. Er akzeptierte ihre Haltung fürs Erste, nahm sich aber vor, den finanziellen Aspekt zu einem späteren Zeitpunkt noch einmal anzusprechen. Jetzt wollte er aber zunächst wissen, ob er nicht versucht hatte, hinter das Geheimnis seines verlorenen Gedächtnisses zu kommen. Er verwies darauf, dass es ihn heute fast wahnsinnig mache, sich nicht an dieses eine Jahr erinnern zu können. Wie müsse es erst damals gewesen sein, als ihm quasi sein ganzes Leben abhanden gekommen war?

Pamona legte den Kopf leicht zur Seite, strich sich eine Strähne aus dem Gesicht. „Eine Frage, Craig: Bist Du glücklich, in dem Leben, das Du führst?"

Craig schlug die Beine übereinander, ließ sich in die Kissen des Sofas sacken. „Wer ist das schon?"

„August war es."

„Tja. Und Du meinst, August hat erahnt, dass es ihm hier besser ging als in seinem Leben als Craig?"

Sie sah ihm tief in die Augen, schürzte leicht die Lippen. Dann nickte sie mehrfach entschlossen. Allerdings, fügte sie hinzu, habe ihn die Frage später dann doch interessiert. August sei irgendwann zurück zu den Obdachlosen gegangen, habe mit ihnen über sich gesprochen, aber ohne Ergebnis. Irgendetwas habe ihn immer wieder ans Nordufer des Zürichsees gezogen, ganz in die Nähe der Stelle, wo er auf der Bank aufgewacht sei. Sie, Pamona, habe das mit Sorge verfolgt, aber natürlich habe sie es verstanden.

Craig legte einen Finger an die Lippen, machte „Hm-hm" und fragte dann: „Was, glaubst Du, war die Ursache für mein plötzliches Interesse?"

Pamona schüttelte leicht den Kopf, als denke sie an etwas, was sie am liebsten verdrängen wollte. Dann hob sie den Blick und sagte: „Du hattest das Gefühl, beobachtet zu werden."

20

Er hatte sich im Bernardino de Sahagún eingemietet, in der Executive Suite, wie immer. Seit Anfang März war er nicht mehr in diesem Raum gewesen, seit dem Tag, an dem er aus seinem langen Schlaf erwacht war.

Craig hatte erwartet, etwas Besonderes zu spüren, einen unheimlichen Schauer oder so, hier, am Ort des Geschehens. Doch die Anwesenheit in dem Zimmer, in dem all die Dinge geschehen waren, die sein Leben so sehr verändert hatten, löste nichts in ihm aus. Er fühlte sich … *normal.*

Er trat ans Fenster, zog den goldenen Vorhang zur Seite. Die Sonne war bereits untergegangen, der Himmel glühte orange. Nur ein langes, gebogenes Wolkenband hatte sich über den Zürichsee geschoben, drohte am Himmel wie eine große, dunkelblaue Sichel.

Craigs Füße steckten in den weißen Flauschpantoffeln des Hotels. Er wandte sich um, schlappte zum Sekretär mit den geschwungenen Beinen und den Tatzen. Hob das Bier von der Nussholzplatte, das er sich erst vor wenigen Minuten aus der Minibar genommen und dort abgestellt hatte. Dann ging er wieder ans Fenster, setzte die Flasche an und nahm einen tiefen Schluck.

Er war zurück, dachte er. Über ein Jahr war er da draußen herumgeirrt, hatte zuerst vor Schaufenstern geschlafen und in Obdachlosenheimen. Hatte Mülltonnen durchwühlt und in Suppenküchen gegessen. Dann hatte er das Leben eines Hausmanns gelebt, sich um ein Kind gekümmert, das nicht das seine war, hatte sich für Karitatives eingesetzt. Er mochte glücklich gewesen sein, in dieser Zeit, dennoch war er froh, dass er sein jetziges, sein *wirkliches* Leben wieder leben konnte. Er saß wieder im Sattel. Würde kommende Woche wieder den Vorstandsvorsitz seiner Firma übernehmen, würde schon bald wieder der Star der Medien sein. Er wusste, der Durchbruch würde irgendwann kommen, eine große Entdeckung, die ihn in die Geschichtsbücher brachte.

So leicht kriegte man einen Dr. Craig Hammerstein eben doch nicht unter.

Es gab im Grunde nur noch einen Punkt, den er klären musste, dann würde er endlich die Geister seiner vergessenen Vergangenheit verscheucht haben. Er musste wissen, was in der Zeit passiert war, die zwischen seinem Besuch hier, im Bernardino, lag und dem Augenblick, als sein Leben als Penner begann. Denn das schien doch klar: Er war zuvor noch einmal in München gewesen, hatte Geld abgehoben. Keinesfalls war er also orientierungslos aus dem Hotel gewankt und hatte sich unter eine Brücke gelegt. Er musste ins Auto eingestiegen und zurück nach Hause gefahren sein. Warum? Was hatte er vorgehabt? Und warum war er hierher zurückgekommen?

Er setzte die Flasche an, trank einen weiteren großen Schluck. Er konnte vom Fenster aus direkt zu der Stelle sehen, wo er aufgewacht war. Die Bank sah er nicht, aber das lag sicherlich daran, dass die Stadt im Dämmerlicht lag oder an der Tatsache, dass er nach wie vor keine Brille trug. Doch auch wenn er sie nicht sah, er wusste, dort war der Ort, an dem er vor anderthalb Jahren plötzlich in einem neuen Leben aufgewacht war.

Er öffnete sich ein zweites Bier und schlüpfte dann in einen der Anzüge, die er sich vor einigen Jahren von Modes hatte schneidern lassen. Er war hellbraun mit weißen Nadelstreifen und aus australischer Merinowolle gefertigt, die Modes damals besonders angepriesen hatte. Vielleicht lag es daran, dass es der teuerste Stoff gewesen war, den er vorrätig hatte.

Der Anzug passte perfekt, er bekam gerade noch zwei Finger zwischen Bauch und Bund.

Er schlüpfte in seine knöchelhohen George-Boots, legte sich den Ledermantel über den Arm. Wenige Schritte später stand er vor dem Aufzug. Ein Typ, der ihm höchstens bis zur Schulter reichte, stellte sich neben ihn und glotzte in das verspiegelte Metall der Aufzugtür. Obwohl es draußen schon dunkel war, trug er eine Sonnenbrille, die er sich jetzt noch einmal entschlossen mit dem Zeigefinger auf die Nasenwurzel schob. Er zupfte sich leicht am Revers seines schwarzen Anzugs, schob den Knoten seiner Krawatte erst nach links, dann nach rechts. Schließlich nahm er die Haltung eines Turmspringers an, der im Begriff ist, aufs Sprungbrett zu treten.

Vielleicht einer von den Blues Brothers, dachte Craig, als sich die Aufzugtüren öffneten. Während sie gemeinsam abwärts fuhren, stellte sich der Mann direkt vor ihn, den Blick auf die Stockwerksanzeige geheftet. Seine Haare waren ebenfalls schwarz, und der Duft, der seiner Pomade entstieg, erinnerte Craig auf geheimnisvolle Weise an den Badezusatz seiner Kindheit.

Die Rezeption war unbesetzt, ein junges japanisches Paar stand geduldig neben seinen Koffern und wartete unbeweglich auf Yusuf und seine Kollegen. Während der Sonnenbrillen-Träger in Richtung Bar verschwand, eilte Craig am Miniaturwasserfall und dem Tulpenstrauß vorbei in Richtung Ausgang. Der Page mit den weißen Handschuhen und dem roten Gesicht öffnete Craig die Tür.

„Danke", sagte Craig. Er wollte schon weitergehen, dann stoppte er plötzlich und zog die Geldbörse hervor. Da er nur noch wenige Schweizer Franken hatte, nahm er fünfzig Euro heraus und gab sie ihm. Der Page hob die Schirmmütze, sagte irgendetwas auf Schweizerdeutsch, das Craig nicht verstand.

„Nichts zu danken", sagte Craig ins Blaue hinein und folgte dem roten Teppich ins Freie.

Als er aus dem Hoteltor getreten war, das er, soweit er sich erinnerte, noch nie zu Fuß durchschritten hatte, schlüpfte er in den Mantel hinein. Doch schon als er an der Quaibrücke angekommen war, befreite er sich wieder davon. Es war immer noch recht warm, und erstmals in diesem Jahr lag ein süßlicher Duft in der Luft, der an Frühling erinnerte.

Er beugte sich über das Geländer, sah auf das Wasser hinab, das wie schwarzes waberndes Pech unter ihm lag. Der Frühlingsduft wurde abgelöst von einem modrigen Geruch, der irgendwie an nassen Torf erinnerte. Er ging die Quaibrücke hinauf und bog wie selbstverständlich an ihrem Ende rechts ab. Er schritt unter nackten Platanen hindurch, die hilflos wirkten zwischen dem See auf der rechten und dem Verkehr auf der linken Seite. Eine Bushaltestelle tauchte auf, an der zwei Mädchen mit kurzen Röcken und Zigaretten standen. Beide traten von einem Bein auf das andere und fummelten abwechselnd mit langen Fingern und roten Nägeln in Gesicht und Haar der jeweils anderen herum.

Craig ging ein paar Stufen hinab, bis er direkt am Wasser stand, rechts die Brücke, links Stege und Boote. Er legte den Mantel über das Geländer und beobachtete eine Entenfamilie, die unterhalb der Kaimauer entlangtrieb und langsam im Schatten der Brücke verschwand. Dort, wo die Schiffe schaukelten, leuchteten ein paar Signallampen, warfen rote Streifen auf das Wasser, die erst verblassten und dann vollends von der Schwärze verschluckt wurden. Auf der anderen Uferseite warfen die Häuser orangene Lichtpunkte auf Straße und See.

Craig bemerkte, dass er ein anderes Verhältnis zu dieser Stadt gewonnen hatte. Tatsächlich fühlte es sich so an, wie wenn er nach Bochum zurückkam und auf den Kemnader See blickte. Er war lange nicht mehr zuhause gewesen, doch wenn er dort war, wunderte er sich stets, dass alles immer noch so aussah wie früher. Scheinbar nichts hatte sich verändert, außer ihm natürlich. So war es auch hier, das alles wirkte auf ihn, als kenne er es schon ewig, als sei er nur sehr lange nicht hier gewesen. Und es fühlte sich an, als habe er hier eine gute Zeit verbracht.

Er nahm seinen Mantel und löste sich vom Geländer. Zwei Jugendliche fuhren die Stufen mit BMX-Rädern herunter. Ein alter Mann in beigen Klamotten stellte sich ans Ufer, exakt an die Stelle, wo Craig eben gestanden hatte, als hätte er nur auf den freien Platz gewartet. Er spielte mit irgendeinem Schmuckstück herum, einer Art Perlenkette, die immer wieder gegen das Geländer tickte.

Craig stellte sich vor die Bank. Vor *seine* Bank. Es konnte nur diese hier sein, die andere stand schon nicht mehr unter den Platanen, war zu weit weg. Und er hatte nach dem Aufwachen ja in eine Baumkrone geblickt.

Er setzte sich. Dann platzierte er den Mantel links neben sich und legte sich auf die Holzstreben, den Kopf auf den Mantel. Er blickte nach oben, in die kahlen Äste, den Himmel darüber, der seine komplette Farbe verloren hatte und jetzt wie eine blauschwarze Glocke über der Stadt lag.

Er schloss die Augen, nahm sich vor, an nichts mehr zu denken. Mindestens fünf Minuten wollte er hier so liegen, ganz leer und aufnahmebereit für seine vergessene Vergangenheit, die hier begonnen hatte. Und tatsächlich gelang es ihm schon bald, jeden Gedanken zu verbannen. Er hörte nur noch das Rauschen des Verkehrs, hin und wieder den hohen, metallischen Klang, wenn die Kette des Mannes gegen das Geländer schlug, und ganz weit weg vernahm er das Brechen der schlappen Wellen am Kai und den Pfeilern der Brücke. Der Geruch war der gleiche wie vorhin, als er noch auf der Brücke stand, nur das Süßliche nahm er nicht mehr wahr, dafür roch er jetzt die Abgase vom Utoquai.

Er faltete die Hände über den Knöpfen seines geschlossenen Jacketts, atmete langsam ein, langsam aus, spürte, wie sich dabei der Brustkorb hob und wieder senkte. Trotz der leichten Abgase hatte er das Gefühl, die Luft sei rein und frisch. Gleich würde er die Augen öffnen, und seine Biographie würde wieder lückenlos vor ihm liegen. Das nahm er sich jedenfalls vor.

„Hey Sie!", sagte plötzlich einer neben Craig und ruckelte an seiner Schulter.

Craig riss die Augen auf. Ein rundes Gesicht, mit dichten, leicht ergrauten Augenbrauen und fleischigen Lippen, dick wie Finger, sah ihn an.

„Alles in Ordnung bei Ihnen? Ich dachte schon, Sie sind tot."

„Ja, alles klar", sagte Craig. „Ich bin nur müde."

Der Mann sah ihn kritisch an, nickte dann aber. Er ließ seine Kette in die Handinnenflächen schnalzen und begann dann, mit Daumen und Zeigefingern an den Perlen zu spielen.

„Es gibt immer eine Lösung, wissen Sie?"

„Ich war nur müde."

„Man darf es nicht in sich vergraben. Reden muss man."

„Ja, ich weiß."

„Wenn du dich abkapselst, ist alles vorbei. Dann nimmt das Leben seinen Lauf." Er machte eine ausladende Bewegung, die Kette klatschte ihm gegen die Fingerknöchel. „Und weg."

Craig rappelte sich auf, fühlte sich leicht benommen. „Ich habe nur nachgedacht."

„Das Grübeln kann einen umbringen, nicht wahr? Wenn man nicht abschalten kann. Wenn man nicht vergessen kann."

„Nein, ich kann abschalten, und vergessen kann ich auch. Da macht mir keiner was vor, glauben Sie mir."

„Ich glaube Ihnen, natürlich, natürlich."

„Ich habe an gar nichts gedacht, wenn Sie es genau wissen wollen."

„Sie machten einen verwirrten Eindruck, wenn Sie mich fragen. Gegrübelt, nicht gegrübelt."

„Hören Sie …"

„Wenn Sie wollen, schreibe ich Ihnen eine Adresse auf."

„Was? Wieso? Von Ihnen?"

„Von jemandem, der Ihnen helfen kann."

„Nein ich …" Craig nahm seinen Mantel und stand auf. „Ich wollte nur wissen, ob ich mich wieder erinnern kann."

„Und?", fragte der Mann, als sei das das natürlichste Anliegen der Welt. Hier auf der Parkbank zu liegen, um sich wieder zu erinnern.

„Nein, hat nicht geklappt."

„Hm", brummte der Mann, als hätte er nichts anderes erwartet.

„Okay", sagte Craig, „ich muss weiter."

Der Mann sagte nichts, schaute ihm nur aus schwarzen Augen hinterher. Craig sprang die Stufen hinauf und ging zurück zur Brücke. Seine kleine Meditationsübung hatte nichts gebracht. Er brauchte einen stärkeren Reiz, um seine Erinnerungen wieder zurückzubekommen. Und was er gar nicht brauchte, war jemand, der ihn aus der Konzentration riss, wie dieser komische Typ mit der Kette.

Craig blickte von der Brücke aus noch einmal zurück zu den Platanen. Erst hatte sich der Typ exakt an den Platz an seinem Geländer gestellt. Und jetzt lag er tatsächlich auf *seiner* Bank.

Craig schüttelte den Kopf und schlug den Weg zum Ascot-Club ein.

Es war noch früh, und dennoch war der Ascot-Club gut besucht. Die meisten Gäste waren offenbar direkt aus dem Büro hierher gekommen, die Männer trugen Anzug, die Damen Kostüme oder ein anderes Business-Outfit. Der Mann am Klavier spielte die übliche Easy-Listening-Lounge-Musik, das Licht war gedimmt und angenehm.

Craig setzte sich an die Bar, wie immer, wenn er hier war. Er gab dem Barkeeper ein Zeichen und bestellte einen Tequila Sour.

Er beobachtete den Barmann eine Weile, wie er Sirup, Zitrone, Tequila und Soda in einem silbernen Metallbecher zusammenschüttete. Er konnte sich gut an ihn erinnern, schon deshalb, weil er dieses Bärtchen unter der Unterlippe trug und damit entfernt an Tom Waits erinnerte.

Tom legte eine quadratische Serviette vor Craig auf den Tresen, stellte den Tumbler darauf und goss den Tequila Sour vor seinen Augen in das Glas. Anschließend steckte er eine an der Seite aufgeschnittene Physalis an den Glasrand. Er nickte ihm wortlos zu, wollte sich schon wieder umdrehen.

„Entschuldigung, eine kurze Frage", sagte Craig.

Tom neigte den Kopf leicht über die Bar, spitzte die Lippen und hob die Augenbrauen.

„Sicherlich kennen Sie mich. Ich bin öfter hier, wenn auch oft in großen zeitlichen Abständen. Ich kenne *Sie* jedenfalls. Und ich … ich würde gerne wissen … es ist eine etwas komische Frage, ich weiß, aber wissen Sie noch in etwa, wann Sie mich das letzte Mal gesehen haben?"

Der Barmann sah ihn jetzt intensiv an, legte einen Zeigefinger über das Bärtchen. Er sah nicht übertriebenermaßen verwirrt aus, sicherlich war er an komische Fragen gewöhnt. „Ich müsste lügen, aber ich kann mich nicht erinnern."

„Generell nicht an mich oder nicht, wann Sie mich das letzte Mal gesehen haben?"

„Eher so generell."

„Verstehe ... und wenn Sie sich mich ohne Bart vorstellen?"

Er zog den Kopf zurück wie ein Weitsichtiger, der Abstand zwischen sich und sein Anschauungsobjekt bringen will. „Vielleicht ja, aber ... vielleicht auch nein."

Craig winkte ab, „war einen Versuch wert."

Tom nickte und wandte sich dann einem anderen Gast zu.

Craig nippte an seinem Tequila, ließ den Blick durch die Bar wandern. Er beobachtete erst eine Gruppe Inder, die alle mit Schnauzbärten und gestreiften Hemden ausgestattet waren, dann fiel sein Blick auf eine Rothaarige, die sich ans Ende der Bar gesetzt hatte. Sie trug einen Rock, der etwas zu kurz war, um in einer Schweizer Bank als angemessene Bürokleidung durchzugehen, war ansonsten aber stilvoll gekleidet.

Sie legte erst zwei Finger, dann ihre vollen Lippen um den Strohhalm, der in ihrem Drink steckte. Während sie die Flüssigkeit genüsslich einsog, ließ sie ihre stahlblauen Augen zu Craig hinüberwandern. Fast unmerklich, als hätte sie erraten, dass er über sie nachdachte, zwinkerte sie ihm zu.

Craig fühlte sich plötzlich hellwach. Ohne nachzudenken nahm er den Tumbler vom Tresen, rutschte vom Barhocker und ging auf die Rothaarige zu. „Ein Red Turpentine, nehme ich an?", sagte er und hob das Glas.

Sie lächelte und hob ihr Glas ebenfalls in seine Richtung. Craig spürte, wie das Blut in seinem Schwanz pulsierte, als sie erneut ihre vollen, weichen Lippen um den Strohhalm legte. *Na also,* dachte Craig, *so langsam werde ich doch wieder ganz der Alte.*

Die Rote fixierte ihn mit dunkelblau umrandeten Augen. „Knapp daneben. Ein Cinzano Spring Time, aber mit einem Schuss Grenadine."

Craig wollte sagen, dass sich das in seinen Ohren äußerst süß anhörte. Doch in diesem Moment spürte er, wie ihn ein leichter Schwindel erfasste. Er stellte den Tequila auf der Bar ab und stützte sich mit einer Hand auf den Barhocker, der vor ihm stand.

„Ist irgendwas nicht in Ordnung?"

„Doch, doch, ich habe nur gerade so etwas wie ..." Craig wollte „ein Déjà-vu" sagen, doch war ihm klar, wie bescheuert sich das anhören würde. Er war sicherlich ganz einfach zu schnell aufgestanden und hatte ein leichtes Kreislaufproblem. Außer dem Nidelfladen hatte er heute auch nicht viel gegessen, kein Wunder, dass er etwas wackelig auf den Beinen war.

„Es ist nur etwas zu viel Zitrone in meinem Drink, glaube ich", versuchte er die Situation zu retten. Er wollte sich schon in Richtung des Barkeepers wenden, um sich zu beschweren, als er ein eigenartiges Funkeln auf ihrem Gesicht wahrnahm. Unter dem linken Auge der Roten glitzerte es leicht, in einem grün-bläulichen Farbton. Es war eine Art Muttermal, irgendwo hatte er so etwas schon einmal gesehen.

Sie lächelte, als sie bemerkte, wie er ihr Gesicht anstarrte. Öffnete den Blazer und setzte sich leicht in Schräglage, um die Beine übereinanderzuschlagen und sich ihm zuzuwenden. Sie trug ein enges, weißes Top, und auf ihrem üppigen Dekolleté lag ein Anhänger in der Form eines Fischs.

Wieder durchfuhr Craig ein Gefühl des Schwindels. Er schob sich auf den Hocker, hielt sich mit einer Hand am Tresen fest. Er fühlte sich wie aus einem Traum hochgeschreckt und in eine vollkommen andere Situation geworfen. Er fuhr sich mit der Hand über die Augen, schloss sie für einen Moment. Die Musik des Pianos hörte sich plötzlich komisch an, die Töne wirkten wie in die Länge gezogen, und die Hintergrundgespräche der anderen Gäste kamen ihm auf einmal eigenartig laut vor.

Er öffnete die Augen wieder, es lief ihm erst kalt, dann heiß den Rücken hinunter. Die Rote hatte ihre Hand ebenfalls auf den Tresen gelegt, sie lag so nah an seiner, dass sie sie fast berührte.

Dann wusste er plötzlich, was los war. Die roten Haare hatten ihn getäuscht. Es musste eine Perücke sein.

Es war die blonde Nutte, die er vor einem Jahr mit auf sein Zimmer genommen hatte.

„Ich kenne Sie!", platzte es aus ihm heraus.

„Ja, nicht auszuschließen, dass wir uns schon mal begegnet sind. Sind Sie öfters hier?"

„Sagen Sie nicht, dass Sie sich nicht an mich erinnern können!" Sie legte einen Finger über ihre Lippen, an dessen Ende ein langer roter Nagel klebte. „Nicht so laut, wir sind hier nicht allein."

Craig spürte die Blicke der anderen Gäste. Der Schwindel war wie verflogen, doch fühlte er plötzlich wie das Adrenalin in seinen Adern pulsierte. Diese Frau musste etwas mit seinem Verschwinden zu tun haben. Sie *wusste* etwas, ganz sicher. „Dann erinnern Sie sich also?", presste er mit unterdrückter Stimme hervor.

Sie sah ihm tief in die Augen. „Jaaa", hauchte sie, „es war diese fantastische Nacht, nicht wahr? Mann, Du hast mich echt fertig gemacht."

„Nein, ich ... das meine ich nicht."

„*Schhh*", sagte sie. „Setz Dich wieder. Beruhige Dich. Wir haben nichts gemacht, was wir nicht wiederholen könnten."

Es war ihm gar nicht aufgefallen, dass er aufgestanden war. Doch tatsächlich fand er sich vor dem Barhocker stehend an der Theke wieder. Er blickte nach rechts über die Flaschen hinweg in das verspiegelte Regal. Sah sein Gesicht rötlich angelaufen, eine violette Ader hatte sich über seine Stirn gelegt.

Er schluckte, hatte das Gefühl beobachtet zu werden. Ein Gefühl, wie nackt unter Angezogenen zu sein, stieg in ihm auf. Er blickte zuerst in Richtung des Pianos, dann zu den Indern. Hatte jemand etwas bemerkt? Doch die anderen Gäste schienen vertieft in ihre Gespräche. Nur der vermeintliche Tom blickte jetzt zu ihnen herüber. Er legte ein Handtuch auf die Spüle vor sich und schritt dann langsam auf sie zu. Er stützte beide Hände auf die Bar, die Muskeln seiner Unterarme traten leicht unter dem hochgekrempelten Hemd hervor. „Alles in Ordnung bei Ihnen?"

Die falsche Rote lächelte. „Ja natürlich, mein Freund hat sich nur ... verschluckt. Nicht wahr?"

„Ja. Ja natürlich." Craig legte eine Hand an seine Kehle.

„Darf's denn noch etwas sein?"

„Ich wollte eigentlich gerade gehen. Es sei denn ..." Sie blickte auffordernd in Craigs Richtung.

„Ja, noch einmal dasselbe bitte", sagte er. Setzte sein Glas an die Lippen und stürzte den Tequila in einem Schluck hinunter. „Und für mich bitte auch."

Tom nahm die leeren Gläser und die Cocktail-Servietten, nickte noch einmal kritisch, zog dann aber ab.

Die Rote legte ihre Fingerspitzen auf seine Hand. „Was hat Dir besonders gut gefallen an unserem Abend? An was erinnerst Du Dich noch?"

Das konnte doch nicht wahr sein, dass sie so offensiv war, dachte Craig. Wie um Himmels willen hatte er damals glauben können, sie sei *keine* Nutte? Craig verstand es nicht, er musste sternhagelvoll gewesen sein. Aber es gab keinen Zweifel. Sie war es. Hundertprozentig. Er erkannte den Fisch auf ihrem Dekolleté, aus Silber und sicherlich handgemacht. Den Anhänger konnte es kein zweites Mal geben. Und er erkannte ihre Gesichtszüge wieder, das eigenartige Muttermal.

„Ich sage Dir, an was ich mich erinnere. Ich erinnere mich daran, dass wir hier vor über einem Jahr zusammensaßen. Da hattest Du allerdings noch eine andere Haarfarbe. Blond, Du warst blond. Wir hatten ein paar Drinks, sind dann gemeinsam in mein Hotel rüber, das Bernardino de Sahagún, siehst Du, gleich da drüben." Er zeigte mit einem Finger auf das Fenster neben der Tür. Zwar konnte man das Hotel nicht sehen, sah nur den fahlen Schein der Straßenlaternen, doch war es nur wenige Schritte von hier entfernt. „Ich habe kurz mit dem Mann an der Rezeption gesprochen, der eigentlich Deinen Ausweis sehen wollte, doch das habe ich ihm ausgeredet. Dann sind wir gemeinsam auf mein Zimmer, und dann erinnere ich mich an gar nichts mehr. Hörst Du, an gar nichts. Ich weiß nicht, ob wir noch miteinander gevögelt haben oder ob Du mir gleich etwas über den Schädel gezogen hast. Und das würde ich jetzt gerne von *Dir* wissen."

Ihr Lächeln erstarb urplötzlich. Sie rutschte von ihrem Barhocker, nahm die Handtasche vom Tresen. Ihre Absätze klackerten auf dem

Boden, trotz des Lärms, der sie umgab. „Entschuldige, ich verschwinde mal kurz."

„Du verschwindest nirgendwohin!", stieß Craig hervor und packte sie unsanft am Handgelenk. „Du setzt Dich schön wieder hin."

Der Barmann erschien, stellte die beiden Drinks vor sie auf den Tisch und musterte erst ihn, dann sie aufmerksam wie ein Münchner Türsteher bei der Gesichtskontrolle. Craig war sich nicht sicher, wie Tom die Situation interpretierte, immerhin hielt Craig die Rote immer noch am Handgelenk fest, ihre Knöchel traten bereits weiß hervor. Es wäre ein Leichtes für sie, jetzt eine Szene hinzulegen. Dann konnte er die Sache vergessen. Aufgrund seiner eigenartigen Frage von vorhin würde ihm der Barmann seine Version der Geschichte wohl kaum abnehmen. Er würde die Frau von diesem Verrückten, der er für ihn war, befreien und Craig hinauswerfen.

Doch die Rote lächelte plötzlich wieder, wenn auch gequält. Dann setzte sie sich zurück auf den Barhocker. Offenbar hatte sie ebenfalls ein Interesse daran, die Sache einigermaßen geräuschlos über die Bühne zu bringen.

Er ließ ihr Handgelenk los und versuchte, dem strengen Blick des Barmanns standzuhalten. „Aber nicht wieder verschlucken", sagte der und verschwand zu seinen Flaschen, Mixbechern und Rührstäben.

Mona, fiel es ihm plötzlich wieder ein. Nein, nicht Mona ... Manuela! Unsinn, Melanie, jetzt hatte er es, sie hieß Melanie, zumindest hatte sie sich an diesem Abend dafür ausgegeben.

Melanie sagte: „Ich will hier keinen Ärger, hörst Du? Man kennt mich hier, ich komme öfter. Aber es ist eine Verwechslung, okay?"

„Es ist keine Verwechslung. Ich erinnere mich an Dich. An den Anhänger, das Muttermal, Dein Gesicht."

Sie legte die Lippen um den Strohhalm, ihre Augenbrauen zogen sich leicht zusammen, sie schien zu überlegen, wie sie vorgehen sollte.

Doch Craig half ihr ein wenig mit ihrer Strategie, indem er ihr ihre Optionen aufzeigte. „So wie ich es sehe, hast Du zwei Möglichkeiten. Entweder Du erzählst mir jetzt alles und sagst mir, wer hinter der Sache steckt, oder ich rufe die Polizei, und wir klären die ganze Sache auf dem Revier."

Melanie tat so, als hätte sie das Gesagte gar nicht gehört und öffnete ihre kleine, mit Perlen bestickte Handtasche. Sie zog einen Schminkspiegel heraus, musterte sich darin und zog sich dann die Lippen nach. Entschuldigend sagte sie: „Du willst mich ja nicht auf die Toilette lassen."

„Also, wie ist Deine Entscheidung?"

„Ich denke, Du bist etwas erregt und verwechselst ein paar Sachen. Tatsächlich erinnere ich mich dunkel an Dich. Wir waren zusammen auf Deinem Zimmer, wie Du es sagst. Aber Du warst ziemlich betrunken und bist relativ schnell eingeschlafen. Ich habe das Geld genommen, das Du mir auf den Nachttisch gelegt hast, und bin wieder verschwunden, das war's. Wenn Du sauer bist, weil Du zahlen musstest, ohne Sex zu haben, dann sage ich: Selber schuld. An mir lag's nicht."

„Das glaube ich nicht. Das glaube ich einfach nicht."

„Hak's ab, passiert den Besten."

Kann das sein? Kann es sein, dass ich einfach schlapp gemacht habe und eingeschlafen bin? Er musste sich eingestehen, dass seine Potenz unter der Sache mit Isa gelitten hatte. Er hatte auch bei anderen Frauen ein paarmal versagt. Trotz allem, er konnte nicht glauben, dass Melanie keine Rolle bei seinem Verschwinden gespielt hatte. So viele Zufälle gab es ganz einfach nicht.

Er blickte sie an, die Antwort lag irgendwo in ihrem Gesicht. Zwischen den gezupften Augenbrauen, dem Muttermal und der sich aufschwingenden Nase. Er versuchte sich zu erinnern, sich in die damalige Situation hineinzuversetzen, wie er eben auf der Bank versucht hatte, seinem früheren Leben nachzuspüren. Und ja. Ja, da war noch etwas Anderes. Erinnerungsfetzen blitzten auf. Sie in einem Pelzmantel vor irgendeiner Straßenkreuzung. Er konnte nicht zuordnen, wo, sah vor seinem inneren Auge nur sie und die spiegelnde Schaufensterscheibe irgendeines Geschäfts, vor dem dicke Schneeflocken niedergingen.

„Wir haben uns erst vor kurzem wiedergesehen", sagte er wie zu sich selbst, „ja, jetzt erinnere ich mich wieder. Der Schnee, Dein Pelzmantel mit Matsch bespritzt, eine rote Mütze, die nicht dazu passte. Wo war es? Irgendwo hier, in der Innenstadt?"

Sie blickte sich hilfesuchend in der Bar um. Das Piano war mittlerweile verstummt, der Ascot Club war deutlich leerer geworden. Rettung schien nicht in Sicht.

„Komm schon, wo war es?" Er packte sie wieder am Handgelenk.

„Lass das, oder willst Du, dass ich um Hilfe schreie?"

Er ließ sie los.

„Es war gleich hier um die Ecke. Ich war auf dem Weg ins Ascot, Du kamst vom See hoch, bist mir fast in die Arme gelaufen. Ich habe Dich zuerst nicht erkannt. Du bist an mir vorbei, dann hast Du umgedreht und bist mir gefolgt. Ich bin am Ascot vorbei, habe mit dem Handy Victor angerufen. Das ist ... ein Freund. Du hast mich oben, kurz vor dem Paradeplatz zur Rede gestellt, erst da wurde mir klar, dass Du es warst. Aber da kam Victor auch schon. Er macht keine halben Sachen."

Als könnte er seine Verletzungen wieder spüren, fuhr er sich mit der Hand über Schläfe und Auge. Ja, jetzt sah er diesen Viktor vor sich, ein breiter Blonder mit eng zusammenstehenden Augen. Und Fäusten wie Vorschlaghämmern. „Was habt Ihr mit mir gemacht, nachdem Viktor mit mir fertig war?"

Sie atmete laut und vernehmlich ein und durch erbebende Nasenlöcher wieder aus. „Ich hatte eine Verabredung im Ascot Club, bin hierher. Ein alter Kunde, den ich nicht enttäuschen wollte. Viktor ist in seinen BMW gestiegen und wieder zu den Jungs oder was weiß ich wohin. Du warst bewusstlos, wir dachten, vielleicht tot. Du lagst hinter so einem Schneeberg, den der Winterdienst aufgetürmt hat. Im Matsch neben einem Lieferwagen."

„Ihr habt mich einfach liegen lassen."

„Deine Schuld. Du wolltest Ärger machen."

„Ich hätte sterben können."

„Wir haben Dich nicht liegen lassen. Viktor hat seinen Wagen geholt, er hat Dich eingeladen und vor dem Hotel rausgeworfen. Zufrieden?"

„Das heißt, ich bin aus dem Auto getaumelt, die haben mir ein Zimmer gegeben, und am nächsten Tag bin ich wieder in meinem normalen Leben aufgewacht. Viktors Fäuste, der Schlag auf die Schläfe, das muss es gewesen sein. Es hat mir das Gedächtnis zurückgebracht."

„Ich weiß nicht, von was Du redest."

„Das macht nichts. Was war an dem Abend vor einem Jahr?"

„Das habe ich Dir gesagt!"

„Das hast Du nicht. *Die Wahrheit!*"

„Die Wahrheit ist, dass ich eine Menge Geld bekommen habe, um nicht mit anderen darüber zu sprechen, und daran halte ich mich."

Das Piano setzte wieder ein, spielte ein Lied von Elton John, dessen Titel Craig nicht einfallen wollte.

„Wie wäre es, wenn ich Dir noch einmal die gleiche Summe anbiete, wenn Du die Geschichte erzählst?"

„Fünftausend?"

„Fünftausend."

Die Nennung der Summe wirkte wie ein Zauberspruch. Ohne weiter darüber nachzudenken, erzählte sie ihm, was geschehen war. Die Geschichte begann etwa eine Woche vor dem Kongress. Ein Mann, dessen Beschreibung zu gut zu Eric Lasah passte, als dass er es nicht gewesen sein konnte, hatte sie hier angesprochen. Er bat sie an einen der Tische in der Ecke unter die Wandstrahler, die bläuliches Licht verbreiteten. Der Deal, den er ihr anbot, sah folgendermaßen aus: Sie würde Craig in ein Gespräch verwickeln und ihm in einem unbeobachteten Augenblick eine kleine Tablette in seinen Drink werfen. Spätestens zwanzig Minuten später sollte sie mit ihm im Hotelzimmer verschwinden. Dort würde er dann ziemlich bald einschlafen und nicht vor zwölf Uhr des nächsten Tages wieder aufwachen. Damit er nicht unplanmäßig geweckt würde, sollte sie den

Stecker der Telefonanlage ziehen und dann wieder verschwinden. Das war alles.

„Hat er nichts darüber gesagt, was das Ganze soll?"

„Nein. Und ich habe auch nicht gefragt."

„Was ist mit meinen Sachen?"

„Was soll damit sein?"

„Meine Klamotten? Der Laptop?"

Sie begann unruhig auf dem Barhocker umherzurutschen. „Die Klamotten habe ich nicht angerührt. Den Laptop habe ich mitgenommen, wenn Du es wissen willst."

„Als Teil des Auftrags?"

„Nein. Weil ich ihn verkaufen wollte. Viktor hat das gemacht."

Craig nickte. „Und die Forschungsergebnisse?"

„Was für Forschungsergebnisse?"

„Auf dem PC waren Ergebnisse von Studien, die ich erstellt habe."

„Davon weiß ich nichts. Viktor hat die Festplatte neu formatiert, sie war durch einen Sicherheitscode geschützt."

Immerhin, dachte Craig. Somit war seine Forschung nicht in falsche Hände geraten. Aber es machte immer noch keinen Sinn. Was bezweckte Lasah mit seiner Betäubungsaktion? In wessen Auftrag hatte er gehandelt? Irgendjemand musste ein Interesse daran haben, dass er nicht auf dem Kongress sprach.

Eine dunkle Ahnung keimte in ihm auf.

21

Er versuchte sich einzureden, dass er nur einmal nach dem Rechten sehen wollte. Und das war ja seine Aufgabe gewesen, die Aufgabe, die Aline ihm zugewiesen hatte. „Die Blumen brauchst Du nicht zu gießen, das macht Anna. Aber Du kannst ja hin und wieder einmal nach dem Rechten sehen", hatte sie ihm gesagt und ihm den Hausschlüssel gegeben.

Aline und Veit waren vor drei Tagen nach Montaione gefahren, er hatte ihnen beim Einladen der Koffer geholfen. Veit hatte sich einen neuen Wagen gekauft, einen Volvo-Kombi. So war Veit: Der Lifestyle musste stimmen. Er hatte eine Zeit als Yuppie mit einem roten Mercedes-Cabriolet verbracht, jetzt wollte er eine Familie gründen, und das erste, was er tat, war, sich das passende Auto dafür zu besorgen. „Wenn irgendetwas ist, ruf an!", hatte Veit gesagt und ihn zum Abschied brüderlich umarmt.

„Was meinst Du? Wenn Ihr einen Rohrbruch habt oder sowas?"

„Nein, wenn im Unternehmen irgendetwas nicht stimmt."

Sie hatten vereinbart, dass Craig Veit in der Zeit seines Urlaubs zunächst vertreten und dass er den Vorstandsvorsitz doch erst nach seiner Rückkehr übernehmen sollte. Offiziell hatten sie die Prozedur mit Terminproblemen begründet. Alastair McIntire sei Ende April mit einer Regierungsdelegation in China, davor könne der Aufsichtsrat nicht mehr zusammentreten. Craig war sehr wohl bewusst, dass sie ihn testen wollten. Ob er wieder ganz der Alte sei. Der, der er war, bevor seine Probleme mit Isa begonnen hatten. Sie hatten ihm sogar ein Teambuilding-Event mit dem obersten Management in den Kalender gestellt. Gemeinsam mit Sebastian, Thomas und Maurice sollte er einen Berg oberhalb des Tegernsees erklimmen.

Er hatte allem zugestimmt, vielleicht waren ihre Bedenken auch nicht unbegründet. Die Leitung eines Unternehmens erforderte eine Menge Verantwortung, die Mitarbeiter hatten ein Recht darauf, von einem Chef ohne psychische Probleme geführt zu werden.

Craig hatte sich vorgenommen, die weiteren Nachforschungen über sein vergessenes Jahr erst einmal hinten anzustellen und sich ganz auf seine neue, alte Aufgabe zu konzentrieren. Allein mit Lasah hatte er sich noch einmal getroffen, offiziell, um ihm von parabellumxxx zu berichten, der Drohmail, die er erhalten hatte.

„Ich glaube nicht, dass dieser Typ eine Gefahr darstellt", hatte Lasah gesagt, nachdem er die Mail stumm studiert hatte.

„Warum sind Sie sich so sicher?"

„Die Mail kam einen Tag, nachdem von Ihrer Rückkehr in der Zeitung berichtet wurde. Ich denke, da will nur einer Unruhe stiften."

„Könnte er nichts mit meinem Verschwinden zu tun haben?"

„Nein."

Das kam plötzlich, dachte Craig.

Offenbar bemerkte Lasah, dass Craig misstrauisch geworden war. Er sah ihn forschend an und sagte: „E-Mails wie diese sind nichts Ungewöhnliches. Vielleicht erinnern Sie sich: Immer wenn Sie einen öffentlichen Auftritt hatten, erreichten Sie danach ganz ähnliche Botschaften. Die Leute machen sich Luft, wenn ihnen etwas nicht passt."

„Es wäre leichter, wenn Sie mich einen Blick in die Unterlagen werfen ließen, die Sie erstellt haben, als Sie mich gesucht haben."

Lasah verschränkte die Arme vor seiner Brust. „Welche Erkenntnisse erhoffen Sie sich davon?"

„Es wäre zumindest interessant zu wissen, was mir die kleine Nutte in den Drink getan hat, die Sie auf mich angesetzt haben. War es einfach nur Gammahydroxybuttersäure oder etwas Härteres? Etwas, das meinen Gedächtnisverlust erklären könnte?"

„Ich weiß nicht, auf was Sie hinauswollen, Herr Dr. Hammerstein", sagte Lasah und stand auf. „Die Unterlagen sind bei meinem Auftraggeber, am besten, Sie klopfen da an."

Doch Craig brauchte nicht zu klopfen. Er hatte ja den Schlüssel. Zuerst trat er neben die Tür unter das Küchenfenster, um die Alarmanlage auszuschalten. Es war ein Gerät aus den Siebzigerjahren, er konnte nicht glauben, dass heutige Einbrecher sich noch von einer so alten Technik überrumpeln lassen würden. Offenbar diente sie in erster Linie dazu, die Besitzer zu beruhigen.

Tatsächlich fühlte er sich wie ein Einbrecher, als er auf den Marmorfliesen im Flur stand. Es war die innere Einstellung: Wäre er gekommen, um wie verabredet nach dem Rechten zu sehen, wäre er sich nicht für den Bruchteil einer Sekunde komisch vorgekommen. Aber er war nicht hier, um nach dem Rechten zu sehen. Er war hier, um die letzten Puzzleteile zu dem Rätsel seines Verschwindens zu finden.

Veits Arbeitszimmer war am Ende des Flurs. Er nahm an, es würde über kurz oder lang in ein Kinderzimmer umgewandelt werden. Wenn er das richtig sah, nahm Veit sich ohnehin nur selten Arbeit mit nach Hause. Er verbrachte lange Zeit im Büro, aber wenn sich die Türen von GENOVENTIS hinter ihm schlossen, legte er Wert auf ein Privatleben. Es wunderte ihn deshalb nicht, dass das herausstechendste Möbelstück im Arbeitszimmer ein Aufsetzschrank mit einer großen Sammlung an Whiskeyflaschen war. Daneben stand ein alter Flipperautomat, der mit einem Indiana-Jones-Schriftzug und einem Typ mit Schlapphut auf einem Pferd bepinselt war. Überhaupt strahlte das Zimmer nicht die geringste Arbeitsatmosphäre aus. Auf dem Boden lag die Filzbahn eines Golf-Home-Trainers, an der Wand lehnte eine grüne Plastikscheibe, auf der Markierungen anzeigten, welche Höhe der geschlagene Golfball genommen hatte. Ein Golf-Rack im Vintage-Stil befand sich direkt daneben, allerdings ohne Schläger. Sicherlich hatte Veit diese mit nach Montaione genommen.

Craig setzte sich an den Schreibtisch, der von einem großen Flatscreen und einer Spielkonsole dominiert wurde. Jetzt wusste er endlich, was Veit meinte, wenn er sagte, dass er den ganzen Abend am Schreibtisch gesessen habe. Eigenartigerweise lagen überall angespitzte Bleistifte herum, mehrere gefüllte Spitzer zeigten an, dass Veit hier einem eigenartigen Hobby nachzugehen schien.

Craig öffnete die oberste von drei Schubladen. Sie lag voller loser Blätter, Blöckchen und aufgerissener Briefe. An die Seite waren auch hier überall Bleistifte gekullert. Er überflog die Unterlagen, konnte aber nichts identifizieren, was nach einem Bericht Lasahs aussah. Die zweite Schublade wurde von den üblichen Büroutensilien dominiert: Schere, Brieföffner, Tesafilm, Tacker, Heftklammern. In der dritten Schublade lagen ausschließlich Discs für die Playstation.

Er fuhr den PC hoch, kombinierte mehrere Passworte, die sich alle um Alines und seinen Namen und ihre Geburtsdaten drehten, doch fand er nicht den richtigen Code. Er glaubte aber ohnehin nicht, dass Lasah seinen Bericht digital abgegeben hatte. Er war einer von der alten Schule. Wenn es um Computer ging, arbeitete er widerwillig mit einem jungen Typen mit Turnschuhen und Kapuzenpulli zusammen, dessen Namen Craig vergessen hatte. Außerdem traute Lasah dem Internet nicht, hielt es generell für ein Ding der Unmöglichkeit, digitale Daten dem Zugriff unbefugter Dritter zu verwehren. Wenn er die Wahl hatte, würde er seine Unterlagen schriftlich weiterreichen.

Das Schlafzimmer befand sich direkt gegenüber dem Arbeitszimmer. Craig überlegte kurz, ob er in die Nachttische schauen sollte, doch verwarf er den Gedanken. Er wollte nur soweit in die Privatsphäre der beiden vordringen, wie er es für unbedingt nötig erachtete. Ein komischer Gedanke für einen wie ihn, wie er selber fand. Der alte Craig hätte sich nicht um solche Dinge geschert, wenn er seine Interessen berührt sah. Doch er musste sich eingestehen, dass er nicht mehr der Alte war. Obwohl er sich nicht an die Zeit mit Pamona erinnern konnte, hatte sie ihn offenbar stärker geprägt, als er es für möglich gehalten hatte. Und er glaubte nicht, dass diese Prägung jemals wieder verblasste.

Er ging zurück durch den Flur, warf einen Blick in die Küche und trat dann ins Wohnzimmer. Die Einrichtung zeigte deutlich die Handschrift Alines. Sie hatte sich für eine weiße Sofagarnitur aus Leder entschieden, die Möbel bestanden in erster Linie aus Glas und silberglänzendem Metall. An den Wänden hingen abstrakte Ölgemälde, die an Pflanzenstrukturen erinnerten und in frischen Farben aufgetragen worden waren. Die vordere linke Seite des Wohnzimmers wurde von einem großen, sich um die Ecke windenden Bücherregal dominiert, an dessen Ende ein kleiner nusshölzerner Sekretär stand.

Craig setzte sich auf das bordeauxrote Lederpolster des davor stehenden Stuhls und klappte die Arbeitsplatte herunter. Die Scharniere quietschten leicht, dann meldete ein mechanisches Klick-Geräusch, dass die Vorrichtung eingerastet war. Ein eigenartiger, hölzerner Geruch verbreitete sich, der von einem Duft überlagert wurde, der an Lavendel erinnerte. Oberhalb der Arbeitsplatte erhoben sich jeweils zwei Schubladen auf der rechten und der linken Seite, darüber gab es weitere Schubfächer. Anders als Veits Schreibtisch strahlte Alines eine heilige Ordnung aus. In der rechten Hälfte lagen unbearbeitete Manuskripte, in der linken mit Anmerkungen und Postits versehene. Offenbar hatte Aline eine feststehende Routine, in deren Ablauf die Dokumente von der einen zur anderen Seite wanderten.

In den Mittelfächern standen zahlreiche Nachschlagewerke, ein Duden, ein Bildwörterbuch, Lexika, ein ethymologisches Wörterbuch und Bücher zum Thema „Jugendslang". Es gab zwei weitere Ablagesysteme, anscheinend etwas für den Posteingang und -ausgang, doch auch hier fand Craig nichts, was auf Lasahs Bericht hindeutete. Ihre Stifte bewahrte Aline in einem gläsernen blauen Becherchen auf, an dessen oberen Rand ein Fries aus Silber eingelassen war. Es war der einzige Gegenstand, den Craig kannte. Aline musste ihn noch aus ihrem gemeinsamen Elternhaus haben. Er nahm den Becher und ließ den Daumen über den oberen Rand gleiten – winzige, blaue Perlen waren in das Metall eingearbeitet. Das Glas stammte offenbar aus dem Orient. Wenn Craig das richtig in Erinnerung hatte, hatten seine Eltern ihre Hochzeitsreise nach Marokko unternommen, wer weiß, vielleicht war dies das letzte Überbleibsel einer Zeit, die mit Liebe und Hoffnung begann, um in Zwietracht und Gewalt zu enden. Warum Aline das Gefäß besaß, wusste Craig nicht.

Er hob es kurz an, um zu überprüfen, ob auf dem Boden ein Herkunftsnachweis stand, doch fand er weder ein „made in morocco" noch sonst etwas in der Art.

Schon wollte er das Glas wieder an seinen angestammten Platz stellen, da bemerkte er einen eigenartigen Schatten auf dessen Innenseite. Etwas schimmerte leicht durch den Boden des bläulichen Gefäßes hindurch wie ein Zweig oder ein Stein unter einer Eisschicht. Es konnte natürlich eine Heftklammer sein oder eine Reißzwecke. Doch passte das nicht ganz zu der Ordnung, die Alines Arbeitsplatz atmete. Also zog er die Stifte heraus und drehte den Becher um.

Unter einem hellen Klimpern fiel etwas auf die Arbeitsplatte, kaum größer als ein Fingernagel.

Ein Schlüssel!

Craig nahm ihn auf, legte ihn in die Innenfläche seiner rechten Hand und betrachtete ihn, als müsse man ihn nur lange genug ansehen, damit er sein Geheimnis ausspuckte. Er wusste: Irgendwo hier gab es ein Schloss, in das dieser Schlüssel passte. Und wenn Aline tatsächlich die Unterlagen besaß, dann würde sie sie dort aufbewahren, was immer es war, das dieser Schlüssel öffnete.

Da der Schlüssel nicht zu ihm sprach, begann er das Haus zu durchsuchen. Was er suchte, war eine Art Geheimversteck, ein kleiner Tresor, eine Schublade in einem Küchenschrank oder hinter einer losen Diele. Er sah sogar hinter die Bilder, fand dort aber nichts als Dreck und Spinnweben.

Er redete sich schließlich ein, dass die Unterlagen ihm ohnehin nicht weiterhelfen würden. Wenn Aline die Hintergründe seines Verschwindens wüsste, warum hätte sie es ihm nicht sagen sollen? Bei Veit war er sich da nicht so sicher. Die Verzögerungstaktik rund um dem Vorstandsposten hatte Craig erneut misstrauisch gemacht. Hatte ihn Veit etwa doch auszuschalten versucht, um die Macht im Unternehmen an sich zu reißen? Wollte er den Vorsitz jetzt doch nicht kampflos aufgeben?

Wenn dem so war, würde Veit ihm natürlich den Einblick in das Protokoll verwehren. Aber Aline? Sie hatte gesagt, sie habe die Unterlagen nicht mehr. Konnte das wirklich sein? Nicht auszuschließen, dass sie sie ihm nicht geben wollte, weil sie glaubte, dies sei in seinem Interesse. So wie sie ihm auch den Brief Isas zuerst nicht aushändigen wollte. Dennoch war er sicher: Sie würde ihm keine wichtigen Informationen vorenthalten, die ihm helfen würden, Licht ins Dunkel seines Verschwindens zu bringen. Es konnte lediglich sein, dass er etwas in den Unterlagen erkannte, das sie eben nicht erkannte. Deshalb brauchte er sie.

Um so bedauerlicher war es, dass der Schlüssel ihm nicht weiter half. Er ließ ihn wieder in den Becher fallen und machte sich daran, den Sekretär zu schließen, indem er die Arbeitsplatte anhob. Es machte „*klock*", dann jammerten die Scharniere.

Unter den Fingern der rechten Hand fühlte er eine leichte Unebenheit. Er schenkte ihr zunächst keine Beachtung, wollte die Platte bereits vollends zuklappen, da erkannte er es.

Ein Schloss!

Fast unmerklich in das Holz eingelassen.

Hektisch öffnete er die Arbeitsplatte erneut, ließ die Stifte samt Schlüssel auf das Nussholz rasseln.

Für den kleinen Schlüssel gab es ein erstaunlich lautes, dumpfes Geräusch, als der Riegel ins Schloss schnappte. Im gleichen Moment löste sich etwas unterhalb der Arbeitsplatte und sackte auf Craigs Schoß. Erst jetzt erkannte er, dass sich die Arbeitsplatte teilen und an einem Scharnier öffnen ließ. Zwei Fächer waren im unteren Teil der Konstruktion eingelassen. Darin lagen ein paar Briefe und Postkarten, die Craig ignorierte, und eine durchsichtige, milchige Plastikkladde mit Fotografien.

Der Bericht!

Er breitete die Fotografien auf dem Küchentisch aus. Es waren mehrere Dutzend, und auf jeder war er abgebildet. Auf den Rückseiten der Fotos war jeweils ein Stempel der Detektei Erich Lasah zu sehen. Die Fotos waren nicht geordnet, so dass er zunächst Probleme hatte, sie in eine chronologische Reihenfolge zu bringen. Erst dann sah er, dass unten rechts in einer hellen, rötlichen Schrift die Daten eingeblendet waren. Er ordnete sie zu anfangs über-, dann, weil die Reihe zu lang wurde, nebeneinander an. Die ältesten Fotos waren am 19. März 2014 aufgenommen worden. Das war, wenn er sich recht erinnerte, einen Tag nach dem letzten Interview gewesen, das er mit Pamona geführt hatte. Es zeigte ihn in seinem Prada-Mantel, den Kragen hochgestellt, die Hände in den Taschen vergraben. Er zog eine lange Atemwolke hinter sich her und sah fast so aus, wie er damals immer ausgesehen hatte, war sogar frisch rasiert gewesen. Die Haare waren vielleicht ein wenig ausgewachsen, aber sonst würde man dem Mann auf dem Bild nicht anmerken, dass er zu diesem Zeitpunkt schon drei Wochen in Hauseingängen und Obdachlosenheimen geschlafen hatte. Und er kannte auch die Gegend, ganz sicher war er sogar. Er wusste nur nicht genau … doch, jetzt wusste er es: Es war vor Pamonas Haustür. Er musste gerade aus dem Flur hinausgetreten sein, schritt über die Steinplatten. Im Hintergrund waren die Hecken zu sehen, die Pamonas kleinen Garten vor Blicken von der Straße abschirmten.

Er betrachtete das letzte Bild. Es war am 16. Februar 2015 aufgenommen worden, exakt ein Jahr nach seinem Verschwinden. Lasah musste ihn also noch wenige Wochen vor seiner Rückkehr observiert haben. Er wusste also die ganze Zeit, wo er sich aufgehalten hatte.

Und wenn Lasah es wusste, wussten es auch Veit und Aline. Aline auf jeden Fall.

Craig stockte der Atem bei dieser Erkenntnis. Wie konnte es sein, dass …? Doch er war nicht mehr in der Lage, den Gedanken richtig auszuformulieren. Spürte, wie sich sein Magen zusammenschnürte. Fühlte sich auf einmal wie durchgekaut und wieder ausgespuckt. War es tatsächlich möglich, dass Aline, seine Schwester, die einzige Person, der er durch und durch vertraute – konnte es sein, dass sie ein falsches Spiel mit ihm spielte?

Und warum?

Er schüttelte den Kopf, spürte, wie ihm die Tränen in die Augen traten. Welche Ahnung hatte er von den Menschen? Kannte er diejenigen überhaupt, die er liebte und von denen er glaubte, geliebt zu werden? War Aline gar nicht die Person, für die er sie gehalten hatte? Täuschte er sich tatsächlich in einem Charakter, der ihn schon das ganze Leben begleitet hatte?

Er musste aufstehen, konnte es nicht mehr aushalten, ruhig zu sitzen. Doch kaum war er um den Küchentisch herumgegangen, krümmte er sich schon wieder zusammen. Sein Oberkörper schoss nach vorne, als habe man ihm einen Schlag in den Magen verpasst. Dann hörte er einen unterdrückten Schrei.

Seinen Schrei.

Er legte eine Hand vor das Gesicht, ließ sich am Tischbein auf den Boden sacken. Und erstmals seit der Zeit mit Isa begann er laut zu heulen. Er fühlte sich einsam. Von Gott und der Welt verlassen. Er wollte sterben.

Craig wusste nicht, wie lange er dort unten in Veits und Alines Küche auf dem Boden gesessen und den Tränen freien Lauf gelassen hatte. Aber irgendwann hatte er es wohl ganz einfach akzeptiert. So wie man es irgendwann auch akzeptierte, dass einen der Partner über Jahre hinweg betrogen hatte. Es war ein Gefühl der Demütigung, und er kam sich mit einem Mal einfach nur noch dumm und naiv vor. Er, Dr. Craig Hammerstein, einer der größten Genetiker seiner Zeit, er war nichts mehr als ein dummer Junge.

Und dennoch rappelte er sich jetzt auf. Setzte sich erneut vor die vier Reihen von Bildern, die er sorgsam auf dem Küchentisch ausgelegt hatte. Er wandte sich einmal mehr dem letzten Foto zu. Darauf trug er in etwa die gleichen Klamotten, die er am Tag seines Erwachens im Bernardino angehabt hatte. Den Parka, die Baumwollhose, die praktischen Schuhe. Er stand vor einem alten Golf, dessen Türe offen stand, und klebte ein Plakat gegen eine Hauswand. „Nein zur Genkartoffel", stand darauf, darunter war eine schwarze, geballte Faust gemalt. Er hatte dieses Plakat schon einmal gesehen, wusste er. Es ... ja, es hatte an der Einfahrt zum Milchbucktunnel gehangen. Es war ihm aufgefallen, als er mit dem Taxi vom Bernardino zur Messe gefahren war. Als er nach Plakaten zum GenKon Ausschau gehalten hatte, die, wenn möglich, sein Konterfei zeigen sollten.

Er schüttelte den Kopf. *Unglaublich, zu welchem Zynismus das Leben in der Lage ist*, dachte er.

Craig ging die Fotos weiter durch. Auf den ersten Bildern war er noch rasiert, dann hatte er sich erneut einen Bart wachsen lassen. Vielleicht, weil es Pamona gefiel, das hatte sie auf der Tonbandaufnahme gesagt. Überhaupt zeigten ihn viele Bilder mit Pamona, Arm in Arm oder sie sogar küssend. Sie waren ein tolles Paar, musste er zugeben, auf den Fotos gefiel sie ihm sogar noch besser als in der Realität vor wenigen Tagen. Aber das konnte daran liegen, dass sie glücklich war auf den Bildern. Die Frau, die er letztes Wochenende getroffen hatte, hatte Tage der Verzweiflung hinter sich gebracht, auch wenn sie es ihn kaum hatte spüren lassen.

Zahlreiche Bilder zeigten ihn mit dem Jungen. Wie hatte er geheißen? Toni, wenn er sich richtig erinnerte. Er hatte dunkle, fast schwarze Haare, und seine Augen changierten zwischen Meerwasserblau und einem hellen Grün. In seinen Zügen hatten sich eindeutig die Gene Pamonas durchgesetzt. Toni hatte die spitzzulaufende Nase seiner Mutter und verfügte über die gleiche bitter-süße Ausstrahlung wie sie. Ein Bild zeigte Craig gemeinsam mit ihm auf einer Sommerrodelbahn. Toni und er saßen auf dem gleichen Schlitten – Craig hinten, der Junge vorne. Beide hatten sie den Mund weit aufgerissen, die Haare flogen im Fahrtwind. Der Junge hatte sich mit seinen Händen an die Knie Craigs geklammert, schien sich gut und sicher bei ihm zu fühlen.

Das Bild verschwamm ein wenig vor Craigs Augen. Fast hatte er das Gefühl, ein Video zu sehen. Zu sehen, wie der Schlitten tatsächlich die silberne Bahn hinabsauste. Und hörte er nicht die Schreie? Das freudige Aufjauchzen? Spürte er nicht die warme Hand Tonis an seinem Knie? Und während er sich noch in das Bild vertiefte, lag plötzlich der ganze Tag vor ihm. Er erinnerte sich sogar an das gemeinsame Frühstück mit Pamona und Toni, erinnerte sich an Omelett mit Speck und Tomatenstückchen. Erinnerte sich an die Fahrt über die A3 bis Reichenburg, an Eschenbach, Goldingen, Atzmännig vorbei. Lauter kleine Orte mit hölzernen Fensterläden vor den Hausfenstern, Zwiebelkuppeln auf den Kirchen und gelben Zebrastreifen. Er erinnerte sich an einen sonnigen Tag, an dem viel gelacht wurde, an dem Eis gegessen wurde und der damit endete, dass Pamona und er sich in die Ohren geflüstert hatten, dass sie sich liebten.

Und er erinnerte sich plötzlich wieder an Toni, mit dem er viel Zeit verbracht hatte. Pamona hatte ihn vergangenes Wochenende zu einer Freundin gebracht, weil sie Angst hatte, dass ihn die Begegnung mit Craig enttäuschen würde. Er hatte das nicht ganz verstanden, doch jetzt wusste er plötzlich, dass das eine gute Idee gewesen war. Denn Toni und er waren fast unzertrennlich gewesen. Er war fast ein Ersatzvater für Toni gewesen, Craig hatte ihn geliebt. Geliebt wie sein eigenes Kind. Welchen Stich hätte es Toni geben müssen, seinen geliebten August kalt und ihm gegenüber emotionslos wiederzusehen?

Es war erstaunlich. Craig lehnte sich zurück, schloss für wenige Atemzüge die Augen, um sich klar zu machen, was hier passierte. Denn die Gefühle waren plötzlich wieder da, zumindest deutliche Erinnerungen daran. Die Fotos hatten eine Art Kruste von seiner Seele gesprengt, mit einem Mal konnte er sich und seine Zeit in Zürich wieder spüren. Wusste wieder, wer er gewesen war.

Spontan nahm er sich vor, sobald wie möglich wieder nach Zürich zu reisen und Toni zu treffen. Vergangenes Wochenende wäre es zu früh gewesen, Pamona hatte da ganz recht gehabt. Aber jetzt war es an der Zeit, seinen Liebling wiederzusehen. Doch bevor er in die Schweiz fahren würde, würde er erst noch etwas anderes erledigen. Er würde Aline und Veit zur Rede stellen. Und er würde nicht damit warten, bis sie wieder in München waren.

Er riss die Augen auf und begann fieberhaft die Fotos zusammenzuklauben und in den Folder zu schieben. Er würde sie mit nach Italien nehmen, nach Montaione. Denn dahin würde er fahren.

Jetzt. Sofort.

22

Craig fühlte sich wie im Rausch. Er stand unmittelbar vor der Lösung des Rätsels, *seines* Rätsels. Er wusste jetzt, was ihm vor über einem Jahr passiert war, er wusste, wie und wo er dieses Jahr verbracht hatte – bis auf wenige Lücken ganz am Anfang zumindest. Was er nicht wusste: Warum geschah das alles und wer steckte dahinter?

Genau das würden ihm Aline und Veit erklären. Und zwar heute noch, von Angesicht zu Angesicht.

Er stürmte in die Bank. Zuhause würde er gar nicht mehr vorbeifahren. Alles, was er brauchte, war Geld, seinen Ausweis hatte er dabei.

Unruhig wartete er in der Schlange, bis er endlich an der Reihe war. Das hatte sich jedenfalls beim alten und beim neuen Craig nicht geändert: Er hasste es, sich anzustellen, konnte es kaum aushalten. Verlorene Zeit.

Er kannte den Mann hinter der Theke. Ein großer, mit dicken, roten Wangen und Igelschnitt. Die Krawatte, deren Windsor-Knoten immer schief und viel zu fest gebunden war, schien in ihrer Farbe den Rotton seines Gesichts aufzugreifen. Ein zweites Kinn aus wabbeligem Fett hing über der Binde.

Craig legte seine Karte auf den Tisch. „Dreitausend Euro in bar, bitte!"

Jetzt erkannte der Dicke auch Craig. Mit zittrigen Händen nahm er die Karte, atmete dabei leicht zwischen gespitzten Lippen aus. Außer Puste wiederholte er in einer piepsenden Tonlage: „Dreitausend Euro?"

„Ganz genau", sagte Craig.

Der Dicke nickte, ging zu einem Schreibtisch im Hintergrund und besprach sich mit einer Kollegin in einem beigen Kostüm, mit braungebrannten, schmalen Beinen und ockerfarbener Plastikbrille auf der Nase.

Craig wunderte sich: So hoch war die Summe jetzt auch nicht, dass die Bankangestellten erst eine Kriegsversammlung einberufen mussten. Außerdem kannte man ihn hier doch. Er war guter Kunde. Hervorragender Kunde war er!

„Dreitausend", sagte der Dicke, der plötzlich wieder vor ihm stand, und zählte das Geld vor seinen Augen ab. Fünfundzwanzig Hunderter, der Rest in Fünfzigern.

Craig nahm das Geld, steckte sich die Fünfziger in die Brusttasche seines Hemdes, die Hunderter schob er in die Tasche der hellgrauen Flanellhose. Er wollte sich umdrehen und wieder in Richtung Tür eilen, als der Dicke sagte: „Ich weiß, es geht mich nichts an, aber darf ich fragen, was Sie vorhaben?"

Craig verzog irritiert das Gesicht. „Eine ungewöhnliche Frage für ein Institut, das Wert auf seine Seriosität legt, finden Sie nicht?"

Der Dicke hieß Stefan Schulz, wie ein Namensschild auf der Brusttasche seines Sakkos verriet. Schulz quetschte einen Zeigefinger zwischen Halsfett und Windsor-Knoten, zog leicht an der Binde und sagte: „Ganz recht, es geht mich nichts an. Entschuldigen Sie."

Craig nickte, wollte sich erneut umwenden.

„Es ist nur ..."

„Ja?", sagte Craig und merkte, dass es sich verdammt aggressiv angehört hatte.

„Sie standen vor einem Jahr schon einmal hier und haben dreitausend Euro abgehoben. Danach kam die Polizei und hat nach Ihnen gesucht."

Daran hatte Craig gar nicht mehr gedacht. Natürlich, der Polizist hatte es erzählt. Wie hieß er noch? Kramer? Ja, er glaubte, Kramer. Er hatte erzählt, dass Craig exakt diese Summe von der Bank abgehoben hatte und dann verschwunden war. Wieder lief ihm der Schauer eines Déjà-vus durch den Körper. Er sah Schulz an, spürte, wie die Spannung ein wenig von ihm abfiel. „Haben Sie etwas Auffälliges bemerkt an dem Tag? Etwas, was mich betrifft?"

„Ich bilde mir ein, Sie seien ein bisschen fahrig gewesen. Unkonzentriert. Vielleicht sogar ... leicht benommen."

„Als hätte ich Drogen genommen?"

„Soweit würde ich nicht gehen. Aber ja, vielleicht. Vielleicht doch."

„Was ist mit Hier und Heute? Haben Sie wieder das Gefühl, ich sei in einem ähnlichen Zustand? Nur raus mit der Sprache. Seien Sie ehrlich!"

Er lächelte. „Nein, ehrlich nicht. Sie wirken sehr konzentriert, Herr Dr. Hammerstein. Wie sagt man? *To the point*, nicht wahr?"

„Ja, so sagt man wohl. Also dann!"

Das Gespräch mit Schulz hatte ihm etwas von seiner Dynamik genommen. Dennoch erhöhte er wieder den Schritt, als er nach draußen auf den Parkplatz trat. Schwungvoll riss er die Wagentür des Porsches auf, ließ sich in den Sitz hineinfallen und startete fast im gleichen Augenblick den Motor.

„Ich hab das Taschengeld, kann los gehen", sagte er in Richtung Beifahrerseite.

Er erschrak. Für Sekundenbruchteile hatte er dort Isa sitzen sehen. Sie hatte ihn skeptisch unter ihrem schrägen Pony angeguckt, die Arme über der Brust gekreuzt. Wie selbstverständlich hatte er etwas zu ihr gesagt. *Ich hab das Taschengeld, kann los gehen*, hallte es in seinem Kopf wie in einer Schlucht.

Ein Déjà-vu, ganz sicher. Das zweite des Tages. Doch was war der Auslöser gewesen? Das Déjà-vu in Zürich war ja nur zu verständlich gewesen, die Begegnung mit der Nutte hatte es ins Rollen gebracht. Und eben war es der Dicke, der ihn an seinen Besuch vor anderthalb Jahren erinnert hatte.

Es musste wegen Kitzbühel gewesen sein. Der einzige Ausflug, den sie jemals gemeinsam unternommen hatten. Irgendetwas musste ihn jetzt daran erinnern. Sie waren drei Tage in einem Wellnesshotel abgestiegen, und er hatte bei gemeinsamen Saunagängen immer ein Handtuch über seinen Schoß legen müssen, um seinen Ständer zu verhüllen – so scharf war er die ganze Zeit auf sie gewesen.

Doch waren sie vorher hier gewesen? Bei der Bank? Beim Dicken? Craig konnte sich nicht daran erinnern.

Er gab Gas und fuhr zurück auf die Straße, wäre dabei fast mit einem dunkelblauen BMW zusammengestoßen, der gleichzeitig mit ihm vom Parkplatz gestartet war. Craig hupte, gestikulierte unflätig mit den Armen und trat aufs Gas, um sich vor dem anderen in den Verkehr einzufädeln. Es war gut, dass die Werkstatt das Seitenfenster schnell repariert hatte. Jetzt hätte er gar keine Lust gehabt, mit dem Passat zu fahren. Er wollte möglichst keine Sekunde verlieren, möglichst schnell mit Veit und Aline sprechen. Sie zur Rede stellen.

Er fuhr auf den Ring und von dort auf die A8, Richtung Innsbruck.

„*Was soll das denn jetzt?*"

„*Was?*"

„*Autobahn.*"

„*Ich verstehe die Frage nicht.*"

„*Du hast gesagt, Du wolltest nur kurz mit mir sprechen. Ehrlich gesagt, weiß ich nicht, über was. Es ist doch alles gesagt. Hundertmal ist alles gesagt. Es ist aus, ich bleibe bei Richard-David und führe mit ihm eine Beziehung, wie es sich gehört. Mit Treue und allem Drum und Dran.*"

„*Ich habe eine kleine Überraschung für Dich.*"

„*Darauf kann ich verzichten. Craig, ich habe nächste Woche Prüfung, ich muss lernen. Können wir es kurz machen? Ein Café reicht zum Reden.*"

„*Was ist los mit Dir? Du liebst doch Überraschungen?*"

„*Alles hat seine Zeit, weißt Du?*"

„*Ich weiß. Jetzt ist es soweit.*"

„*Du machst mir Angst.*"

Craig begann zu schwitzen. Wieder hatte er das Gefühl, sie sitze direkt neben ihm. Dreimal blickte er auf den Beifahrersitz, doch da war nichts, außer der New-Model-Army-CD-Hülle, einem aufgerissenen Päckchen Mint-Kaugummis und seinem iPad.

Er fuhr sich mit Daumen und Zeigefinger über die Augen und begann damit, sich mit einer Hand die rechte Schläfe zu massieren. Anschließend beschloss er, der Sache nicht so viel Bedeutung beizumessen. Tatsächlich hatte er in den letzten Tagen kaum mehr an Isa gedacht. Nachdem klar war, dass sie nicht bei Richard-David eingezogen war, hatte er aus irgendeinem Grund das Interesse verloren. Er musste jetzt nach vorne blicken und, wer weiß, vielleicht würde er Pamona und Toni noch eine Chance geben. Ja, warum nicht? Vielleicht hatte Veit ganz recht, und es war jetzt an der Zeit, an eine Familie zu denken.

Er fuhr auf die Überholspur, jagte den Porsche auf Zweihundertzwanzig hoch, am Irschenberg würde wieder Stau sein, und später in Österreich und Italien gab es ohnehin ein Geschwindigkeitslimit. Wenn er Kilometer gut machen wollte, dann jetzt.

„Muss das sein?"

„Keine Angst, ich bin ein sicherer Fahrer."

„Du siehst aber nicht wirklich fit aus. Du bist ganz weiß, Deine Augen sind rot unterlaufen, und Dir steht der Schweiß auf der Stirn. Bist Du sicher, dass Du kein Fieber hast?"

„Muss an den Medikamenten liegen."

„Was ... Vorsicht!"

Er wäre fast auf das Ende des Staus gedonnert, jetzt erinnerte sich Craig wieder. Wann war das gewesen? Auf der Fahrt nach Kitzbühel? Tatsächlich hatte es ausgesehen wie hier, doch auf Autobahnen sah ja alles gleich aus. Er beschloss, vernünftig zu sein, bremste auf Hundertachtzig ab. Schnell genug.

Die Medikamente. Gut, dass er davon weggekommen war. Er hatte lange nicht mehr daran gedacht. Trotz der Antidepressiva, die ihm durch den Stent zugeführt wurden, hatte er sich schlapp gefühlt und so das neue Medikament ausprobiert. CR7. Er hatte sich damit besser gefühlt, wacher. Es wäre ohne auch gar nicht mehr gegangen, er hatte ja kaum mehr eine Nacht geschlafen und musste dennoch jeden Tag strategische Entscheidungen treffen.

Es wunderte ihn, dass die Labortests letztlich negativ gewesen waren. Als er sich vor einigen Wochen bei Olga danach erkundigt hatte, waren sie unterbrochen worden. Später hatte Craig sie noch einmal angerufen und sie danach befragt.

„Die Hunde wurden total aggressiv", hatte Olga gesagt. „Es ... wir haben Videos bekommen, in denen sie wie tollwütig die Zähne fletschten. Sie haben Artgenossen attackiert und ... und ohne jede Beißhemmung zu Tode gebissen. Wir .... es war der ... der Horror."

Wenn er sich recht erinnerte, hatte er sich selbst etwas enthemmter gefühlt damals. Aber sicher hatte er nicht die Zähne gefletscht. Er fragte sich, wie sich das Mittel wohl mit der Gammahydroxybuttersäure vertragen hatte oder was auch immer ihm die Nutte in den Drink geschüttet hatte. Aber wer weiß, ob er das nicht heute Abend noch herausbekommen würde.

„*Ich habe nachgedacht über Deinen optimierten Menschen. Du optimierst an der falschen Stelle. Dieses höher, schneller, weiter – das ist Dein Problem. Die Übertragung des technischen Fortschritts auf die Biologie. Ein Irrweg. Im wirklichen Leben geht es nicht darum, dass wir ständig gegeneinander die olympischen Spiele austragen. Soll ich Dir sagen, was ein wirklicher Fortschritt ist?*"

„*Ich bitte darum!*"

„*Richard-David hat mich darauf gebracht. Es geht um moralischen Fortschritt. Wir stehen an einer Zeitenwende, da gebe ich Dir recht. Wir müssen uns wieder die Frage stellen, was das gute Leben eigentlich ist? Und das im Rahmen der neuen Bedingungen, der beschränkten Ressourcen. Der Mensch ist dann ein besserer Mensch, wenn er nachhaltiger lebt, bewusster mit seinen Mitmenschen und Mitgeschöpfen umgeht. Wenn er keine Kriege mehr führt, seine Energie in die Chancengleichheit aller investiert, die Probleme der Dritten Welt löst, solche Sachen.*"

„*Das ist doch Sozialromantik, Isa.*"

„*Ist es nicht!*"

„*Und das macht Richard-David, ja?*"

„*Er macht das, was in seiner Macht liegt.*"

„*Als ob es irgendeine Auswirkung hätte, wenn er oder ein paar Wenige sich ökologisch richtig verhalten. Hier kannst du nur etwas durch Gesetze ändern. Meine Meinung.*"

„*Ach ja? Vielleicht hättest Du ein paar Semester Soziologie studieren sollen, dann wüsstest Du, dass Menschen sehr wohl durch das Vorbild anderer lernen und sich verändern können.*"

„*Isa, Du träumst. Die Probleme, die wir weltweit haben, lösen wir durch technischen Fortschritt und durch nichts anderes. Das Problem ist, dass Du Dir die Technik nicht vorstellen kannst, die uns später befähigen wird, all die von Dir aufgezeigten Probleme zu lösen."*

„Ach, leck mich doch! Dein naiver Technikglaube kann mich mal. Und jetzt fahr dahinten raus und wieder zurück nach München!"

Craig fühlte sich wie aus einem Traum gerissen. Isa war so real gewesen mit ihrem orangenen Rock, der weißen Sechzigerjahre-Bluse mit Rüschen, ihrem stechenden Blick und abrupten Bewegungen. Doch das Gespräch war Illusion. Keine Isa auf dem Beifahrersitz.

Er wusste gar nicht mehr, wo er war, so sehr hatte er im Bann dieses letzten Flashbacks gestanden. Die Berge waren plötzlich höher, sie waren zerklüfteter und blauer geworden, die Straßen enger. Überall waren Baustellen, orangene Streifen verengten die Fahrspuren. Er erinnerte sich noch daran, dieses Schild gesehen zu haben. „Grüß Göttin" hatte darauf gestanden, aber das musste schon eine halbe Stunde her gewesen sein. Offenbar war er in Österreich und bereits an Innsbruck vorbeigefahren.

Die Autos vor ihm bremsten weiter ab, er fuhr jetzt nur noch sechzig. Plötzlich öffnete sich die Autobahn wieder, und er sah eine Schildertafel mit grünen Pfeilen und roten Kreuzen.

„Der Brenner. Also spinnst Du? Das ist schon Italien! Ich will sofort aus dem verfluchten Auto raus!"

„Beruhige Dich, Isa. Hier kannst Du nicht aussteigen."

„Wenn ich einen Polizisten sehe, schreie ich um Hilfe, da kannst Du sicher sein." Sie hatte den Körper an die Beifahrerseite des Autos gedrückt, als ginge es darum, eine möglichst große Distanz zwischen ihnen entstehen zu lassen. Ihre Beine lagen schräg unterhalb des Handschuhfachs und steckten in einer schwarzen Strumpfhose. Ihre Finger wirkten rötlich und lagen auf ihren knochigen, dicht zusammengepressten Knien.

Er fuhr an einen Automaten, steckte zehn Euro hinein. Drei Fünfzig-Cent-Stücke wurden von dem Gerät wieder ausgespuckt, die Schranke öffnete sich. Von einem Polizisten war weit und breit nichts zu sehen.

Er fädelte sich links ein und drückte das Gaspedal herunter.

„Verrätst Du mir jetzt endlich, was Du vorhast?"

„Es ist das Wesen einer Überraschung, dass man darüber nicht redet."

„Du scheinst es jedenfalls ziemlich eilig damit zu haben."

Er blickte auf den Tacho. Hundertachtzig, bei einem Tempolimit von hundertdreißig. „Vielleicht hast Du Glück, und die Polizei stoppt uns."

„Ich glaube eher, dass das die Leitplanke übernimmt."

Tatsächlich war es alles andere als ein Kinderspiel, den Porsche bei hundertachtzig auf der kurvigen Strecke in der Spur zu halten. Aber Craig hatte nichts zu verlieren. Er musste zugeben, dass er zuletzt nicht selten von ihrem Tod geträumt hatte. Dann wären seine Probleme gelöst gewesen, nichts mehr, nach was er sich sehnen konnte. Doch wenn er in die rostige Leitplanke knallte, wäre nicht nur ihr Leben vorbei.

„Keine Sorge, ich habe nicht vor, in die Liste der zu früh verstorbenen Genies einzugehen."

Sie legte sich eine Hand an die Stirn. „Das meinst Du tatsächlich ernst oder? Ich glaube es nicht."

Ein gelber Audi scherte vor ihnen aus, konnte höchstens hundertvierzig drauf haben. Craig ging in die Eisen, riss das Steuer instinktiv nach links. Der Wagen rutschte über die Fahrbahn, krachte in die Leitplanke. Der Außenspiegel riss unter einem metallischen Knall ab, flog hinter ihnen auf die Autobahn. Isa schrie, hielt sich die Arme vor das Gesicht, als erwarte sie den unmittelbaren Aufprall. In diesem Moment tauchte der Audi in eine Lücke zwischen zwei Autos auf der rechten Spur ein. Craig riss das Lenkrad wieder nach rechts, der Wagen taumelte, schleuderte hin und her, doch er brachte ihn wieder unter Kontrolle.

Isa schrie immer noch.

„Wäre beinahe schiefgegangen."

„Du bist wahnsinnig. Warum tust Du das?"

„Eben darum. Weil ich wahnsinnig bin. Du weißt doch, Genie und Wahnsinn liegen nah beieinander."

Isa blickte ihn unter ihrem schrägen Pony an, legte dann den Kopf in die Hände und begann zu weinen wie ein Kind, das man allein im Dunkeln gelassen hatte.

Der Unfall, jetzt erinnerte er sich wieder. Daher die Schrammen am Auto. Craig wurde schwindelig bei dem Gedanken daran. Es hätte nicht viel gebraucht, und sie wären beide tot gewesen und hätten mit Sicherheit noch andere mit in den Abgrund gerissen. Er schüttelte den Kopf, bekam schweißnasse Hände, als er daran dachte. Wieso in aller Welt hatte er sich und Isa dieser Gefahr ausgesetzt? Was sollte das Ganze?

Auf den Schildern vor ihm leuchtete immer wieder ein Signal auf, warnte vor Stau, *Attenzione!* Er fuhr in eine lange Kurve, vorbei an einer Einbuchtung, in der ein Polizeiauto stand, ein Alfa Romeo. Der Beamte hatte das Fenster hinuntergelassen, der Arm baumelte schlapp aus dem Wagen heraus. Doch von einem Stau war nichts zu sehen.

Erst als er an der Ausfahrt Riva del Garda vorbeifuhr, begann der Verkehr zähflüssiger zu werden, aber nur auf der rechten Seite. Die nördlichste Abfahrt zum Gardasee, wusste er, die erste Station für deutsche Touristen.

Irgendwo hinter Lazise fuhr er einen Rastplatz an. Auf einem Spitzdach klebte das schwungvolle *Autogrill*-Logo neben einer winzigen Klimaanlage in der Form eines Koffers. Er stellte den Wagen auf einem kleinen Parkplatz vor ein paar ausgedorrten Hecken ab und ging auf das schlammfarbene Gebäude zu. Erst jetzt merkte er, dass sein Hemd ihm nass am Rücken klebte.

Auf der Toilette war es so eng, dass er Schulter an Schulter zwischen zwei kleinen Männern mit weißen Polo-Shirts stand. Hinter ihm wischte eine Schwarze mit Rastalocken den Boden. Nachdem er sich die Hände gewaschen hatte, presste sie ihren Daumen auf den Knopf des Händetrockners, um ihn mit warmer Luft zu versorgen. Dennoch blieb er der Maxime des alten Craigs treu und gab kein Trinkgeld.

Im Tankstellencafé bestellte er einen Cappuccino und schreckte hoch, als ihm jemand ins Ohr schrie. „Nix Expresso! Normaler Kaffee!" Es war eine ältere Dame mit Kurzhaarfrisur, goldenen Ohrringen und geblümter Bluse.

Die Kellnerin schaute sie irritiert aus großen, dunklen Augen an. „Americano?", fragte sie.

„Kaffee! Normaler Kaffee!", rief die Dame erregt und blickte auf das kleine Tässchen, das vor ihr stand. Versuchen es immer wieder, die Italiener, sagte ihr Blick. Aber nicht mit ihr.

Craig sah hinüber zu dem Mädchen und sagte: „Americano". Er sprach kein Italienisch, aber so viel wusste er doch, dass ein „normaler Kaffee" hier unter Americano firmierte und der Espresso unter Kaffee.

Das Mädchen stellte der Dame einen mit heißem Wasser aufgegossenen Espresso auf die Theke. Die Deutsche sah sie streng an und prüfte danach eingehend die neue Ware. Sie nippte an der Tasse und sagte: „Na, geht doch!"

Craig legte ein paar Münzen auf die Theke und ging dann zurück zu seinem Wagen. Als er sich hineinsetzte, gab Isa nur ein wirres Murmeln von sich. Ihr Nacken lag neben der Kopfstütze auf dem Sitz, aus ihrem Mund hatte sich ein Tropfen gelöst und rann jetzt an ihrem Kinn hinunter.

Ich habe sie sediert, ging es Craig durch den Kopf. Natürlich, er konnte sich plötzlich wieder genau daran erinnern. Er war aus Zürich gekommen und danach im Labor vorbeigefahren. Er hatte sich zwei Ampullen mit Etomidat in die Hosentasche gesteckt, zwei Einmalspritzen und einen Venenstauer. Sie hatte sich gewehrt, und er musste ihr mehrere Faustschläge ins Gesicht verpassen, bevor sie es zuließ, dass er ihr direkt in die Venen injizierte. Es war auf einem Parkplatz wie diesem gewesen, vielleicht war es dieser Parkplatz, er wusste es nicht. Es war einsam hier für eine Autobahnraststätte, die Klimaanlage verbreitete für ihre Größe einen ungewöhnlichen Lärm. Dennoch war es ein Wunder, dass sie keiner gehört oder gesehen hatte.

Jetzt ließ er die Hände zweimal über seine Augenlider gleiten. Doch obwohl er wusste, dass es nicht sein konnte, dass sie eine Illusion war, blieb sie da. Lag sie regungslos auf dem Beifahrersitz, den

Kopf nach hinten, die Beine auf dem Boden zu einem „X" geformt und röchelte.

Nachdem er Verona hinter sich gelassen hatte, wurde die Landschaft flacher, erst hier hatte er das Gefühl, wirklich in Italien zu sein. Wenn sich die Obstwiesen ausbreiteten, die Straßen allmählich leerer wurden. Erst als es auf Bologna zuging, nahm der Verkehr wieder zu. Und auch Isa wurde wacher, warf jetzt den Kopf hin und her. Halluzinierte, fragte nach Richard-David und wo sie sei.

„Du bist in Sicherheit, Isa, vertrau mir. Schlaf noch ein bisschen."

Sie sah ihn an, ganz intensiv wie ihm vorkam, sagte dann „Ja" und machte erneut die Augen zu.

Kurz hinter Florenz, gerade als er von der Autostrada abgefahren war, klingelte sein Handy. Er blickte aufs Display. Aline. Was um Himmels willen wollte die denn jetzt? Ihn fragen, ob in der Wohnung alles in Ordnung sei? Er drückte den Anruf weg, konzentrierte sich wieder auf die Straße. Er war jetzt ruhiger, nicht mehr so angespannt, fuhr etwa hundertvierzig. Noch einundfünfzig Kilometer meldete das Navigationsgerät, achtundfünfzig Minuten. Aline konnte ihm bald alle Fragen stellen, die sie ihm stellen wollte. Persönlich.

Er liebte diese Gegend, die Weinberge, die sich jetzt golden in der Abendsonne erhoben, die Wiesen und die Pinien, die Säulenzypressen und die Olivenbäume. Immer wieder tauchten kleine Gehöfte auf den Gipfeln der Hügel auf. Sie erinnerten an mittelalterliche Burgen, als würden sie die Landschaft um sie herum beherrschen. Als er auf der Höhe von Castelfiorentino war und der backsteinerne Campanile von weitem grüßte, klingelte das Handy erneut. Isa gab einen Grunzlaut von sich, sackte dann aber wieder weg.

Diesmal nahm Craig das Gespräch an. „Hallo Aline?"

„Craig?"

„Wer sonst?", sagte er schroff.

Doch Aline schien es gar nicht aufzufallen. „Craig?", wiederholte sie erneut, als könne man sich einfach nicht sicher sein. „Hier ist etwas Schreckliches passiert."

23

Die Schotterpiste führte in engen Serpentinen hinauf zu dem alten Rustico, das sicherlich vier-, fünfhundert Jahre alt sein musste. Der fantastische Blick, den man von hier oben hatte, machte es einzigartig. Man sah über die ganze Landschaft hinweg. Über die kleinen Dörfer, die Kirchtürme, die azurblauen Pools, die Weinberge bis zu einem flachen Horizont, wo die Welt in einer grünlich-braunen Sandwolke zu verdampfen und in einen perlmuttfarbenen Himmel überzugehen schien. Immer wenn er dort war, hatte er das Gefühl, er sehe klarer, und die Probleme, die ihn beschäftigten, würden kleiner und weniger real. Auf irgendeine Art und Weise war ihr Landhaus ein Ort der Wahrheit. Vielleicht wollte er deshalb mit Isa hierher. Damit sie klarer sehe. Damit sie sehe, was doch jeder sehen musste: Sie beide waren füreinander bestimmt, und es war ein Vergehen gegen die Vorsehung, wenn sie sich dagegenstemmte. Einmal, nur einmal sollte sie sich zu ihrer wahren Liebe bekennen.

Er parkte den Wagen unterhalb des schwarzen, schmiedeeisernen Tores. Als er ausstieg, umarmte ihn die Abendsonne wie eine alte, füllige Matrone. Es war überraschend warm für die Uhrzeit, dachte er. Aber vielleicht lag das auch nur an der Kälte im Wagen, an der Klimaanlage. Und dem Kontrast, jetzt plötzlich unter dem windstillen Abendhimmel zu stehen.

Er trat auf das Tor zu, schloss auf, zog den Haken aus dem staubigen Bogen und öffnete es unter einem erbärmlichen Jammern. Vorsehung, schoss es ihm durch den Kopf. Daran glaubte er jetzt also. Aber warum auch nicht? Nur weil man sie nicht im Gehirn lokalisieren konnte, hieß es nicht, dass es sie nicht gab. Denn das spürte er doch mit aller Gewissheit: Es gab so etwas wie Bestimmung. Und wer dagegen verstieß, der machte sich schuldig. Der sündigte.

Der musste bestraft werden.

Zurück im Wagen legte er eine Hand auf das Knie Isas. Es war eiskalt. Im ganzen Wagen war es kalt. Er hatte die Klimaanlage voll aufgedreht, selbst gar nicht gemerkt, dass er so sehr runtergekühlt hatte.

„Isa?" Er schlug ihr mit dem Handrücken gegen die Wangen. „Isa, komm schon!"

Sie röchelte, hob leicht den Kopf, stieß irgendein unvernehmliches Wort mit „W" am Anfang aus und sackte dann wieder zur Seite weg.

Das Etomidat würde noch rund drei Stunden wirken, dachte Craig. Dann würde sie zu sich kommen. Mit Kopfschmerzen und einem trockenen, kratzigen Hals.

Craig startete den Wagen, fuhr durch das Tor und stellte den Wagen auf dem kleinen Rasenstück neben der Gartenhütte ab, in der sie den Grill und andere Geräte horteten. Das Gras war an einigen Stellen fast kniehoch, auch aus den Fugen zwischen den Natursteinplatten, die das Haus umgaben, wanden sich die Halme.

Er schritt um das Auto herum, öffnete es, legte einen Unterarm in Isas Kniekehlen, den anderen platzierte er um ihre Schulter. Dann hob er sie heraus und ging zur Eingangstür.

Es roch muffig im Haus. Eigentlich sollte Fabio täglich lüften, aber danach sah es hier nicht aus. Fabio war ein Nachbar, wohnte direkt in Montaione, etwa fünf Minuten von hier entfernt. Er war ein gescheiterter Akademiker und nach einer Zeit in Florenz wieder bei seiner Mutter eingezogen. Er verdiente sich ein paar Euro damit, dass er auf die Ferienhäuser der Ausländer aufpasste. Sie hatten ausgemacht, dass er sich um das Landhaus und den Garten kümmern sollte. Aber offenbar machte er seinen Job erst dann, wenn sich Craig oder Aline ankündigten. Das machten sie sonst immer. Diesmal war er erstmals hier, ohne ihm eine Nachricht geschickt zu haben.

Ihr Haus stand am Ende einer langen Dorfstraße inmitten der Weinberge. Hier gab es nichts, außer vertrocknetem Gras, ein paar Zypressen und den Müllcontainern, die ihm seit jeher ein Dorn im Auge waren. Wenn der Wind ungünstig stand, rochen sie den Gestank bis auf die Terrasse.

Craig trat ein, stieß die Tür mit der Schulter zu und ging die Treppen hinauf. Das Schlafzimmer und das Badezimmer befanden sich im ersten Stock. Das Erdgeschoss wurde von der Küche und dem Wohnzimmer eingenommen. Er öffnete die Tür zum Schlafzimmer und legte Isa auf die unbezogene Matratze. Anschließend ging er ins Badezimmer, das man nur durch das Schlafzimmer erreichen konnte, und wusch sich die Hände.

Isa sah ganz friedlich aus, stellte er fest, als er wieder vor dem Bett stand. Ihre matten Lippen waren leicht geöffnet, die geschlossenen Lider wirkten dünn, wie Pergament und erinnerten ihn an welkende Rosenblätter.

Er ging auf die Knie, schob ihren Pony nach oben, legte eine Hand auf ihre Stirn. Anschließend ließ er sie über ihre Wange nach unten gleiten. Ihren langen Hals, das heraustretende Schlüsselbein, die kleine Kuhle zwischen Hals und Knochen. Dann über den Stoff ihres Kleides, über ihre Brust, ihren Brustkorb, der sich im Rhythmus ihres Atems hob und senkte. Ihren Bauch, ihre Beine. Er kannte diesen Körper, doch nicht so gut, dass er ihn nicht in jeder Sekunde in seinen Bann schlug. Selbst wenn sie schlief, verströmte sie eine Erotik, der er kaum widerstehen konnte.

Craig platzierte den Kopf auf ihrem Bauch, ihr Rock war hochgerutscht, und er schob mit der linken Hand ihre Strumpfhose hinunter, bis er ihre weiße Spitzenunterwäsche sehen konnte. Deutlich zeichnete sich der harte, schwarze Streifen ihrer Scham durch den dünnen Stoff ab.

Seine Hände wurden feucht, und er wollte ihr schon den Stoff vom Leib reißen, als sich plötzlich etwas in ihm zu lösen schien. Es ließ seinen Atem stocken, seine Erregung abflauen und machte einem anderen Gefühl Platz. Es war die Gewissheit, etwas verloren zu haben. Etwas, das er nie wirklich besessen hatte, etwas, das zum Greifen nah gewesen war und sich schließlich doch als unerreichbar herausgestellt hatte.

Er zog seine Hand zurück, verkrampfte sie zu einer Faust. Dann pulsierten die Tränen aus ihm heraus.

Minutenlang ließ er sie auf Kleid und Bluse tropfen. Als er später wieder auf den Beinen stand, war der handgroße Fleck auf der Höhe ihrer Taille nicht zu übersehen. Doch er würde getrocknet sein, wenn sie in zwei, drei Stunden wieder zu sich gekommen war. Es war wichtig, er durfte jetzt keine Schwäche zeigen, auch wenn ihn seine Gefühle selbst zutiefst verwirrten.

Zurück im Flur zog er die Tür zu und schloss sie ab. Es gab noch ein weiteres Schlafzimmer mit angrenzendem Bad. Der ehemalige Besitzer hatte das Haus an Feriengäste vermietet und war davon ausgegangen, dass sich mehrere Parteien das Haus teilten. Craig überlegte, ob er sich selbst auf das andere Bett legen sollte. Er war hundemüde. Doch er hatte noch einiges vor an diesem Abend, also nahm er eine weitere CR7.

Er fühlte sich sofort besser. Viel besser. Von der plötzlichen Sentimentalität war nichts mehr zu spüren. Stattdessen war er euphorisch, wie ausgewechselt. Ja, das neue Medikament würde der Durchbruch werden für GENOVENTIS.

Das Gatter stand offen, blaues, flackerndes Licht brach sich auf der Schotterpiste. Er kam nicht weit, als er auf das Anwesen fuhr, ein Auto der italienischen Polizei versperrte ihm den Weg. Weiter hinten neben der Hütte, dort wo er vor anderthalb Jahren seinen Wagen geparkt hatte, stand der Volvo Veits. Die Tür zum Schuppen war geöffnet, davor erhob sich ein Haufen Erde, sicherlich vier, fünf Schubkarrenladungen voll. Eine Spitzhacke war an die grafitgraue Fassade gelehnt. Dann erblickte Craig Aline. Sie stand in der Tür des Rusticos, hatte die Arme um den Körper gelegt als friere sie.

Craig stieg aus. Er nahm einen eigenartigen Geruch war, es roch faulig und nach Verwesung. Die Mülltonnen, wurde Craig klar. Sie mussten dringend etwas dagegen unternehmen. Erst jetzt schien Aline ihn zu bemerken. Sie kam zu sich, als erwache sie aus einem langen Schlaf, blickte in seine Richtung, als könne sie es gar nicht glauben. Als sei er ein Gespenst. Sie entfaltete die Arme über ihrer Brust und trat mit nackten Füßen auf die Steinplatten. Er sah, wie sich ihr

Mund bewegte, und obwohl er sie nicht hören konnte, wusste Craig, dass sie seinen Namen ausgesprochen hatte.

Langsam kam sie auf ihn zu. Sie trug ein unförmiges hellblaues Kleid mit weißen Mustern, die aus der Ferne wirkten wie Delphine. Man konnte es mit einem angenähten Gürtel an der Taille zubinden, doch der Gürtel hing beidseitig in losen Enden herab. Erstmals hatte Craig den Eindruck, er sehe ihren Bauch. Den Bauch der werdenden Mutter. Doch dann wurde ihm klar, dass das nicht sein konnte, dafür war es ganz einfach noch zu früh.

„Craig … wieso …? Wie kann das sein, dass Du … wir hatten eben erst telefoniert. Was machst Du hier?", stammelte sie und ging weiter auf ihn zu. Mit jedem Schritt, den sie näher kam, erhellte sich ihre Miene. „Mein Gott, Du bist hier, Gott sei Dank, Gott sei Dank, dass Du da bist", sagte sie schließlich. Sein Anblick schien für sie einer Erlösung gleichzukommen. Die letzten Schritte begann sie zu laufen, wollte ihm offenbar um den Hals fallen.

Doch Craig war nicht nach emotionalen Begrüßungsszenen zumute. Er griff in die Innentasche seines Sakkos und zog das Bild heraus, das ihn kurz vor seinem Erwachen zeigte, das Bild vom 16. Februar 2015. Er hielt es vor sich, wie ein Geistlicher ein Kreuz, um den leibhaftigen Satan abzuwehren.

Aline verlangsamte ihren Schritt. Blieb vor ihm stehen. Ihr Blick verfinsterte sich erneut. Erst jetzt sah er die dicken Tränensäcke unter ihren Augen. Sie musste geweint haben, bevor er kam. Warum, wusste Craig nicht, doch das war jetzt nicht wichtig. Er wollte Antworten auf seine Fragen, deshalb war er hier.

„Craig …? Ich verstehe das nicht – was soll das, was soll dieses …"

„Sieh es Dir genau an, das Bild. Und sag mir, was Du siehst!"

„Hat das nicht Zeit bis später? Hier … hier ist etwas passiert, das Du wissen solltest. Wir haben hier … bitte, Craig, können wir nicht erstmal …"

„Aline. Was siehst Du auf diesem Bild?"

Sie hatte bisher ausschließlich ihn fixiert, hatte die Fotografie gar nicht wahrgenommen. Sie war sichtlich verwirrt, schien mit den Gedanken zwischen dem Hier und Jetzt und irgendeinem Ereignis hin-

und hergerissen. Die Polizei war da, schien sich im Haus zu befinden. Vielleicht war ein Unfall geschehen. Die Gartenhütte war geöffnet, es war das Reich Fabios. Vielleicht hatte er sich verletzt. Doch das interessierte Craig jetzt nicht. Er war nicht 700 Kilometer gefahren, um sich nach dem Gesundheitszustand seines Gärtners zu erkundigen. Er hatte andere Fragen.

„Es ist … Du bist es … ein Bild von Dir, warum? Offenbar kurz nachdem Du zurückgekommen bist. Du trägst noch diese Kleidung, Deine Haare sind noch lang."

„Das Bild wurde am 16. Februar 2015 aufgenommen."

„Ja? Dann … Du bist im März wieder aufgetaucht. Dann muss es vor der Zeit gewesen sein, was weiß ich. Woher hast Du es?"

Sie machte wieder einen Schritt auf Craig zu, doch er trat zurück, ohne das Bild herunterzunehmen. „Ich habe es bei Dir gefunden."

„Bei – mir?"

„In Deinem Sekretär, Aline."

Sie legte eine Hand an die Brust, ihr Mittelfinger reichte bis an ihren rötlichen Hals. Sie blickte erneut auf die Fotografie, etwas blitzte in ihren Augen auf, als würde sie plötzlich etwas erkennen. „Was machst Du an meinem Sekretär?"

„Das ist jetzt nicht wichtig, Aline. Erklär mir, wie es zu diesem Bild kam. Lasah hat es aufgenommen, hinten ist ein Stempel drauf."

Aline griff nach dem Bild, nahm es ihm aus der Hand und betrachtete es eine Zeitlang wie erstarrt. Craig bemerkte unterdessen, dass Leute im Inneren des Hauses vor dem Fenster auf- und abliefen. Er konnte nicht sagen, wer sich da im Glas spiegelte, doch er nahm an, dass es Veit war und die Carabinieri, was immer die hier zu suchen hatten.

Auf einmal klickte es, das Fenster wurde gekippt. Die Spiegelung verschwand, und er konnte jetzt plötzlich den Küchentisch sehen. Ein alter Bauerntisch mit abgewetzter Platte, den sie übernommen hatten, als sie das Haus gekauft hatten. Er spürte förmlich die Einkerbungen und Wachsflecken, die sich darauf befanden.

Es fühlte sich an wie der von Muttermalen übersäte Rücken einer Rothaarigen, dachte er. *Langsam ließ er die Hand darübergleiten. Es beruhigte ihn, das alte Wachs zu spüren, die abgesplitterten Ecken, die Risse und Kerben.*

Er wartete. Und er war ein ungeduldiger Mensch. Zu warten machte ihn aggressiv, und so viel war ihm durchaus klar: Das Adrenalin hatte ihn fest im Griff in diesen Tagen. Drei Nächte hatte er nicht mehr geschlafen, sich nur durch das CR7 wachgehalten. Ein paar Nebenwirkungen hatte es, daran mussten sie arbeiten, das schienen unvermeidlich.

Er hatte das Gefühl, als stehe die Welt unter Wasser und er schwimme mindestens hundert Meter unter der Oberfläche. Alle Geräusche wirkten dumpf, hallten nach. Bewegungen schienen ihm wie in Zeitlupe versetzt, und alles, der Tisch, die Stühle, das Papier, der Stift und natürlich sie, Isa – alles waberte in seinem Blickfeld, verschwamm darin wie in einer durchsichtigen Brühe.

Und seine Nerven natürlich. Sie waren noch angespannter als zuvor. Weil sie einfach keine Dankbarkeit zeigen wollte. Er nahm sie mit in sein Haus in der Toskana, sie hätten hier eine wunderbare Zeit miteinander verbringen können, doch sie weigerte sich. Sperrte sich. Wollte Craig nicht sehen. Wollte nach Hause. Zu ihm. Richard-David. In die Welt der hundert Dinge. Dabei hatte sie hier alles. Alles, verflucht nochmal!

Aber gut, ein kleines Dankeschön, das durfte er erwarten. Das sah auch sie ein, das hatte sie beteuert. Dass sie ihn einmal in ihr Herz blicken lasse, einmal die Wahrheit sagte über ihn und sich. Sich einmal erklärte. Und das konnte doch nur heißen, dass sie ihm gestand, dass sie ihn liebte, denn daran konnte doch kein Zweifel bestehen. Sie mochte sich einem anderen verpflichtet fühlen. Sie mochte sich gegen das Schicksal auflehnen, doch dass sie ihn liebte – das wusste er einfach.

Er musste nur geduldig sein, dann würde sie schon schreiben. Bis es soweit war, würde er mit der Hand über den Tisch streichen. Wie ein Handschmeichler, so sehr beruhigten ihn die Spuren, welche die Jahre auf ihm hinterlassen hatten. Menschen hatten Zeit gehabt, als sie an diesem Tisch saßen, sie hatten sich nicht hetzen lassen. Sie hatten hier gesessen und voller Geduld auf Essen, auf Freunde, auf alles Mögliche gewartet. Auch er würde jetzt die nötige Zeit aufbringen. Er würde warten.

Warten. Warten. Warten.

„Warum hast Du nie auf meine Briefe geantwortet, Isa?"

„Ich … ich wusste nicht, was ich schreiben soll."

„Dass Du mich liebst, so wie ich Dich."

„Ja … das. Das natürlich. Es ist nur schwer, über die Liebe zu schreiben."

Sie warf ihm einen Blick von der Seite zu. Sie sah nicht gut aus, aber das war nur zu verständlich. Irgendwie gelblich und abgemagert. Er wusste gar nicht mehr genau, was der Auslöser gewesen war, dass er sie in den Keller gesperrt hatte. Es war ihm alles wie in Trance vorgekommen. Nachdem sie angekommen waren, hatte sie länger geschlafen, als Craig vermutet hatte, bis zum nächsten Morgen. Und als sie aufgewacht war, hatte sie energisch an die Tür geklopft, hatte zu trinken verlangt. Das Etomidat wusste Craig. Er hatte sich mit dem CR7 wachgehalten. Noch bevor sie aufgewacht war, war er nach Montaione gefahren, hatte eingekauft und ihr dann ein Frühstück zubereitet. Kaffee, Rührei, Baguette, Tomaten, Mozzarella, Orangensaft. Und Wasser, viel Wasser. Doch sie hatte nichts davon wissen wollen. Sie wollte trinken und dann wieder nach Hause.

Irgendwann hatte sie angefangen zu schreien, und die Bewegungen ihres Mundes waren nicht synchron zu dem gelaufen, was er hörte. Dicke Blasen hatten sich gebildet, wie in einem umgedrehten Glas unter Wasser, nur dass sie zwischen ihm und ihr standen. Ihr Gesicht, ihr ganzer Körper wirkten eigenartig verzerrt.

Ja, so musste es passiert sein.

Dass er sie in den Keller gesperrt hatte. Sie hatte noch eine Zeitlang geschrien, von der anderen Seite. Anschließend hatte sie nur noch gewimmert. Nach drei Tagen hatte er nichts mehr gehört. Dann war sie endlich bereit dazu, ihm zumindest einen Brief zu schreiben. Einmal über ihre Liebe ihm gegenüber zu sprechen.

„Und? Kann ich es schon sehen?"

„Nein ... ich ..."
Er blickte ihr über die Schulter: 'Lieber Craig', stand da. Sonst hatte sie nichts geschrieben. Und sie mussten hier doch schon eine halbe Stunde sitzen, eine Stunde vielleicht. Ewig, so kam es ihm zumindest vor. Er ballte die Faust, spürte den Ärger, spürte die Wut, spürte seine Ader am Hals pulsieren.
„Meine Liebe ... ist so ... so groß. Dass ich ... dass ich Schwierigkeiten habe, die richtigen Worte zu finden. Außerdem der Keller ... ich habe ja seit Tagen nichts gegessen ..."
Sein Zorn verflüchtigte sich ein wenig. Natürlich, das musste er einsehen, dass es sich schlecht auf leeren Magen schrieb. „Du wirst essen, sobald wir fertig sind." Er lächelte. Dann beschloss er, ihr zu helfen. Er hatte Übung darin, Liebesbriefe zu schreiben. Es hatte schließlich Wochen gegeben, da hatte er täglich einen verfasst. An sie, immer an sie!
Er rückte ein Stück näher an Isa heran. Sie zuckte zusammen, als er den Arm um ihre knochige Schulter legte. „Also, schreib", sagte er, und sie setzte den Stift auf das weiße Papier. „Schreib: 'es tut mir leid. Es tut mir wirklich unendlich leid. Nicht nur für Dich, sondern auch für mich. Deshalb schreibe ich Dir jetzt, nach all der Zeit, nach all den Erlebnissen, die wir miteinander geteilt haben, die uns einten und die uns trennten, diesen Brief. Um Dir zu sagen, dass ich Dich liebe. Wenigstens einmal will ich Dir sagen, was ich schon so lange in meinem Herzen mit mir herumtrage. Dass ich Dich liebe, ja ...'"

Während Aline das Foto studierte, sich dabei immer wieder mit den Zähnen auf die Lippen biss, stand ihm die Szene mit Isa wieder vor Augen, als hätte er das alles erst gestern erlebt.
Er hatte den Brief diktiert, natürlich!
Doch wieso hatte er ihn sich geschickt? Das machte doch gar keinen Sinn. Er erinnerte sich an den Briefkasten kurz vor dem Zentrum Montaiones, gleich vor dem kleinen Supermarkt, wo er morgens immer die Panini kaufte. Hatte er ihn dort tatsächlich eingeworfen?

Doch was für ein Idiot war er gewesen, das nicht zu bemerken. Nicht zu bemerken, dass er auf seine eigenen Worte hereingefallen war. Aber natürlich! Natürlich, in dem Brief hatte genau das gestanden, was er immer hatte hören wollen. Ein Ignorant war er gewesen, das nicht zu durchschauen, es war einfach zu schön gewesen, um wahr zu sein! Er hatte es geglaubt, weil er es glauben wollte.

„Ich wollte es Dir nicht sagen, Craig. Und ich glaube auch nicht, dass jetzt der richtige Moment dafür ist. Aber es … es sieht so aus, als wolltest Du nicht warten, dann kann ich auch …"

Craig fühlte sich einen Moment wie benommen, und er musste kurz überlegen, von was Aline da überhaupt sprach. Zu mächtig war der Flashback gewesen und die Enttäuschung über den selbstgeschriebenen Brief. Doch dann wurde es ihm wieder klar. Es ging um das Foto, das sie noch immer in zwei Händen hielt und anstarrte, damit sie ihm nicht in die Augen sehen musste.

„Veit hatte Lasah damit beauftragt, Dich ausfindig zu machen. Da Du weg warst, hatte Veit keine Zeit, sich um die Ergebnisse von Lasahs Recherche zu kümmern. Er hatte einfach zu viel zu tun im Unternehmen, auch weil mit BNP ja ein neuer Mehrheitsgesellschafter eingestiegen war. Er kam damals kaum vor zehn nach Hause – und ich glaube, das lag diesmal nicht an seinen Liebschaften."

Erstmals blickte sie ihn an und lächelte. Natürlich wusste sie davon, das hatten sie bereits diskutiert. Sie wusste es, und sie nahm es hin. Doch das war jetzt nicht das Thema. Es ging um ihn, seine verlorene Zeit, sein verlorenes Gedächtnis. Er wollte deshalb mitnichten das Thema verlagern. Entsprechend nickte er nur. Und Aline fuhr fort.

„Also habe ich mich mit Lasah auseinandergesetzt und auch die Recherche-Ergebnisse erhalten. Es hat eine Zeitlang gedauert, dann hatte Lasah dich aufgespürt. Und er hat … hat diese Fotos mitgebracht. Sie zeigten Dich mit dieser Frau, Pamona heißt sie, glaube ich. Und diesem Jungen. Ich konnte das zuerst gar nicht glauben. Du hast Dich um ein Kind gekümmert, obwohl Du Dich ja nie für Kinder interessiert hast. Es gibt andere Bilder, da hast Du ihn sogar …"

„Ich weiß", unterbrach Craig und erinnerte sich an die Fotos, wo er Toni auf den Schultern trug und gemeinsam mit ihm über die Sommerrodelbahn sauste.

„Ja …" Sie blickte zu Boden. Als sie wieder aufsah, wanderte ihr Blick kurz in die Ferne, und Craig folgte ihm. Am Fuß der Serpentinen mühte sich ein dunkler Wagen den Berg hinauf, zog eine Staubwolke hinter sich her. Aline nahm den Faden wieder auf: „Ich bin also selbst nach Zürich gereist, wollte Dich abholen. Doch dann bin ich unsicher geworden. Wir haben uns auf einem Spielplatz gesehen, gleich in der Nähe zu dem Haus dieser Frau. Du warst mit dem Kleinen da, Ihr hattet einen Riesenspaß. Ganz ehrlich, Craig, so glücklich habe ich Dich nie gesehen. Und Du warst nie wirklich glücklich hier, in diesem Leben, das musst Du einfach zugeben! Immer warst Du getrieben. Wolltest der ganzen Welt irgendetwas beweisen. Und kaum hattest Du eine Sache erreicht, war die nächste dran. Nein, Craig, ich wusste, das würde nicht gut gehen. Naja … und dann stand ich da auf dem Spielplatz. Zuerst dachte ich, Du siehst mich nicht, doch dann habe ich mich Dir mitten in den Weg gestellt. Du hattest den Kleinen auf dem Arm, und mit der freien Hand hast Du den Kinderwagen geschoben. Der Weg war eng, und Du konntest nicht durch. Ich stand ja da. Du hast aufgeblickt, und ich wollte schon rufen, *Hallo Craig, endlich habe ich dich gefunden!* Aber Dein Blick hat mich davon abgehalten. Du hast mich angesehen und einfach nur gesagt … einfach nur in einer ganz freundlichen Stimme gesagt: *Ach, Entschuldigung, würden Sie mich einmal durchlassen.*"

Sie verstummte.

„Ich habe Dich nicht erkannt."

„Ganz genau."

„Was hast Du gemacht?"

Sie trat auf ihn zu, legte eine Hand an seinen Arm, versuchte, eine Hand zu greifen, doch er entzog sich ihr.

„Ich bin aus dem Weg gegangen. Du hast Dich bedankt und bist mit dem Kleinen nach Hause marschiert. Wie … wie ein stolzer Vater."

„Wieso hast Du es später nicht mehr versucht? Warum hast Du nicht gesagt, dass Du meine Schwester bist?"

„Craig, in diesem Moment war mir klar, dass Du Dich nicht mehr an Dein vorheriges Leben erinnern konntest. Ich wusste nicht, was vorgefallen war. Aber eins war mir klar: Du warst glücklich. Glücklich in dieser Beziehung, glücklich mit diesem Kind. Ich wollte das nicht zerstören. Bitte versteh das doch!"

Sie legte das Bild auf die Motorhaube des Porsches, vergrub das Gesicht in den Händen und begann zu schluchzen.

Sie wussten es. Wussten es die ganze Zeit, schoss es ihm durch den Kopf. *Aline wusste es. Meine eigene Schwester.*

Warum?

Warum hat sie nichts gesagt?

Doch er kannte die Antwort. Natürlich kannte er sie. Weil sie glaubte zu wissen, was gut für ihn war. Weil sie dachte, sie wisse besser über sein Leben Bescheid als er selbst. So war sie. War sie immer gewesen.

„Und Veit?", sagte er.

Sie schüttelte den Kopf. „Ich habe es ihm nicht erzählt. Und Lasah zum Stillschweigen verdammt."

Hinter ihm knirschte der Schotter. Ein paar Steinchen ploppten unter dem Profil der Räder einer Limousine hervor. Er blickte sich über die Schulter. Ein BMW mit deutschem Kennzeichen.

Craig wandte sich wieder seiner Schwester zu. „Wieso habe ich das Gedächtnis verloren, Aline? Was ist in der Nacht vom 15. auf den 16. Februar passiert?"

Sie blickte seitlich nach unten, ließ ihre Haare wie einen Vorhang vor ihr Gesicht schwingen.

„Du weißt es! Du weißt es tatsächlich!"

„Veit, er … er hat es mir erzählt, vor vier Wochen erst. Es war ein … aber das kann nur er Dir sagen – bitte!"

Hinter ihm wurde eine Autotür geöffnet und fiel kurz danach wieder ins Schloss. Craig drehte sich um. Erst jetzt wurde ihm klar, dass er den Wagen schon einmal gesehen hatte. Es war der BMW, mit dem er vor der Bank fast zusammengestoßen wäre.

Ein kleiner, stämmiger Mann mit Schiebermütze stand vor ihm. Er hielt eine Hand vor sein Gesicht. Zwischen Ringfinger und Mittelfinger steckte eine Zigarette. Er hatte diese Geste schon einmal gesehen, doch erst, als der Mann seine Hand herunternahm und eine Rauchwolke ausstieß, erkannte er ihn.

24

Es war ein eigenartiges Gefühl, das Haus zu betreten und an dem Tisch Platz zu nehmen, wo er zuletzt mit Isa gesessen hatte. Craig war gekommen, um Veit und Aline zur Rede zu stellen, die ganze Fahrt über hatte er den Ärger, ja die Wut gespürt. Diejenigen, die ihn hintergangen hatten, sollten sich jetzt erklären, sollten Abbitte leisten. Doch als er sich jetzt an die Längsseite des Tisches gesetzt hatte, mit dem Herd und der Spüle im Rücken und dem Blick durch das gekippte Fenster, war die Aggression wie verpufft.

Plötzlich war er nicht mehr der Inquisitor, er fühlte sich stattdessen wie ein Angeklagter. Vielleicht lag es daran, dass draußen überall die Polizei herumsprang, was er sich nach wie vor nicht erklären konnte. Durch das Fenster beobachtete er zwei Carabinieri, die mit einem rot-weißen Absperrband hantierten. Kramer konnte er nicht sehen, er musste sich jenseits seines Blickfelds befinden, in der Nähe der Gartenhütte vielleicht.

Er hatte sich wie vor den Kopf gestoßen gefühlt, als der Münchner Polizist plötzlich vor ihm gestanden hatte. Ja, vielleicht war es genau das, was ihm den Wind aus den Segeln genommen hatte. Kramers unerwartetes Erscheinen. Es hatte eine finstere Ahnung in ihm ausgelöst, für die er keine Erklärung hatte.

„Was um Himmels willen machen Sie hier?", hatte Craig noch mit der letzten Wut im Bauch hervorgestoßen.

„Das wollte ich Sie fragen."

„Sie haben mein Auto verwanzt!"

Kramer kniff die Augen zusammen, blickte zurück auf die Serpentinen und die Landschaft, die vor ihnen lag wie ein Renaissance-Gemälde. Dann wandte er sich erneut Craig zu. „Nur ein kleiner Peilsender. Ich achte sehr auf das Geschwindigkeitslimit, wissen Sie? Ihnen zu folgen wäre da schwierig gewesen."

„Die Frage ist, warum Sie mir überhaupt folgen, meinen Sie nicht?"

„Die Frage, die sich stellt, ist: Wo ist Isabelle Seemann? Und ich weiß nicht warum, aber ich habe das Gefühl, dass wir hier kurz vor einer Antwort stehen."

Craig war überrascht. „Sie suchen *sie?*"

Der Kommissar zog umständlich an seiner Zigarette, stieß eine Rauchfontäne aus und ließ die Kippe dann achtlos auf den Boden fallen. „Frau Seemann verschwand nur wenige Tage, nachdem Sie verschwunden sind. Dachten Sie, wir halten das für einen Zufall? Sie gehörten hier von Anfang an zu den Hauptverdächtigen, nicht zuletzt, weil Sie von Zeugen stark belastet wurden."

„*Richard!*"

Kramer sagte nichts, kratzte sich stattdessen mit dem Ringfinger unter der Schiebermütze. „Da Sie sich angeblich an nichts erinnern können, haben wir uns gemeinsam mit den Schweizer Behörden zu einer kleinen Observation entschieden, das werden Sie uns nicht übel nehmen."

Jetzt wurde ihm einiges klar: *Der Zeitungsleser im Bernardino und in der Einkaufspassage! Das ständige Gefühl, beobachtet zu werden! Nichts habe ich mir eingebildet, gar nichts!*

„Sie haben nichts dagegen, wenn ich mich hier einmal umsehe?"

„Vielleicht wäre es besser, Sie machen das ein anderes Mal", fiel Aline ein. Sie sah jetzt noch bleicher aus als zuvor. Ihr Gesicht war feucht von Tränen, über ihren Hals hatte sich ein roter Ausschlag gelegt. „Mein Bruder ist gerade erst angekommen – er hat noch nicht einmal seinen Schwager begrüßt."

„Dazu hat er jetzt Gelegenheit, solange ich mich mit meinen Kollegen austausche." Kramer wies mit dem Kinn in Richtung Haustür, wo sich zwei Carabinieri gestenreich mit Veit unterhielten.

Craig ließ seine Hand über den Tisch gleiten, als liege die Antwort auf seine Fragen in den Kerben, Ritzen und Wachsflecken vor ihm. Als habe ein Unbekannter eine Botschaft für ihn in der Holzplatte hinterlassen, in einer Art Braille-Schrift, die nur er entziffern konnte.

Doch so sehr er auch versuchte, die Geheimnisse des Tisches zu entschlüsseln, desto unverständlicher erschien ihm nicht nur seine Lage, sondern die ganze Situation. Craig schüttelte den Kopf und sah auf. Veit stand nach wie vor am Eingang, Ronja strich ihm hechelnd um die Beine, wich ihm nicht von der Seite. Veit sprach mit einem Polizisten, der sich ein eigenartiges weißes Band von der Schulter bis zur Hüfte herunter umgelegt hatte. Craig konnte nicht verstehen, über was die beiden sprachen. Doch er bemerkte den Blick des Beamten, spürte, wie er ihn ausgiebig musterte, was das bedrückende Gefühl in seiner Brust noch verstärkte. Dann nickte der Beamte und trat von der Schwelle nach draußen. Veit schloss die Tür hinter ihm und kam zu Craig an den Tisch.

Er setzte sich schweigend ans Kopfende, stützte die Ellbogen auf und nestelte an den Hemdärmeln, die aus seinem Boss-Pullover hervorlugten. Ronja legte zwei Pfoten auf Veits Schoß. Nachdem Veit sein Hemd gerichtet hatte, begann er, sie sanft hinter dem Ohr zu kraulen.

„Ronja ist unruhig, seit wir hier sind, so kennen wir sie gar nicht", erklärte Veit. „Zuerst lief sie draußen auf dem Grundstück auf und ab, schnüffelte, vergrub die Nase im Gras, begann, rund um die Hütte Löcher zu buddeln. Wir dachten, dass sie Mäuse sucht und schenkten dem Ganzen nur wenig Beachtung. Aber die Unruhe blieb. Auch abends. Ständig jaulte sie hier in der Küche, wir wussten nicht, was los war. Dann bellte sie die Kellertür an. Ehrlich gesagt … ehrlich gesagt wurde das mit der Zeit ein bisschen unheimlich. 'Am besten du schaust mal nach', hatte Aline gesagt. Na dann vielen Dank, hab ich mir gedacht. Das war diese Nacht, nach zwölf Uhr. Ich bin nicht besonders anfällig für Schauermärchen, aber ich kann mir etwas Besseres vorstellen, als um diese Zeit in einem kaum beleuchteten, nassen Keller umherzuirren. Naja."

Veit verstummte, und Craig folgte seinem Blick zur geschlossenen Kellertür. Ronja bemerkte offenbar, um was es ging, sah ebenfalls auf die Tür und stieß dabei ein klägliches Jaulen aus. Die Tür bestand aus massivem Holz, auf das sich schwarze Stockflecken bis auf

Kniehöhe gelegt hatten. Die schweren Beschläge waren von einem dunklen Grau, der Schlüssel steckte.

Endlich war es Gewissheit. Liebe. Es war Liebe und nichts anderes. Und Liebe würde alle Hindernisse aus dem Weg räumen, auch ihre Loyalität Richard-Davids gegenüber. Es war alles nur eine Frage der Zeit. Niemand konnte sich gegen die Himmelsmächte sperren.

Dreimal hatte er den Brief gelesen, war den Auf und Abs ihrer schnörkeligen Mädchenschrift gefolgt. Wie ein kunstvolles Geflecht kam es ihm vor, eine perfekte Symbiose aus Form und Inhalt. Sie liebte ihn, entschuldigte sich dafür, dass sie es ihm erst jetzt sagen konnte. Doch ihre Gefühle waren rein und ehrlich. Er blickte auf, sah sie in einem ganz neuen Licht. Ja, da war sie – die Seine! Der Kampf der letzten Monate hatte sich gelohnt!

Die letzten Tage schienen ihr etwas zugesetzt zu haben. Sie saß gekrümmt am Tisch, der Stift war ihr kraftlos aus der Hand geglitten, die Hand lag auf der zerfurchten Platte wie etwas Lebloses. Ihre Fingernägel waren rau und abgewetzt, deutlich sah er die Reste von Sägemehl, die sich unter ihre Nägel geschoben hatten. Ihr Gesicht war weiß, doch unter ihren hohen Wangen wirkte die Haut grau, fast schwarz. An ihrer rechten Schläfe hatte sich ein blauer Fleck gebildet. Ihre Lippen waren spröde und an einer Seite aufgeplatzt, der Pony hing ihr lang und fettig bis in die Augen hinab.

Er nahm ihre Hand, die sich kalt anfühlte, und küsste sie. Dann umgriff er ihre Schulter und legte den anderen Arm unter ihre Kniekehlen. Als er sie ins Schlafzimmer trug, kam er sich vor wie ein Bräutigam, der seine Braut über die Schwelle hob. Er legte sie auf dem Bett ab und ließ zunächst die Wanne im angrenzenden Bad volllaufen.

Die drei Tage im Keller hatten ihr nicht gut getan. Er schalt sich dafür, dass er sie in dieses finstere Loch gesperrt hatte, in dem es ja nicht einmal eine Toilette gegeben hatte. Sie war bewusstlos gewesen, als er sie die feuchten Stufen nach unten gezerrt hatte. Er konnte sich nicht mehr genau erinnern, was zuvor passiert war, aber aus irgendeinem Grund war er ausgerastet, und sie war mit der Schläfe gegen den Herd geprallt. Ein Unfall natürlich, was sonst? Er hatte schon das Schlimmste angenommen, doch als er sich zu ihr hinuntergebeugt hatte, atmete sie ruhig und regelmäßig.

Die ersten Stunden hatte er sich ernsthaft Sorgen gemacht. Immer wieder hatte er das Ohr an die Kellertür gelegt. Die Tür war von Holzwürmern zerfressen, und er hörte das Knirschen und Knarzen dieser unsichtbaren Kreaturen. Doch auf der anderen Seite der Tür blieb es bedenklich still. Vor seinem inneren Auge sah er Isas Körper auf dem kalten Steinboden, sah die Ratten, die sich über ihn hermachten. Doch er befahl sich, sich nichts einzubilden.

Dann, endlich: Schreie!

Erst panisch wie von einem Menschen, der nicht weiß, was los ist, der um Orientierung ringt. Der in einem Alptraum aufwacht, umstellt von einäugigen Monstern. Doch schon bald ebbten die Schreie ab, verstummten schließlich. Stattdessen hörte er sie keuchen und das Knirschen des Holzgeländers. Es folgten: Schläge mit der flachen Hand gegen die Tür. Wütende Stöße mit der Faust. Und Schreie, immer wieder Schreie.

„*Lass mich raus, Craig!*"

„*Sofort, Craig!*"

„*Öffne diese verdammte Tür, hörst Du!*"

„*Craig?!*"

Die Türklinke, die immer wieder ruckartig hinuntergedrückt wurde. Das dumpfe Echo im Kellerloch.

Das Klirren der Verschläge.

„*AUFMACHEN!*"

„*MACH DIESE SCHEIß TÜR AUF, DU ARSCHLOCH!*"

Hämmern, Tritte gegen die Tür.

Dann Stille.

„*Craig, hörst Du mich ... kannst Du mich hören?*" Ihre Fingernägel kratzten über das wunde Holz der Tür. „*Bitte sag doch was, ja? Ich will nur wissen, ob Du da bist. Lass mich hier unten nicht allein, wir können über alles reden ... Craig?*"

Sie begann zu weinen.

Als er sie jetzt in die Wanne setzte, stach ihm ein Geruch aus Schweiß, Kot und Pisse in die Nase. Er hätte niemals geglaubt, dass eine Frau zu solchen Ausdünstungen in der Lage war. Langsam hob er ihre Arme und wusch ihre stoppeligen Achseln mit einem Schwamm. Dann rieb er zärtlich ihren Hals ein, fuhr über ihre Brüste und dann über ihren Schoß. *Es törnte ihn ein bisschen ab, dass er die Kotreste zum Teil mit dem Fingernagel an der Seite ihrer Arschbacken abkratzen musste, aber es war klar, dass er das für sie machte. Für die Frau, die er liebte. Natürlich würde er sie pflegen und reinigen. Und sie ließ auch alles bereitwillig mit sich geschehen. Schien sich wohl und geborgen bei ihm zu fühlen, auch wenn sie die ganze Zeit starr auf die alten bräunlichen Fliesen mit dem Lilienmuster starrte, die sie und ihn umgaben.*

Auch als sie danach miteinander schliefen, gab sie sich ihm wortlos hin. Dabei hatte sie es ihm ja heute schon gesagt. Durch die Kellertür. Hatte es ihm gesagt und versprochen, dass sie ihm alles aufschreiben würde. Als Dank für seine Briefe. Die drei magischen Worte.

Ich liebe Dich.

„Es müssen irgendwelche Obdachlosen gewesen sein, die da unten gehaust haben", erklärte Veit. „Ich kann es mir nicht erklären. Wie sind sie hier reingekommen? Und was machen sie dann im Keller? Du weißt gar nicht, was da unten alles ..." Er stockte, blickte Craig in die Augen. „Ist alles in Ordnung, Craig? Hörst Du mir überhaupt zu?"

„Was?"

„Ob Du mir zuhörst?"

Er fühlte sich wie aus einem Traum gerissen. Veit, die Kellertür, der Hund. Meine Güte, er hatte einen schrecklichen Flashback gehabt.

Isa! Was ist mit Isa? Ist das wirklich alles passiert? Das kann doch unmöglich sein.

Er spürte förmlich, wie das Blut aus seinem Gesicht entwich, dass er weiß anlief.

„Willst Du ein Glas Wasser?"

Veit wartete nicht auf Antwort. „Ronja!", sagte er bestimmt, und der Hund nahm augenblicklich seine Pfoten von Veits Schoß. Er stand auf, ging die zwei Schritte hinüber zum Waschbecken. Craig hörte das Klirren von Gläsern in seinem Rücken, dann, wie das Wasser erst auf das Blech der Spüle traf und anschließend gurgelnd ins Glas lief.

„Wen ... wen habt Ihr da unten gefunden?", fragte Craig, und er hörte, dass seine Stimme brüchig klang.

„Wen?", fragte Veit und stellte das Glas vor ihm auf den Tisch. „Als ich runtergegangen bin, waren schon alle weg. Aber das muss eine ganze Bande gewesen sein. War alles vollgepisst und -gekackt da unten. Weiß der Himmel, was die da gemacht haben."

„Du meinst, da war keine ... keine Leiche?"

„Keine, was ...?" Veit machte einen Schritt zurück, wäre fast auf Ronjas Schwanz getreten, doch die war schneller und sprang zurück in Richtung Waschbecken. „Da war keine Leiche, aber ... aber woher weißt Du ..."

Die Tür sprang auf, Aline trat in den Raum. Sie wagte es kaum, Craig in die Augen zu sehen. „Seid Ihr fertig? Dieser Kramer will mit uns reden."

„Aline, muss das jetzt sein? Du siehst doch, dass wir mitten im Gespräch sind.", sagte Veit.

„Kramer ist der Kommissar aus München, Du erinnerst Dich: Er hat uns nach Craigs Verschwinden befragt."

„Ich erinnere mich, ja, natürlich erinnere ich mich. Aber das ergibt doch gar keinen Sinn. Was will der hier?"

„Er ist Craig gefolgt."

„Craig gefolgt?", wiederholte Veit wie ein Echo und wandte sich Craig zu.

Doch der hatte gar nicht richtig zugehört. Stand noch unter dem Schock, den die Anspannung hinterlassen hatte. Und die plötzliche Entlastung. *Isa lag also nicht tot in diesem verfluchten Keller*, war der einzige Gedanke, den Craig in diesem Augenblick fassen konnte.

„Veit, Craig ist nicht wegen dieser ... *Angelegenheit* hier. Er ist gekommen, weil er es weiß."

„Weil er *was* weiß? Könntest Du Dich bitte ein wenig präziser ausdrücken, Aline. Ich habe leider nicht besonders viel geschlafen letzte Nacht, und wenn ich ehrlich sein soll, ist mir nicht nach Ratespielchen zumute." Veit sah tatsächlich müde aus, seine perfekte Kleidung und die wie immer gut frisierten Haare konnten nicht über die Ringe unter seinen Augen hinwegtäuschen. Immer noch stand er vor dem Tisch, hatte eine Hand auf die Lehne seines Stuhls gelegt. Die Hemdsärmel waren ihm wieder den Pullover hinaufgerutscht.

„Die Sache in Zürich. Du und Lasah, er weiß es."

Veits Kopf wich zurück, als hielte man ihm eine Klinge unter das Kinn. „Die Sache in Zürich? Aline, Du willst doch damit nicht sagen ... *Du willst nicht andeuten, dass Du es ihm erzählt hast?*"

„Du brauchst nicht zu flüstern, Veit. Wie gesagt: Craig weiß es."

Veit ließ die Lehne los, ging auf Aline zu, legte seine Hände an ihre Schulter. „Mein Gott, warum hast Du das getan? Warum *jetzt*? Es lief doch alles in die richtige Richtung. Er ist doch wieder auf dem Damm, es geht ihm gut. Hast Du auch einmal an uns gedacht? Es wäre ..."

„Er hat Lasahs Bericht in meinem Sekretär gefunden", unterbrach Aline.

Die plötzliche Stille, die entstand, führte Craig aus irgendeinem Grund wieder zu sich und der Realität zurück. Er nahm das Glas, trank einen Schluck Wasser. Noch immer hatte er das Gefühl, die Welt liege hinter einem Schleier, und das alles habe nicht wirklich etwas mit ihm zu tun. Doch allmählich begann er klarer zu sehen. Bemerkte, dass Veit Aline losgelassen hatte und sich wieder auf ihn konzentrierte. Veit hob erst die Arme, dann die gespreizten Hände in die Luft. „Craig! Ich ... Hör zu ...! Hör zu ...!"

„Warum setzt Du Dich nicht ganz einfach, Veit? Ich werde noch einmal mit Kramer reden, sicherlich wird er Verständnis dafür haben, dass wir noch ein paar Minuten brauchen. Aber lange kann ich ihn nicht mehr hinhalten, die haben schon den halben Garten umgegraben."

Veit nahm die Arme herunter, nickte und setzte sich, diesmal an den Platz Craig gegenüber. Ronja legte sich wie auf Kommando unter den Tisch zu seinen Füßen. Die Sonne stach durch das Fenster herein, sodass Veits Gesicht im Schutz des Schattens lag. Vielleicht machte es das Veit leichter, Craig das Unglaubliche zu erklären.

25

„Craig, Du bist etwas verwirrt zurzeit. An einiges erinnerst Du Dich, an anderes nicht. Aber weißt Du: Dir geht es gut. Sehr gut. Viel besser als damals. Damals, bevor Du plötzlich verschwunden warst. Du hattest Dich verstrickt. Warst verliebt in dieses Mädchen. Ich habe Dir gesagt: Schlag sie Dir aus dem Kopf, auch andere Mütter haben hübsche Töchter. Aber Du wolltest davon nichts hören. 'Du kannst das nicht vergleichen, sie ist nicht austauschbar', hast Du immer wieder gesagt. Aber die Kleine hat Dich hängen lassen. War mit einem anderen Typen zusammen, das weißt Du vielleicht noch, einem unserer ärgsten Kritiker sogar. Du konntest sie nicht überzeugen. Nicht von unserer Vision und nicht von Dir. Und ich glaube, das war es, was Dich um den Verstand gebracht hat. Man will immer das, was man nicht haben kann, oder? So ist es doch …

Das Problem war: Du hast Dich da reingesteigert. Hast an nichts anderes mehr gedacht als an diese kleine Schlampe … OK, das nehme ich zurück, Craig, entspann Dich wieder, hör mir einfach nur zu, ja …? Genau, so ist es richtig. Es ging nämlich zum Schluss nicht mehr nur um Dich und dieses Mädchen. Es ging um uns alle. Um unsere Zukunft. Die Zukunft von GENOVENTIS. Die Zukunft unserer Angestellten und deren Familien. Zuerst warst Du nur müde und unkonzentriert, auch etwas aggressiver, ja. Aber geschenkt. Jeder hat mal eine solche Phase, wer wüsste das nicht besser als ich?

Es war auch nicht weiter schlimm. Du hast ein paar Vorträge an der Uni gehalten, die Dir, naja, *misslungen* sind, würde ich nicht sagen. Aber im Vergleich zum alten Craig war das schon ein Unterschied. Ich sag mal so: Du hast zum Teil den Faden verloren, konntest Deine Zuhörer nicht mehr richtig fesseln, solche Sachen. Aber hey, *so what!* Studenten. Auch diese Stimmung, die Du ins Unternehmen getragen hast – aber ach, Schwamm drüber …

Ja gut, wenn Du es unbedingt wissen willst! Wie soll ich sagen …? Du warst ja schon immer sehr von Dir überzeugt und hast wenig anbrennen lassen. Und warum auch nicht? Aber dieser Kasernenton, den Du an den Tag gelegt hast – das kann man vielleicht auf dem Bau machen, aber wir kämpfen hier ja um unsere hochqualifizierten Mitarbeiter. Die erwarten einfach eine andere Behandlung. Und nicht jede Frau steht auf den ultimativen Sexbefehl von Dr. Craig Hammerstein. Nein, nein, das muss Dir gar nicht peinlich sein. Du hast ja auch 'ne Menge Frauen flachgelegt, da gab es auch Neider, so ist es nicht. Aber musste es gerade diese Birte sein, Sebastian hatte da ernste Absichten, und Dir hat sie nichts bedeutet. Oder Cathy Schulz, wir hatten einiges mit ihr vor, aber sie war nach Deinen *Avancen* nicht mehr zu halten. Hat kurz vor Deinem Verschwinden fristlos gekündigt. Auch Thomas hatte übrigens nach einem neuen Job geguckt. Ich habe das nur durch Zufall mitbekommen. Wir konnten ihn nur durch eine Beförderung überzeugen – und mit dem Versprechen, dass er Dir nicht mehr direkt unterstellt würde. Er sieht das Gott sei Dank jetzt wieder anders. Du hast Dich verändert, Craig. Zum Besseren, weiß Gott!

Zum Schluss warst Du in psychotherapeutischer Behandlung. Ich habe das begrüßt, aber die Pharmazeutika haben Deine Launen eher noch verstärkt. Entweder Du warst einfach nur müde, oder Du hast Dich gefühlt wie der Größte. Hast Dich als der neue Messias inszeniert. Hast die Ironie des „Spiegel" für bare Münze genommen. Zuletzt hast Du auf den *Münchner Forschungstagen* gesprochen, die Leute haben Dich ausgelacht, Craig, aber Du hast es gar nicht bemerkt.

Soll ich Dir noch ein Glas Wasser holen … Nein? OK, wie Du willst. Ja, ja, ich mach schon. Es war so: Wir konnten vor dem GenKon nichts riskieren, Craig. Wir brauchten neue Investoren. Und die kommen nicht in ein Unternehmen, dessen Chef sich öffentlich lächerlich macht. Ich habe Dich deshalb darum gebeten, dass *ich* den Vortrag halten kann. Doch davon wolltest Du nichts wissen. Du warst überzeugt, dass Du, und nur Du, dazu in der Lage warst. Ich habe Dich bekniet, wenigstens nicht nur über *Pharmaceuticals* zu reden. Du hast diesen ganzen Ritalin-Modafinil-Hype gnadenlos überbewertet. Das sind Substanzen, die einfach viel zu stark von ihrem

Placebo-Effekt leben, es gibt kaum große, ernstzunehmende Studien, die eine IQ-Steigerung bei Erwachsenen hierdurch belegen. Das wolltest Du nicht zur Kenntnis nehmen. Zudem hast Du dieses neue Präparat, an dem Du geforscht hast, bereits als Wunderpille gepriesen, bevor wir die klinischen Tests abgeschlossen hatten. Dabei hatte CR7 katastrophale Auswirkungen bei Tierversuchen, ich glaube, Olga hat es Dir erzählt.

Du bist sicher, dass Du kein Wasser willst? Weil ich ... ich brauche jetzt eins. Meine Zunge ist schon ganz trocken. Lass mich einen Schluck trinken, dann sage ich Dir, was wir gemacht haben. Was wir vor diesem Hintergrund und angesichts Deiner Uneinsichtigkeit machen mussten. Oder zumindest ... ah, das tut gut ... zumindest dachten, machen zu müssen.

Wir haben Dir über eine Prostituierte ein starkes Schlafmittel verabreichen lassen. Klassische KO-Tropfen. Butyrolacton, wenn Du es genau wissen willst. Lasah hat die Frau ausgewählt, und als er mir die Fotos gezeigt hat, wusste ich, Du würdest nicht an ihr vorbei kommen. Wir wollten Dich ganz einfach den Vormittag ruhigstellen. Zu der Zeit, wo Deine Rede eingeplant war. Du solltest am nächsten Tag das Gefühl haben, verschlafen zu haben. Und ich wollte dann an Deiner Stelle den leicht modifizierten Vortrag halten. Das habe ich dann auch gemacht, mit Erfolg, wie Du mittlerweile weißt.

Doch irgendetwas ist schiefgelaufen, Craig. Du warst nicht mehr im Hotel, als wir Dich abholen wollten. Lasah hat sich überall umgehört, aber Du warst wie vom Erdboden verschluckt. Wir können uns das nicht erklären, aber laut Dr. Bäumler, Deinem Psychiater, ist die Therapie mit den Antidepressiva etwa zur gleichen Zeit ausgelaufen. Und Olga hat im Februar gemeldet, dass von dem bis dato ungetesteten CR7 mehrere Chargen verschwunden sind. Ich kann mir nur vorstellen, dass Du die entnommen hast, und wahrscheinlich gab es dann ganz einfach eine sich verstärkende Wirkung mit dem Butyrolacton.

Dieser Kommissar, wie heißt er ...? Kramer, genau. Kramer hat rekonstruiert, dass Du einen Tag nach Deinem Verschwinden in

München aufgetaucht bist. Doch Du hast Dich bei niemandem von uns gemeldet. Du warst bei Deiner Bank, das ist alles, was wir wissen. Was dann geschah – ich weiß es nicht. Er hat auch immer wieder nach dieser Frau gefragt, die kurz danach als vermisst gemeldet wurde. Eine Zeitlang habe ich angenommen, Ihr wärt vielleicht zusammen durchgebrannt. Du und diese Isa. Aber dann sagte mir Aline, sie habe einen Brief von ihr in Deinem Briefkasten gefunden, dann konnte das wohl nicht sein …
Craig?"

„Aber … Schatz, wieso vertraust Du mir nicht …? Ich … Ich liebe Dich doch."
Er drückte sie an sich, ließ seine Hand über ihren Rücken und ihren Po gleiten. Sie fühlte sich knochiger an als damals, aber das war nur normal. Sie hatte keine gute Zeit durchgemacht in diesem Kellerloch. Aber er würde sie wieder aufpäppeln. Gleich jetzt würde er damit beginnen. Er würde zu dem kleinen Supermercato fahren, der oberhalb des Weinbergs lag, nördlich des Rusticos. Sie würden es sich richtig gut gehen lassen, mit Mozzarella di Bufala, Wildschweinmortadella, Alici marinati, eingelegten Oliven, gutem Parmaschinken und dem herrlichen Pecorino, den sie dort hatten. Es würde einen guten Rotwein geben und natürlich eine Auswahl an italienischen Dolci.
„Ich liebe Dich auch, Babe, aber es ist besser für Deine Sicherheit, wenn Du kurz im Keller wartest, nur so lange ich weg bin."
Sie legte eine Hand an seine Wange und strich ihm dann mit sanften, zittrigen Händen die Haare aus der Stirn. Ihre Augen funkelten wässrig wie bei einem Betrunkenen. „Aber ich will den Brief doch noch einschmeißen. Es wäre für mich nur der halbe Spaß, wenn Du ihn nicht zuhause vorfändest, wenn Du wiederkommst."
Ja, das verstand er. Er hatte ihr erklärt, dass er monatelang jeden Tag mit hämmerndem Herzen zum Briefkasten gegangen war, in der Hoffnung auf eine Nachricht von ihr. Sie wusste, dass sie ihm Unrecht damit getan hatte, ihm nicht zu antworten. Dass sie ihn durch ihre Ignoranz in den Wahnsinn getrieben hatte. Sie wollte etwas

gutmachen. Und natürlich wäre es wunderbar, wenn zuhause eine Nachricht auf ihn warten würde. Ein Gruß, der von ihrer glücklichen Zeit hier in Italien kündete. Eine Liebesbotschaft, die sich aus ihrem vollen sehnsüchtigen Herz direkt auf das Papier ergossen hatte. Er lächelte bei dem Gedanken in sich hinein. Nichts war so kitschig wie die Liebe. Es war einfach wunderbar.

„Warte im Auto", sagte er, als sie den Supermercato erreicht hatten. Es war nur ein kleines Geschäft, in dem ein Mann und eine Frau arbeiteten, die Besitzer, vermutete er. Dennoch gab es dort alles zu kaufen, was das Herz begehrte. Er verstand gar nicht, warum es diese Megastores mit dreißig verschiedenen Marmeladesorten geben musste. „Ich bringe Dir Marken mit. Du kannst den Brief dann einschmeißen, wenn ich zurück bin. Siehst Du, gleich da vorne." Er zeigte auf eine rote Box, die am Nachbarhaus des Supermercatos hing und auf der groß „Poste" stand.

Isa nickte und schickte ihm ein leicht gequältes Lächeln, offenbar weil sie sich immer noch schwach fühlte. Sie trug ihre dunklen Strumpfhosen unter ihrem orangenen Rock, wie gehabt. Er würde ihr in den nächsten Tagen etwas anderes, etwas Sommerlicheres kaufen müssen. Ein geblümtes Kleid, stellte er sich vor, ein Hauch von nichts, das sich ganz unmerklich um ihren Körper legen würde. Ja, er sah es vor sich, fantastisch würde sie darin aussehen! Und dann würde sie auch den Glanz in ihren Augen zurückgewinnen. Sie würden eine phantastische Zeit haben!

Er warf die Tür zu und verriegelte den Porsche von außen. Es gab ihm einen Stich, das zerbeulte Auto zu sehen, doch er sagte sich, dass es jetzt Wichtigeres gebe. Craig rechnete es Isa hoch an, dass sie trotz ihrer schlechten Verfassung darauf bestanden hatte, den Brief selbst einzuschmeißen. Dennoch, nachdem er jetzt zwei Schritte in den Laden hineingegangen war, machte er noch einmal kehrt, um zu schauen, ob alles in Ordnung war. Er rechnete nicht damit, dass sie ein Fenster einschlagen würde, aber sicher war sicher.

Da er nicht wollte, dass sie sich kontrolliert fühlte, trat er vorsichtig an die Ausgangstür, schob den mannshohen Postkartenständer leicht zur Seite und blickte in Richtung Auto. Die Scheiben spiegelten das einfallende Licht, doch konnte er sie deutlich erkennen. Sie saß reglos auf dem Beifahrersitz, knetete den Brief in ihrem Schoß. Nichts deutete darauf hin, dass sie die Situation ausnützen wollte. Er schalt sich innerlich für sein Misstrauen und begann mit dem Einkauf.

Zurück beim Wagen verlud er die Waren im Auto. Zugegeben, der Kofferraum war nicht gerade die Stärke des Porsches, aber die drei Tüten hatten gerade Platz. Er hatte alles bekommen, was er sich gewünscht hatte und zudem ein halbes Vermögen für vier Flaschen Brunello ausgegeben. Die Briefmarke hatte er sich in das Münzfach des Portemonnaies gelegt. Und als er jetzt die Beifahrertür öffnete, nahm er sie heraus, um sie Isa zu geben.

Mit zitternden Beinen stieg sie aus. „Danke", sagte sie tonlos, legte ihm die flache Hand auf die Brust und gab ihm einen flüchtigen Kuss auf die Wange. Anschließend leckte sie mit ihrer weißbelegten Zunge über die Rückseite der Marke und klebte sie auf den Brief.

Obwohl er ihr den Briefkasten bereits gezeigt hatte, sah sie sich einen Augenblick um, als müsse sie sich orientieren. Die Straße machte hier einen langen Bogen, führte nordöstlich direkt ins Zentrum Montaiones hinauf. Abwärts ging es um den Weinberg herum bis zur Rückseite von Craigs Grundstück. Es wurde hinten vom Weinberg begrenzt, und sie hatten auf einen Zaun verzichtet, freuten sich über den Blick über die Reben hinweg und hinauf auf die bröselnden Gemäuer der Altstadt.

Mit schwankenden Schritten ging Isa auf den Briefkasten zu. Bevor sie den Umschlag in den Schlitz warf, schien sie noch einmal die Adresse zu überprüfen. Sie wandte sich um, sah mit einem eigenartigen Blick in Craigs Richtung, den er schlecht einordnen konnte. Er erinnerte an Menschen, die etwas akzeptieren mussten, was nicht mehr rückgängig zu machen war, etwas Unvermeidliches.

Isa warf den Brief ein und verharrte reglos am Briefkasten. Die Straße war menschenleer, und es war still. Nur aus dem Supermercato hörte man die aufgeregte Stimme eines Radiomoderators. Es war noch früh, sicherlich nicht nach zehn Uhr. Ein Hauch von Bergamotte hing in der Luft und vermischte sich mit dem moderigen Geruch, der einem Gully entstieg.

Isa rannte los.

Craig war für einen Wimpernschlag perplex, wie gelähmt fast. Dreimal atmete er ein, bevor die Luft seinen Lungen entwich. Doch dann durchfuhr es ihn wie ein Stromstoß. Er schlug die Beifahrertür des Porsches zu und rannte die Straße hinab, Isa konnte kaum zehn Meter vor ihm sein. Links lag der Weinberg, rechts arbeiteten sich alte Häuser Schulter an Schulter die Anhöhe hinauf. Vor ihm floh die Frau, die er liebte. Ihre Haare flogen von links nach rechts, sie schien nach Hilfe Ausschau zu halten.

Doch da war niemand.

Zuerst sah es so aus, als habe er leichtes Spiel. Bereits nach wenigen Atemzügen hatte er sie eingeholt. Doch als er nach ihr greifen wollte, tauchte sie unter seinem Arm hindurch und sprang von der Straße in den Weinberg. Craig griff ins Leere, strauchelte und fiel mit der Schulter auf die Straße. Er machte eine halbe Drehung, schlug sich das Knie auf, als er zum Stillstand kam. Er wusste, dass er blutete, doch er spürte keinen Schmerz.

Mit einem Satz war er wieder auf den Beinen.

„Warte!"

Er sprang ebenfalls hinab in den Weinberg. Knochige Reben, grüne Blätter, auf dem Boden Gras, sonst sah er nichts. Trauben waren keine da, dafür war es offenbar zu früh im Jahr. Doch das interessierte ihn jetzt ohnehin nicht. Er wollte nur eins: Isa.

Doch von Isa keine Spur, nichts regte sich. Eine eigenartige Stille hatte den Weinberg erfasst.

Die Stille wurde von seinem Gebrüll durchbrochen: „Isa! Verflucht! Komm raus, das hat doch keinen Sinn!"

Doch sie antwortete nicht, was hatte er erwartet? Außer sich und ohne Plan rannte er zwischen den Rebzeilen den Hang hinunter. In ihm kochte es. Gnade dir Gott, wenn ich dich erwische, du billiges Luder!

Doch sie war wie vom Erdboden verschluckt. In der Ferne tauchten schon die grauen Dachziegel seines Hauses auf.

Da kommst du jedenfalls nicht weit!

Außer Atem blieb er auf halbem Weg stehen. Schweiß lief ihm den Rücken hinab, er hatte das Gefühl, sein Kopf stehe kurz vor der Explosion. Eben noch glaubte er, die Frau, die er liebte, endlich für sich gewonnen zu haben, jetzt offenbarte sie ihr wahres Gesicht. Sie hatte ihn von vorne bis hinten belogen. Ihn hintergangen. Ihn ausgenutzt. Seine Gastfreundschaft. Seine Gefühle. Er ballte die Faust, spürte förmlich, wie die Adern an seinem Hals blau hervortraten. *Vor Wut. Vor Hass.*

Du kannst nur hassen, was du liebst. Nie war dieser Satz so wahr wie hier und jetzt in diesem Weinberg.

Etwas raschelte. Es kam von weiter oben. Sie musste in einem anderen Gang stehen. Sie musste zwischen den Rebzeilen hindurchgelaufen und parallel zu ihm den Abhang hinuntergerannt sein. Oder hinauf.

Er steckte den Oberkörper zwischen zwei Reben hindurch, dann trat er auf einen grünen Draht, der auf Kniehöhe angebracht war. Der Draht verband die Rebstöcke miteinander, wusste der Himmel warum.

Auf der anderen Seite blickte er rund fünfhundert Meter bergab und noch einmal die halbe Strecke hinauf, doch außer Blättern und gewundenem Geäst war nichts zu sehen. Er trat auf den Draht, der die Rebzeile vor ihm zusammenhielt, und wiederholte die Prozedur.

Wieder nichts.

Er sprang über eine Rebzeile nach der anderen, störte sich nicht daran, dass jeder zweite Draht unter seinem Gewicht riss. Ranken klatschten ihm ins Gesicht, scharfe Blätter und wuchtige Äste, doch er war vollkommen schmerzunempfindlich. Wie in Trance arbeitete er sich von Rebzeile zu Rebzeile. Scannte, ob sie sich im Gang versteckte oder sich sonstwo in die Büsche gekauert hatte.

Und tatsächlich: Fast wäre sie ihm entwischt! Denn während er schon in den nächsten Gang springen wollte, sah er, wie sie sich zurück Richtung Straße fallen ließ. Er drehte sich auf dem Absatz um. Wie ein Keiler, der Blut geleckt hat, rannte er auf sie zu. Machte sich nicht die Mühe, den Rebstock, hinter dem sie gerade verschwunden war, zur Seite zu drücken. Er sprang einfach auf ihn, so dass dieser erst leicht zurückfederte und dann im obersten Viertel unter einem trockenen Krachen abbrach.

Er hörte einen Schrei. Ihren Schrei. Gemeinsam mit dem abgebrochenen Rebstock war er genau auf Isa gefallen.

Er packte sie.

26

„Herr Dr. Hammerstein, hören Sie mich?"

Er wusste, er war wach. Auch seine Augen waren geöffnet, dennoch sah er nur schemenhaft, wer vor ihm stand. Wieder hatte er das Gefühl, sein Ich diffundiere von einer Welt in eine andere. Konnte kaum unterscheiden, welches der beiden sich im Hier und Jetzt befand.

„*Craig!*"

Das war Aline. Er erkannte ihre Stimme. Wie bei einer Kamera, die zu fokussieren versucht, war ihr Gesicht mal klar, mal verschwommen. Erst nach und nach gewann es an Schärfe. Die rechte Seite ihres Kopfs wurde hell vom gegenüberliegenden Fenster erleuchtet, die Linke lag im Schatten. Der Lichteinfall verlieh ihrem Antlitz etwas Zerrissenes, und für einen Atemzug hatte Craig das Gefühl, als sehe er sich selbst in ihr. Seine zwei Ichs: Das eine bei Isa, das andere, das Aline gegenübersaß.

Jetzt beugte sich Aline über ihn und legte ihm eine Hand auf die Stirn. Ihr mütterliches Gesicht war von Sorgenfalten zerfurcht.

„Ich glaube, er hat Fieber."

„Das wird ihn nicht hindern, jetzt mitzukommen. Los, Dr. Hammerstein, lassen Sie die Tricks!"

Kramer, natürlich. Er hatte seine Schirmmütze abgenommen, seine wenigen Haare lagen ihm feucht auf dem runden Kopf wie die Sardinen in der Dose. Die Arme hatte er vor der Brust verschränkt, was Craig aus irgendeinem Grund an einen alten, verwachsenen Baumstamm erinnerte.

„Von Tricks bin ich meilenweit entfernt", sagte Craig leise.

Aline legte ihre Hände auf seine Schultern. „Craig, mein Gott, Du warst eine Weile wie weggetreten. Geht es Dir gut? Sollen wir einen Arzt rufen?"

Doch Kramer wartete nicht auf eine Antwort. Er trat näher, entfaltete seine Arme und fasste Craig unter der Achsel. „Kommen Sie, Dr. Hammerstein!"

„Na hören Sie mal", protestierte Aline.

„Es ist schon in Ordnung", sagte Craig.

„Du musst nicht ..."

„Bitte!"

Er folgte Kramer vor die Haustür. Immer noch hielt Kramer ihn fest unter der Achsel gefasst, dabei hatte sich sein Schwindel weitestgehend gelegt. Als sie über die Schwelle traten, begegnete ihm als erstes der Blick Veits. Er musste sich für eine Weile aus dem Staub gemacht haben, als Craig in sein Flashback-Delirium gefallen war. Jetzt sah ihn Veit mit großen Augen an. Seine Hand hatte er unter Kinn und Mund gelegt, als habe er die Sorge, gleich kotzen zu müssen. „Mein Gott, Craig!", presste er hervor. Doch bevor er mehr sagen konnte, zog Kramer Craig weiter in Richtung der Gartenhütte.

Das Innere wurde von zwei Strahlern dominiert, die auf eine frisch ausgehobene Grube leuchteten. Ringsherum standen Carabinieri. Einer, der einzige, der nicht in Uniform gekleidet war, sondern in einen grauen Anzug, stand in der Grube. Er blickte zu ihnen auf, als sie vor die Hütte traten. Alle im Schuppen trugen weiße Atemschutzmasken. Der Mann im Anzug hielt einen grünen Draht in der Hand.

Sie versuchte sich zu befreien, doch er wusste: Sie hatte keine Chance. Er war mitsamt des abgebrochenen Rebstocks auf sie gestürzt, lag auf ihren Unterschenkeln. Der Rock war ihr nach oben gerutscht, die Strumpfhose entlang ihres linken Beines aufgerissen. Ihre Haut an Po und Oberschenkel lag weiß über dem saftigen Braun der Erde. Doch noch war sie nicht bereit, sich in das Unvermeidliche zu fügen: Sie strampelte, zerrte an ihren Beinen, riss schließlich das rechte aus seiner Umklammerung. Augenblicklich stieß sie ihm die Schuhsohle ins Gesicht. Einmal, zweimal, dreimal. Er spürte, wie sich ihr Absatz in seine Wange bohrte, nahm die Tritte hin, doch ohne Schmerz zu empfinden. Dann riss er das Bein an sich, drückte es zu Boden und umschloss die Beine mit beiden Armen. Die Tritte blieben augenblicklich aus.

Sie schrie, ihr Gesicht war rot, zerfurcht und zu einer Grimasse verzerrt. Nichts hatte sie mehr mit der Isa gemein, die er geliebt hatte. Der er vertraut hatte. Ihre Haare standen ihr vom Kopf ab, sie hatte eine hohe Stirn für eine Frau, was ihm schon früher aufgefallen war. Doch es hatte ihn nie gestört. Vielleicht hatte sie versucht, den Makel mit ihrem schrägen Pony zu kaschieren. Jetzt verstärkte der lange, ovale von Licht und Schatten holzschnittartig zerfurchte Kopf nur das Gefühl in seiner Brust: Er hatte sich täuschen lassen von dieser Monsterfrau, alles war Lüge gewesen, von Anfang an. Das geheuchelte Interesse an seiner Arbeit, ihr Idealismus, ihre Gefühle und jetzt auch noch ihre äußere Gestalt.

Mit einem Satz warf er sich nach vorn auf ihre Brust. Ihre Beine strampelten, doch hielt er sie mit den eigenen in Schach. Isa drückte sich mit der linken Hand vom Boden ab, mit der rechten zerrte sie an einem Draht, der lose von dem Stamm eines der Rebstöcke hing. Schnell wickelte sie sich ihn um das Handgelenk, nahm in Kauf, dass sich der Draht in einem violetten Band in ihre Haut hineinfraß.

Als er weiter nach oben robbte, hielt sie die Luft an, stieß einen unterdrückten Schrei aus, zerrte, so fest sie konnte. Wollte ihren Körper seiner Umklammerung entziehen. Sich mit dem Draht unter ihm herausmanövrieren. Es war ein letzter Versuch, sich zu befreien, ein letztes Aufbäumen gegen das Schicksal.

Ein tiefer Schnitt bildete sich oberhalb ihres Handgelenks, Blut spritzte, rosiges Fleisch erschien. Sie schrie. Dann schob der Draht die Haut nach oben wie ein faltiges Stück Stoff.

Kurz vor den Fingergelenken riss er.

Isa sackte wimmernd zurück, ließ entkräftet ihre Hand neben den Körper sacken. Sie sah aus wie ein kleines, enthäutetes Säugetier. Craig kümmerte sich nicht weiter darum. Er entriss ihr den blutgetränkten Draht, wickelte ihn seinerseits um seine Hände.

Dann legte er den Draht um den Hals der Bestie. Er presste ihn solange hinunter, bis er das Knacken des Kehlkopfs hörte. Er erinnerte an das hohle Zerbersten einer Walnuss.
Für wenige Atemzüge blieb er reglos auf ihr sitzen, anschließend ließ er sich erschöpft auf ihren Oberkörper fallen. Blickte seitlich auf Isas maskenhaftes Gesicht und ihre leblosen, wässerigen Augen.
Es entfaltete sich ein warmes Gefühl in seiner Brust.
Es war vorbei.
Es war endlich vorbei.

Craig hatte zulange im Labor gearbeitet, um den Geruch nicht auf Anhieb identifizieren zu können. Es war ein Gemisch aus Ammoniak, Schwefelwasserstoff und Methan. Die typischen Gase, die bei Fäulnis und Verwesung auftraten. Der Fäulnisgeruch war allerdings keinesfalls üblich, nicht bei Leichen, die ordentlich in einem Sarg und mehrere Meter unter der Erde vergraben worden waren. Verwesung war in erster Linie ein Prozess, den Darmbakterien und Pilze übernahmen. Organische Verbindungen wurden so relativ geruchsneutral zu Wasser, Kohlenstoffdioxid und Phosphat abgebaut.

Doch Craig hatte Isa nicht tief genug in der Erde verscharrt, des harten Lehmbodens wegen. Aus dem Körper der Frau, die er einmal geliebt, ja vergöttert hatte, kringelten sich so Würmer und Insektenlarven. Aus den schwarzen, leeren Höhlen der Augen, die für ihn einmal die Unendlichkeit beschrieben hatten, krabbelten Aaskäfer und graubepanzerte Asseln. Und in ihrem zerdrückten Kehlkopf hatte sich eine Kolonie Maden eingenistet, die sich mit ihren glitschigen Körpern und ihren roten gefräßigen Köpfen durch das verrottete Fleisch fraßen.

Craig sackte auf die Knie. Er war kein gläubiger Mensch, doch in diesem Augenblick hätte er gerne gebetet, hätte gerne jemanden angefleht, dies alles ungeschehen zu machen. Er konnte sich jetzt wieder an alles erinnern, an seine gesamte verfluchte Biografie. Er hasste sich für den Menschen, der er war. Und doch hatte er gerade deshalb das Gefühl, sich verändert zu haben. Er hatte sich von seinem alten Ich distanziert, hatte dazugelernt. Auch Anderen war das aufgefallen.

Doch entkommen war er sich selbst nicht. Der alte Craig Hammerstein hatte ihn wieder eingeholt.

Craig faltete die Hände. Doch er kannte gar kein Gebet. Und wenn schon, wen konnte der Messias denn um Gnade anrufen? Nein, für ihn gab es keine Erlösung. Nicht im Jenseits. Er konnte nur im Hier und Jetzt Abbitte leisten.

Kramer räusperte sich. „Gibt es etwas, was Sie uns sagen wollen, Herr Hammerstein?"

Craig blickte auf und in das verschlossene Gesicht des Münchner Hauptkommissars. Es hatten sich Wolken gebildet, doch es würde noch eine Zeitlang dauern, bis es zu regnen begann. Bis dahin würden die Überreste Isas hoffentlich geborgen sein, und der Regen würde dann hoffentlich die Fliegen vertreiben.

Ohne etwas zu sagen, blickte Craig wieder hinab auf seine Knie. Seitlich von ihm standen die schweren Schuhe Kramers im Gras. Auf seinem rechten Schuh kringelten sich ein paar Fadenwürmer wie kleine, weiße Aale. Craig ließ den Blick hinüber zu den italienischen Polizisten wandern. Der Mann im Anzug war mittlerweile aus Isas Grab herausgetreten und sah versteinert wie die anderen in seine Richtung. Aline und Veit standen starr im Hauseingang des Rusticos, sprach- und reglos auch sie. Der Hund schien die Anspannung um ihn herum zu spüren und hatte sich unter einer Bank verkrochen, die unter den Fenstern stand.

Craig atmete langsam ein, gab sich dann einen Ruck und stand auf. Er sah zu Kramer, dessen Kopf so rund war wie eine Bowlingkugel. Man hätte lachen können bei dem Anblick, doch Craig war nicht nach Lachen zumute. Er sagte: „Ja, gehen wir. Ich möchte eine Aussage machen."

Auf dem Weg zu Kramers Wagen blickte er ein letztes Mal ins Tal hinab. Er kannte den Ausblick nur zu gut, die Straße, die sich kurvenreich durch Wiesen und Felder schlängelte, daneben die Spalier stehenden Zypressen, die dieser Landschaft ihre klassische Anmutung verliehen. Wie spitze Finger zeigten sie nach oben, auf einen grauen Himmel ohne Gott.

EPILOG

Anthrazit. Der Tisch, die Stühle, der Linoleumboden. Die Gitter. Mit seinen blauen Baumwollsachen war er fast so etwas wie der einzige Farbtupfer in diesem Raum. Pamona war fast komplett in Schwarz gekleidet, schwarze Bluse, schwarzer Rock. Ein rotes Halstuch und rote Pumps, immerhin. Sie sah gut aus, das konnte er nicht verhehlen. Mit der Erinnerung waren auch die Gefühle für sie zurückgekehrt. Sie hatten eine unbeschwerte Zeit verbracht in ihrem knappen Zürcher Jahr. Unbelastet von seiner Vergangenheit, seiner Arbeit, dem Druck, unter dem er gestanden hatte. Und natürlich unbelastet von dem Mord, den er begangen hatte.

„Ich verspreche nicht, dass ich auf Dich warten werde, Craig, das gibt es nur in Filmen."

Er nickte. Das hatte er nicht erwartet. Er erwartete gar nichts. Sie hatten gerade einmal miteinander telefoniert, seit er in der JVA einsaß. Zwei Tage, nachdem er aus Italien zurückgekehrt war.

„Aber das solltest Du auch wissen: Dass ich Dich liebe. Aber ich liebe August, nicht Craig, und ich weiß nicht ... weiß nicht, wem von beiden ich gegenübersitze."

Craig wusste nicht, was er erwidern sollte. Er wusste selbst nicht, wer er war. Und er wollte keine Versprechungen machen, keine Hoffnungen wecken. Sicherlich hatte er doch genug Menschen verletzt. Er sagte: „Was ist mit Toni?"

„Toni ...? Weißt Du, er fragt fast jeden Tag nach Dir. Ich ... ich weiß gar nicht, was ich ihm sagen soll. Ich wollte ihn nicht mit hierherbringen. Er würde das nicht verstehen."

„Ich verstehe es selbst nicht, Pamona."

„Ja." Sie nahm seine Hand.

Er hatte keine Ahnung, ob Körperkontakt erlaubt war, aber der Beamte, der an der Stirnseite des Besucherraums saß, machte keine Anstalten einzuschreiten.

Es tat gut, sie zu spüren. Seine Hand in ihrer Hand. Er drehte die seine um, ihre Finger griffen ineinander.

„Es wird nicht lange dauern, Pamona."

„Was meinst Du?"

„Wir plädieren auf nicht schuldfähig oder zumindest auf verminderte Schuldfähigkeit."

„Weil Du Dich an nichts erinnern kannst?"

„Nein. Nein, ich kann mich an alles erinnern. Aber es ist so gut wie bewiesen, dass ich zum Zeitpunkt der Tat unter einer starken Psychose litt. Bäumler … das ist mein Psychiater … hatte mir bereits Monate zuvor ein Antidepressivum verordnet, doch war die Therapie zum Zeitpunkt der Tat ausgelaufen. Ich habe zudem ein ungetestetes Präparat eingenommen, das aus meinem eigenen Labor stammt. Es hatte unerwünschte Nebenwirkungen und hat die Aggressivität gesteigert. Wir waren hier auf gutem Weg, aber ich war wohl zu ungeduldig. Ich habe es zu dieser Zeit fast ständig geschluckt, weil es auch wach macht und ich an chronischer Übermüdung litt. Die Arbeit, meine Gefühle zu dieser Frau. Auch nachdem ich im Hotel aufgewacht bin, habe ich mich mit CR7 hochgepusht. Ich habe es genommen und bin wie in Trance nach München zurückgefahren. Habe dort Isa überzeugt, zu mir ins Auto zu steigen, und habe sie dann nach Italien entführt. Es ist schrecklich, aber ich kann es nicht ungeschehen machen."

Sie entzog ihm die Hand wieder, nestelte an ihrem roten Tuch herum. Dann legte sie die Hände gefaltet auf den Tisch. „Aber es ergibt doch gar keinen Sinn, dass du wieder nach Zürich zurückgekehrt bist, Craig."

„Bäumler sagt, es sei eine unbewusste Fluchtstrategie gewesen, offenbar kommt das gar nicht so selten vor. Ich bin nach Zürich geflüchtet und dann vor meiner eigenen Biografie. Ich habe durch diese Verdrängung das traumatische Erlebnis meines … meines Mordes zu verarbeiten versucht."

„Und das soll Dir das Gericht glauben?"

„Glaubst Du es?"

Sie schwieg einen Augenblick, sah ihm tief in die Augen. Ihr Gesicht hatte all seine Strenge verloren, und er roch jetzt erstmals, seit sie sich gegenübersaßen, den zarten Hauch ihres Kokosparfüms. „Ja, ich glaube Dir. Aber ..."
„Aber?"
„Aber ich weiß nicht, ob ich das kann."
„Ob Du *was* kannst, Pamona?"
„Mit einem Mörder zusammenleben."
Er nickte. Schon wieder wusste er nicht, was er sagen sollte. Sie hatten seit der Zeit, als er aus Zürich in sein altes Leben verschwunden war, nicht mehr über sich und ihre Beziehung gesprochen. Und es hatte jetzt auch keinen Sinn, darüber nachzudenken. Er musste jetzt einen Schritt nach dem anderen tun.
„Wir werden auf Freispruch plädieren. Wenn das Gericht dem folgt, bin ich unschuldig. Ich weiß nicht, ob das für Dich ein Trost ist oder ob Du dem folgen willst, aber die Gesellschaft hält mich dann nicht für schuldig an Isas Tod."
„Aber das kann doch gar nicht sein. Ein Mensch wurde umgebracht, jemand muss doch daran schuld sein."
„Es war eher ein Unglück, in das wir beide verwickelt waren." Er spürte jetzt, dass er ärgerlich wurde. Was war denn so schwer daran zu verstehen, dass er hier auch Opfer war? Er hatte unter dem Einfluss von Drogen gestanden, war nicht er selbst gewesen. Außerdem hatte er sich verändert. Der Craig von heute und der von damals waren zwei unterschiedliche Personen. Auch er hätte es gerne gesehen, wenn ein Schuldiger verurteilt würde, das war nur zu verständlich. Aber es gab diesen Täter schlichtweg nicht mehr. Er war eine Momentaufnahme gewesen.
„Und wenn ich Dich für schuldig halte? Wir müssen für unsere Taten Verantwortung übernehmen, weißt Du?"
„Für die Taten, die wir freiheitlich begangen haben, ja", zischte er.
Pamona saß einen Moment da wie erstarrt. Er spürte, wie ihr Blick versuchte, in ihn zu dringen, doch er hielt stand. Dann, plötzlich, stand sie auf. Wie automatisch setzte sich der JVA-Beamte in Bewegung, schritt auf sie zu.

„Als wir vor zwei Wochen telefoniert haben, hatte sich das noch ganz anders angehört. Du hast Reue gezeigt, das hat mir besser gefallen, Craig."

„Ich bereue es. Ich bereue, dass ich mich in die falsche Frau verliebt habe. Ich bereue, dass ich die falschen Medikamente genommen habe. Ich bereue, dass der Mensch ein unvollkommenes Wesen ist. Bist Du jetzt zufrieden?" Er hatte seine Stimme erhoben, und er wusste, dass das in diesem Raum unangemessen war, der durch seine Größe und seine Sterilität eher zum Flüstern gemahnte. „Aber ich werde das ändern, Pamona. Die Spezies Mensch ist auf dem Weg, sie ist noch lange nicht angekommen."

„Mein Gott, ich kann nicht glauben, dass …" Sie wandte sich dem Beamten zu. „Bitte lassen Sie uns gehen!"

Gemeinsam mit dem Wärter wandte sie sich um. Das Klackern ihrer Absätze hallte in dem nackten Raum wider. Dann fuhr der Schlüssel des Beamten ins Schloss. Die Gittertür wurde geöffnet, es klackerte erneut, die Tür fiel ins Schloss. Anschließend trottete der Beamte mit der Behäbigkeit eines satten Katers zurück in seine Richtung.

Soweit er das sehen konnte, hatte sich Pamona nicht mehr zu ihm umgeblickt, bevor sie gegangen war. Craig rief: „*Was kann ich für die Unvollkommenheit des Menschen, Pamona? Verstehst Du nicht, dass wir ihn besser machen müssen? Wenn wir die neuen Substanzen hätten, dann wäre das alles doch gar nicht passiert! Kollateralschäden sind das. Kollateralschäden auf dem Weg in die Zukunft, die unvermeidliche Zukunft, hörst Du? Pamona?*"

Der Beamte trat an seinen Tisch und blickte ihn mit müden Augen an.

„*Und grüß mir Deinen … Deinen Toni, hörst Du?*"

„Sind Sie bereit?", fragte der Beamte in einem leisen, gleichgültigen Ton und sah mit seinen müden Augen auf ihn herab.

Craig stand auf. „Aber sowas von."

Er fühlte sich prächtig. Erstmals seit Monaten war er wieder ganz der Alte.

LESEPROBE
DAS EISENZIMMER

Jenny Bibers und Heiko Plossilas 2. Fall

PROLOG

Während des Gewitters ...

Es donnerte. Das Gewitter, wusste er. Weit weg kam es ihm vor, auch wenn es sich direkt über ihm befinden musste. Aber es war gedämpft durch die Mauern, durch die Jahrhunderte, die sich um ihn gelegt hatten wie ein dichter Mantel aus Stein und Zeit. Wie viele Schichten sich dort über ihm türmten, konnte er nicht sagen. So wie eine Leiche in ihrem Sarg nicht sagen konnte, wie viele Kubikmeter Erde man über sie geschaufelt hatte.
Oh Gott, die Särge ...!
Er tastete mit einer Hand über den Boden. Unebener, glatter Stein, körniger Sand. Der Stein fühlte sich gut an, schmeichelte der Hand, so glatt, so abgeschliffen. Er kannte das aus alten Klöstern, aus Innenhöfen. Mönche waren hier Jahrhunderte auf und ab gelaufen, so lange, bis sie damit den Granit zu ihren Füßen poliert hatten. Seine Fingerkuppen stießen an etwas Festes links oberhalb seines Kopfes. Ein Tischbein, nahm er an. Er bohrte einen Nagel hinein, weiches Holz, vielleicht Kiefer oder Fichte. Deutlich spürte er vereinzelte Kerben, hier kleiner, dort größer und tiefer. Das Holz fühlte sich rau an, porös wie alter Putz kurz vor dem Abbröckeln.
Auf der anderen Seite war nichts. Er lag auf dem Rücken und bewegte den Arm von oben nach unten und wieder zurück. So wie damals in seiner Kindheit, wenn sie „Mann im Schnee" gespielt hatten. Manchmal war man gegen irgendetwas gestoßen, einen Grasbüschel vielleicht oder einen Schlitten, der im Weg stand. Aber hier war nichts. Sein Arm glitt über den glatten Boden wie über eine zarte Schicht aus Eis.
Die Augen wagte er nicht zu öffnen.
Sein rechtes Bein lag leicht erhöht, das linke war gebeugt, die durchweichte Ledersohle seines Schuhs berührte den linken Unterschenkel. Er fühlte in sich hinein. Die Beine schienen in Ordnung

zu sein, der Schmerz begann erst weiter oben, am Steiß. Er musste darauf gefallen sein, als er auf den Boden gestürzt war. Wann war das gewesen? Vor fünf Minuten? Vor fünf Stunden? Vor fünf Tagen?

Nein, so lange konnte es nicht her sein. Dann wäre seine Kleidung inzwischen wieder getrocknet. Doch sie war noch immer klamm, klebte an seiner kalten, durchweichten Haut. Er wünschte, er könnte sie ausziehen, in etwas anderes schlüpfen. Für einen Augenblick träumte er von einem weichen Handtuch, von dicken Socken und einem heißen Tee.

Die Särge ...!

Am Oberkörper hatte er eigentlich keine Schmerzen. Noch nicht einmal sein Rücken machte ihm zu schaffen, der ihn sonst ständig peinigte. Und auch die kalte Stelle, die sich in seiner Brust eingenistet hatte, schien verschwunden zu sein. Wie ein faustgroßer, vor Kälte dampfender Keil aus Eis hatte es sich angefühlt. Er war durch das finstere Gewölbe geschritten und hatte ihn direkt unterhalb seines Herzens gespürt. Wie die Spitze eines Speeres hatte er dort gesteckt.

Er nahm die rechte Hand vom Boden und fuhr damit über seine Brust. Doch da war nichts. Ein feuchtes Hemd, zwei Knöpfe, die offen standen, die Kette mit dem Wassermann-Medaillon, die ihm Carla zu seinem dreiundvierzigsten Geburtstag geschenkt hatte. Immer wenn er sie besuchen kam, achtete sie darauf, dass sie es trug. „Sie beschützt dich", hatte sie gesagt. Er nahm sie in seine Faust, dachte ganz fest an seine Tochter.

Das gab ihm Kraft. Er spürte, wie die Wärme durch seinen Körper zog. Wie dünne, warme Fäden stob die Energie durch seine Hand, seinen Arm bis zu seinem Oberkörper.

Würde es reichen, damit er aufstehen konnte?

Er wusste es nicht.

Der größte Schmerz saß unterhalb seines linken Auges. Das heißt, es war kein Schmerz im eigentlichen Sinne. Es fühlte sich taub an, und als liege dort etwas Schweres, etwas, das auf ihn gekippt war, ein Auto, ein Kleiderschrank, ein Walfisch. Es fühlte sich an, als sei dort irgendetwas eingedrückt worden, als seien die Knochen der Stirn, der Augenhöhle und der Wange auf eine Ebene gepresst worden, als befinde sich dort eine gerade, glatte Fläche wie der Steinboden, den er nach wie vor unter seiner linken Hand spürte. Dennoch hatte er den Eindruck, als würde es erst so richtig wehtun, wenn man die Last von seinem Gesicht wälzte. Solange das da auf ihm lag, dachte er, so lange war alles gut.

Er ließ das Medaillon los, steckte es zurück unter das Hemd und schob seine rechte, zitternde Hand langsam nach oben.

Der Kehlkopf lag knorpelig und spitz unter seiner Haut, als wolle er sie jeden Moment durchstoßen. Dann das Kinn, stoppelig und mit einer Schicht aus Schweiß und Staub überzogen. Ein paar Haare noch an seiner Wange, viel zu lang bereits, um noch als Drei-Tage-Bart durchzugehen. Anschließend ein Wulst, keine gerade Fläche also. Seine Fingerspitzen tasteten sich stattdessen über aufgeblähtes Fleisch, weich wie Hefeteig fühlte es sich an. Während er die Fingerspitzen über die Schwellung schob, drückte er sie immer wieder leicht hinab. Knapp unterhalb der Wange konnte er die Finger bis zum Mittelgelenk in das weiche Fleisch hineinbohren. Erst als er auf der Höhe des Jochbeins angelangt war, durchzog ihn der Schmerz. Ein stechender Schmerz, ein bestialischer Schmerz.

Er stieß einen unterdrückten Schrei aus, sein Oberkörper krümmte sich, seine Knie schossen nach vorne. Unter seinen geschlossenen Lidern glühten rote und gelbe Fäden vor einem violetten Hintergrund.

Verflucht noch mal!

Doch es war nur ein kurzer Schmerz. Einem tiefen Stich gleich, der sich schnell wieder verflüchtigte. Er blieb für einige Atemzüge reglos liegen, sog den eigenartigen Geruch ein, der ihn umgab. Er erinnerte ihn an etwas, erinnerte ihn an *jemanden*. Doch er wusste nicht, wer es war. Es roch nach altem Fell, nach dampfenden Kartoffeln und ranziger Butter. Es roch fast so, als wäre hier unten noch jemand. Aber das konnte wohl kaum sein.

Oder kann es sein?

Er musste die Augen öffnen, sagte er sich, auch wenn er Angst davor hatte. Auch wenn er wusste, was ihn erwartete. Er überlegte, ob er zählen und bei drei einfach die Lider aufreißen sollte. Doch das erschien ihm albern. Zu mädchenhaft vielleicht. Obwohl: Fühlte er sich denn wie ein Mann? Ein Kerl? Fühlte er sich wie einer, den nichts umwarf?

Resigniert atmete er ein, in seiner Kehle röchelte es wie in einem alten Abfluss. Dann atmete er aus, so langsam, wie er konnte. Er hielt die Luft an, vor dem nächsten Atemzug, sagte er sich, würde er die Augenlider heben.

Er öffnete sie.

Nichts als eine schwarze Wand. Er hatte es gewusst. Das All lag auf ihm wie eine riesige schwarze Glocke, das vollkommene Nichts. Und doch wusste er, dass es nicht stimmte, dass sich dort eine Decke über ihm wölbte. Dass da Steine waren und kleine zerfurchte Nischen, in denen altes Wachs klebte und vor denen jetzt die Spinnennetze hingen.

Draußen donnerte es. Leiser als vorhin.

Das Gewitter schien langsam weiterzuziehen.

Vor dem Gewitter ...

1

„*Teufel!*"

„Oh, da habe ich mich offenbar ver ... Herr Plossila?"

„*Was?*"

„Sie sind es doch, das freut mich. Ich dachte, ich sei falsch verbunden. Ich hoffe, es passt Ihnen, Sie sagten, Sie wollten informiert werden, wenn es etwas Ernstes gibt. Ja, was soll ich sagen – es gibt etwas Ernstes."

„*Hmm.*"

„Wir finden eine andere Lösung, wenn es Ihnen nicht passt, sagte man mir, ich weiß es ja auch nicht ... Es ist nur so, dass Salzmann ebenfalls im Urlaub ist, und Mäuser hat Land unter, wie er meint."

„Nein ich ... ich bin nur gerade ... Sie haben mich geweckt, das ist alles. Ich ..."

„Es ist neun Uhr, da dachte ich, ich kann es wagen, auch wenn Sie eigentlich Urlaub haben."

Plossila blickte auf die roten Ziffern der Digitaluhr auf dem Nachttisch. 9.01 Uhr. Er schlug die Decke zurück, wuchtete sich an die Bettkante. „Bin nur eben erst von der Strandbar zurück, das ist alles."

„Ach!" Der andere schwieg für einen Atemzug. „Ich treffe Sie gar nicht zuhause an? Ich dachte ... Ihre Kollegin, Frau Biber, sie meinte, Sie blieben in München. Dann hat es ja gar keinen Sinn, wenn ich ..."

„Vergessen Sie's, war Ironie. Oder Sarkasmus. Eins von beiden. Ironie mit einem Schuss Sarkasmus – suchen Sie sich was aus."

„Wie? Ach, jetzt bin ich ehrlich gesagt ein bisschen verwirrt ..."

„Was gibt's also? Ich bin da. Aber nur, wenn es was Wichtiges ist, sonst kann doch Dollerschell übernehmen."

Plossila strich sich über die Augenlider, presste Daumen und Mittelfinger fest gegen die Nasenwurzel. Eine Batiklandschaft aus Violett, Gelb und Blau legte sich über seine Netzhaut.

„Natürlich. Was Ernstes. Sonst hätte ich Sie niemals kontaktiert in Ihrem Urlaub. Mord. Ein Mord, sagten die Kollegen."

Er setzte einen Fuß auf den kalten Dielenboden. Es zischelte leicht und er spürte, wie etwas unter seiner Sohle kleben blieb. Er hob den Fuß an und zog unter einem saftigen Schmatzgeräusch irgendein Plastikteil von der Haut ab. „Mord ... Und später ist es ein Unfall oder Selbstmord. Können Sie konkreter werden?"

„Ein Dolchmord, sagen die Kollegen."

Er schaltete die Leselampe ein und bereute es sofort: Die Glühbirne schoss kleine unsichtbare Lichtpfeile durch seine Pupillen, die sich tief in sein schwammiges Hirn bohrten. Kopfschmerzen stellten sich ein, ganz hinten, dicht unter der Schädelplatte. „Ist das Ihr Ernst? Hat der letzte Dolchmord nicht 1814 stattgefunden?"

„Äh ...?"

Er blickte auf das Plastikding in seiner Hand. Eine halb leere Tablettenverpackung. Er wusste: Das Mirtazapin, das er seit einer Woche nahm. „Welcher Kollege sagt das mit dem Dolchmord?"

„Gunther Isenbarth."

Er warf das Mirtazapin auf den Beistelltisch, traf aber nur die Ecke. Die Tablettenverpackung fiel zurück auf den Boden. Er betrachtete sie eine Weile und versuchte, gegen das Gefühl der ersten Niederlage des Tages anzukämpfen.

„Herr Plossila?"

„OK, bin unterwegs."

Er drückte auf „Beenden". Wenn Isenbarth es sagte, war davon auszugehen, dass es ernst war. Plossila konnte sich nicht daran erinnern, dass der Mediziner sich in den vergangenen Jahren jemals geirrt hatte. Er war Anfang Sechzig und immer noch mit heiligem Eifer bei der Sache. Er glaubte einfach an die Bedeutung seiner Aufgabe. Und wenn Isenbarth einen Mord feststellte, dann war es ein Mord. Er musste also hinfahren, das hatte er versichert. „Wenn es etwas Wichtiges gibt, dann komme ich", hatte er gesagt. Und das war auch gut so. Immerhin zeigte es doch, dass ihm eben nicht alles egal war. Dass es nach wie vor etwas von Bedeutung gab in seinem erbärmlichen Leben.

Erst auf dem Weg ins Badezimmer wurde ihm klar, dass er gar nicht wusste, wohin. Wo um Himmels Willen war der Tatort? Er beschloss, diese Frage nach dem Duschen zu klären. Und nachdem er einen Kaffee getrunken hatte.

Noch bevor er unter der Brause stand, fiel ihm ein, dass kein Kaffee mehr im Haus war. Gestern hatte er die letzten Reste aus einer verbeulten Dose zusammengekratzt, um sich eine halbe Tasse dünnen Filterkaffees zuzubereiten. Aber das machte nichts, sagte er sich. Der Türke, er würde zum Türken gehen, der hatte hervorragenden Kaffee. Starken Kaffee, genau das, was er jetzt brauchte.

Der Türke hatte geschlossen. Also überquerte Plossila die Straße, sprang überraschend leichtfüßig über eine Leitplanke, ließ zwei BMWs passieren und einen Golf mit H-Kennzeichen und lief über die Gegenfahrbahn. Er blickte die Humboldtstraße hinab Richtung Isar. Die Luft flimmerte leicht, vom Flussufer stiegen die ersten Rauchwolken der Grillwütigen auf – und das um halb zehn. Er schüttelte den Kopf und legte sich die Lederjacke über den Arm. Es würde heiß werden heute. Ein perfekter Tag am See.

Ein verlorener Tag im Büro.

Drei Leute waren in der kleinen Bäckerei vor ihm an der Reihe, und er hätte am liebsten auf dem Absatz kehrtgemacht. Er hasste es zu warten, vor allem vor dem ersten Kaffee. Als er endlich dran war, schickte ihm die Verkäuferin einen mitleidigen Blick. Er versuchte, mit einem Lächeln zu kontern.

„Kaffee?"

Plossila nickte und hatte aus irgendeinem Grund das Gefühl, bei einer Lüge ertappt worden zu sein.

Zurück im Auto pfriemelte er den Pappbecher in den Getränkehalter und drückte im Handydisplay auf Rückruf.

„Polizeipräsidium Fürstenfeldbruck, Weber. Was kann ich für Sie tun?"

Es war der neue Mann am Empfang. Er erinnerte sich, dass Linda vom Personal vor Kurzem einen Rundgang mit ihm gemacht hatte, um ihn den Kollegen vorzustellen. Es war mal wieder typisch, dass sie den Neuen vorschicken, um ihn aus dem Urlaub zu rufen. Plossila konnte sich nicht helfen, aber die freundliche Stimme Webers provozierte ihn irgendwie. Sie war noch nicht einmal aufgesetzt. Das immerhin hätte er verstanden.

„Wohin ...? Plossila noch mal."

„Wie bitte? Ach ja, natürlich. Sie sind also bereit ... gut, Augenblick!" Er hörte es rascheln, dann ertönte die altertümliche Pausenmelodie, die ihn immer an seine Kindheitstage mit Robert Lembke und „Was bin ich?" erinnerte. Wieder rascheln. „Hören Sie? Landsberg am Lech, Lechwiesenstraße 61c. Das ist dieses Gewerbegebiet zwischen Landsberg und Kaufering."

„Ich weiß, wo das ist. Danke."
Er legte auf. Dann gab er die Straße ins Navigationsgerät ein. Er hatte keine Ahnung, wo das war.

Er sah das Blaulicht schon von Weitem. Und er erinnerte sich: Er war schon öfter hier gewesen. Hier befanden sich die großen Supermärkte und die Autohäuser. Er war nur schlecht darin, sich Namen zu merken, das war alles. Rechter Hand lagen Felder, über die jetzt ein einsamer Traktor rumpelte. Auf dem Radweg redete ein erregter Rentner mit roten Wangen und erhobenem Zeigefinger auf zwei Kinder ein, die sich ein Rennen mit Einkaufswägen geliefert hatten.
Du musst dich zusammenreißen!
Noch immer hatte er leichte Kopfschmerzen. Sein Hirn fühlte sich trocken an. Er stellte sich vor, wie es zu Korallenkalk versteinerte. Dr. Eberharty hatte ihn gewarnt: „Die Tabletten können eine kontradiktorische Wirkung zeigen. Es kann sein, dass sie sich noch müder und schlapper fühlen. Aber wenn es das richtige Medikament ist, wird dies aufhören. Da müssen sie jetzt einfach durch, Herr Plossila." Ja, da musste er durch, wie er durch das ganze Leben irgendwie durch musste. Das war das Gefühl der vergangenen Monate gewesen: Durchmüssen. Bewältigenmüssen. Abarbeitenmüssen. Müssenmüssen.
Er griff zum mittlerweile kalten Kaffee und lenkte den BMW hinter einen der blinkenden Polizeibusse auf den Parkstreifen. Ein Kollege sprang aus dem Wagen, und Plossila musste auf die Bremse treten. Kaffee schwappte über den Becherrand auf seine Hand und von dort auf sein blassblaues Hemd. Er drückte auf die Hupe, der Kollege hob entschuldigend die Hand, ließ sich aber nicht weiter aufhalten. Er ging eine kleine Treppe hinauf und verschwand in einem gläsernen Gebäude, das mit schwarzen Vorhängen zugezogen war.
Plossila öffnete die Wagentür und ließ den viertel vollen Becher neben den Bordstein fallen. Dann blickte er hilflos im Auto umher, suchte so etwas wie ein Taschentuch. Schließlich presste er die Lippen zusammen und strich sich die Hand an der Hose ab. Er wischte

mit den Fingern über den Fleck auf dem Hemd und stellte fest, dass der Kaffee eine eigenartige Form hinterlassen hatte. Fast erinnerte sie ihn an ein Hakenkreuz, aber das konnte Einbildung sein oder die eigenartige Perspektive, aus der Plossila auf den Fleck starrte.

„Morgen Plossila", zwitscherte plötzlich jemand.

Er erschrak, wusste aber, dass man es ihm nicht anmerken würde. Er war viel zu schlapp, um noch Mimik nach außen transportieren zu können. Er blickte auf, sah zuerst den Ford Fiesta, der sich noch auf den Seitenstreifen zwischen seinen BMW und den Polizeibus vor ihm gequetscht hatte, dann seine Besitzerin.

Seine Stimmung hellte sich leicht auf. „Hallo Jenny, müsstest Du nicht längst hier sein? Utting, oder? Halber Weg aus München."

„Nee, wurde aufgehalten. Mein neuer Mitbewohner. Wollte gestern Abend einziehen. Dann hieß es plötzlich heute Morgen. Aber der kann jetzt selber sehen, wie er seine Sachen hochschleppt. Alles gut?"

Geht schon, dachte Plossila. Er musste zugeben, dass es ihm seine Kollegin nicht gerade schwer machte, den letzten Rest positiver Stimmung aus ihm herauszukitzeln. Sie war erst seit ein paar Monaten bei ihnen. Zuerst nur als Anwärterin. Aber er war froh, dass er die offiziellen Stellen hatte überzeugen können, sie als Oberwachtmeisterin in sein Team abzustellen. Sie hatten eine kleine Feier gemacht, und er hatte ihr sofort das „Du" angeboten.

Er wuchtete sich aus dem Auto, blickte über die rot-weißen Plastikbänder, die den Tatort absperrten, die Kollegen von der Spurensicherung in ihren weißen Kunststoffanzügen, auf denen sich das blaue Blinken der Polizeiautoleuchten brach. Er atmete tief ein, machte eine ausladende Handbewegung. „Kann man sich etwas Schöneres vorstellen im Urlaub?"

WEITERE BÜCHER VON MARKUS RIDDER

DER BLÜTENSTAUBMÖRDER

Jenny Bibers und Heiko Plossilas 1. Fall

Gleich der erste Fall der sympathischen Polizistin Jenny Biber hat es in sich: Ein Serienmörder geht um im sonst so idyllischen bayerischen Fünfseenland. Der Täter stellt die Polizei vor ein Rätsel: Warum verziert er seine Opfer mit goldgelbem Puder, sodass sie fast magisch in der Sonne glitzern? Klar ist hingegen, dass die Uhr tickt. Denn schon bald wird sich der Täter sein nächstes Opfer suchen. Als plötzlich Jennys Freundin verschwindet, ahnt die junge Polizistin, was andere nicht wahrhaben wollen: Der Blütenstaubmörder hat wieder zugeschlagen! Jenny riskiert alles, um ihre Freundin zu retten. Ehe sie es bemerkt, gerät sie selbst ins Visier des Täters. Ein Wettlauf um Leben und Tod beginnt.

„Wow, mir stehen immer noch die Nackenhaare hoch. Markus Ridder verfügt über einen Schreibstil, der den Leser in das Buch hineinzieht und dann hautnah am Geschehen teilnehmen lässt."

(**Krimis.com**)

DIE RÜCKKEHR DES SANDMANNS

Der Täter kommt, wenn man ihn nicht erwartet. Und er schlägt an Orten zu, die so weit voneinander entfernt liegen, dass die Polizei keinen Zusammenhang herstellen kann. Seine Opfer: Junge Frauen, die spurlos verschwinden. Nur die junge Sybs ahnt, was vor sich geht. Denn sie verbindet ein Geheimnis mit den verschwundenen Frauen. Und Sybs ahnt: Sie wird die Nächste sein, die ins Fadenkreuz des Täters gerät. Oder bildet sie sich alles nur ein, wie ihr Freund Mario ihr klarzumachen versucht? Auch Mario selbst wird von einem dunklen Geheimnis gequält – ist er wirklich der Mann, für den sie ihn gehalten hat? Sybs beschließt, allein zu handeln – sie will die Frauen retten und sich selbst. Doch der Gegner scheint übermächtig.

Ein Thriller, der süchtig macht!